刀 锋 插画版

The Razor's Edge

[英] 威廉·萨默塞特·毛姆（William Somerset Maugham） 著

汪 兰 译

译 者 序

  毛姆的作品多具有某种对人生意义探索的哲思，因此，翻译《刀锋》对于我而言属于一种心灵碰撞的缘分。

  威廉·萨默塞特·毛姆（1874—1965）是英国著名小说家、戏剧家。《刀锋》是他的主要作品之一，首次出版于1944年。小说围绕参加第一次世界大战的一位美国青年飞行员拉里展开。拉里在军队里结识了一位爱尔兰好友，这位好友是一名飞行员，他生龙活虎，置生死于度外，但在一次遭遇战中，他为救拉里而中弹牺牲。朋友的死亡使拉里对生命有了一种独特的体验，他的自我意识开始觉醒，因此对人生感到迷惘，弄不懂世界上为什么有恶和不幸，于是开始了他令人匪夷所思的转变，他开始追问生命的意义、人生的意义。

  行有不得，反求诸己，追求人格的完善和人性的至高境界是毛姆为现代人探索的一条精神出路。毛姆一生喜欢游历，足迹遍布世界各地。他深谙东西方文化，以哲人般的睿智洞察到东方文化中具有一种令人沉静通透的魅力，这种魅力可以直达内心，提升人的内心精神境界，从而使人达到自我完善。在某种程度上，这种文化可以帮助解决西方社会中现代人的精神困惑。

  毛姆的行文冷峻深刻而又坦诚直率，评判客观而褒贬自现。

在《刀锋》中，他将各种人物角色的命运和拉里的人生境界做对比，说明建立在物质基础上的尘世的满足都是短暂的，而追求自我完善的精神生活才能获得持久的快乐和幸福。毛姆塑造的拉里体现了人之精神纬度，这也是拉里能在印度领悟人生真谛的缘由。

作者在小说中刻画了拉里、伊莎贝尔、埃利奥特、索菲等人物形象，而拉里作为核心人物，与其他人物形成了鲜明对比。拉里渴望精神生活的丰富与满足，伊莎贝尔渴望物质享受；拉里一心想要拯救内心纯洁脆弱的索菲，而伊莎贝尔屡次将索菲置于危险境地，最终将索菲推向死亡。拉里蔑视名利，崇尚恬淡的生活；埃利奥特游走于交际圈，以攀结权贵为人生价值。拉里因为好友的离世而开始追寻人生价值，索菲因为丈夫的离世而自暴自弃；拉里坚韧不拔，索菲脆弱不堪。所有这些人都似乎游走在理想与现实、道德与欲望的刀锋上，他们都具有某种不可捉摸、神秘莫测的性格特征，最终都与从前的自我大相径庭。拉里似乎一直游走在主流人群之外，但他追求自我心灵的自由与发展又吸引了众多追随者。

《刀锋》中拉里最后远离了战争，远离了平凡琐碎，走向了真正的虚无。这也是作者直接否定生活的本质意义，只能寄生命于无穷时间与天地的悲观思想所引起的主观上的选择。饱受苦难的主人公们有着美好的憧憬和向往，积极地追求自己最珍视的东西，然而生命的有限性让一切又都化作平淡。小说总结出，人的得救之道是心灵的自我完善，做到"无我"。这也正是印度哲学中的"梵"或佛教中的涅槃的境界。审美艺术带来的愉悦只能使人迷醉一时，人们终归生活在现实之中，只有彻底达到无欲无求、与世无争的境界，才能超脱人生的烦恼。

译者翻译这部小说历时两年有余，跨越数个城市。北京海淀的四季繁忙喧嚣，湖北洪湖常年雨季绵绵，武汉洪山的夏季热气氤氲，香港九龙的冬天明朗温暖，这些作为翻译的背景皆成为一幕幕美好的回忆，流淌在我的脑海心间。在香港浸会大学读博士期间，我亦常在课业之余进行《刀锋》的翻译，在字斟句酌之中，深入的探索带给我灵魂的启迪。在翻译过程中，译者遵循翻译的目的原则、连贯原则和忠实原则。在力图保留原文风格的同时，译文也注意语内连贯、表达自然，尽量符合原文所处的社会文化背景和语言习惯。

译例一：

"What do you want to do then?"

"Loaf," he replied calmly.

译文："那么，你想做什么呢？"

"晃膀子。"他平静地说。

这两句出自拉里与未婚妻伊莎贝儿之间的对话。在战争前后，拉里的人生态度发生了很大的变化。当伊莎贝儿问拉里对未来生活的想法时，他仅用一个词loaf敷衍地回答。loaf意为"游荡，游手好闲"，在译文中译为"晃膀子"，这种通俗口语的表达方式更符合原文诙谐幽默、略带讽刺的风格，同时也把拉里的聪慧不羁表达得淋漓尽致。

译例二：

I have never begun a novel with more misgiving. If I call it a novel it is only because I don't know what else to call it.

译文： 我动笔写作以来，从来没有过这么多的疑虑。称之为小说，只是因为除了小说以外，想不出能把它叫作什么。

根据《韦氏大学词典》，原文中misgiving是指a feeling of doubt or suspicion especially concerning a future event，也就是"犹豫不定"。译文中翻译为"疑虑"，表达出作者毛姆创作该小说时内心中存在的种种疑惑。

译例三：

His business connections with the impecunious great both in France and in England had secured the foothold he had obtained on his arrival in Europe as a young man with letters of introduction to persons of consequence.

译文： 他初到欧洲时，还是个拿着介绍信去见名流的年轻人，后来和英国、法国那些中落的大家发生商业关系，这就奠定了他先前取得的社会地位。

译文中将时间状语"on his arrival in Europe..."提到句首进行翻译，从而减轻了整句的负担。此外，用"初到""后来"这些逻辑性增补词将整句连接，表达出源语的逻辑关系。

总而言之，《刀锋》的艺术魅力不仅在于其文学价值，还在于它是一部具有浓厚哲学意蕴的小说，是一部关于人生终极价值的著作。这部作品蕴含了毛姆自己对世界和人生的思索，有着他自己心路历程的影子。念念不忘，必有回响。在当今喧嚣嘈杂的社会环境中，读者们也许能在阅读中瞥到熟悉的身影，在思想上受到某种触动，从而静下心来感悟生活。

  翻译时间仓促，必有许多不足之处，欢迎读者指正。

汪　兰

于香港浸会大学善衡校园

2018年1月20日大寒

目录
CONTENTS

第 一 章	001
第 二 章	073
第 三 章	137
第 四 章	186
第 五 章	259
第 六 章	342
第 七 章	406

一把刀的锋刃很不容易越过；
因此智者说得救之道着实不易。

《迦托——奥义书》

第 一 章

一

我动笔写作以来,从来没有过这么多的疑虑。称之为小说,只是因为除了小说以外,想不出能把它叫作什么。我没有很多离奇的情节以飨读者,故事结局既不是死,也不是结婚。一死百了,所以死能使一个故事全面收场,但是,结婚也能使故事恰当结束。那些世俗的所谓"大团圆",高雅讲究的人也犯不着加以鄙弃。普通人有一种本能,总相信这么一来,一切该交代的都交代了。男的女的,不论经过怎样的悲欢离合,终于被撮合在一起,两性的生物功能已经完成,兴趣也就转移到未来的一代上去。可是,我写到末尾,还是使读者摸不着边际。这本书所写的完全是我对一个人的追忆,这人虽则和我非常接近,却要隔开很长的时间才碰一次面;在此期间他都经历些什么,我几乎毫无所知。我想,我能够编出一些情节,天衣无缝地填补起这些空白,使我的小说读起来连贯一些,这样做固然可以,可是,我无意于这样做。我只打算把自己知道的事情记下来而已。

许多年以前,我写过一本小说叫《月亮和六便士》;在那本书里,我挑选了一个名画家保罗·高更[1];关于这位法国艺术家

---

[1] 保罗·高更(1848—1903),法国后期印象派画家。

的生平，我所掌握的材料非常不足，只是倚仗一点事实的启示，使用小说家的权限，炮制了若干故事来写我创造的人物。在写本书的过程中，我可压根儿没想这样做。这里面丝毫没有杜撰。书中角色的姓氏全都改过，并且务必写得使人认不出是谁，免得那些还活在世上的人看了不安。我要写的这个人并没有名气；也许他永远不会出名；也许他的生命一朝结束之后，这一生留在世界上的痕迹并不比石子投入河中留在水面上的痕迹为多。那时候，如果我这本书还有人读，也只会是因为书本身可能有点意思。但是，也许他替自己挑选的生活方式，和他性格里面所特有的坚定和驯良，在他同类中间的影响会日益加深，这样，可能在他去世长远以后，有人会恍悟这时代里曾经生活过一个很了不起的人物。那时候，人们就会看出我这本书写的到底是谁了，而那些想要稍微知道一点他早年情况的人，就有可能在书中找到些他们所需要的东西。我觉得这书虽有如我所说的种种不足之处，对于替我朋友作传的人，将不失为一本可资征引的书。

　　书中的谈话，我并不要假充是逐字逐句、毫不走样的记录。在这类或其他场合下，人家的谈话我从不记录下来；可是与我有关的事情我都记得很清楚，所以，虽然这些对话是我写出来的，但我相信，它们能忠实反映对话者的谈话。适才说过，我丝毫没有杜撰；现在我想把这句话改一改。就像希罗多德[①]以来的许多历史家一样，我也有擅自增入的部分；故事里角色的谈话有些是我没有亲耳听见，而且也不可能听见的。我之所以要这样做，和那些历史学家一样，都是为了使场面生动、逼真。因为有些场合

---

① 希罗多德（约公元前484—425），古希腊历史学家，被后代称为历史之父。

若只是重述一下，没有人物对话，那么读起来就效果很差。我写书就是希望能有人读，所以只要写得人读得下去，我认为总可以做得。至于哪些地方是擅自增入的，明眼的读者自会一望而知，他要摈弃这些不读，完全听他自由。

我着手写这部书时心里不很踏实的另一个原因，是这里面的主要人物都是美国人。人是非常难了解的；我觉得，我们除了本国人外，很难说真正了解什么人。因为人不论男男女女，都不仅仅是他们自身；他们也是自己出生的乡土，学步的农场或城市公寓，儿时玩的游戏，私下听来的《山海经》，吃的饭食，上的学校，关心的运动，诵读的诗章，和笃信的神。是所有这一切东西把他们造成现在这样，而这些东西都不是只凭道听途说就可以了解的，你非得和那些人生活过。要了解这些，你就得是这些。你无法了解来自不同国度的人，如果说了解，也只是观察得来的印象，要在书中刻画得真如其人就难了。连亨利·詹姆斯①那样一个精细的观察家，尽管在英国住了四十年之久，也没能创造出一个百分之百的英国人来。至于我自己，除了几篇短篇小说外，从没有打算写过本国以外的任何人；短篇小说里之所以大着胆子去描写外国人，是因为短篇的人物只要一点粗枝大叶；你写个轮廓，细微的地方全可以由读者自己去补充。也许有人会问，既然我能把保罗·高更变作一个英国人，为什么我就不能对本书中的人物采取同样办法？我的回答很简单：就是不能。那一来，他们就不再是他们那样的人了。我并不作为他们是美国人眼中的美国人；他们是一个英国人眼中的美国人，连他们的语言特点我都没

---

① 亨利·詹姆斯（1843—1916），美国小说家。

有打算去模仿。英国作家在这方面闯的乱子和美国作家表现英国人说英语时闯的乱子一样多。最容易出错的是俚语。亨利·詹姆斯在他的英国故事里常常使用俚语,但总是用得不很像英国人,因此不但不能取得他所企求的俚俗效果,反而时常使英国读者感到突兀、怪不舒服的。

二

一九一九那年,我在去远东的路上,路过芝加哥;为了某种和本书无关的原因,在那边住了两三个星期。那时我刚刚出版过一部成功的小说,所以在当时也算是新闻人物,一到芝加哥,就有记者来访问。第二天早上,电话铃响,我去接电话。

"我是埃利奥特·坦普尔顿。"

"埃利奥特?我还以为你在巴黎呢。"

"不,我回来看看家姐的。我们请你今天来和我们一起吃午饭。"

"好极了。"

他把时间和地址告诉我。

我认识埃利奥特·坦普尔顿已经有十五年了。他这时已是将近六旬的人,一表人才,高个儿,眉目清秀,鬈发又多又乌,稍有一点花白,恰好衬出他那堂堂仪表。他穿着一直讲究,普通的买自夏维商店,可是衣服鞋帽总要到伦敦去买。在巴黎塞纳河南岸时髦的圣纪尧姆街上有一套公寓。不喜欢他的人们说他是古董客人,可是这是诬蔑,他非常痛恨。他有鉴赏力,见多识广,也不否认在已往的年头他刚在巴黎定居时,他为那些要买画的有钱的收藏家们出过主意;后来在他的交游中听到有些中落的英法贵族打算卖掉一张精品,碰巧他知道美国博物馆的某某理事正在访求这类大画家的优秀作品时,自然乐得给双方拉拢一下。法国有许多古老的家庭,英国也有一些,境遇逼迫他们卖掉一张有布尔①签名的橱柜或者一张奇彭代尔②手制的书桌,但是不愿意声张出去。碰到他这样博学多闻、举止文雅的人能够把事情办得一点不露痕迹,正是求之不得。听到这话的人自然而然想到埃利奥特会在这些交易上捞些好处,但是有教养的人谁也不愿说出口。刻薄的人一口咬定他公寓里的每样东西都是要出售的,还说,每当他用名贵陈酒和丰盛佳肴招待美国阔佬们吃一顿午饭之后,他那些值钱的画总有一两张突然失踪,不然就是一口细工精嵌的橱柜换成一口漆的。等到有人问他为何某一件东西不见的时候,他就花言巧语地说,那个他觉得还不上品,因此拿去换了一件质量好得多的。接着又说,一睁眼总是看见那些东西,令人腻味。

"Nous autres américians,"他先调一句法文,"我们美国人就欢喜变换花样。这既是我们的弱点,也是我们强过人的地方。"

巴黎有些美国太太,自称知道他的底细,说他的家道原来很穷,所以起居能够那样阔绰,完全是因为他非常精明能干。我不清楚他究竟有多少钱,可是那位公爵头衔的房东在他这所公寓上却着实收他一笔房租。公寓里的陈设又是那样名贵:墙壁上挂的都是法国大画家的作品,瓦托③啊,弗拉戈纳尔④啊,克劳德·洛

---

① 布尔(1642—1732),法国路易十四御用的家具匠。
② 奇彭代尔(17187—1779),十八世纪伦敦的名家具匠。
③ 瓦托(1684—1721),法国风俗画家。
④ 弗拉戈纳尔(1732—1806),法国画家。

兰①啊，等等；镶木地板上炫耀着萨伏纳里和奥比松②的地毯；客厅里摆了一套路易十五时代精工细绣的家具，就其花纹的精美来看，这些东西完全可能像他所说，原是当年蓬巴杜夫人③的闺中之物。反正他有的是钱，他用不着去赚钱就能过上他认为体面人应过的生活。至于他过去通过什么途径才能达到这样，你假如是明白人的话，最好还是别提，除非你有意要和他断绝往来。他既然在物质上不用操心，就一心一意投入生活中他所热爱的事情，那就是社交。他初到欧洲时，还是个拿着介绍信去见名流的年轻人，后来和英国、法国那些中落的大家发生商业关系，这就奠定了他先前取得的社会地位。他出身于弗吉尼亚州的名门，母系方面还可以追溯到一位在《独立宣言》上署过名的祖先，这点家世使他拿着介绍信去见那些有头衔的美国太太时，很受人看重。他人缘好，人又神气，舞跳得好，枪打得准，网球打得也不错，什么宴会里都有他的份。鲜花和高价钱的盒装巧克力，他任意买来送人；虽然他很少请客，但请起客来，倒也别致有趣。那些阔太太们被他带着上一趟苏荷区的异国情调饭馆，或者拉丁区的小酒店，都觉得很好玩。替人效劳，随时随地都来；你要是请他做一件事，不管多么厌烦，他都高高兴兴替你去做。碰到年纪大一点的女人，总是曲尽心意去博得她们的欢心，所以不久在许多豪贵

---

① 克劳德·洛兰（1600—1682），17世纪法国风景画家。
② 萨伏纳里，法文原意为"肥皂业"，因17世纪的芳齐埃和杜邦二人在夏劳特将一家肥皂厂改为地毯厂而成为精美地毯的标志。奥比松是法国18世纪时在奥比松生产的著名地毯；影响所及，其他地方的地毯也被称为奥比松地毯了。
③ 蓬巴杜夫人（1721—1764），法国路易十五的情妇。

人家都混得很熟。他为人极其和气,假如有人失约,你临时拉他来凑数,他也欣然前来,从不介意,即使你让他坐在一位非常令人反感的老太婆旁边,保管还会替你敷衍得有说有笑。

两三年工夫,在伦敦和巴黎,一个年轻美国人攀得上的所有朋友,他都攀上了;巴黎他是长住,伦敦是每年游宴季末期去,还有就是在初秋时拜访一转乡间别墅。那些最初把他引进社交界的太太们,发现他的交游竟如此广,很觉得诧异。她们的心情很复杂:一方面是高兴她们抬举的这个年轻小伙子居然有偌大的成功,另一方面则有点着恼,怎么和他混得很熟的人,和自己的交情只是个淡淡的表面应酬。虽然他对待她们一如从前,很愿效劳,这些人总是心里不舒畅,觉得他利用她们做了社交上的垫脚石。她们担心他是个势利鬼,当然他是个势利鬼,他是个大大的势利鬼,他势利得毫不顾及旁人齿冷。哪一家请客,他想厕身被请之列,或是哪一位名气很大但是脾气厉害的又老又有钱的寡妇,他想拉拢点关系,就什么都做得出来:钉子照碰,冷言冷语照吃,下不了面子的地方照样下得去。在这方面,他可以说是不达目的决不罢休。只要眼睛落在什么上面,他就像一个植物学家寻求一株异种兰花一样,洪水、地震、瘴热、敌意的土人,统统不怕,非弄到手才肯罢休。一九一四年的世界大战给他提供最后的机会;战事一爆发,他就去参加一个救护队,先后在佛兰德①和阿尔艮战区服务;一年后他胸佩红带勋章回到巴黎,在巴黎红十字会弄了一个位置。那时候,他已经很富裕,要人支持的慈善

---

① 佛兰德,包括现在比利时的东佛兰德省和西佛兰德省以及法国北部的部分地区。

事业，他都慷慨捐助。任何铺张扬厉的善举，他都以自己的真知灼见及组织才能积极地襄助一番。巴黎两家最高贵的俱乐部，他都做了会员。法兰西那些最煊赫的妇女提起他来总是"那个好埃利奥特"。他终于雄心得逞了。

三

我最初认识埃利奥特的时候,自己只是一个普普通通的年轻作家,他也不把我放在眼里。他从不忘记一张脸,所以不论在哪里碰到,总是很客气地和我握手,但是,一点也不表示有进一步和我深交的意思;假如我在歌剧院里看见他,比方说,和他坐在一起的是一位显贵人士,他就会装作没有看见我。可是,那时我写的剧本碰巧获得相当出人意料的成功,所以,不久我就看出埃利奥特对我稍微亲热起来。有一天我接到他的一封短柬,约我到克拉里奇饭店吃午饭,那是一家旅馆,他到伦敦就住在那里。宴会上请的人不多,也不怎么出色,我有个感觉,好像他在试探我在交际上成不成。不过,从那时起,由于我写作上的成功也给我添了不少新朋友,因此,和埃利奥特碰面的机会也多起来。之后不久,我去巴黎度过秋天,住了几个星期,在一个我们俩人都认识的朋友家里又碰见了。他问我住在什么地方,一两天后,又寄来一张午饭请帖,这次是在他自己的公寓里。我到后一看,没料到客人竟是相当出色,不禁暗笑。我知道,以他那样烂熟世故,明知道在英国社交界我这样一个作家并没有什么了不起,但是,在法国这儿,一个人只要是作家就会被人另眼相看,所以我是了不起的。这以后好多年,我们的交往都相当亲密,不过从没有真正成为朋友。我怀疑埃利奥特·坦普尔顿会和任何人成为朋友。他对别人的一切,除了他的社会地位以外,全不发生兴趣。我偶尔到巴黎或者他偶尔到伦敦的时候,每逢他宴会上人凑不齐,或者逼得要招待旅游的美国人时，总要邀请我赴宴。在他招待的美国旅游者中间，我猜想，有些是他的老主顾，有些是拿介绍信来谒见他的、素昧平生的人。他一生中就是在这些地方受罪。他觉得应酬总得应酬一下，但是，不愿意介绍他们和他那些显赫朋友见面。打发他们的最好办法当然是请他们吃顿饭，领他们看场戏，可是这往往很困难，因为他每晚都有应酬，而且早在三个星期前全约好了；而且他也隐隐地觉察到，就算能做到那样，那些人未必会就此满足。他因为我是个作家，而且没有什么大关系，就毫不介意把他这些苦恼告诉我。

"美国那些人写介绍信真是太不体谅人了。并不是说把这些人介绍给我，我不高兴见，不过，我觉得没有理由叫我的朋友跟我受罪。"

为了弥补招待上的不周，他给他们买了大玫瑰花篮和大盒的巧克力糖送去，可是，有时候还得请吃饭。就在这种时候，他先告诉我一番话，然后又邀请我赴他筹备的这类宴会，那态度颇有些天真。

"他们非常想认识你，"他在信上这样恭维我，"某太太是个很有文学修养的妇女，你写的书她从头到尾都读过了。"

某太太后来就会告诉我，她很欣赏我写的《佩林先生和特雷尔先生》这部书，而且祝贺我的《软体动物》剧本演出成功。这两部书的第一部是休·沃波尔写的，第二部是休伯特·亨利·戴维斯[①]写的。

---

① 休伯特·亨利·戴维斯（1876—1917），英国戏剧作家。

四

如果我描写的埃利奥特·坦普尔顿给读者留下的印象是他是个卑鄙小人，那实在是冤枉了他。

在某一点上，他可以称得上法国人说的serviable；这个词，以我所知，在英语里还没有一个词和这个法文词完全相当。词典上有serviceable，古义是指肯帮助人，施惠，厚道。埃利奥特恰恰正是这样一个人。他为人慷慨；虽则在他进入社会的早期，那种送花、送糖、送礼的豪举无疑有他的用心，但是当已经不再需要送的时候，他还是照做。送东西给人，他觉得很愉快。他挺好客；雇的厨师比起巴黎的哪一家来都不差，而且在他那儿用饭，准会吃到最时鲜的美味佳品。他的酒十足证明他是个品酒的内行。不错，他挑的客人都是视他们的社会地位而定，不一定是佳客，可是，他至少总邀请一两个能说会笑的客人，因此，他设的宴会几乎总是令人非常开心。有人在背后嘲笑他，说他是个龌龊的势利鬼；尽管这样说，他请起客来，还是高高兴兴照去。他的法语讲得既流利又正确，语音语调也无可指摘。他曾经费了很大气力把英语说得像英国人那样，你得有一对很尖锐的耳朵才能捉住他的一个美国音。他非常健谈，只是你得设法使他不提那些公爵和公爵夫人们；但是，即使谈到这些公爵和公爵夫人时，他也不很顾忌，说起话来妙趣横生，尤其是除你以外，再没有别人在场的时候。反正他现在的地位已经是不容置疑了。他有一张挺逗人的刻薄嘴，而这些王公贵人的丑史秽闻又没有一件不吹到他耳朵里的。X公主最近的孩子的父亲是谁，Y侯爵的情妇是哪一个，我全是从他那里听来的。我想，甚至连马塞尔·普鲁斯特[①]知道的显贵秘闻也赶不上埃利奥特知道的那样多。

在巴黎时，我们常在一起吃饭，有时在他公寓里，有时去饭店。我喜欢逛古董铺，偶尔买件古玩，不过看看居多，而埃利奥特总是兴致勃勃地陪我去。他懂艺术品，对于艺术品也真心爱好。我想巴黎这类铺子他没有一家不认识，而且和老板们彼此很熟。他最爱杀价；每次我们出发时，他总叮嘱我：

"要是你有什么东西想买，自己不要问。丢个眼色给我，其余的事我就包了。"

当他以要价的一半把我想买的东西买到手的时候，他感到高兴。站在一边看他和人家讨价还价，简直是一种享受。他时而争辩，时而好言相哄，时而发火，时而要人家问问良心，嘲笑人家，指出那件东西的毛病，威胁说不再进这家商店的门，唉声叹气，耸耸肩膀，告诫人家，怒容满面地转身要走，到最后争到他出的价钱时，他又会伤心似的摇摇头，好像无可奈何、只好屈服一样。然后压低嗓子轻轻地用英语跟我说：

"买下来。加倍的价钱都还是便宜。"

埃利奥特是个热心的天主教徒；他在巴黎住下不久，就碰见一位神父。那人出名的会说人皈依，过去多少相信异端的迷途羔羊都被他圈了回来。他是宴会上的常客，是个有名的善于辞令的

[①] 马塞尔·普鲁斯特（1871—1922），法国小说家，著有一部卷帙浩繁的《追忆逝水年华》。

人。他只为有钱的人和贵族行宗教仪式。这个人虽则出身寒微，但能够随意出入那些最森严难进的府第。这样一个人，埃利奥特见了必然急于结交。他私下告诉一位新近被这位神父说服改教的美国阔太太，说他家里虽则信奉的是圣公会派，但他本人对天主教向往已久。有一天晚上，她要埃略特吃正餐的时候和那位教士相会，在场的只有他们三人，神父谈笑风生。女主人把谈话引到天主教教义上去，神父谈得非常热烈，就像一个见过世面的人同另一个见过世面的人谈话一样，虽则是教中人，免不了要显出一番虔诚，但丝毫不迂腐。埃略特发现，关于他的详细情况，这位法国教士无所不知，这使他很得意。

"范多姆公爵夫人上回还跟我谈起你，她觉得你看事情顶清楚。"

埃利奥特快活得红光满面，公爵夫人他是进谒过，可是，从没有想到她没有把他立即忘掉。神父心性广阔，见解摩登，态度宽容，一番关于天主教的议论谈得既高明又温和。他把天主教会说得使埃利奥特听来很像一个任何有良好教养的人如果不加入就对不起自己的高尚俱乐部。六个月后，埃利奥特就入了教。他的改教，再加上在天主教方面的慷慨捐助，那几家以前进不去的人家大门也被他敲开了。

也许他放弃祖传的宗教信仰，动机并不纯正，但是他改教以后，对天主教的笃诚是无可置疑的。他每个星期要到第一流人士常去的教堂做弥撒，按时去神父那里忏悔，并且每隔两年总要去一次罗马。久而久之，教廷因他虔诚，任命他为他御前侍卫，又见他勤勉尽职，奖给他圣墓勋章。事实上，他在天主教方面的事业和他在世俗方面的事业，可算一样成功。

我常常问自己，以他这样一个聪明、和蔼、学识优长的人怎么会被势利迷住心窍呢？他绝不是个暴发户。他的父亲曾在南方一所大学里当过校长，祖父是相当有名的神学家。以埃利奥特的机灵，决不会看不出那些应他邀请的人多数只是混他一顿吃喝，有些是没脑子的，有些毫不足道。那些响亮的头衔引得他眼花缭乱，看不见他们的丝毫缺点。我只能这样猜想，和这些古老世家出身的上流人过从亲密，做这些人家妇女的近臣，让他感到一种永不衰竭的喜悦；而且这一切，归根结底，实起于一种狂热的浪漫主义思想；这使他在那些庸碌的小小法国公爵身上见到当年跟随圣路易①远征圣地的那位十字军战士，或者在那装腔作势、猎捕狐狸的英国伯爵身上见到他们在金锦原②侍奉亨利八世的祖先。跟这些人在一起，他觉得就像生活在广阔而英武的古代里一样。我想他翻阅戈沙年鉴③时，那上边的名字一个接着一个使他联想起年代悠远的战争，史册上的攻城战和著名的决斗，外交上的谋略和王侯们的私情，他的心就会热得跳起来。总而言之，这就是埃利奥特·坦普尔顿。

---

① 圣路易（1215—1270），即法王路易九世，曾两次率领十字军东征。
② 在法国吉塞尼附近的平原，1520年英王亨利八世与法王弗朗西斯一世在此会见，因铺张扬厉，极尽豪华而有此称。
③ 戈沙年鉴，1763年创刊，早先以记载欧洲贵族世系为主；1944年后相继为希特勒、斯大林和阿登纳禁止出版。

五

我预备洗个脸，梳一下头发，再去应埃利奥特的邀请吃午饭；正忙着时，旅馆里的人打电话上来，说他已在楼下等我。我有点诧异，一收拾好便马上下楼。

我们握手时，他说："我觉得我自己来接你要安全些。我不清楚你对芝加哥到底有多熟。"

他这种感觉，我看出好些曾长期侨居外国的美国人都有；他们心目中仿佛美国是个难以熟悉、甚至危险的地方，你不能随随便便让一个欧洲人单独去闯。

"时候还早，我们不妨步行走一段路。"他提议。

空气冷得有些刺骨，但万里无云，活动活动筋骨倒也惬意。

我们一边走着，埃利奥特一边说："我想，在你会见家姐之前，我最好把她的情况给你介绍一下。她到巴黎我住的地方去过一两次，不过，我记得你那时不在，告诉你，今天吃饭的人并不多，只有家姐和她的女儿伊莎贝尔和格雷戈里·布拉巴宗。"

"是那个室内装饰家吗？"我问。

"就是他。家姐的屋子糟透了，伊莎贝尔和我都劝她把房子重新装修一下，我碰巧听说布拉巴宗在芝加哥，所以就叫家姐请他今天来吃午饭。当然，他还算不上完全上得了席面的高雅人士，但他的艺术修养很高。他为玛丽·奥利芬特装饰过拉尼堡，为圣厄茨家装饰过圣克莱门特·塔尔伯特府。公爵夫人极其喜欢他。你可以亲眼看看路易莎的屋子,我永远不懂,她这么多年怎么住得下去,不过说起这个来,她怎么能在芝加哥住下去,我也永远不懂。"

我从他嘴里得知布莱德雷太太是个寡妇,她有三个孩子,两儿一女,不过儿子年纪大得多,而且都已结婚,一个儿子在菲律宾政府部门里做事;另一个儿子,像他父亲过去那样,在外交界工作,现在人在阿根廷都城。布太太的丈夫过去在世界各地都干过,在罗马做了几年一等秘书,后来又被派到南美洲西岸的一个小共和国当专员,人就是在那边死的。

埃利奥特继续说下去:"他去世之后,我曾想让路易莎把芝加哥的宅子卖掉,可是,她不忍心。这房子在布莱德雷家的手里已经有年月了。他们是伊利诺伊州最古老的家族之一。他们一八三九年从弗吉尼亚原籍迁来这里,在现在离芝加哥六十英里的地方置下田产,那地方现在仍然归他们所有。"埃利奥特迟疑一下,看了我一眼,想知道我是如何反应,"我想你也许会说他家早先是种田的,不过,我不晓得你是否知道,大约在十九世纪中叶,中西部开始开发的时候,不少弗吉尼亚的人,好人家的子弟,你晓得都被无名的诱惑打动,离开了丰衣足食的乡土。我姐夫的父亲切斯特·布莱德雷看出芝加哥有它的前途,来这里进了一家律师事务所。他最后挣了不少钱,他去世以后,他的儿子仍可生活得很好。"

埃利奥特的话虽如此说,但从他的神情可以看出,那位已经去世的切斯特·布莱德雷离开他祖传的华屋良田,来进律师事务所,原因并不那样简单,不过,从他攒聚了一大笔钱上看来,这

017

至少可以部分地补偿他丢掉的家产。后来有一次，布太太拿几张乡下她所谓"老家"的照片给我看，埃利奥特在一旁委实不很高兴。照片上面我见到的是一所不大不小的木房子，有美丽的小花园，可是仓房、牛棚、猪厩都隔开只有一箭之地，房子周围是一片荒芜的原野。我不禁想道：切斯特·布莱德雷先生舍弃这些东西到城里奔前程，并不是没有成算的。

过了一会儿，我们叫了一辆出租汽车。车子把我们载到一座用褐色砂石建造的房子面前，房子窄而高，要爬上一串陡峻的石级才到前门。这座房子是在湖滨道过来的一条街上并排的一列房屋中间，房屋外表就是在那天明媚的秋光里也是灰暗的，你会奇怪：这样的房子怎么还有人与它难舍难分呢？开门的是个高壮的、一头白发的黑人管家，把我们领进了客厅。我们走进去之后，布莱德雷太太从椅子上站起来，埃利奥特把我介绍给她。她年轻时当是个美丽的女子，眉眼虽则粗一点，却生得不错，眼睛很美。可是现在那张几乎完全不施脂粉的僵黄脸，面庞已经松弛下来，可以看出，她和中年发胖的趋势做斗争已经失败了。我猜她还不肯服输，因为她坐下时，腰杆在硬背椅子上撑得笔直；的确，穿着她那受罪的铠甲一般的紧身衣，坐直背椅子要比坐在有软垫的椅子上舒服得多。她穿着一件青色衣服，上面织满了花，高领子用鲸鱼骨撑得直直的。一头漂亮的白发，烫成波浪纹，紧紧贴在头上，发式做得极其复杂。她请的另外一个客人还没有来，我们一边等着，一边东拉西扯地聊天。

"埃利奥特对我说，你是走南路来的，"布太太说，"你在罗马歇了没有？"

"歇了，我在那边住了一个星期。"

"那么，亲爱的玛格丽特王后好吗？"

他的问题使我惊奇，我说我不知道。

"哦，你没有去看她吗？她真是个好女人，我们在罗马的时候，她对我们可好啦。那时候布莱德雷先生是使馆的一等秘书。你干吗不去看她呢？你难道是跟埃利奥特一样的坏蛋，连奎林纳宫都进不去吗？"

"当然不是，"我笑着说，"事实是我并不认识她。"

"不认识？"布太太说，好像她不相信自己的耳朵，"为什么不认识？"

"对你说实话，作家们一般并不跟国王、王后们吃吃喝喝地来往。"

"可是，她是个顶可爱的女人，"布太太好言劝我，好像不认识那位皇家女人我就太自高自大似的，"我断定你会喜欢她的。"

就在此时门开了，管家把格雷戈里·布拉巴宗领进来。

格雷戈里·布拉巴宗，尽管他的名字很响亮，却不是个浪漫人物①。这人又矮又胖；头秃得像个鸡蛋，仅在耳朵周围和脖子后边还有一圈卷曲的黑发；满脸红光，看去就像要裂成一大堆臭汗一样，骨碌碌的乌眼珠，多肉的嘴唇，厚厚的下巴。他是个英国人，我有时在伦敦的不三不四的宴会上能遇到他。人很热闹，开心，动不动就哈哈大笑，可是，你不用是一个出色的人物

---

① 过去有个生在巴黎的英国地主兼画家夏普改名为赫克力司·布拉巴宗，以水彩画出名。他改名的原因不详，但可以肯定他觉得夏普这个姓氏太普通了，不够引人注意。作者在这里暗示这位屋内装饰家的姓名也是假的。

评判者，就能看出他那热热闹闹的友好劲儿只不过是掩盖他这个精明的生意人的外衣。好几年来，他在伦敦都是最成功的屋内装饰家。他有一副很洪亮动人的嗓子，和一双小而肥的富于表情的手。只需他手比画几下，热情洋溢地说一阵，他就能让一个拿不定主意的主顾充满想象力，让交易看起来像是一份盛情，使人简直没法拒绝。

那位管家用托盘端着鸡尾酒又进来了。

"我们不等伊莎贝尔了。"布太太一边端起一杯酒一边说。

"她到哪儿去了？"埃利奥特问。

"跟拉里打高尔夫去了。她说她可能回来得晚。"

埃利奥特转向我说："拉里是劳伦斯·达雷尔。据推测，伊莎贝尔跟他订婚了。"

我说："埃利奥特，我过去可不知道你喝鸡尾酒。"

"我不喝，"他一边喝着他举起的那一杯，一边冷冷地说，"可是，在这个禁酒的野蛮国家里，你有什么办法？"他叹口气，"巴黎有些人家现在也开始喝鸡尾酒了，坏交通把好习惯都搅糟了。"

"简直胡扯淡，埃利奥特。"布太太说。

她的口气相当温和，但口气决断，使我不由自主地认为她是个有主见的女人；并且我从她看埃利奥特那种怡然自得的神情，可以猜出她丝毫没有把他当作了不起的人物。我不禁猜想，不知她把格雷戈里·布拉巴宗看作是哪一等人。我看到他进屋的时候用职业的眼光把这间房子扫视了一遍，并且不自觉地扬了扬他那浓密的双眉。这间房子的确使人吃惊。壁纸、窗帘布、椅垫、椅套，全是一式的图案；壁上的厚重金镜框里挂着油画，这些画显然都是布家人在罗马时买的。拉斐尔①派的圣母像，基多·里尼②派的圣母像，苏卡吕尼③派的风景画，庞尼尼④派的废墟。房内摆设的还有他们在北京居留时的纪念品，雕花过繁的海梅桌子，巨大的景泰蓝花瓶，还有些是从智利或者秘鲁买来的，硬石刻的胖人儿，陶制的瓶子。有一张奇彭代尔做的书桌和一个嵌木细工做的玻璃橱柜。灯罩是用白绸做的，不知道哪个鲁莽画家在上边画了些穿着瓦托式服装的牧羊男女。这房子布置得实在难看，然而不懂什么缘故，却还顺眼。这里有一种安逸、家居的气氛，使你觉得这许多难以置信的杂乱无章中自有它的道理。所有这一切凑合不上的东西却属于同一类，因为它们都和布太太的生活密不可分。

我们刚刚喝完鸡尾酒，门忽地被推开，进来一个女孩子，后面跟着一个男子。

"我们迟了没有？"她问道，"我把拉里带回来了，有没有东西给他吃？"

"想来有吧，"布太太笑着说，"你按下铃，叫尤金添个位子。"

"他才替我们开门的。我已经对他说了。"

"这是我的女儿伊莎贝尔，"布太太转身向我说，"这是劳

---

① 拉斐尔（1483—1520），意大利16世纪画家，除壁画外还画了不少圣母像，表现了温柔的母性形象。
② 基多·里尼（1575—1642），意大利人像画家。
③ 苏卡吕尼（1702—1788），意大利风景画家，受雇在威尼斯和伦敦作画。
④ 庞尼尼（1691—1765），意大利18世纪著名地形画家，所画古罗马遗迹既准确又发挥了思古幽情。

021

伦斯·达雷尔。"

依莎贝尔匆匆忙忙地握了一下我的手,便急不可待地转向布拉巴宗。

"你就是布拉巴宗先生吧?我一直盼着能认识你。你替克莱曼婷·多默装饰的屋子我真喜欢。这屋子糟不糟?我好多年来一直想要妈妈整理整理,现在你来芝加哥了,这是我们的好机会。请你说实话,你觉得这屋子怎么样?"

我明白布拉巴宗死也不会说。他很快瞥了布太太一眼,但从她那毫无表情的脸上什么也看不出。他断定伊莎贝尔是个重要人物,于是便哈哈大笑起来。

"我敢说这屋子很舒服,种种都很好,"他说,"不过如果你要我直说,那么我觉得的确相当的糟。"

伊莎贝尔长得高高的,椭圆脸,直鼻梁,俊俏的眼睛,丰满的嘴,这一切看来都是布家的家族特征。她长得好看,不过稍胖一点,大约是年龄关系,等她长大一点就会苗条起来。她的两只手强健而好看,不过也稍嫌胖了一些。她那短裙下露出的小腿也是肥肥的。她的皮肤很好,面色红润,和适才的运动以及开敞篷车回来都不无关系。她光辉夺目,愉快活泼。你从她身上感觉到的仿佛放射着光辉的健康、喜欢嬉戏的快活、生活的乐趣以及幸福的心情,使人看了会心花怒放。她是那样天真自然,埃略特尽管非常风雅,与她相比都不免有点俗气。在她的朝气衬托下,布太太脸色苍白、皱纹满面,看起来简直又疲惫又衰老了。

我们下楼去吃饭。布拉巴宗看见餐厅的布置,眨了眨眼睛。

墙壁上糊着暗红的纸，算是冒充花布，墙上挂着些脸色阴沉死板的男女肖像，画得十分糟糕。这些人都是去世的那位布莱德雷先生的近系祖先。他自己的像也在那里挂着，一撮浓密上须，僵直地穿着方领大衣，戴着浆过的白领。一张布太太的像，是一位十九世纪九十年代的法国画家的手笔，挂在壁炉台的上方，穿着灰青缎子的晚礼服，戴着珍珠项链，发髻上别着一颗星形钻，一只满戴珠宝的手捏一条编织领巾，画得非常精细，一针一针清晰可数，另一只手心不在焉地拿着一柄鸵鸟羽毛扇子。室内家具都是黑楠木做的，简直笨重不堪。

大家坐下时，伊莎贝尔问布拉巴宗："你觉得这些家具怎么样？"

"我敢说买的时候花了很多钱。"他回答。

"的确，"布太太说，"这是布莱德雷先生的父亲送给我们的结婚礼物。它们跟着我们周游了世界。里斯本啊，北京啊，基多啊，罗马啊。亲爱的玛格丽特王后非常欣赏它们。"

"如果是你的，你怎样处理它们？"伊莎贝尔问布拉巴宗。但是，不等他回答，埃利奥特就替他说了。

"一把火烧掉。"他说。

这三个人开始讨论如何装饰这间屋子。埃利奥特主张完全仿照路易十五时代的装潢风格，而伊莎贝尔则要一张僧院式的餐桌和一套意大利式椅子。布拉巴宗认为奇彭代尔做的家具更符合布太太的个人气质。

然后他转身询问埃利奥特："你应该认识奥利芬特公爵夫

人吧？"

"你是说玛丽吗？顶熟的朋友。"

"她要我装饰她的餐厅，我一见到她的人，就提出仿照乔治二世。"

"你真有眼力。上次在她那儿吃饭，我就注意到。雅致得很。"

谈话就这样进行着，布太太只在一旁听着，但是你猜不出她在想些什么。我讲话很少，伊莎贝尔的年轻朋友拉里（我忘记了他姓什么）简直一言不发。他坐在我对面，在布拉巴宗和埃利奥特之间，我不时地看他一眼。他年纪看上去很轻，和埃利奥特差不多高，差不多有六英尺，而且四肢松弛瘦长。他样子令人喜爱，不算漂亮，也不算丑，相当腼腆，没有什么不寻常的地方。我觉得怪有意思的倒是，虽则进屋后记得他没有说上五六句话，人却非常自如，而且奇怪的是，尽管不开口，好像也在参加谈话。我留意到他的手很长，可是，就他的身材论，手不能算大，手的样子很美，同时结实有力。我想，画家一定喜欢画这双手。他体格比较瘦，但是，样子并不纤弱，相反地，我应该说他长得结实而有力。一张脸宁静庄重，晒得黝黑，要不是这样就看不出什么血色；五官端正，但并不出众。他的颧骨较高，两鬓低陷。他的头发是深棕色的，稍微有一点波浪状。眼眶较深，因此两只眼睛看起来比实际还要大，睫毛又浓又长。他眼珠的颜色很特别，不是伊莎贝尔和她母亲、舅舅共有的那种深棕色，非常之深，虹彩和瞳子差不多是一个颜色，这给他的眼睛以一种特别的光芒。他有一种吸引人的自然风雅，我看得出为什么伊莎贝尔为他所迷。她的眼光不时落到他身上一下，从她的神情里我好像看出不但有爱，而且有喜欢。两人的目光相遇时，他眼睛里含有一种温情，看去非常之美。年轻人相爱的情景在世界上最动人不过了，这使我这个已届中年的人艳羡他们，同时，不懂得什么缘故，感到难受。这很愚蠢，因为以我所知，是没有什么可以阻碍到他们的幸福的；两人的境遇都宽裕，没有任何原因能阻挠他们结婚并且以后永远幸福地生活下去。

伊莎贝尔、埃利奥特和布拉巴宗继续谈论着房子的重新装饰问题，试图引出布太太一句话来，承认是得想个办法，可是，她只蔼然微笑。

"你们不要逼我。得给我时间让我仔细考虑。"她转身向那个男孩子说，"拉里，你对这件事情是怎样看的？"

他向桌子四周环顾一下，微微眯着眼睛笑起来。

"我认为装不装修都无所谓。"他说。

"你这个蠢猪，拉里，"伊莎贝尔嚷道，"我还专门对你说过叫你支持我们。"

"如果路易莎伯母对原来的东西满意，又何必再更换呢？"

这个问题正落在点子上，而且很合乎情理，我听了也不禁笑出来。他看了我一眼，也跟着笑了。

"别那样咧着嘴笑，你以为自己讲的是一句俏皮话吗？我觉得蠢极了！"伊莎贝尔说。

可是他笑得更厉害了，这时我注意到他的牙齿长得又小又白又整齐。他望着伊莎贝尔的神情，不知怎么的，使她双颊绯红，呼吸也急促了。如果我判断得不错，她是在疯狂地爱着他，可是不知道什么缘故，好像她对他的情意里面还含有一种母性情怀。这在这样一个年轻女孩子身上有点令人意想不到。她嘴边微带笑意，重新向布拉巴宗献起殷勤来。

"别理睬他。他就是个笨蛋，完全没有受过教育。他什么东西都不懂，只懂得飞行。"

"飞行？"我说。

"大战时他是个飞行员呢。"

"我还以为他那时年纪太小，不会参军的。"

"他那时是年轻，着实太轻了。他淘气得很。溜出学校，跑到加拿大；说了一大堆谎话，哄得人家相信他有十八岁了，就这样进了空军。停战的时候，他还在法国作战呢。"

"伊莎贝尔，你把你母亲的客人都烦死了。"拉里说。

"我从小就认识他，他回来时穿一身军装，外套上挂着漂亮的奖章，非常好看，所以，我就这么坐在他家门口的阶沿上，一直缠得他同意娶我为止。那时候，竞争可真激烈。"

"真的吗，伊莎贝尔？"她母亲说。

拉里向我探过身子来。

"你一个字也不要信她的，我希望。伊莎贝尔并不是什么坏女孩，但可是个说谎的行家。"

午餐结束以后不久，我就和埃利奥特一起告别离开了。我先前告诉他打算去博物馆看看画，他说他带我去。我去画廊参观并不喜欢任何人陪我，但我也不好对他说我情愿一个人去，因此答应由他陪我。路上我们谈起伊莎贝尔和拉里。

我说："看见两个年轻人如此相爱，很有意思。"

"他们还这么年轻，现在结婚太早了。"

"怎么？趁年纪轻时恋爱，结婚，要有意思得多。"

"别说傻话了！伊莎贝尔才十九岁，拉里也才刚满二十。他还没有工作。路易莎对我说他一年收入三千美元；而路易莎也不是怎样富裕。她的收入只够她自己用的。"

"那么，他可以找个事做。"

"就是呀。他不想找事。他好像很满意这样晃膀子。"

"我敢说他一定在战争中吃了不少苦头。所以要休息一段时间。"

"他休息一年了。时间够久的了。"

"我觉得他像个很不错的孩子。"

"哦，我对他毫无成见。他的门第以及其他种种都很好。父亲原籍是巴尔的摩；过去是耶鲁大学罗曼语的副教授，总之大致如此。母亲则出身于费城老教友会的一个世家。"

"你口口声声过去，难不成他父母都去世了么？"

"是的，他母亲生他时就去世了，父亲约在十二年前去世。他是由他父亲上大学时的一位老朋友抚养大的，那人是麻汾的一名医生。路易莎跟伊莎贝尔就是这样才认识他的。"

"麻汾在哪儿？"

"布家的产业在麻汾。路易莎喜欢去那边消夏。她见了这个

027

孩子，觉得他可怜。纳尔逊医生是个单身汉，连怎样带孩子的粗浅常识都不知道。路易莎力主把这孩子送到圣保罗堂去，圣诞节时她总接他出来过节。"埃利奥特法国式地耸一下肩膀，"我以为，当初她就早该料想到会有这么一种结果了。"

我们这时已到博物馆，注意力转到了绘画上。埃略特的博学多闻及他的艺术修养又一次给我留下深刻印象。他领着我在那些屋子里转来转去，仿佛我是一群游客似的。讲起那些画来，连任何美术教授都不能比他更使人获益。我决定独自再来一次，那时自己可以随便逛逛，所以现在由他说去。过了一阵，他看了看表。

"我们走吧，"他说，"我参观画廊从来不超过一个小时。这样还得看一个人的欣赏力是否熬得了。我们改天再来看完它。"

分手时，我满口道谢。也许走开后我会变得聪明一点，但我确实窝了一肚子火。

我和布太太告别时，她告诉我第二天伊莎贝尔要请她几位年轻朋友来家吃晚饭；我要是愿意来的话，那些孩子们走后，我还可以跟埃利奥特谈谈。

"你来对他有好处，"她接着说，"他在外国待得太久了，到这儿觉得百不如意；简直连一个合他眼的人都找不到。"

我接受了邀请；在博物馆门口的台阶上，我正要和埃利奥特分别时，埃利奥特告诉我，他很高兴我答应下来。

"在这座大城里，我的灵魂都要迷失了，"他说，"我在这里度日如年，只是因为答应了路易莎，在她这里住六个星期，我们自从一九一二年后彼此就没有见过，但是我在扳着指头算还有多久能回巴黎。巴黎是世界上唯一文明人能住得下去的地方。我亲爱的朋友,你知道他们这儿的人把我看作什么吗?他们认为我是个怪物。真是一群野蛮人!"

我大笑着离开。

六

第二天晚上,埃略特打电话说来接我,我谢绝了,独自前往,最后也居然平安到达布太太家。因为有人来访,我耽搁了一下,到得稍为迟一些。上楼时,听见客厅里人声鼎沸,我以为客人一定很多,不料连我在内,一共也只有十二个人。布太太穿一身绿缎子衣服,戴一串细珠项链,非常雍容高贵。埃利奥特的晚礼服式样做得极好,那种潇洒派头,看上去只有他才配;和我握手时,我感到各种各样的阿拉伯香水的香气一下子冲入鼻孔。他把一位身材高大的人介绍给我;那人一张红红的脸,穿着晚礼服,样子怪不舒服的。他叫纳尔逊医生,可是,我当时听到丝毫没有感觉。其他客人都是伊莎贝尔的朋友,但是他们的名字我是听过就忘。女子都年轻貌美,男子都少年英俊。那些人我全没有什么印象,只对一个男孩子有些印象,还是因为他的身材特别高大的缘故。他一定有六英尺三四英寸高,而且肩膀又宽又大。伊莎贝尔打扮得漂亮极了,白绸子衣服曳着长裙,正好遮着她的肥腿;从衣服的式样上看出她有发育得很丰满的胸脯;她那露在外边的臂膀有些肥胖,但露出的脖颈很美。她整个人兴致勃勃,明眸四射。毫无疑问是个非常美丽可人的女子,但是看得出如果不当心的话,很容易胖过头。

在餐厅入座时,我坐在布太太和一位腼腆的女子之间;她看上去比余下的人还要年轻。我们坐下来时,布太太为了方便交谈,特地讲给我听,说这个女孩是伊莎贝尔以前的同学,她的祖父母就住在麻汾;她的名字,我从旁人口中听到,叫索菲,姓什么可不知道。席间,大家尽情笑谑,人人都大声说话,笑声一片。这些人好像彼此非常熟悉。当我不需要应付女主人时,就设法和邻座的那个女孩子攀谈,可是并不怎样顺利。她比其余的人都要沉默些。人不算美,但是,脸长得很有趣,鼻子微微往上翘,阔嘴,蓝里带绿的眼珠,赭黄色的头发,梳着极为简单的发式。人很瘦,胸部几乎像男孩子一样平坦。大家寻开心时,她也笑,可是,态度显得有点勉强,使人觉得她并不如表面那样真正觉得好笑。我猜想她是在尽力敷衍;也弄不懂她是否人有点笨,还只是过于腼腆了。我起先和她的几次攀谈都没有谈下去,后来实在无话可说,就请她告诉我席上坐的这些人都是谁。

"啊,那位是纳尔逊医生,你总认识吧,"她说,指指坐在布太太对面的那个中年人,"他是拉里的监护人。他是我们麻汾的医生。他非常能干,发明了许多飞机零件,只可惜没人识货。他没有发明可做时,就会喝酒。"

她讲话时淡蓝色眼睛里闪出一丝光彩,这使我感到,她不像我原以为的那样头脑简单。接着她把那些年轻人的名字一一介绍给我,他们的父母是谁,介绍到男的,则加上他们从前进过什么大学,现在做什么事,都没有什么出色的。

"她很可爱,"或者:"他打高尔夫很厉害。"

"那个眉毛很浓的大个子是谁?"

"哪个?哦,那是格雷·马图林。他父亲在麻汾河边有一所大房子,是我们中的百万富翁。我们为他感到自豪。他把我们的身价都抬高了。芝加哥最最有钱的就是马图林、霍布斯、雷纳、史密斯等人,而格雷又是马图林的独生子。"

她讲到这一连串有钱人的名字时,故意加上些逗人的刻薄字眼,使我好奇地瞟了她一眼;她发现了,满脸通红。

"关于马图林先生的事,你再讲点给我听。"

"没有什么可讲的。他很富有,人人都尊敬他。在麻汾替我们修建了一所教堂,还捐了一百万给芝加哥大学。"

"他儿子长得挺英俊。"

"是吧,你肯定想不到,他祖父是个爱尔兰的穷水手,而祖母是一家饭店里的瑞典女服务员。"

格雷·马图林的相貌不能算漂亮,但挺引人注目的。外表不加修饰,给人一种粗犷的感觉。鼻子短而扁,厚厚的嘴唇,肤色是爱尔兰式的红润;长了一头黑发,又光又柔。浓浓的眉毛,下面衬着一双清澈的蓝眼睛。虽则身材高大,四肢五官倒还匀称。如果脱下衣服,身躯一定相当健美。他显然是个有力量的人,那种男子气概令人印象颇为深刻。拉里就坐在他身边,虽则不过比他矮三四英寸,相形之下却显得孱弱多了。

"喜欢他的人真多,"我那位腼腆的邻座姑娘说,"我知道有好几个女孩子都在拼命追他,竞争激烈得都要动刀子了。可是她们一点机会没有。"

"为什么没有机会呢?"

"你竟然不知道吗?"

"我怎么会知道呢?"

"他爱伊莎贝尔爱到了极点,简直爱得发狂,而伊莎贝尔爱的人是拉里。"

"他干吗不去和拉里竞争一下？"

"因为拉里是他最好的朋友啊。"

"我敢说，这样一来事情可麻烦了。"

"的确，要是你像格雷那样义气的话。"

我拿不准她这话的意思是当真，还是在嘲讽什么。她的态度丝毫不显得粗俗或冒失、轻率。然而，我有个印象，觉得她并不缺乏幽默，也不缺乏精明。我猜不出她这样和我谈着话，肚子里会想些什么，可是，这一点我知道永远也不会弄清楚。可以看得出她对自己没有把握，我想她大概是个独生女，一直以来都是和比她年纪大得多的人生活，孤寂惯了。她有种幽娴贞静的气质，很是惹人疼惜，可是，假如我的猜想是事实，她确实孤寂惯了的话，那么她对于和她一起生活的长辈们一定默默观察过，并且对他们做出了自己的判断。我们上了年纪的人很少觉察到年轻人对我们的判断多么无情，然而又多么深刻。我看着她那对蓝绿色的眼睛，忍不住问她："你多大了？"

"十七岁。"

"你平时看不看什么书？"我冒险问她。

可是，她还没有回答，布太太为了尽女主人的责任，又来和我说话了。我还没有应付完她，晚饭已经结束了。那些年轻人立刻走得不知去向，剩下我们四个人，就到楼上客厅里去坐。

我被邀请参加这次宴会，使我感到奇怪，因为，在东拉西扯地谈了一会儿之后，他们开始谈论一个我认为他们本应该私下谈的问题。我拿不定主意是否要避点嫌疑，抬起脚来走掉，还是以局外人的身份，当一个对于他们有益的旁观者。争论的问题是拉里为什么不肯就业，这太奇怪了，后来又集中到马图林先生答应在他的公司里给拉里一个职位，马图林先生就是适才晚饭时同席的男孩子的父亲。这是一个大好的机会，只要拉里勤快肯干，不用多长时间就可以赚一大笔钱。小马图林是非常希望拉里接受这一职务的。

　　大家是怎么说的，我记不全了，不过谈话的内容却清清楚楚在脑子里。拉里从法国回来时，他的保护人纳尔逊医生劝他进大学，可是他拒绝了。这也是人之常情，先闲散一段时间；战争中他遭了不少罪，还曾两次负伤，尽管伤得不重。纳尔逊医生认为他对战争的余悸还没有消除，能够休息些日子直到完全恢复正常，这样也好。可是，一周一周地过去了，又一月一月地过去了，现在离他退伍时已经有一年多了。原来他在空军里面混得好像不错，回芝加哥后也小有名头，好几位商界人士都要招揽他。但他谢过以后统统拒绝了。他什么理由都没说，只说他自己对于做什么还没有打定主意。他和伊莎贝尔订了婚。这事布太太也不诧异，因为两人从小青梅竹马，早有情谊；布太太知道伊莎贝尔爱他；她本人也喜欢他，而且觉得他是能给伊莎贝尔带来幸福。

　　"伊莎贝尔性格要强，和拉里正好互补。"

　　尽管两人年纪都这么轻，布太太却愿意他们立刻结婚，前提是拉里总得有事可做。拉里也不是毫无身价，但就算他的身家再多十倍，她也坚持让他找个事做。照我猜想，她同埃利奥特想问纳尔逊医生的就是拉里打算做什么。同时他们也希望，纳尔逊医生能发挥他监护人的影响力，让拉里接受马图林先生给他的职位。

"你们知道我从来就管不了拉里,"他说,"他打小就有自己的主意。"

"我知道,你太纵容他了。他会变得现在这么好,真可以说是奇迹。"

纳尔逊医生酒已经喝了不少,听了这话,不高兴地瞅了布太太一眼,一张红红的脸变得更红了。

"我很忙,我自己也有事情要照料。当初我收留他,是因为他无处可去。他父亲又是我的一个朋友。这孩子是不容易管教的。"

"我不懂你怎么可以讲这样的话,"布太太尖刻地说,"他的性情温和得很。"

"是,这孩子从不跟你吵嘴,可是完全我行我素;你要是气极了,他会对你说声'对不起',然后随你怎么吼他。请问你怎样对付?他要是我自己的儿子,我就可以打得。但是,他只是个无亲无故的孤儿,他父亲把他托孤给我,期望我能善待他,我怎么可能动手打他?"

"这完全是驴唇不对马嘴,"埃利奥特有些烦躁地说,"目前的情形是这样,他游手好闲的时间算得上长了;而眼下就有一个很好的就业机会,可以赚很多的钱;他如果要娶伊莎贝尔,那就该接受这份工作。"

"他也应该懂事了,"布太太插嘴说,"人活在世上,总得有份事业。他现在已经强壮得和好人一样。我们都知道,南北战争之后,有不少退伍回来的人都不肯出去找事情做。他们是家庭的累赘，而且对社会毫无益处。"

后来我开口了。

"可是，他拒绝那些人给他找的事时，提出什么理由呢？"

"没说什么理由，只说那些事他不喜欢。"

"那么有他想做的事情吗？"

"摆明没有。"

纳尔逊医生给自己又倒上一杯柠檬威士忌，喝了一大口，然后看看他的两个朋友。

"你们想不想听听我的看法？我不敢说我看人一定很准，不过，三十多年的行医经验让我多少还是有点儿眼光的。这次战争使拉里变了。他回来时已经变了，再也不是以前的拉里了。这可不是说他长大了，只是因为遭遇到某种事情，以至于转了性子。"

"碰上什么事情呢？"我问。

"我可不知道。他对自己的战争经历总是讳莫如深。"纳尔逊医生转向布太太，"路易莎，他可跟你提起过他的经历吗？"

她摇了摇头。

"没有。他刚回来时，我们都曾试图向他打听些战场上的事儿，可是，他总是那样笑笑，说没有什么好说的。连伊莎贝尔也问不出半点来。她屡次问他，可他就是不说。"

谈话就这样不痛不痒地进行下去，不久，纳尔逊医生看看表，说他必须走了。我打算也跟他一起告辞，但是，埃利奥特硬把我留下。纳尔逊医生走后，布太太向我道歉，说不该拿这些私事叨扰我，恐怕我已经觉得厌烦。

"不过，你知道，这的确是我的一件心事。"她最后说。

"毛姆先生人很谨慎，路易莎，你有什么事只管告诉他。我并不觉得鲍勃[①]·纳尔逊和拉里怎样亲近，不过，有一些事，路易莎跟我都觉得，最好不要在他面前提起。"

"埃利奥特！"

布太太试图打断他，但埃利奥特却说："你告诉他不少了，另外那些事也没必要瞒着他。"然后他又转过身来问我，"不知道晚饭时你有没有留意到格雷·马图林？"

"他那样高大，怎么会不注意到他？"

"他也是追求伊莎贝尔的一个。拉里不在的时候，他一直非常殷勤。她也喜欢格雷。假如战争再拖长一点，她很可能已经嫁给格雷了。格雷曾向她求过婚。她没有接受，也没有拒绝。路易莎猜她是不愿意在拉里回来之前有所决定。"

"格雷为什么不去参战呢？"

"他心脏有点儿小毛病，因为踢球时用力过度导致的，不严重，可是陆军不肯收他。总之，等到拉里回来，他就一点机会也没有了。伊莎贝尔毅然决然地把他甩掉。"

我不懂得对这件事应当怎么说，所以不开口。埃利奥特继续说下去，以他那样的堂堂仪表和牛津口音，简直足以胜任一名外交部的高级官员了。

"当然，拉里是个好孩子，而且他私自跑去参加空军更是一项壮举，不过，我看人也是很有一套的……"他微笑一下，说了一句我听到他唯一暗示他在古董生意上发了财的话，"否则，我

[①] 鲍勃，罗伯特的昵称。

现在就不会拥有一笔数额相当大的金边股票①。我的意见是拉里永远不会有什么出息，钱，地位，都说不上。格雷·马图林就全然不同了。他出生于良好的爱尔兰世家。祖上出过一位主教、一位戏剧家，还有几位出名的军人和学者。"

"这些你怎么知道的呢？"我问。

"我就是知道啊，"他若无其事地回答，"说句老实话，有一天我在俱乐部里碰巧翻了一下美国名人辞典，碰巧看见这一姓氏。"

我觉得犯不着多事，把晚饭时我那位邻座姑娘告诉我的话说出来，说马图林的祖父是个爱尔兰的穷水手，祖母是个瑞典女服务员。埃利奥特继续说下去。

"我们都认识亨利·马图林多年了。他为人挺好，而且很富有。格雷正踏进芝加哥最好的一家经纪人公司，可以说是事业有成。他想娶伊莎贝尔；替她着想，不能不说是一门很好的亲事。我自己完全赞成，而且我知道路易莎也赞成。"

"埃利奥特，你离开美国太久了。"布太太说，勉强地一笑，"你大概忘了，在这个国家里，姑娘可不是妈妈、舅舅要她们嫁谁就嫁谁的。"

"这并不是什么值得骄傲的事，路易莎！"埃利奥特毫不客气地说，"根据我三十年的人生经验，我可以明确告诉你，一件婚事把双方地位、财产、处境都考虑到，这要比单纯考虑爱情强上百倍。说来说去，法国总是世界上唯一的文明国家。在法国，伊莎贝尔会毫不迟疑地嫁给格雷；往后再过一两个年头，假如她

---

① 金边股票，指有政府担保的股票。

愿意的话，可以把拉里当作她的情人，格雷可以置一所豪华公寓，养个把女明星，这样就皆大欢喜了。"

布太太并不傻；她看看自己兄弟，暗自好笑。

"埃利奥特，碍事的是纽约那些剧团每年只到这儿来演出一小段时间。格雷那所豪华公寓里的娇娘能够住多久，谁也说不准。这肯定对大家都不方便，是不是？"

埃利奥特笑了。

"格雷可以在纽约的证券交易所里弄一个经纪人的位置。说实在的，如果你要生活在美国，除了纽约，我想不出还有能住的地方。"

这以后不久我就告辞离开了，可是，令我想不明白的是，为什么在我走之前，埃利奥特忽然问我是否愿意和他一起吃顿饭，见一见马图林父子俩。

"亨利是美国商界人士中的最好典型，"他说，"我觉得你应该见见。他多年来一直帮我们经管着投资产业。"

我并不怎么特别想见这个人，可是没有理由拒绝他，也就只好同意了。

七

有人介绍我在芝加哥逗留期间加入一家俱乐部。俱乐部里有个很好的阅览室；第二天早晨，我去那里翻阅一两种大学刊物，因为这些刊物除长期订阅外，不大容易碰得见。我去得挺早，阅览室里只有一个人，坐在一张大皮椅子上埋头看书。我意外地发现，这人就是拉里。在这样一个地方，他可以说是我最不想撞见的人。我从他身边走过的时候，他抬起头看，认出来是我，作势要站起来。

"别起身，"我说，接着几乎是随口问道，"你在看什么？"

"看书，"他说着微微一笑，笑容很是动人，连他回话里那种顶撞的口吻都毫不使人生气了。

他把书合上，用那双波澜不惊的眼睛打量了我一眼，然后举起来让我看书名。

"你们昨晚玩得怎样？"我问。

"痛快极了，一直玩到五点钟才回的家。"

"那么你这么早到这儿来，又这样精神，真不容易。"

"我常来这儿。在这个时辰，通常是只有我一人的。"

"那我不打搅你。"

"你并没有打搅我，"他说着又是一笑，这时候，我才觉出他能够笑得如此动人，不是因为他笑得灿烂、耀人眼，而是好像含有一股内蕴的光华，把他的脸都照亮了。他坐的地方是用书架围成的一个角落,在他旁边还有一把椅子。他把手放在椅子把手上说,"你坐一会儿吗?"

"好吧。"

他递给我他手里的书。

"我就看这个。"

我看了看,书名是威廉·詹姆斯①的《心理学原理》。这当然是部名著,在整个心理学史上都具有举足轻重的地位。尽管这本书写得极其流畅;不过看到一个年轻人,一个飞行员,头一天还跳舞跳到凌晨五点钟,我绝没有想到他手里会有这样一本书。

"怎么看起这个来了?"我问。

"我觉得自己懂的东西太少了。"

"你年纪还轻着呢。"我笑着说。

他好一会儿没有说话,我渐渐觉得尴尬起来,正打算站起身去找我想翻阅的杂志。可是,我觉得他仿佛要讲什么话似的。他眼睛视若无睹,面色严肃而专注,显然在沉思。我心里也好奇,就决定再等等,看他到底会说些什么。然后他终于开口,把谈话继续下去,并未感到中间长久的沉默。

"我从法国回来时,大家都劝我去读大学。但我做不到。经历过那场战争以后,我觉得我已经回不到学校了。反正我在中学也没有学到什么东西。而且,我也不觉得我能适应大学生活,当好一个一年级学生,和大家搞好关系——他们不会喜欢我,我也不愿勉强自己做自己不喜欢的事。而且我不相信那些教师能教给我真正想了解的东西。"

---

① 威廉·詹姆斯(1842—1910),美国著名的哲学家、心理学家。

041

"当然，我知道这事与我不相干，"我说，"不过，我并认为你未必是正确的。我想我大概能理解你吧，当一个人参加了两年战争之后再回来，那么在起初那一两年，可能会对原本令人羡慕的大学生活感到平淡腻烦。我不相信他们会不喜欢你。尽管我对美国大学不怎么了解，可是，我相信美国的大学生和英国的大学生也差不多，顶多言行粗鲁一些，喜欢胡闹一些，但整体来说，还是些规矩懂事的好孩子；我敢说，你假如不想过他们那种生活，只要稍微使一点手腕，他们就会随你乐意怎么活就怎么活了。我的兄弟们都读过剑桥，只有我没有。原本有机会去的，可是，我拒绝了。我想自己出去闯一闯。后来我一直都懊悔。我想，假如当初我去上大学，后面的人生一定能少走许多弯路。在有经验的老师指导下，你可以学得快很多。要是无人指引，全凭自己摸索，很可能平白浪费许多时间，走冤枉路。"

"你也许是对的。但我并不在意自己是不是走错了路。也许在那许多死胡同里，也恰好有一条刚好能达到我的目标呢。"

"你的目标是什么呢？"

他迟疑半晌。

"是呢，其实我自己也并不清楚。"

我沉默了，因为这句话好像没有什么可以回答的。我这个人从年轻时起就有个明确目标在脑子里，因而对他这样子颇觉得有点儿不耐烦；但我又有些责怪自己，我有一种感觉，只能说是直觉，这孩子灵魂里好像在隐隐约约追求一种东西，只是我不清楚，那究竟是某种未成型的念头，抑或是某种朦胧的情怀？这种追求却使他整个人不得安宁，逼着他，连他自己也不知道要向哪儿去找。他莫明其妙地激起了我的同情。之前我没怎么听到他说话,现在听过了,才觉察到他说起话来极其好听,就像仙丹一样令人迷醉。这样悦耳的声音,再加上他那迷人的笑,和富于表情的黑眼睛,我很能理解伊莎贝尔为什么那么爱他。他确乎有种惹人爱的地方。这时他转过头来,毫不忸怩地望着我,但是,眼睛里流露出某种神情,像是在审视我,又像觉得好笑。

"昨天晚上我们全走开去跳舞时,你们谈到我了吧?我猜得没错吧?"

"确实谈到过。"

"我想他们硬把鲍勃大叔邀来,肯定是这个缘故。要知道,他最讨厌出门了。"

"像是有人给你找了份挺不错的工作。"

"是挺不错的。"

"你会接受吗?"

"不见得。"

"为什么不?"

"我不想接受。"

这其实与我毫不相干,我问这些颇有些多管闲事的意味。但我隐隐觉得,好像正因为我是个局外人,特别又是从外国来的,因而拉里很有可能愿意和我说说他的想法。

"你知道,一个人什么都做不了时,他就成了作家。"我扑哧一声笑了。

"我没有当作家的天赋。"

"那么,你要做什么呢?"

他再次向我微微一笑，笑容明媚动人。

"闲逛。"他说。

我无奈一笑。

"我觉得，芝加哥并不是适合人闲逛的地方，"我说，"不管啦，我还是不打扰你看书了。我想去翻一下《耶鲁季刊》。"

我站起身来。等到我翻完书准备离开阅览室时，拉里还在读威廉·詹姆斯写的《心理学原理》，神情专注。我独自在俱乐部里用了午饭，因为嫌闹腾，就又回到安静的阅览室那里去抽雪茄，看看书或是写写信，这样消磨了一两个小时。令人诧异的是，在此期间拉里一直在专注地看他的书。而且看那样子，好像我走开后，他就没有动过。等到约莫四点钟我离开的时候，拉里还在那里。他这种明显的专注力简直令人吃惊。他既没有留意到我走，也没有留意到我来。下午我有各种事务要做，直到应当换衣服去赴晚宴时才返回旅馆。在返回途中，忽然被一时的好奇心驱使，我又一次走进俱乐部，到阅览室里看看。那时候，室内已有不少人了，都是在看报或是做其他事情。只有拉里，还是坐在先前那把椅子上，全神贯注地读着那本书。这真是怪了！

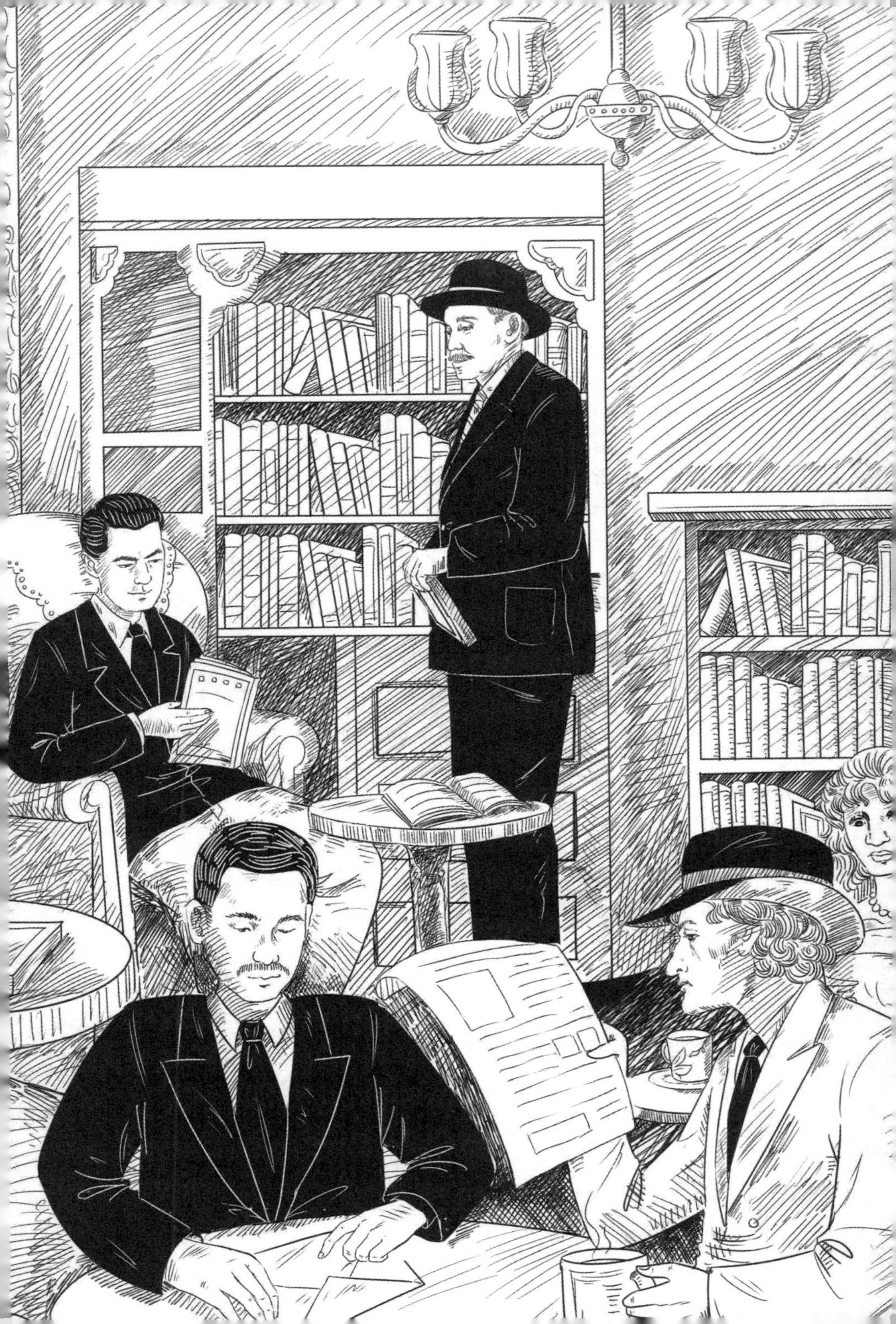

我站起身来。拉里还在读威廉·詹姆斯写的《心理学原理》,神情专注。我独自用了午饭,又回到阅览室。令人诧异的是,在此期间拉里一直在专注地看他的书。而且看那样子,好像我走开后,他就没有动过。等到大约四点钟我离开的时候,拉里还在那里。他这种明显的专注力简直令人吃惊。晚餐时分,室内已有不少人了,都是在看报或是做其他事情。只有拉里,还是坐在先前那把椅子上,全神贯注地读着那本书。这真是怪了!

八

第二天,埃利奥特邀我在巴玛酒店午餐,会见老马图林和他的儿子。席上就只我们四个人。亨利·马图林也是个大个子,差不多和他儿子一样高大,一张红红的脸,满是肉,硕大的下巴,同样带有挑逗性的塌鼻子,只是眼睛不如儿子的大,也不那样蓝,看起来十分精明。虽则年纪至多不过五十开外一点,但看上去至少要老十岁,头发已经稀得很厉害,而且全白了;初看上去,并不给人好感。他多年来混得不错应该全是靠自己。他给我的印象是一个狡诈残忍、精明能干的人,这种人在生意经上面是毫无慈悲可言的;起初他很少开口,我感觉他似乎在不动声色地审视着我。我当然看得出埃利奥特在他的眼中也只是个可笑的人。格雷在态度上温和恭敬,几乎一句话不说,倘若不是埃利奥特的交际手腕老到,总能滔滔不绝地扯上许多闲话,怕是大家彼此就要僵住了。我猜他过去和那些中西部商人做交易时,一定获得了不少经验,因为若不是说得天花乱坠,那些人决不肯花那样惊人的价钱买一张旧名家的画。过了一会儿,马图林先生慢慢高兴起来,跟着说了两句话。这才显出他并不像表面那样俗气,而且言谈中的确还有点冷峻的幽默。有这么一会儿,谈话转到证券股票上去。我发现埃利奥特讲到这上面时头头是道,这倒没让我觉得诧异,尽管他这人行事荒唐,可一点也不傻。就在这时候,马图林先生说道:

"今天早上我收到格雷的朋友拉里·达雷尔的一封信。"

"爸爸,你怎么没告诉我?"格雷说。

马图林先生转向我说:

"你认识拉里吧?"我点点头,"格雷硬要我在公司里给拉里安排一个职务。他们是好朋友。格雷对他佩服得五体投地。"

"他在信里说些什么,爸爸?"

"他向我道谢,说他明白这份工作对于他这样的人是个极好的机会。只是在认真考虑过以后,还是认定自己无法胜任,与其将来再让我失望,还不如不接受的好。"

"他这人真蠢。"埃利奥特说。

"的确。"马图林先生说。

"我很抱歉,爸爸,"格雷说,"我原本是想,如果我和拉里能一块儿做事,该有多好。"

"你可以把马领到水边,你可没法使它喝水。"

马图林先生说这话时看看儿子,目光中的精明隐去,转为温和。我这才发现这冷硬心肠的商人也有他柔情的一面;他对这个大块头儿子明显非常宠爱。他又转向我说:

"你知道吗?星期天这孩子和我在场子上打了两场高尔夫,一场赢了我七点,一场赢了我六点。我真想拿球杆敲开他的脑袋看看,说起来还是我亲自教他打高尔夫的。"

他满脸得意的样子,我渐渐喜欢起他来。

"爸爸,这只是我的运气好。"

"一点也不是运气。你把球从洞里打出去,落下来离洞口只有六英寸远,这难道说是运气吗?三十五码远不多也不少,那一球多棒！明年我要叫你去参加业余锦标赛。"

"我没有办法抽出时间来。"

"我是你的老板，是不是？"

"我难道不知道？每次哪怕我迟到一分钟，你都会发那么大的脾气。"

马图林先生哧哧笑了。

"他想把我说成是个专制魔王，"他向我说，"你别相信他。我就是我的行业，我的生意伙伴都不怎么行，全指着我一个，我当然要更重视一些。我叫这孩子先从最底层做起，指望他慢慢升上来接替我的位子时，他才能应付得了。这是很大的责任，我这个行业，一些客户三十年来一直把投资交到我手上，这是他们对我的信任。跟你说句实在话，我宁愿自己折本，也不想让他们受损失的。"

格雷笑了。

"前些天，有位老姑娘拿来一千美元，要进行一项冒险投资，说是她的牧师给她的建议，他就不肯替她办。她坚决要做，他就大发雷霆，弄得她哭着出了门。后来他又去会见那个牧师，把牧师也教训了一顿。"

"别人看我们这些经纪人，总会一概而论，充满偏见，但其实，经纪人之间也各有不同。我不想让自己的客户受到损失，而只想让客户赚钱，可是，他们中大多数人的那种做法，让你觉得他们活在世上简直就是为了要把自己的钱败光。"

午餐结束后，马图林父子向我们告辞，回去工作。我们离开时，埃利奥特问我："你觉得他怎么样？"

"能遇到新型人物我总是很高兴的。我觉得父子之间的感情非常动人。在英国这样的情况非常少见了。"

"他是挺爱自己儿子的。这人古怪极了，他说的关于客户的话都是真的。他这些年照顾着好几百人，像是些老太婆、退伍军人、牧师等等，他们都把毕生的储蓄交给他经营。要是我，就会觉得不值得找这许多麻烦，可是，他很自负有这么多人信任他。不过碰到大生意，而且有厚利可图时，他的冷酷与心狠谁也比不上。那是一点慈悲也没有的。非要他的一磅肉①不行，几乎没有什么可以拦得了他的。而要是有人惹怒了他，他不但要叫你倾家荡产，而且事后还要拿来当作笑谈。"

埃略特一回到家里就告诉布太太说，拉里已经回绝了亨利·马丘林先生的聘请。伊莎贝尔正跟女友共进午餐。她进来时，姐弟还谈着这件事，就告诉了她。我根据埃略特的叙述可以猜出，他以他那雄辩的口才把他的观点大谈了一番。虽则他自己十年来没有做过一点工作，而且他用以攒聚一笔富裕家财的工作也毫不艰苦，他却坚持工商业是人类生存必备的条件。拉里是一个极其平常的青年，毫无社会地位，他没有什么理由不遵从他本国共同遵从的习俗。以埃利奥特的眼光来看，美国显然正在走进一个空前的繁荣时代。拉里现在既然有了这么好的机会，只要他勤勤恳恳、努力不懈去做，也许到四十岁的时候，就能混个百万富翁当当了。那时候，他要是愿意歇歇手，满可以在巴黎杜布瓦大街置所公寓，或者在都兰置所府第，从此做个寓公，埃利奥特也不会有二话说。可是，布太太的话更直截了当，更无答辩的

---

① 引用莎士比亚《威尼斯商人》中犹太人夏洛克向安东尼逼债的故事。

余地。

"他要是爱你的话,就应当为了你接受这份工作。"

我不知道伊莎贝尔对这些话怎样逐个回答,不过,她是个机灵的人,当然看得出长辈们心里都有想法。她认识的那些年轻男子,或是在学习准备就业,或是已经就业、忙碌起工作来,没有一个是像拉里的,拉里,他也总不可能一辈子都靠着在空军时的卓越战绩过活。战争已经结束,人人都厌恶透顶,恨不能赶快彻底忘掉,愈快愈好。大家商量之后,伊莎贝尔同意找拉里谈一谈,把事情都摊开来讲个明白。布太太想出一个主意,叫伊莎贝尔找拉里给她开车到麻汾去,两人好谈一谈。布太太正预备定制客厅里的新窗帘,一张量好的尺寸单被她丢掉,所以要叫伊莎贝尔再去量一下。

"鲍勃·纳尔逊会留你们吃午饭。"她说。

"我有个更好的主意,"埃利奥特说,"你给他们准备一个食物篮子,让他们在廊沿上吃野餐,饭后他们就可以谈。"

"这倒有意思得很。"伊莎贝尔立刻表示赞同。

"再没有比舒舒服服吃一顿野餐更让人愉悦的了,"埃利奥特机灵地说,"老迪泽公爵夫人常跟我说,就是非常桀骜不驯的男人在这种场合也变得能被说服了。你打算替他们准备什么样的午餐?"

"酿馅鸡蛋①,和一块鸡肉三明治。"

"胡说,你要野餐,就不能没有肥肝酱。开胃菜得是咖喱虾仁,后来是鸡脯冻,衬上生菜心色拉,这几样得由我亲自动手。

---

① 在煮鸡蛋里面塞进虾仁和肉末,一般作为冷盆吃。

肥肝酱必不可少，其余还准备什么就随便你了，你要是尊重美国习惯的话，可以来一个苹果派。"

"埃利奥特，我就打算给他们准备酿馅鸡蛋，还有一块鸡肉三明治。"布太太拿定主意说。

"那么，你记着我的话，事情一定不成，到时候全怨你自己。"

"舅舅，拉里吃得很少，"伊莎贝尔说，"而且他向来对吃的不怎么在意。"

"我希望你不要以为这是他的优点，可怜的孩子。"她舅舅回答。

可是他们那天吃的就是布太太说要给他们准备的东西。后来埃利奥特告诉我这次出游的结果时，他完全像法国人那样耸了耸肩膀。

"我早对他们说过，这样事情肯定成不了。我央求路易莎在野餐篮子里放一瓶战前我送她的蒙特拉夕酒，但她就是不听。只给他们灌了一壶咖啡带着。这还能让人有什么指望呢？"

当时的情形好像是布太太和埃利奥特坐在客厅里等着，这时候车子到了门口停下，伊莎贝尔独自进了屋。天刚黑，窗帘拉上。埃利奥特拿着一本小说，倚坐在炉边的躺椅上看；布太太在做刺绣，预备当遮火屏用。伊莎贝尔没过来和他俩打招呼，直接就上了楼，把自己关进了卧室。埃利奥特透过眼镜，抬眼看向他姐姐布太太。

"我想她要先换身衣服再下来。"她说。

可是，已经过了好几分钟，伊莎贝尔并没有下来。

"也许人倦了,或者躺着呢。"

"你难道没有希望拉里跟进来?"

"埃利奥特,别惹人生气。"

"好吧,反正是你的事,与我无关。"

他又看书,布太太继续做花。但是,半小时之后,她猛地站起来。

"我上去看看吧,不知道她怎么样了。要是她在休息,我就不打扰她。"

她离开屋子,可是,一会儿就下来了。

"她哭过了。拉里要去巴黎待两年。她答应等他。"

"他为什么要到巴黎去?"

"问我没有用,埃利奥特,我不晓得。她什么都不肯告诉我。她说她了解,不愿意阻挡他。我跟她说:'他如果打算丢下你两年,对你的爱也就有限了。'她说:'我没有办法,因为我爱他,爱极了。'我说:'甚至于今天这样之后,你还爱他?'她说:'今天使我比往常更加爱他,而且,妈妈,他也爱我,这点我很肯定。'"

埃利奥特考虑了一阵,开口说:"那么两年之后呢,他会怎么做?"

"我告诉你我不知道,埃利奥特。"

"你不觉得事情非常糟糕?"

"是非常糟糕。"

"唯一令人感到安慰的是,就是他们的年纪都还轻。等上两年对谁也没有妨碍。而两年时间,什么事都会发生。"

本来那晚他们是准备外出吃晚饭的，但在商量之后，两人都认为最好不要去惊动伊莎贝尔。

"我不想叫她难受，"布太太说，"人家如果看见她眼睛完全肿起来，肯定会觉得奇怪的。"

不过第二天，他们三人在家里用完了午餐，布太太又问起伊莎贝尔这件事，结果什么也没问出来。

"妈妈，除去已经告诉你的之外，实在没有什么可以说的了。"她说。

"可是，他要去巴黎做什么呢？"

伊莎贝尔微笑一下，因为她知道自己的回答在她母亲听来一定不通情理之至。

"闲逛。"

"闲逛？你这话怎么讲？"

"他是这么说的。"

"你怎么这么不争气！但凡你还有些气性，当时当地就会跟他解除婚约。他这不是在耍你吗？"

伊莎贝尔低头看着她戴在左手上的戒指。

"我有什么办法呢？我那么爱他。"

后来，埃利奥特参加进来了。他以他的谋略给外甥女儿分析问题。他是这么告诉我的："老兄，我并不以她舅舅的身份说话，而只是向一个小女孩讲讲一个洞悉世事的过来人的经验之谈。"可是，他的成绩比布太太也好不了多少。我得到的印象是伊莎贝尔叫他别管闲事。当然话说得很有礼貌，但是意思毫不含糊。就在当天稍晚一点，埃利奥特来黑石旅馆找我，在我自己的小起居室里告诉了我全部经过。

"当然路易莎是不错的,"他又说。"这事非常之不痛快,可是,让年轻人自己去找婚姻对象,除了相互爱慕之外,其余什么也不管,这种事情是必然碰上的。我劝路易莎别再为这事发愁了;我觉得这事不会变得如她设想的那样糟。拉里不在跟前,守在眼前的只有小格雷,这结果不是明摆着吗?否则的话,我就是一点也不懂得人情世故了。无论人们在十八九岁时的情感多么热烈,都是难以持久的。"

"你真是洞悉世情,埃利奥特。"我微笑着说。

"我的拉罗什富科①总算没有白读。你知道芝加哥是怎样一个地方,小格雷和伊莎贝尔天天都能见着面。一个女孩子当然高兴有一个男孩子这样对她钟情;等到她知道她的那些女朋友里面没有一个不心甘情愿要嫁给他时,那么,我问你,从人情上讲,她是不是会想挤掉她们所有人呢?我是说,这就像有人家请你的客,明知道去了一定腻味得受不了,而且唯一的吃喝只是柠檬水和饼干,但当你知道你所有的好朋友巴不得能去——哪怕是爬着去,却完全无门可入的时候,你依然会去的。"

"拉里打算什么时候走?"

"不知道。我想大约还没有决定。"埃利奥特说着,伸手从口袋里掏出一个又长又薄的、白金和黄金合镶的烟盒子,掏出一支埃及烟。像什么发第玛、吉士,或是骆驼、好运道这等烟,②

---

① 拉罗什富科(1613—1680),法国政治家和作家,拥护王后反对红衣主教里留,著有《箴言录》,对人的性格进行深刻分析,揭露人类各种不易捉摸和狡猾的自私行径。

② 这些都是美国制造的纸烟。

055

都不是他抽的。他看着我一脸狡黠地微笑着。

"有件事我并不想告诉路易莎,可是,告诉你倒不碍事;我心里蛮同情这个年轻小伙的。我想他打仗时见识过了巴黎,对这全世界唯一的文明之地着了迷,这也是难怪。他年纪轻,我敢肯定他是想在开始家庭生活以前,尽情放纵一番。很自然,很正当。我决定照顾他些,介绍些合适的人给他。他风度不错,再由我指点一二,肯定经得住场面;我担保会带他见识一番美国人很少有机会看到的法国人的别样生活。老兄,你相信我的话,一般美国人想要进圣日耳曼大街,简直比登天还难。他才二十岁,人又风趣。我想我大约能够给他找一个年纪大一点的女人。这会使他成熟。我总觉得,青年男子能做一个上了相当年纪女子的情人,是很能受到些教育的。当然,假如这女子的条件能同时符合我的期待,是位名流,你懂吧,这就会使他在巴黎立刻有了地位。"

"你把这话告诉了布太太吗?"我微笑着问。

埃利奥特笑了一会儿,回答说:"老兄,我假如有什么地方值得自负的话,那就是我的权谋之术。我怎么可能告诉她?她不会了解的。我在有些事情上永远不懂得路易莎,这也是一件;尽管她在外交圈混了半辈子,而且还在这世界上近乎一半国家的首都居住过,却始终是一个无可救药的美国人——多么可怜!"

九

那天晚上,我到湖滨道一所大厦去赴宴。房子全是石砌的,看上去好像当初的建筑师本来打算盖一座中世纪古堡,后来中途改变主意,决定改建为一幢瑞士木屋。那天是个盛大的宴会,我走进那豪华宽敞的客厅时,满眼都是些石像、棕榈、架灯、古画,和满满当当的家具。幸好还有几个我认识的人。亨利·马图林给我介绍了他的骨瘦如柴的老婆,搽得一脸厚厚的脂粉。还有布太太和伊莎贝尔,我都问了好。伊莎贝尔穿一身红绸子衣服,十分衬她的浓栗色头发以及一对深褐色的眼睛。她看上去兴致很好,没有人会猜到她不久以前还怄了气。她身边围绕着两三个年轻人,格雷也在其中,都是有说有笑的。晚饭时,她坐在另一桌,看不见她。饭后,我们这一桌的男人都慢慢悠悠地喝咖啡,呷酒,抽雪茄,磨蹭了好些时候才回到客厅里来。这时我总算找到一个机会和伊莎贝尔说话。我跟她不熟,没法子把埃利奥特告诉我的那些话直接向她说,可是,有些事我觉得告诉她之后,她能高兴些。

"那天在俱乐部里我碰见你的男朋友拉里了。"我装作随意地说。

"哦,是吗?"

她说话时神情也像我一样随意,但我看得出来,她其实立刻就起了警戒心,四下张望的眼睛里明显带有恐惧。

"他在阅览室里看书；那样的专心，我真是意想不到。我刚过十点进去时，他就在看书；我吃完午饭，回阅览室时，他依然在看书；等我要出去吃晚餐的时候，因为正好经过俱乐部，进去看了看，发现他仍旧在看书。敢说他足足有十个小时坐在椅子里，压根儿没挪动过位置。"

"他看的什么书？"

"威廉·詹姆斯的《心理学原理》。"

她听了，垂下了眼睛，使我没法知道她听了我这番话后是什么滋味，可是，我隐约觉察到，她似乎有些困惑不解，又似乎松了口气。这时主人跑过来拉我去打桥牌，等到牌局散场时，伊莎贝尔和她母亲早已经一道离开了。

十

　　两天之后,我去向布太太和埃利奥特辞行,碰到他们正在喝茶。伊莎贝尔随后也来了。我和他们简单聊了聊我未来的远东之行,谢过了在我逗留芝加哥期间他们对我的殷勤招待;坐了适当一段时间之后,我便起身告辞。

　　"我陪你走到药房①那儿,"伊莎贝尔说。"我刚想起有点东西要买。"

　　布太太最后叮咛的话是:"你下次看见亲爱的玛格丽特王后时,别忘了帮我问好。"

　　我再也不打算否认我认识这位尊贵的女人了,就随口答应会将她的问候带到。

　　到了马路上时,伊莎贝尔带着微笑斜瞥我一眼。

　　"你可想喝一杯冰淇淋苏打?"她问。

　　"都可以。"我谨慎地回答。

　　当我们向药房走去时,伊莎贝尔始终没有说话;而我本来无话可说,也就保持着沉默。进了药房,我们找一张桌子坐下,椅背和椅子腿都用铁条扭成,坐上去很不舒服。我点了两份冰淇淋苏打。柜台那边有个人在买东西;还有一些客人占据了两三张桌子,在忙着谈事情。没人留意到我们俩。我点起一支香烟等着,伊莎贝尔则显得非常惬意地吸着长麦管。我看出她有点紧张。

---

① 美国的药房兼卖冷饮。

"我想跟你谈谈。"她突兀地讲了一句。

"我猜得到。"我微笑着说。

她沉吟起来，看了我半晌，才问："前天晚上，你在萨特恩韦特家为什么谈到拉里那件事情？"

"我想你也许会感觉兴趣。我觉得你可能不完全懂得他说的晃膀子是什么意思。"

"埃利奥特舅舅真会搬弄是非。当他说要上黑石旅馆找你谈谈时，我就知道他一准会把所有的事情全都说给你听。"

"你知道，我认识他多年。他就喜欢谈论别人的事情。"

"这倒是。"她微笑说。可是，这笑一闪即逝。她目不转睛地望着我，目光和神情都显得很严肃。"你认为拉里他怎么样？"

"我只见过他三次，人好像很不错。"

"就这么些吗？"她追问，有些窘迫。

"不，不完全如此。我怎么说呢？你知道，我跟他并不怎么熟悉。他当然是非常招人喜欢的。他有一种谦虚、和蔼、温柔的地方，很吸引人。年纪这样轻，可是，人很有主见。所有这些，跟我在这里见到的别的男孩子全都大不相同。"

我一点一点地把留在自己脑子里的、自己都不怎么明晰的印象，组织成零碎的语言表达出来。在我说话时，伊莎贝尔一直凝神看着我。我讲完之后，她轻轻地舒出一口气，似乎终于放了心。然后对我嫣然一笑，几乎带点顽皮。

"埃利奥特舅舅说他时常对你的观察力感到诧异。他说什么都逃不过你的眼睛，不过他说，你身为一名作家，最大的优势就在于你所具备的常识。"

"我能想到的优势比这点有价值得多,"我冷冷地回答,"比如说,才华。"

"你看,这件事我没法和任何人商量。妈妈只能从她自己的角度看问题。她希望我将来的生活有保障。"

"但这样想也无可厚非,是吧?"

"埃利奥特舅舅看人只看他的社会地位。我自己的朋友,我是指那些和我年纪相仿的人,又认为拉里没有出息。这些都让我难过。"

"确实。"

"并不是说他们待拉里不好。谁也没法对拉里不好。可是,他们看不起他;老是拿他开玩笑,使他们恼火的是偏偏他又完全不在乎。他总是一笑了之。你知不知道如今事情都发展成什么样了?"

"我知道的只有埃利奥特告诉我的那些。"

"我很想和你讲一讲那天我们去麻汾的经过,你愿意听吗?"

"很愿意。"

下面的叙述一部分是根据伊莎贝尔当时谈话的回忆,一部分是根据我的想象加工而成的。其实,她和拉里的那段谈话很长,敢说要比我现在打算叙述的要多得多。就如同人们在这类场合通常做的那样,他们在交谈中除了说许多无关的废话,还会将许多话翻来覆去地说上无数遍。

那天伊莎贝尔醒来,看见天气很好,就打个电话给拉里,告诉他说，她母亲有点事情要她到麻汾去一趟，叫他开汽车送她去。她妈妈特意嘱咐尤金，让在野餐篮子里放进去一壶咖啡。而她为了慎重起见，又多放了一瓶马提尼鸡尾酒进去。拉里新近买了一辆拉风的双人跑车。他把车开得很快，这样的速度让两人都觉得很惬意。到达之后，伊莎贝尔量了须调换的窗帘的尺寸，叫拉里记下。后来就在廊沿上把午餐摆出来。廊沿上没有一丝风，小阳春天气的太阳晒得很舒服。那幢房子造在一条土路边上，它的外形远不如新英格兰的那些旧式木屋漂亮，顶多只能说得上宽敞舒适，而且从门廊上望出去的景色赏心悦目。那儿有一座黑瓦屋顶的红色大谷仓，黑瓦屋顶，一丛老树，再过去是一片一眼望不到头的褐色田野。景色是单调的，可是，阳光和秋深的温暖色调，在那一天却给它添上一种亲切的娇美。展现在你面前的那片寥廓里，有一种欢乐。这地方在冬天也许会显得寒冷荒凉，夏天可能炎热逼人，可是，在这个季节眼前的浩瀚却最能激发豪兴。

他们这一顿野餐吃得开心极了，而且就像所有健康的年轻男女一样，非常享受两个人的独处时光。伊莎贝尔把咖啡倒出来，拉里点上烟斗。

"现在爽快谈吧，心肝。"他说，眼睛里带着好笑的神气。

伊莎贝尔吃了一惊。

"爽快谈什么？"她尽量装出不懂的样子。

拉里扑哧笑了一声。

"亲爱的，你难道把我当作十足的傻瓜？你母亲要是不知道客厅里窗帘的尺寸，我就吃掉自己的帽子。这肯定不是你让我开车送你来这里的理由。"

伊莎贝尔这时情绪已经镇定下来,对他明媚地笑了一下。

"原因也许是我想让我们俩单独玩上一天,你不觉得这样很有意思吗?"

"可能,不过,我觉得事情不是这样。我的猜想是,埃利奥特舅舅已经告诉你,亨利·马图林先生提供给我的工作被我谢绝了。"

他话说得轻松,语调愉快;伊莎贝尔觉得用这种口吻谈下去倒也方便。

"格雷一定感到非常失望。他觉得有你跟他在一个写字间里太妙了。你总有一天要找份工作做,而且时间拖得越久,就越难找。"

他抽着烟斗望着她,温柔地微笑着,使她弄不清他究竟是认真,还是在开玩笑。

"你知道,我有个看法,觉得我这一生还可以做许多事情,这比卖股票有意义得多。"

"那么好吧。你就进律师事务所,或者去学医。"

"不,这两件事我都不想做。"

"那么,你想做什么呢?"

"晃膀子。"他平静地说。

"唉,拉里,别开玩笑了。这件事情,关系太大了。"

她的声音有点发抖,眼睛里含着泪水。

"心肝,别哭。我不想让你痛苦。"

他走过来,坐在她身边,用胳膊搂着她。他的声音里含有一种柔情,使她伤心起来,眼泪再也忍不住了。但她立刻就把眼泪擦干，勉强牵动嘴角笑了笑。

"你尽管说不想让我痛苦，却还是让我痛苦。你明知道我是爱你的。"

"我也爱你，伊莎贝尔。"

她深深叹了一口气；然后挣脱他的怀抱，坐得离他远了一些。

"人总要讲道理。一个人总得工作，拉里。这也关系到尊严。我们国家还很年轻，一个人有责任参加国家的各种活动。亨利·马图林在前两天还讲过，我们正开始一个新的时代，这是过去所有时代都远不能比的。他说，他看不出我们的进步会有个尽头，而且他深信到了一九五〇年，我们将成为世界上最富有、最强大的国家。你不认为这是激动人心的时刻吗？"

"是激动人心。"

"年轻人从来没有碰到过这样的好机会。我以为你会为能参与其中而感到自豪呢，这是一件多么了不得的事情。"

他轻松地笑了。

"我敢说你是对的。那些阿穆尔和斯威夫特公司将会做出更多更好的肉罐头，那些麦考密克公司将会造出更多更好的收割机，亨利·福特将会造出更多更好的汽车。而且人人都会变得愈来愈有钱。"

"这有什么不好？"

"正如你说的，这有什么不好？只是钱不能引起我的兴趣罢了。"

伊莎贝尔咯咯笑了。

"亲爱的,别说傻话了。一个人没有钱就不能生活。"

"我恰巧还有点儿钱。这就使我有机会做我想做的事情。"

"晃膀子吗?"

"对。"他微笑着回答。

"跟你真难沟通,拉里。"她叹口气。

"对不起,我并不是故意要这样。"

"你是故意。"

他摇摇头,然后沉默了一会儿,陷入沉思。等到他终于开口时,他的话使伊莎贝尔听了一惊。

"死者死去以后的模样看上去真是死的啊!"

"你这话究竟是什么意思?"她问,人有点着慌。

"就是这个意思,"他向她苦笑一下,"当你一个人飞上天时,你有许多时间思索。你会冒出许多怪念头。"

"什么样的念头?"

"一些模糊的,"他带着笑说,"不连贯的。混乱的。"

伊莎贝尔把这话盘算一下。

"你觉不觉得,如果你找一份工作,这些想法说不定自己会理出个头绪来,那时候你就会知道是怎么回事了。"

"这个我也想过。我甚至想过,是不是可以跟人学一学木匠活,或是去做洗车修理方面的工作。"

"唉,拉里,人家会当作你发疯呢。"

"这有关系吗?"

"对我来说,是的。"

两个人重又沉默下来。后来是伊莎贝尔先开口。她叹了口气。

"你以前不是这样的,怎么从法国回来以后变化这么大。"

"这并不奇怪。要知道,当时我遭遇了那么多事情。"

"你举个例子看。"

"噢,不过是些通常的琐事。我在空军里最要好的朋友为了救我的性命,牺牲了。这件事情一直以来都让我很难接受。"

"跟我谈谈,拉里。"

他望着她,眼睛显出非常痛苦的神情。

"还是不谈的好。归根到底,这只是一件小小的不幸事故。"

伊莎贝尔原本就是个多愁善感的人,此时眼睛里已是满含泪水。

"亲爱的,你到现在还为此苦恼吗?"

"并不,"他微笑着回答,"唯一使我苦恼的是我使你这样苦恼。"他握紧她的手。当他坚实有力的手掌紧贴着她的手掌时,她感受到一股极其亲切的脉脉深情,使她不得不紧咬嘴唇,才能勉强忍着让自己不至于哭出来。他沉重地说,"除非我对一些事情有了一定看法,否则我将永远得不到平静。"他又迟疑一下。"这很难用语言表达,你才想说出来,就感到尴尬。你跟自己说:'我算是老几,要在这个、那个和别的事情上动脑筋?这一切或许都是由于我过于狂妄了!按照老一套行事,随遇而安,会不会好些呢?'接着,你就想到一个在一小时以前还是个有说有笑、充满生气的人,直挺挺躺在那里;就是这样残酷,这样没有意义。你没法子不问自己,人生究竟是为了什么,人生又到底意义何在,是否就是一出盲目的、糊里糊涂的、由命运造就的悲剧？"

拉里讲话的音调非常之美，说说停停，就好像是强迫自己说出自己不愿意说的话，然而是这样沉痛真挚，使人听了不由得不感动；伊莎贝尔等了半晌，几乎是情不自禁地说：

"你出门去走一趟会不会好些？"

她问这话时心沉了下来。拉里等了好久方才回答。

"我也这样想。你竭力想要不理会社会舆论，可是，这不容易。当你感受到社会舆论的敌意时，你自己也就有了敌意，这样你就得不到平静。"

"那么，你为什么不走呢？"

"唔，是为了你。"

"亲爱的，让我们坦诚以对吧。目前我在你的生活里并没有地位。"

"这是不是说，你不想和我保持订婚关系呢？"

她颤抖的嘴唇勉强装出微笑。

"不，胡说，我的意思是我愿意等。"

"也许要一年，也许两年。"

"没有关系。可能会短些。你打算上哪儿去呢？"

他凝神望着她，仿佛想要看到她内心深处似的。她微笑着，以此掩饰自己深深的痛苦。

"我想先上巴黎。那边我一个人也不认识。不会有什么人干涉我。我在部队里休假时，去过巴黎几次。我不懂得什么缘故，可是，我有个想法，觉得到了那边，我头脑里所有的模糊念头都会变得清晰起来。那地方很古怪，使你感到你在那边能够把自己要想的事情想个透。我想在巴黎也许我能得到一个答案。"

"如果万一你找不到呢？"

他扑哧一声笑了。

"那样我就回到我们美国的十足实际的人生观上来，承认这事行不通，并且回到芝加哥，有什么事情就做什么事情。"

伊莎贝尔深受这场谈话的触动，她在讲给我听时心情依然难以平静；讲完之后，她可怜巴巴地望着我。

"你觉得我做得对吗？"

"我认为你不但做了你唯一能够做的事，而且显得你待他十分仁厚、宽宏、体贴。"

"我爱他，我要他快乐。你知道，在某一点上，我对他走并不感觉难受。我要他离开这个不友好的环境，不但为了他，也为了我自己。我不能怪那些人说他不会有什么出息；我恨他们，然而我内心里一直怀着恐惧，觉得他们对。可是，你不要说我体贴。他在追求什么，我一点也体会不到。"

"也许你感情上体会得到，理智上体会不到，"我微笑说，"为什么你不立刻和他结婚，跟他一起到巴黎去？"

她眼睛里微微露出笑意。

"我没有比这件事情更愿意的了，可是我不能。你知道，我的确认为他没有我要好过得多，尽管我非常不愿意承认这一点。如果纳尔逊医生的话说得对，他的病是一种慢性惊恐症，那么，他在新的环境里加上一些新的兴趣，就可以治好他；等到他的精神状态恢复平衡之后，他就会回到芝加哥来，像正常人一样做生意。我也不愿意嫁给一个不务正业的人。"

伊莎贝尔从小的教养方式使她接受灌输给她的那些原则。她并不想到钱,因为她从来就不曾尝到没有她眼前这一切的滋味,可是,她本能地感到钱的重要性。钱意味着权势和社会地位。一个男人当然要去工作赚钱,这是天经地义的;他理所当然要把自己的一生放在这件事上面。

"你不理解拉里,我并不奇怪,"我说,"因为我敢肯定他自己也不理解自己。他不肯谈他的打算,可能是因为自己也弄不清是些什么打算。你记着,我跟他简直不熟,这仅仅是臆测:他有没有可能在寻找什么,但是,寻的什么他并不知道,甚至有没有他都没有把握,会不会呢?也许他在大战中的有些遭遇,姑且不问是些什么遭遇,使他的心情平静不下来。你认不认为,他可能在追求一种虚无缥缈的理想——就像天文学家在寻找一颗只有数学计算说明其存在的星体一样?"

"我觉得有件什么东西在困扰着他。"

"是他的灵魂吗?可能他对自己感到害怕。对自己心灵的眼睛迷迷糊糊看到的境界是否真实,可能他自己都没有把握。"

"有时候我觉得他非常古怪;他给我一种印象,就像是个梦游者在一个陌生地方突然醒过来,摸不清身在何处似的。大战前他人非常正常。他最可爱的地方是对生活的热爱。人吊儿郎当的,兴致总是那么好,跟他在一起你会觉得非常快活,心里既觉得甜蜜,又感到好笑。能有什么事,竟让他变化这么大呢?"

"我也说不清。有时候,一件小事情就会对一个人产生很大的影响,那要看他当时的处境和心情。我有一次在全圣节那一天,法国人称作的死者节,到一个村庄的教堂去做弥撒,那个村子在德国人第一次向法国进军时曾经被骚扰过。教堂里挤满了军人和戴孝的女人,教堂墓园里是一排排木制的小十字架。当悲惨而庄严的弥撒在进行时,女人都哭了,男人也哭了。我当时有种感觉,仿佛那些睡在小十字架下面的人可能比那些活人要好受些,我把这种感想告诉一个朋友,他问我这是什么意思。我没法解释,而且看出他认为我是个十足的傻瓜。我还记得,在一次战斗之后,一群死掉的法国士兵被重重叠叠地堆在一起,看上去就像是一个破了产的木偶剧团胡乱丢在垃圾角落里的许多木偶,因为它们已经不能再派用场了。当时我想到的就是拉里告诉你的那句话:死者死去以后的模样看上去真是死啊!"

我不想给读者一种印象,好像我要把大战中那次使拉里极端不能平静的遭遇搞得神秘化,到适当时候,再加以揭露。这件事他当时没有跟任何人谈过。可是,他在多年之后,却告诉了一个我和他都相识的女子,苏姗娜·鲁维埃。正是从苏姗娜口中,我得以了解到那个为了救拉里而牺牲的年轻飞行员的情况。所以此时,我只是重复了苏姗娜所说。

那个小伙子和拉里是同一小分队的,他俩结下了深厚的友谊。拉里在苏姗娜面前提起他时,用的是带有讽刺意味的昵称,他告诉她:"他是个红头发的小家伙,爱尔兰人。我们经常叫他帕齐[①]。"拉里告诉苏姗娜,"而且比我认识的任何人都更加精力充沛。哎,简直是生龙活虎一般。他的脸长得怪有趣的,笑起来很是滑稽,人家只要看见他,就忍不住要笑出来。他是个横冲直撞的家伙,做得出最疯狂的事情;上级经常把他叫去臭骂

[①] 帕齐的英文名称为Patsy。patsy指"容易受骗的人""懦夫"。

一顿。可他从来不懂得什么是害怕,哪怕是在战场上差点儿送了命,他也能笑得大大咧咧的,好像这是件多好笑的事。这家伙是个天生的飞行员,一旦飞上了天,他就会非常沉着冷静。他教给我不少东西。他比我年纪大一点,把我看作是他的小弟弟;这是相当可笑的,因为我比他要高出六英寸,真要动起手来,我可以随便一拳就把他打晕。曾经有一次,我们在巴黎休假时他喝醉了,我怕他惹麻烦,真的一拳把他打晕过。"

"在我刚加入空军时,人有点不够振作而且怕自己做不出成绩来,他总是跟我讲些笑话来给我打气。他对战争的看法很怪,对德国人一点也没有敌意;可是,他喜欢打架,一和德国人打起来,他从心眼里感到快活。打下他们一架飞机,在他看来,等于和德国人开了一次天大的玩笑。一点也不讲规矩、不分轻重的人,偏偏对人很真挚,不由得你不喜欢他。他能随随便便地为你花光自己身上的钱,也能随随便便地花光你身上的钱。如果你觉得寂寞,或者想家,或者害怕了,他都能看出来,这时在那张丑陋的脸上就会堆满笑,说些正中你心坎的话,使你心情好起来。"

拉里讲到这里,抽起了烟斗。苏姗娜在一旁等他继续说下去。

"我们时常要些小手段,使我们能够一同出去休假;而每次一到巴黎,他都会玩疯。我们玩得真是开心啊。1918年的三月初,我们又约好同时休长假。不管什么事情,我们都打算尝试一下。就在休假前一天,上级派我们去执行任务,让我们到敌境上空飞一圈,然后回来报告侦察到的情况。但是不巧,我们与几架德国飞机狭路相逢,我们还没有弄清是怎么回事,混战就已经开始了。有一架德国飞机冲我来了,但我先击中了它。我回头看看它会不会摔下去,就在这时,我用眼角余光才发现有另一架飞机正从后面紧盯着我。我低冲躲开它,可是,它一转眼就追上我,我想这一下可完了;后来,我看见帕齐就像一道闪电似的冲向了这架飞机,把所有的弹药都对准它发射。它们吃不消溜走了,我们也得以返回阵地。我的飞机被打得遍体鳞伤,我侥幸着陆了。帕齐是在我之前着陆的,当我从飞机上下来时,正看到他们从飞机上把他抬出来,放在地上躺着。人们在等待救护车开来。他看见我时,咧开嘴笑了。

"'我打掉了那个钉着你尾巴的讨厌鬼。'他说。

"'你没事吧,帕齐?'我问。

"'哦,没有关系。他打中了我的胳膊。'

"他脸色惨白。突然间,脸上显出一种古怪神情。他这才恍悟出自己要死了,而死的可能性在他脑子里从来就没有转过。他们还没有来得及拦他,他已经坐了起来,笑着说了句:"'呀,真他妈的!'然后,他就倒地死了。那年他二十二岁,他本来预备战后就回爱尔兰和一个姑娘结婚的。"

跟伊莎贝尔谈话的第二天,我就离开了芝加哥,准备到旧金山那边去搭船,前往远东。

第 二 章

一

再次和埃利奥特见面是在伦敦,那时已经是第二年的六月底了。我问他拉里究竟去了巴黎没有;他告诉我去了。埃利奥特对他很是恼火,使我听了暗笑。

"我对这孩子本来抱有同情,他要在巴黎住上两年,我也不能怪他,甚至还打算要拉他一把。我早和他说过,到了巴黎一定要去找我,可是,直到路易莎写信告诉我他在巴黎时,我才知道他来了。我按照路易莎给我的地址,寄了封信到美国旅行社,让他们转交给他。信上邀他来我家里吃晚餐,当然顺便结识些我以为值得他结识的人。我想先介绍一批法国籍和美国籍的人给他认识,像爱米丽·德·蒙塔杜尔和格拉西·德·夏托加亚尔等这类人,你知道,他回信怎么说?他说,他很抱歉,不能够来,而且他连件晚礼服也没带。"

埃利奥特眼睛盯着我望,指望这点吐露能引起我的震动,当他看见我处之泰然时,眉毛抬了起来,很不屑的样子。

"他的回信写在一张乌七八糟的信纸上,上面印有拉丁区一家咖啡馆的名字;我写回信给他,要他把他的住址告诉我。我觉得,为了伊莎贝尔的缘故,我非得帮助他一下不可;我以为他大概是不好意思来——我是说我就不相信一个正常的年轻人到巴黎来会不带晚礼服的,而且不管怎样说,巴黎的服装店也还过得去;所以,我就邀他来吃午饭,而且说客人不多,可是,你相信不相信,他不但没有告诉我他的住址——信还是由美国旅行社转来的——而且再次拒绝了我的邀约,说自己从没有吃午餐的习惯。这样一来,我就拿他没有办法了。"

"我想知道他来巴黎都做些什么?"

"不知道,而且告诉你老实话,我也不想知道。恐怕他是个极端没有出息的青年人,我认为伊莎贝尔昏了头才会想和他结婚。说到底,如果他过的是正常生活,我在丽思酒吧间或者富凯饭店或者什么地方总该会碰见他。"

这些地方当然都很时髦,有时候我自己也去,但是,别的地方也去。就在这一年的初秋,我上马赛去,预备乘法邮公司的船上新加坡,碰巧在巴黎待了几天。有一天傍晚,我和几个朋友在蒙帕纳司区吃过晚饭,一同去多姆咖啡店喝杯啤酒。我四下张望,一眼扫见了拉里,他正独自靠坐在一张临窗的大理石桌前,瞧着窗外的人来人往。一天的闷热过后,人们正出来享受晚凉。我起身从朋友们身边离开,走到他那桌去。拉里看到是我,脸上立刻流露出笑意,邀我坐下。不过我告诉他,我是和朋友一起来的,坐不了多久。

"我过来是想问问,你在巴黎待得怎么样?"我说。

"你住在这里吗?"他问。

"只是待上几天。"

"你愿意和我吃顿午饭吗?"

"你不是说不吃午饭的吗？"

拉里莞尔一笑说："看来你已经见过埃利奥特了。我一般不吃，没有时间吃，所以，往往只喝杯牛奶、吃块蛋糕填填肚子。可是，我很想跟你一起吃顿午饭。"

"行，那好啊。"

我们约好隔天在多姆见面，先喝杯酒开胃，然后在蒙帕纳司大街上找个馆子吃饭。之后我回到我的朋友们中间，坐着聊了会儿天。当我再向拉里那边张望时，他已经走了。

二

第二天,我度过了一个非常愉快的上午:先是在卢森堡博物馆①花了一个小时看了几张我喜欢的画,然后,在园子里闲逛,追忆了一番我逝去的青春年华。

这里一切都不曾改变。无论是沿着沙砾小径一对对走着、热烈地讨论着使他们兴奋不已的作家的那些学生,还是在保姆的看护下奔跑着滚铁环的那些儿童,以及沐浴在阳光下读晨报的那些老人,都和当年没什么不同。那些坐在长椅上,沉痛地数落着食品价格的上涨以及仆佣恶行的中年妇女,也和当年没什么两样。

后来我去奥台翁剧院,看看走廊上陈列的新书,而且看见那些青年人和我三十年前一样,顶着穿罩衫外套的服务员们厌烦的目光,尽量多看一点他们买不起的书。我继续悠闲地往前走,穿过那些熟悉的肮脏小道到了蒙帕纳司大街,再走到多姆咖啡馆。拉里已经在那儿等我。我们喝了一杯酒,就随意找了一家餐馆,露天吃午餐。

拉里可能比我上次见到他时要苍白些,一双眼睛像是深陷在眼窝里一般,颜色也显得更深了;可是人还是那么自如,一个人在如此年纪就能做到这样,是很令人稀奇的,而且他笑得还是那么天真。我注意到他的法语讲得很流利,重音部分把握得很准;向他表示祝贺。

---

① 这个博物馆陈列的都是现当代绘画,包括印象派绘画。

"你知道，我以前懂得一点法语，"他解释说，"路易莎伯母给伊莎贝尔聘的一位家庭教师是法国人，每次他们来麻汾时，总会要求我们一直用法语来和她交谈。"

我问他喜欢不喜欢巴黎。

"很喜欢。"

"你住在蒙帕纳司吗？"

"是的。"他迟疑了一下才回答；我理解这是因为他不愿意把自己的确切住址告诉我。

"你告诉埃利奥特的通信地址还要通过美国旅行社转交，他可是相当不高兴。"

拉里笑笑，但是，没有回答。

"你成天干些什么呢？"

"闲逛。"

"看书吗？"

"是的，一直在看。"

"你可听到伊莎贝尔的消息没有？"

"有时候。我们两人都不大欢喜写信。她在芝加哥待得挺好的，只说明年会过来这边，在埃利奥特家住段时间。"

"那对你不是很好吗？"

"嗯，伊莎贝尔以前应该没来过巴黎，带她去逛一定很有意思。"

他急于想知道我的中国之行怎么样，我告诉他时，他凝神听着；可是当我把话题引到他自己身上时，他却不肯谈谈他自己。他的嘴非常之紧，使我只能得出一个结论，就是他约我和他吃午饭，只是因为他喜欢我陪陪他。我固然感到荣幸，但同时又觉得困惑。餐后，用过咖啡，他立刻就结了账，起身对我说："我必须得走了。"

然后我们分了手。我对他的情况并不比以前知道得更多一点。此后我在巴黎逗留的几天时间里，也没有再和他相遇过。

三

一直到第二年春天,我才重新回到巴黎;那时,布太太和伊莎贝尔已经在埃利奥特家里住了下来,比她们原先计划的时间早一些,已经在巴黎几周了。因此,我不得不运用想象,把这段时间内的经过补叙一下。她们在瑟堡下的岸,埃利奥特一直非常体贴,亲自去迎接她们。海关检查以后,三个人上了火车;埃利奥特等火车开动,才相当得意地告诉她们,他雇了一个非常有名望的贵夫人的女仆,方便她们贴身使唤。布太太说这完全没有必要,因为她们并不需要女仆,埃利奥特对她很不客气。

"你别一来就惹人厌烦,路易莎。没有一个贴身女用人,你们要怎么出去见人?我雇下安托瓦内特不但为了你们,也为了我自己。瞧你们穿的那身衣服吧,简直丢我的人。"

他看了她们穿的衣服,一眼不屑的神气。

"当然你们肯定会想买些新衣服的,这点我也考虑过了,我认为你们可以去香奈儿服装店买,那最合适不过了。"

"我以前总是上沃思服装店买衣服的。"布太太说。

她这话等于白说,因为埃利奥特根本不接她的话茬,还在自顾自地往下说:"我已经替你们和香奈儿约好时间了,明天下午三点钟。还有帽子,当然得去瑞邦买。"

"我不想花上一大笔钱,埃利奥特。"

"我知道。我打算全部费用由我来付。你非得给我挣面子不可。哦,路易莎,我已经专门为你安排了几次宴请,而且告诉我的法国朋友,说迈隆生前是位大使;这个,如果他活得长一点,是准会当上的;我认为这样说在效果上要更好一些。我想这件事不会有人问起,不过我还是预先给你打个招呼的好。"

"你这样做太可笑了,埃利奥特。"

"不,我可不这么觉得。我懂得人情世故,深知一位大使的遗孀远远要比一位专员的遗孀有身份得多。"

火车缓缓开进北站,伊莎贝尔站在窗口,这时喊了出来。

"拉里在那儿!"

火车才停,伊莎贝尔就跳下车,迎着拉里跑去。他张开胳膊抱着她。

"他怎么知道你们来的?"埃利奥特不悦地问姐姐。

"伊莎贝尔在船上给他发了个电报。"

布太太很亲热地吻了拉里,埃利奥特尽管老大不乐意,也还是和他握了手。这时已经是晚上十点了。

"舅舅,明天能叫拉里来一起吃午餐吗?"伊莎贝尔喊着。她搂着拉里的胳膊,脸色急切,眼睛里闪着光。

"我很荣幸,不过,拉里对我说过,他从不吃午餐。"

"他明天会吃的,是不是,拉里?"

"是的。"他微笑说。

"那么明天下午一点，我们再会。"

埃利奥特说着，又伸手要和他相握，想要打发他走。可是拉里才不管这一套，露齿而笑道："我可以帮你们搬行李，还可以帮你们叫辆出租车。"

"用不着，我的车子已经在等着了，至于行李，自然有我的用人照管。"埃利奥特傲然说。

"好极了。那我们就可以走了。车子坐得下的话，我打算一直把你们送到家门口。"

"好啊拉里，就这么做！"伊莎贝尔说。

两人一同沿月台走去，布太太和埃利奥特跟在后面。埃利奥特一张冷冰冰的脸，很不以为然的样子。

"真是做作。"①埃利奥特自言自语；在某种情况下，他觉得讲法语能够更有力地表达他的情绪。

第二天上午十一点钟，埃利奥特才盥洗完毕——因为他一向就不是个早起的人。然后他给他姐姐写了一张便条，叫用人约瑟夫送到女仆安托瓦内特手中，再递进他姐姐房中，约她到书房来谈话。布太太来了之后，他警惕地把门关上，拿一支香烟装在一根非常长的玛瑙烟嘴上点起来，然后坐下。

"难道伊莎贝尔还不打算和拉里解除婚约吗？"他问。

"我知道的是这样。"

"我对这个年轻人可没有什么好话可以奉告。"接着他

---

① 原文为法语quelles manières，原意为"什么行为"，后引申为"真是做作"，暗指拉里硬挨上来，毫无礼貌。

就告诉她,他是怎样准备把拉里拉进社交圈,以及他计划以一种适当和得体的方式使他取得社会地位。"我甚至于替他留心到一处底层住房,这恰恰就是他需要的。是年轻侯爵小德·雷泰的房子,他因为被派到驻马德里的大使馆任职,这才转租出去的。"

但是,拉里谢绝了埃利奥特的那些邀请;根据他这种表现,显然他不需要埃利奥特的任何帮助。

"如果他不想利用巴黎能够给他的机会,他上巴黎来又为了什么呢?我真弄不懂。我不知道他干些什么。他好像什么人都不认识。你知道他的确切住址吗?"

"我们只知道需要交由美国旅行社转发的那个通信地址。"

"就像个旅行推销员或者度假期的教师。依我看,说不准他是在蒙马特①的一间画室找了个女人同居呢,这我是毫不吃惊的。"

"胡说八道,埃利奥特。"

"他把自己的住处搞得这样神秘,而且拒绝和他同样身份的人来往,除了这个,还会有什么别的解释?"

"这不像拉里的为人。而且昨天晚上,你可看出他仍旧像过去一样爱伊莎贝尔。他不可能这样做假。"

埃利奥特耸耸肩膀,意思是告诉他姐姐,男人是花样百出的。

---

① 蒙马特,在塞纳河右岸,巴黎穷画家集中地。

"格雷·马图林怎样？他还在追求伊莎贝尔吗？"

"是的，他还一直想娶她，只等伊莎贝尔松口同意了。"

接着，布太太告诉埃利奥特，为什么她们比原定的计划提早来欧洲。她发现自己不够健康，医生告诉她是糖尿病。病情并不严重，只要饮食小心，适当地服用胰岛素，完全有理由活上好多年，可是，她在获悉自己得了这种不治之症以后，急切想看见伊莎贝尔的婚事能够解决。母女两个谈过这件事。伊莎贝尔很懂事理，同意如果拉里在巴黎住了两年之后，不遵照原议回到芝加哥，并且找份工作做，那就只有一种办法，和他解除婚约。可是，布太太觉得要等到约定的时间，然后去巴黎把拉里像个逃犯一样抓回本国，未免太丢面子了。她感到即使是伊莎贝尔，也会觉得受了屈辱的。但是，母女两个上欧洲消夏却是很自然的事，而且伊莎贝尔还是在孩提时到过巴黎，后来就没有去过。她们逛了巴黎之后，可以找一处海滨让布太太养病，再从那边去奥地利的蒂罗尔山区住一段时期，然后从容不迫地穿过意大利。布太太有意约拉里陪她们去，让他和伊莎贝尔看看相隔这么久之后，两人的感情是否有变。拉里经过这段时间的放纵以后，是否能承担得起生活的责任，到时候也能看得出。

"亨利·马图林原本对拉里的不识抬举很是恼火，但是，格雷跟父亲说通了，所以只要他回芝加哥，立刻就可以有工作。"

"格雷是个很好的人。"

083

"当然,"布太太叹口气,"伊莎贝尔如果能嫁给格雷,一定会幸福的。"

埃利奥特然后告诉布太太他替她们安排了一些什么宴会。明天他要请很多人来吃午饭,在周末举行一次排场很阔的晚宴。他还要带她们去参加夏托·加亚尔家的招待会,而且替她们弄到两张罗思柴尔德①家即将举行的舞会的请帖。

"你当然也请了拉里吧?"

"他可是说过他没带晚礼服的。"埃利奥特轻蔑地说。

"好了,你一样请他就是了。归根结底,这孩子并不坏,而且实在没必要冷落他,这反倒激起伊莎贝尔的犟劲来。"

"如果你希望我请他,那我请他就是了。"

拉里在约定的时间来吃午饭。埃利奥特向来礼节周全的,这时也就刻意对他客气些。做到这样并不难,原因是拉里很开心而且兴致极好,只有比埃利奥特脾气坏得多的人才会不喜欢他。只是拉里和伊莎贝尔交谈的话题总离不开芝加哥那边他们那些共同的朋友,埃利奥特还得装出一副和蔼的假面孔,好像他对那些丁点社会地位也没有的人有多感兴趣似的。其实他对这些毫不在意;老实说,听着他们谈这一对年轻人订婚了,那一对年轻人结婚了,另外一对年轻人离婚了,使他觉得相当可怜。谁听说过这些人来?他可知道更加值得谈论的事:美丽的小德·克兰尚侯爵夫人曾经服毒自杀,原因是她的情人德·科龙见亲王抛弃她,娶了个南美洲百万富翁的女儿。但是埃利奥

---

① 罗思柴尔德,欧洲有名的犹太家族和巨富。

特打量着拉里，不由得不承认拉里有种异常吸引人的特质；他那双深眼窝里的深邃眼睛，高高的颧骨与白得出奇的肤色，还有灵巧的嘴，使埃利奥特联想起意大利画家波提切利①的一幅画像，想到如果拉里穿上那个时代那种奢华浪漫的服装，就简直像是从画中走出来的了。他记得自己曾经打算把拉里介绍给一位著名的法国贵妇玛丽·路易丝·德·弗洛里蒙，同时想到星期六的晚宴正好邀请了她，不由得狡黠地笑了。这个女人是交游广阔和私德败坏兼而有之。她年纪四十岁，看上去却要年轻十年；纳蒂埃②曾经替她的一个女祖先画过一张像，这张像还是通过埃利奥特本人疏通了关系才得以挂在美国的一个大博物馆里。玛丽生得就和她这个女祖先同样娇艳，在性事上需求极大，似乎永难餍足。埃利奥特决定让拉里坐在她身边。他知道玛丽会很快勾引拉里的。他还请了英国大使馆的一位年轻的侍从武官，觉得伊莎贝尔说不定会欢喜他。伊莎贝尔长得很美，而且这个年轻人又是个阔气的英国人，家财豪富，伊莎贝尔没有财产也没有关系。

这时午宴开始了，先上来的是上好的蒙特拉夕酒，继之以好的波尔多酒，埃利奥特喝得熏熏然，乐颠颠地想着那些展示在他眼前的许多种可能性。如果事态的发展像他估计的那样，亲爱的路易莎就没有什么可焦急的了。她对他总是有点不以为然，可怜的人儿，她太闭塞了；可是他喜欢她。凭他这样一个

---

① 波提切利（1444？—1510），15世纪后期佛罗伦萨画派最著名的大师。
② 纳蒂埃（1685—1766），法国人像画家，1715年曾被彼得大帝召往俄国，1734年任奥尔良家族画师。

见过大世面的人,替她把各种事安排妥当,对他说来,也是一件称心的事情。

为了节省时间,埃利奥特安排好一吃完午餐就带路易莎母女去看衣服,所以一等大家站起来,埃利奥特就用他一贯擅长的辞令委婉地赶拉里离开,可是,同时,又极殷勤地邀请他参加自己安排的随后的两场盛宴。他根本不用费这么多口舌,因为这次拉里很爽快地接受了。

但是令埃利奥特失望的是,他的计划失败了。拉里来参加晚宴时,穿了一套很像样的晚礼服,埃利奥特看见松了一口气,因为他有点担心,怕他穿了那次午饭时那样一身普通的蓝西装来。晚饭后,埃利奥特把玛丽·德·弗洛里蒙拉到角落里,问她觉得他的年轻美国朋友怎样。

"他眼睛很美,牙齿也长得好。"

"就这些吗?我让他坐在你身边,因为我认为他应该正合你的口味。"

她疑惑地望着他。

"他告诉我已经跟你的漂亮外甥女订婚了。"

"得了,亲爱的[①],就算是这样,那也不妨碍你从别的女人手里抢走他啊,如果你能够做到。"

"你要我做的就是这个吗?哼,我可不打算替你做这种卑鄙勾当,我可怜的埃利奥特。"

埃利奥特笑了一声。

---

① 原文为法文。

"我猜想,你这话意味着你试过了,但是,发现不成功。"

"埃利奥特,我一向喜欢你的地方就在于你像个讲道德的妓院老板。为什么你不想让他娶你的外甥女呢?他有教养,而且很讨人喜欢,就是太天真了。我敢说他一丁点都没想到那事儿上去。"

"你应当再直白些,亲爱的朋友。"

"我有丰富的经验,知道什么时候我只会浪费时间。事实是,他的眼睛里只有你那个小外甥女,而且我这话只跟你一人说,她比我占优势的地方在于年轻二十岁,人又长得甜。"

"你喜欢她的衣服吗?我亲自给她挑的。"

"很美,也很合适。不过,不够潇洒。"

埃利奥特把这话认为是对他的鉴定,他可不能轻易放过,非得反击她一下不可。他亲切地笑了一下。

"亲爱的朋友,如果一个人没能活到你那样成熟的年龄,怎么可能如你那般潇洒?"

然而德·弗洛里蒙夫人给了他当头一棒,她轻蔑地说:"我可以肯定,在你们那个帮匪横行的贵国里(vôtre beau pays d'apaches),这是他们绝不会错过的东西,这很微妙,又很独特,是吧?"

她的反击简直要使埃利奥特血管里的弗吉尼亚血液沸腾起来。

虽则德·弗洛里蒙夫人有不满,埃利奥特邀请来的其余那些客人还是很喜欢伊莎贝尔和拉里的。伊莎贝尔那么有朝气,充满健康活力；拉里外形俊朗，彬彬有礼，又很有幽默感。两个人的法语都讲得流利准确，这一点就更讨人喜欢了。布太太由于在外交界生活多年，法语尽管说得正确，可是，多少带有美国土音，而且自己满不在乎。埃利奥特款待众人极尽奢华。伊莎贝尔对自己的新衣服新帽子很满意，对埃利奥特安排的那些乐事全都觉得有趣，对自己和拉里在一起感到快活，觉得自己从来没像现在这样开心过。

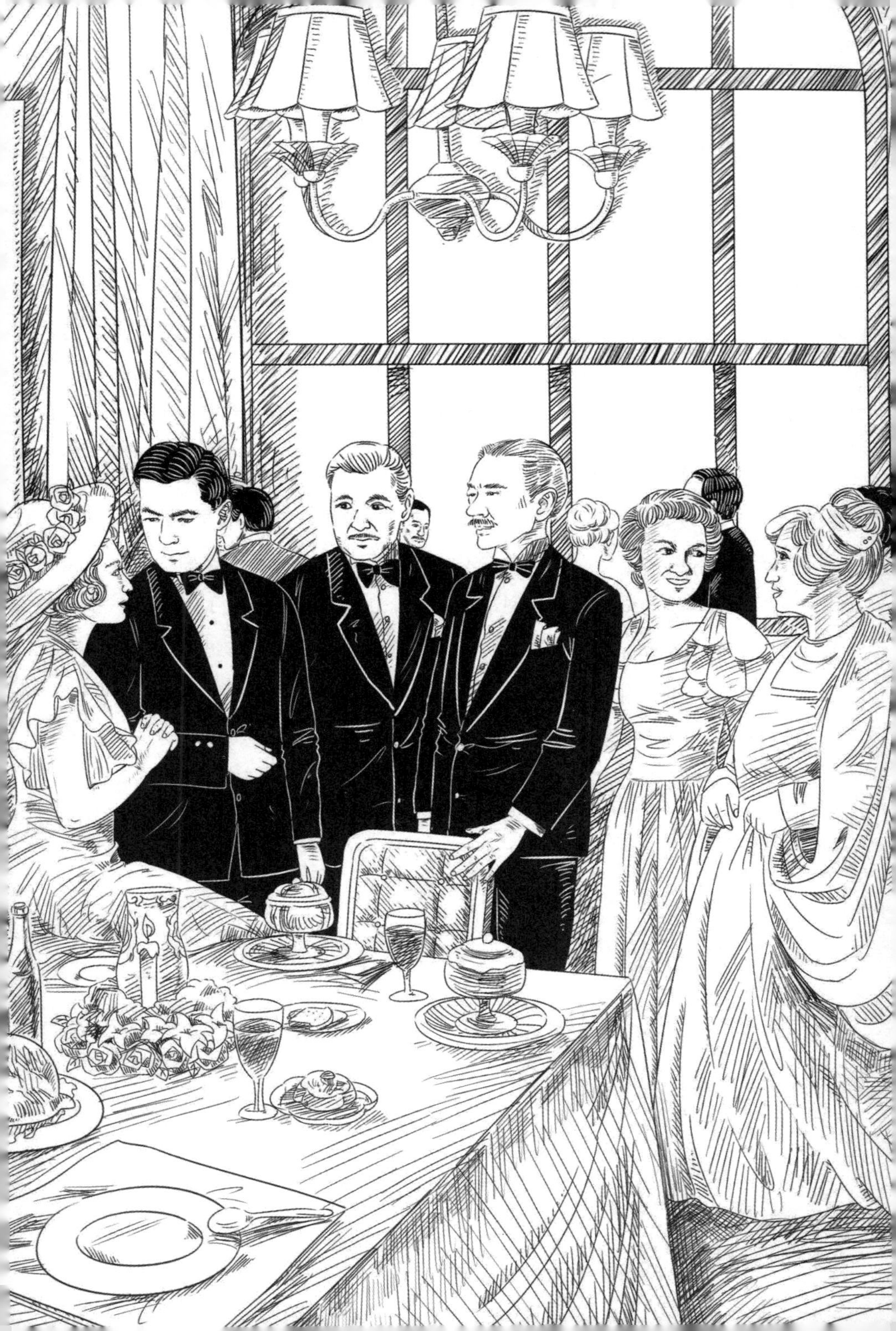

虽则德·弗洛里蒙夫人有不满，艾略特邀请来的那些客人还是很喜欢伊莎贝尔和拉里的。伊莎贝尔那么有朝气，充满健康活力；拉里外形俊朗，彬彬有礼，又很有幽默感。两个人的法语都讲得流利准确，这一点就更讨人喜欢了。尽管布太太在外交界生活多年，可是她的法语多少带有美国土音。艾略特款待众人时极尽奢华。伊莎贝尔对自己的新衣服、新帽子很满意，能和拉里在一起让她感到快活，觉得自己从来没像现在这样开心过。

四

埃利奥特认为，早餐除非是在迫不得已的情况下才和陌生人一起分享，否则就该自己一个人吃。因此，布太太和伊莎贝尔都逼得只好在自己卧房里吃早饭；布太太有点不大愿意，伊莎贝尔倒丝毫不觉得什么。伊莎贝尔醒来后，有时候告诉安托瓦内特——就是埃利奥特给她们雇的那个高贵女用人——把她的牛奶咖啡送到她母亲房间里，这样就能一面喝咖啡，一面和母亲谈天。她现在整天没得空，难得有这样单独的相聚时光。就是在这样一个早晨，母女到达巴黎将近一个月的光景，伊莎贝尔告诉母亲头一天晚上怎样玩的，讲她和拉里大部分时间都带着一群朋友逛那些夜总会；讲完之后，布太太就向她提出那个自从来到巴黎之后心里一直想要问的问题。

"他打算什么时候回芝加哥呢？"

"不知道。他没有谈到过。"

"你没有问问他吗？"

"没有。"

"你是不是有点害怕问？"

"不是，怎么会呢？"

布太太倚在软榻的靠背上，穿着埃利奥特坚持要给她买的时尚起居服，修着指甲。

"你们两个人单独在一起时，成天谈些什么？"

"我们并没有一天到晚说个不停啊,在一起就很好。而且你也知道,拉里一向话不多,多数时候都是我在讲话。"

"他平时干些什么?"

"我也弄不清楚;而且也觉得没有什么了不起的事。我想他日子过得很好。"

"那他住在什么地方?"

"这个,我也不知道。"

"他什么都不告诉你,是不是?"伊莎贝尔点燃一支香烟抽了一口,从鼻孔里喷出一个烟圈,冷淡地望着她母亲。

"你这话究竟是什么意思,妈妈?"

"你舅舅觉得他说不定租了一所公寓,跟一个女人同居。"

伊莎贝尔扑哧笑了起来。

"这话你相信吗,妈妈?"

"不,老实说我不相信。"布太太边打量自己的手指甲,边转着念头,"你可曾跟他提过回芝加哥的事吗?"

"提过,很多次。"

"他可曾明确表示想回去吗?"

"说不上有。"

"他到今年十月已经离开芝加哥满两年了。"

"我知道。"

"这是你的事情,乖乖,你认为怎样做对就怎样做。可是,一个劲拖延并不能解决问题。"她盯着女儿望,但是,伊莎贝尔扭头避开母亲的眼光。布太太给了她一个宠溺的微笑。"你还是去洗澡吧,否则,午餐要迟到了。"

"我要跟拉里去吃午餐。在拉丁区一个什么地方。"

"好好玩吧。"

一小时后,拉里来接她。他们雇了一辆出租车到圣米歇尔桥,漫步走上行人拥挤的圣米歇尔大街,找到一家看着还不错的咖啡馆。他们坐在阳台上,叫了两杯杜博尼酒①。然后再次乘坐出租车,到餐厅去吃饭。伊莎贝尔胃口极好,拉里给她叫的那些特色菜她都吃得很香。她喜欢看他们周围那些挤挤挨挨的人,因为这家餐厅很挤;看见他们显然对食物产生那样强烈的兴趣,自己也乐了;可是,她最最开心的是和拉里单独找一张小台子坐着。她喜欢看当自己兴致勃勃地说个不停时他眼里的喜悦神情。这样自由自在和他在一起使她感到心醉。可是,在她脑子的角落里却隐隐约约有种不安,因为虽则他看上去也很自在,她觉得与其说是由于有她,还不如说是由于喜欢这种环境。她母亲早上说的话多少有点影响了她,现在虽则毫不用心地聊着天,却留心看着他脸上的每一种细微表情。他和离开芝加哥时并不完全一样,但是,说不出哪儿变了。他的样子和她记得的他同样年轻、同样坦率,只是神情变了;并不是说变得更加严肃了;他的脸色静下来时一直是严肃的,而是显得安宁了,这在以前是没有的;就好像解决了自己压在心底的什么疑问,因而得到了解脱。

两人吃完午餐之后,拉里提议去参观卢森堡博物馆。

"不,我不想去看那些画。"

"好吧,那就去花园里坐坐。"

"不,这个我也不想。我想去你住的地方看一看。"

---

① 一种紫红色的开胃甜酒。

"这没什么可看的,我住在旅馆里一个很蹩脚的小房间里。"

"埃利奥特舅舅说,你在公寓里养了个女人。"

"那么,你就亲自去看看。"他大笑说,"从这里去只有几步路。我们可以走过去。"

他带着她穿过一些狭隘的、弯弯曲曲的街道,尽管从街两边的高房子中间可以望见一抹青天。走了一会儿之后,就在一家门面很不像样的小旅馆门口站住。

"我们到了。"

伊莎贝尔跟在他身后走进去,厅堂非常狭窄,有一边摆着一张书桌,一个只穿了件条纹背心的人坐在桌后,正在看报纸。拉里向他要钥匙,那人从身后格子架上把钥匙交给他,同时好奇地瞥了伊莎贝尔一眼,又转为会意的假笑。显然他认为伊莎贝尔去拉里的房间不是干什么规矩事情的。

他们上楼去,楼梯上铺着破旧的红色地毯。拉里的房间在二楼,他拿钥匙打开自己的房门,伊莎贝尔走进一间有两扇窗户的小房间。窗子望出去是街对面的灰色公寓,公寓底层有一家文具店。房内放一张单人床,床旁边一只床头柜,一口大衣柜镶着一面大镜子,一张有垫子的硬背扶手椅,两扇窗子之间放一张桌子,桌子上有台打字机、一些纸张和好几本书。壁炉板上堆了些纸面装订的书。

"你坐扶手椅吧,尽管不怎么舒适,但却是我这儿最好的椅子了。"

他另外拉了一把椅子,自己坐下。

"你就是住在这儿吗?"伊莎贝尔问。

他看见她脸上的神情,不由得笑了。

"就在这儿,我自从到巴黎来,一直就住在这儿。"

"可是为什么呢?"

"方便,这儿靠近国家图书馆和巴黎大学。"他指指她没有注意到的一扇门,"那里面是间浴室,我一般就在这里吃早餐,晚餐则是在我们之前吃午餐的那家餐厅吃。"

"这里太脏了。"

"不,没关系的,这正是我需要的。"

"可是,这儿住的是些什么人呢?"

"噢,我也不是很清楚。好像有几个学生住在阁楼上;还有两三个老光棍,在政府机关里做事;有个女演员,曾在奥台翁剧院演出过,现在已经退休了;此外还有一个同样有间小浴室的房间,里面住着个被人包养的女人,包养她的人每隔一个星期的星期四来看她;恐怕还有些暂住的客人。这地方很安静,很规矩。"

伊莎贝尔被弄得相当尴尬,知道拉里已经看出来她的小心思,并且还取笑她,于是她也存心想找点茬。

"桌子上那本大书是什么?"她问。

"哪个?噢,那是我的希腊字典。"

"你的什么?"她叫。

"没事,它又不会咬你。"

"你在学希腊文吗?"

"是的。"

"怎么突然学这个?"

"我想到要学一点。"

他望着她时,眼睛里噙着笑意,她也回报以微笑。

"你来巴黎的这两年在做些什么,能不能告诉我呢?"

"我读了大量的书。一天总要阅读八小时到十小时。我去巴黎大学听过课。我认为,我已经把法国文学里所有的重要作品都看了,我还能看拉丁文,至少能看拉丁散文,差不多跟我看法文一样没有困难。当然,希腊文要难些。可是我有一个很好的教师。在你来到巴黎之前,我每星期经常有三个晚上去他那里补习。"

"这样做能有什么结果呢?"

"能获得知识。"他微笑说。

"这听起来可不怎么实际。"

"也许不太实际,另一方面,也许很实际。总之非常之有趣。你决计想象不到读《奥德修纪》的原文时那些文字带给你的精神上的极度振奋,让你觉得仿佛只要踮起脚尖,就能够到天上的星星了。"

他从椅子上站起来,就像兴奋得控制不住自己,在小房间内来回走着。

"前一两个月我看了斯宾诺莎[①]。对于他所说的哲学理论我不敢说我已经十分懂得,可是足以令我欢欣鼓舞。就像乘一架飞机降落在巍峨群山中的一片高原上。四围万籁俱寂,而且清新的空气沁人心脾,让人如饮醇酒,熏熏然像是坐拥巨资。"

---

① 斯宾诺莎(1632—1677),荷兰哲学家。

"你打算什么时候回芝加哥？"

"芝加哥？哦，我还没有考虑过。"

"你说过，如果你两年之后，找不到你要找的东西，你就会回归正轨，对吗？"

"我现在不能回去。现在我才刚摸到门，刚看见广阔的精神世界在我面前展开，向我招手，我渴望进入其中求索。"

"你希望求索些什么呢？"

"我那些问题的答案。"

他瞥她一眼，简直有点顽皮。如果不是因为她和他这样熟悉，她说不定认为他在开玩笑。"我想弄清楚上帝究竟有还是没有。我想弄清楚为什么世界上会存在着邪恶。我想要知道人的灵魂是不是不灭，还是人死后就一切都没有了。"

伊莎贝尔倒吸一口冷气。听见拉里讲这些事情，她觉得怪不舒服，幸亏他谈得非常随意，声调就和平时讲话一样，她这才能勉强克服住心里的尴尬。

"可是，拉里，"她微笑说，"人们几千年来都在问这些问题；如果能够回答的话，肯定答案早已有了。"

拉里笑了一声。

"你笑得就好像我说了什么蠢话似的。"伊莎贝尔严肃地说，有点不高兴。

"没有这个意思。我认为，你说得很在点子上。可是，另一方面，你也不妨说，既然人们对这些问题问了几千年，那么，他们就没法不问这些问题，而且不得不继续问下去。还有，你说没有人找到过答案，这话并不正确。人们找到的答案很多，而且很多人找到的答案都能完美地解答这些问题,例如鲁斯布鲁克[①]那个老头儿。"

"他是谁?"

"哦,只是巴黎大学一个我不认识的人。"拉里随口回答。

伊莎贝尔不懂得他是什么意思,但他继续往下说。

"这话听上去非常之幼稚。这些事情使大学里二年级学生感到兴奋,但等他们一毕业也就抛到脑后了,因为摆在眼前的现实是:他们得先谋生。"

"这没法怪他们,你知道,我幸亏还有点钱可以过活。如果没有的话,我也不得不像他们那样去谋生了。"

"你难道一点也不把钱放在眼里吗?"

"是的。"他笑着说。

"那你打算花多长时间在这一类事情上呢?"

"这可说不好,也许五年,也许十年。"

"在那之后呢?你要拿这些知识去做什么?"

"要是我能获得知识,我自然知道该拿它们去做什么。"

伊莎贝尔两只手激动地绞在一起,身子从椅子上探出来。

"拉里,你别犯糊涂。你是个美国人,这儿不是你安身立命的地方。你安身立命的地方是美国。"

"等我搞好了,我就回去。"

"可是,你会错过许多机会。我们正在经历着一个世界从来没有经历过的恢宏时代,你怎么能忍心坐在这一潭死水的地方一动不动呢?欧洲已经过时了。我们是世界上最伟大、最强大的民

[①] 鲁斯布鲁克(1294—1381),古佛兰芒民族的神秘主义者。

族。我们正在一日千里地前进。我们什么都有。你有责任参加国家的发展事业。你忘记了,你不知道美国今天的生活多么使人惊心动魄。你确定你在这样的时刻也不肯勇敢地站出来、去参与其中吗?你肯定你不参加这种建国大业,不是因为你没有勇气去担当目前每一个美国人都面临的重任吗?唉,我知道你多多少少也在工作,但这恰恰是逃避责任,可不是?这就是想要躲躲懒吧?如果人人都像你这样畏缩不前,美国会弄成什么样子?"

"你太严苛了,亲爱的。"他笑着说,"我的回答是,并不是每个人都有和我一样的感受。对别人来说,这是幸运的时刻,多数人都准备按常规行事;你忘了,我想要学习的热情,就跟格雷想要挣一大笔钱的那种热情没什么两样。我只是想花几年时间多学点东西,这难道也会对不起祖国吗?将来等我学成了,或许能拿出一些别人高兴看到的东西;但就算我没学成,也不会比一个生意失败的人更落魄。"

"那么我呢?在你眼中我也毫不重要吗?"

"你当然对我非常重要。我想娶你。"

"什么时候娶呢?十年以后吗?"

"不,就现在。越快越好。"

"怎么嫁?妈没有多少嫁妆给我。而且,她有也不会给了。她会认为,这样鼓励你游手好闲是错的。"

"我不需要你有嫁妆,"拉里说,"我每年有三千块的收益。这在巴黎很够用了。我们可以有一所小公寓和一个做全天的女用人。我们会生活得非常开心,亲爱的。"

"可是,拉里,一年只有三千块,日子怎么过得下去?"

"当然能够。很多人钱比这少得多也能生活。"

"可是,我不愿意靠一年三千块钱生活。我没有理由非得过这样的日子。"

"我过去只靠着一半的钱也就生活下来了。"

"但瞧你这日子过成什么样了!"

她无比厌恶地再次扫视了这间寒碜的小房间,耸了下肩膀。

"这就是说,我储蓄了一点钱。我们可以上卡普里岛[①]去度蜜月,秋天我们再去希腊。我很想看看希腊。你记得我们过去不是时常谈到一同周游世界吗?"

"我当然想旅行。但我想要的旅行,不是像这样坐在二等舱里,住着三等旅馆,甚至连个正经的浴室都没有,吃饭都在小饭店里。"

"去年十月,我就是这样去意大利的。玩得痛快极了。我们完全可以靠着这些钱跑遍全世界。"

"可是,我还想生孩子的,拉里。"

"这没有关系。我们把孩子一起带去啊。"

"你太天真了,"她大笑说。"你知道养个孩子要花多少钱?维娥莱·托姆林森养小孩去年一整年的开销是两千五百块,这还是在她尽力俭省的情况下。还有你知道雇一个保姆要多少钱?"她脑子里想到一连串的事情,变得愈来愈激动了。"你完全不切实际,一点都不为我考虑。我还年轻,我想过快活日子。我要参加宴会,参加舞会,空闲时能打打高尔夫球或是骑骑马。总之,别人能有的玩乐,我都要有。我还想穿漂亮衣服。你可

---

① 在意大利。

懂得一个女孩子不能穿得像跟她一起的那些人一样好，是什么滋味？拉里，当你需要穿你朋友不要了的旧衣服，或是感到人家可怜你送你一件新衣服，是什么滋味？我甚至于连去一家像样的理发店做做头发也做不起。我不要坐电车和公共汽车到处跑；我要有我自己的汽车。你倒是想想看，你每天在图书馆里看书，我呢，我能做什么？逛马路，看橱窗，还是坐在卢森堡博物馆的花园里留心自己孩子不要闯祸？我们甚至不会有任何朋友。"

"唉，伊莎贝尔。"他打断她。

"我是指以前认识的那些朋友，他们再不会和我们交往了。埃利奥特舅舅的朋友有时候会看他的面子请我们一次，但是，我们去不了，因为我没有像样的衣服穿，而且我们也不能去，因为我们没钱回请。我不想和那些不够体面的人交朋友。我想要的生活不是这样的，拉里。"她突然感到他眼睛里有种神情，虽则盯着她望时永远是那样温柔，但是，却流露出一丝好笑的神情。"你是不是认为我很庸俗，拉里？认为我啰唆得可怕？"

"不，没有，我认为你的顾虑都很正常。"

他背对着壁炉站着，她站起来，走到他跟前，和他面对面。

"拉里，要是你身无分文，但找到了一份年收入三千块的工作，我会毫不迟疑地嫁给你。我会替你烧饭，收拾床铺，我不会去在乎我穿的什么衣服，我什么都不会多做要求，只会甘之如饴地接受一切，因为有你在努力挣钱，我知道这样的日子早晚能摆脱掉。可是，现在这样结婚，意味着我要苦挨一辈子，直到死的那一天也半点希望都看不到。但我为什么要这么牺牲呢？就为了能让你解决掉那些多少年来都没人找到答案的问题？这太离谱了。男人生来应当工作，去工作他的人生才有意义，才能造福于社会。"

"你是想告诉我，回到芝加哥定居，然后接受亨利·马图林替我安排的工作，去劝说我所有的朋友去购买亨利·马图林感兴趣的股票，我才会大大造福社会吗？"

"证券这一行总要有人来做的，这好歹也算是份体面的差事。"

"你把巴黎那些中等收入的人的日子想得过于可怕了。你知道，实际上并不如此。人们用不着上香奈儿服装店，仍旧可以穿着得很好。而且并不是只有住在凯旋门附近和福煦大道上的人才有趣。事实上，大多数有趣的人都不住在那儿，因为有趣的人一般钱都不多。我在这儿认识不少的人，画家，作家，学生，法国人，英国人，美国人，各式各样的人都有，你如果有机会认识他们的话，我认为你会觉得这些人比埃利奥特宴请的那些暴躁的侯爵夫人或是不可一世的公爵夫人有趣多了。你脑子灵，幽默感十足。听他们一面吃晚饭，一面针锋相对地谈话，你一定很喜欢的。喝的当然只是普通的葡萄酒，也完全用不着让一个男管家和两个仆佣围着桌子伺候你。"

"别说傻话，拉里。当然我会喜欢。你知道我不是个势利的人。我很喜欢和那些有趣的人结识。"

"是吗，穿一身香奈儿来见他们？你想他们看见你这副打扮会不会认为你是来视察贫民窟的呢？他们不会舒服，你也不会舒服，而且你除了事后告诉爱米丽·德·蒙塔杜尔和格拉西·德·夏托加亚尔，说你在拉丁区碰到一群怪里怪气、不修边幅的人，觉得非常有趣之外，不会再有任何别的收获。"

伊莎贝尔微微耸一下肩膀。

"我承认你说得不错。他们原本有别于和我一起长大的那种人。他们跟我没有一点共同之处。"

"你这是什么意思？"

"还是我开头讲的话。从我记事以来，我一直就住在芝加哥。我的朋友全都在芝加哥。我的兴趣全在芝加哥。我在芝加哥过得很习惯。那里是我的故乡，也是你的故乡。何况，我妈妈现在又生着病，而且还是永远都治不好的病。我怎么可能在这个时候离开她。"

"这是不是说除非我回到芝加哥去，你就不会嫁给我呢？"

伊莎贝尔踟蹰了一下。她爱拉里。她想要嫁给他。她的整个身心都爱着他。她知道他也要她。她不相信到了摊牌时他不会软下来。她害怕，可是她不得不冒一下险。

"对的，拉里，我就是这个意思。"

他在壁炉板上划了一根火柴①——那种给你的鼻孔装满辛辣气味的旧式法国硫黄火柴——点起他的烟斗后，他从她面前走过，走到一扇窗子前面站着。他望向窗外，沉默下来。时间漫长得仿佛永远不会有尽头。她仍旧站在原来面对着他站着的地方，照着壁炉板上的镜子，她却看不清自己。她的心乒乒乓乓地跳着，而且感到害怕，他终于转过身来。

"我真想能够使你懂得，我向你提议的生活要比你想象的

---

① 是一种旧式红头火柴，和现在的黑头安全火柴不同，经过摩擦，自能燃烧。拉里用的这种火柴还浸过半截硫黄，烧起来时间比较耐久。

任何生活都要充实得多。我真希望能够使你懂得精神的生活多么令人兴奋，经验多么丰富。那是永无止境、无比快乐的。只有一件事同它相似，那就是当你一个人坐着飞机飞到天上，越飞越高，越飞越高，只有无限的空间包围着你，你沉醉在无边无际的空间里。你觉得豪兴大起，使你对世界上任何权力和荣誉都视若敝屣。前段时间我读了笛卡儿①，天啊，那是多么自在、透彻、酣畅！"

"可是，拉里，"她慌忙打断了他，"你难道看不出你在要求我做一件我做不来的事情，是我不感兴趣而且不想感兴趣的事情吗？我对你讲过不知道多少遍了，我只是一个平常的、正常的女孩子，我现在二十岁，再过十年我就老了，我想及时行乐。唉，拉里，我的确非常爱你。而你说的那些，难道不是微不足道的东西吗？它不会使你有什么出息的。为了你自己，我求求你放弃它吧。拉里，做个好样的，做一个男人应做的事情。你现在这样只是在浪费宝贵的光阴，而别人都已经在争分夺秒地努力干活了。拉里，你要是爱我的话，你就不会为了一个梦想而抛弃我。你已经放纵两年了，该回心转意跟我回美国了。"

"我不能。这对我来说等于自杀。这等于出卖我的灵魂。"

"唉，拉里，你怎么会说这样的话？这是那些犯了癔症的、多愁善感的女人才会说的话。这有什么意义呢？没有，没有，什么意义也没有。"

"这恰恰就是我的感受。"他答道，眼睛里闪着光。

"你怎么还能笑得出来？你可曾意识到，这是一个极其严肃

---

① 笛卡儿（1596—1650），法国理性主义哲学家。

的问题。我们正站在十字路口,我们现在的决定将会影响我们的一生。"

"我知道。请你相信我,我是在非常严肃地对待。"

她叹了口气。

"如果正经讲道理你不听,那我也没有别的话可说了。"

"可是,我不认为你说的是什么正经道理。我认为,你讲的从头到尾都是荒唐透顶的东西。"

"我?"如果不是因为她当时心里非常难过,她都要放声大笑了,"可怜的拉里,你简直不可理喻。"

她缓缓把手上戴的订婚戒指褪了下来,放在掌心里,瞧着它。这戒指上镶着一颗切成方形的红宝石,指环是细条白金制成,她一直都很喜欢。

"假如你爱我,就不应当使我这样不快乐。"

"我的确爱你。不幸的是,一个人想要做自己认为对的事情,却免不了要使别人不快乐。"

她把托着红宝石戒指的手伸到拉里面前,颤抖的嘴唇勉强显出微笑。

"还给你,拉里。"

"我要它没有用。你留下吧,就当是纪念我们的友谊了,你可以把它戴在小拇指上。我们还可以保有友谊的,是不是?"

"是,拉里,我永远在意你。"

"那么你就留下它。我将永远喜欢你。"

她迟疑了一下,然后把戒指套在右手的小拇指上。

"这要大许多。"

"你可以把它改小。我们上丽思酒吧间去喝杯酒吧。"

"好。"

事情就这样解决了,简单得令她吃惊。她甚至都没有哭。除掉她不会跟拉里结婚外,好像什么都没有改变。她很难相信两人就这样平心静气地谈妥了,结束了,连大吵大闹都不曾有,就仿佛他们刚才谈的是租房子的事情一样。她不甘心,很有些失落,但同时微微有种满意的感觉,因为两个人的表现都非常文明。她真想知道拉里究竟是什么一种心情。可是,这始终没法知道;他那张温和的面容,那双深色的眼睛,她如今才意识到只是一种面具,因为尽管她认识他许多年,却还是猜不透他。她本来把帽子脱掉,放在床上;现在她拿起帽子,站到镜子前面,又戴上了。

"我只是随口一问,"她说,一面整理着头发,"你是不是本来就打算跟我解除婚约?"

"不是。"

"我猜你这么说也许只是想让我好受点。"

他没有回答。她转过身来,嘴边重新挂上了轻松的笑容:"现在可以了,我们走吧。"

拉里把身后的门锁上。当他把钥匙交给坐在写字台那儿的人时,那人带着狡狯的神情会意地望着他们。伊莎贝尔当然明白,这人指不定以为他们在楼上做的是什么苟且的事哩。

"我敢说这个家伙对我的贞操是打问号的。"她说。

他们打了一辆出租车到丽思酒吧喝了一杯酒,聊了些闲天,丝毫不显得拘束,就像两个天天见面的老朋友一样。当然,拉里天性沉默,话并不多,但伊莎贝尔话却很多,有说不完的话,而且她决心不让相互之间变得沉默下来,以至于最终无话可说。她不想让拉里觉得她在怨恨他,她的自尊心又迫使她约束着自己,不让拉里觉察她是受了伤,或是不快乐。就这样熬了一阵子,她提出该回去了。他起身送她,一直送到家门口。临别时,她轻松地向他说:

"别忘了,明天你要来和我们一起吃午饭。"

"不会忘的。"

她让他吻过了自己的面颊,转身穿过门廊。

五

当伊莎贝尔走进客厅时,看见有几个客人已经在喝茶。来客中有两位太太原先也是美国人,现在定居巴黎,穿着非常考究,脖子上挂着一串珍珠项链,手上戴着钻石手镯,手指上套着价值昂贵的戒指。虽则有一个人的头发用散沫花染成棕红色,另一位的头发也染成了不自然的金色,两个人却非常之像。同样涂了厚厚油膏的睫毛,同样抹得鲜红的嘴唇,同样涂满了胭脂的面颊,同样经过刻苦锻炼才能保持的苗条身材,同样清晰如削的五官,同样如饥似渴的彷徨的眼神;你没法不意识到,她们的生活就是挣扎着保持自己的魅力,不被时间消磨。她们嗓音洪亮,一刻不停地闲扯着,一刻也不肯停,像是担心只消有片刻的沉默,机会就将溜走,而她们努力堆砌而成的空中楼阁也将在顷刻间倾覆一般。还有一位美国大使馆的秘书,人温和沉默,因为他一句话也插不进去,看上去很有点派头;还有一位是罗马尼亚王子,个头矮小,皮肤黝黑,很有点儿卑躬屈膝的样子,两只小巧玲珑的黑眼睛,一张刮得光溜溜的黑脸,老是看见他忙不迭地站起来端茶递点心,或者给人点香烟,极力恭维着所有的宾客。他这样做是在偿还过去从这些巴结对象那里获得的晚餐,同时希望能获得更多的晚餐。

布太太坐在那里,为了讨好埃利奥特,比她平常喝茶时穿得讲究。她以惯常的礼貌但是相当淡漠的神情,坦然履行着主妇的义务。她对自己兄弟的这些客人有什么想法,我只能靠猜想了。我和她从来没有混熟过,何况她又是个不动声色的女人。她人并不笨;在外国的首都住了那么多年,见过不少形形色色的人,想来会根据自己根生土长的弗吉尼亚那种小城市的行为准则,做出对这些人的精明判断。恐怕她看着这些人的滑稽样子时,会感到相当好笑,而且敢说她对这些人装腔作势的派头一定也完全无动于衷,就如同看一本小说,对小说里人物的哀愁和苦痛统统无动于衷,因为她从一开始就知道小说必定有个圆满的结局,如果不是这样,她是不会去读的。不管是巴黎、罗马还是北京,所有这些外国都城,对于她的美国本土气息毫无影响,就如同埃利奥特对天主教再怎么虔诚,也丝毫影响不到她对长老会宗教的信仰一样。

伊莎贝尔的青春、活力和健康美给这种浮华气氛注入一股新鲜气息。她宛如一位年轻的女神,乍然闯入尘世。罗马尼亚王子慌不迭地站起来替她拉过一张椅子,而且竭力用大量手势表达着恭维。两位美国太太一面用尖细的嗓音和气地跟她寒暄,一边对她上下打量,仔细瞧她的衣服。面对她的青春年华,两人不禁涌起了一股落寞感。美国外交官看见伊莎贝尔使这两个女人看上去那么空虚和憔悴,独自在微笑。可是,伊莎贝尔却觉得她们很有派头;她喜欢她们的华丽衣服和昂贵珠串,而且对她们矫揉造作的姿态感到一丝妒意。她幻想自己是不是也能有一天像她们这样优雅从容。当然那个小罗马尼亚人很可笑,不过,也相当讨人喜欢,就算他讲的那些好听的话是言不由衷,她也很高兴能听到。原本因她的闯入而短暂中止的谈话这时也重新开始,而且谈得是

109

那样起劲,那样深信不疑,好像她们谈的事情都是非常值得说的事情,使你简直认为她们谈论的是什么大人物或是什么很有道理的话了。她们谈论自己参加过的派对,和将要参加的派对;她们谈论新近发生的各种丑闻;她们诋毁自己的朋友,将他们说得一文不值;她们从这个大人物谈到那个大人物——仿佛没有她们不认识的人、不知道的秘密。她们几乎是气也不换地提到最近上演的话剧,最时新的服装设计师与肖像画家,甚至是新首相的新情妇。她们简直无所不知、无所不晓,伊莎贝尔在一旁听得惊叹不已。她觉得,背景展现在眼前,再没有比这更合适的场合了;她觉得,这一切都非常文明。这才是真的生活。这使他有种置身于其中的惊喜感。宽敞的房间,地板上铺的萨伏纳里地毯,华丽的镶了木板的墙壁上挂的那些美丽的画,坐的那些精工细雕的椅子,细工镶嵌的橱柜和茶几,无论哪一件都值得博物馆收藏了;布置这样一个房间,就算要花上一大笔钱也值得了!伊莎贝尔从没有像现在这样感到它的美,布置得这样妥帖,因为旅馆里那个寒碜的小房间,那张铁床,她坐的那张硬邦邦的不舒适的椅子,还鲜明地印在她脑子里。空荡荡又破败又寒酸,偏偏拉里还觉得那没有什么不好。她想起时不由打了个寒噤。

等到宴会散场,客人离开以后,客厅里就只剩下伊莎贝尔、她母亲和埃利奥特三个人。

埃利奥特送那两个可怜的满脸脂粉的美国女人出门回来。"有意思的女人,"他说,"她们才在巴黎住下时我就认识她们了。做梦也没有想到她们会变得像现在这样漂亮。我们美国的女人,适应能力真是惊人得很。你简直看不出她们是来自美国,还

是美国的中西部。"

布太太抬了抬眉毛,一声不吭,只把埃利奥特看了一眼,可是,以埃利奥特的机灵哪有不懂得的。

"亲爱的路易莎,没有人会说你什么的,"他半讥讽半亲热地说,"不过,天知道,你原本是有这样的机会的。"

布太太听了这话,噘了噘嘴。

"恐怕我使你感到非常失望,埃利奥特,但是实话告诉你,我非常满意自己目前的状态。"

"各有各的爱好①。"埃利奥特叽咕了一句法文。

"我想有件事我应当告诉你们,我和拉里刚刚解除了婚约。"伊莎贝尔说。

"啧,啧,"埃利奥特失声叫道,"这一来,我明天中午的宴请怎么办?这样短短的时间,叫我到哪儿再找一个人呢?"

"噢,午饭他还是来吃的。"

"在和你解除了婚约以后?这可不太合乎情理。"

伊莎贝尔咯咯笑了。她眼睛盯着埃利奥特,她清楚母亲的眼睛正盯着自己,因而不想和她视线相触。

"我们并没有吵嘴。我们今天下午谈了一次话,最后都觉得我们犯了一个错误。他不愿意回美国;他想在巴黎留下来,还说想去希腊。"

"这是为什么?希腊又没有什么社交活动。事实上,我对希腊艺术从来就不大看在眼里。有些古希腊的东西有那么一点颓废

---

① 原文为法文。

111

的魅力,还可以入眼。可是,菲迪亚斯①,不行,不行。"

"你看着我,伊莎贝尔。"布太太说。

伊莎贝尔转过头来,唇边微带笑意地望着母亲。布太太把女儿仔细看了一眼,可是,只哼了一声。这孩子没有哭过,这一点她能看出来;她的神情很泰然自若。

"我认为你做得对极了,伊莎贝尔,"埃利奥特说,"你俩早该解除婚约了,我原来想竭力成全这件事,可是,我一直认为,这场婚姻不对头。他真的配不上你,而且他在巴黎的所作所为很清楚地表明他决不会有什么出息。你年轻漂亮,家世又好,你完全可以找一个比他好得多的结婚对象。当然,现在你能明白过来也不晚。"

布太太瞟了女儿一眼,很明显有些担忧。

"你不是为了我解除婚约的吧,伊莎贝尔?"

伊莎贝尔果断地摇摇头。

"当然不是,亲爱的,我这么做完全是因为我自己想这么做。"

---

① 菲迪亚斯(前4907—前432),希腊雕塑家。

六

那时候，我刚刚结束了远东的行程，返回伦敦居住。大约在上述事件发生之后两个星期的光景，埃利奥特一天早上打电话给我。听到他声音时我倒并不怎么惊讶，因为他总是习惯在游宴季节到了尾声时来英国玩乐一下。他告诉我，布太太和伊莎贝尔和他一起来了，如果我今天傍晚六点钟过来喝杯酒，她们一定很高兴看见我。地点就定在克拉里奇酒店，他们落脚的地方。当时我的寓所离那儿并不远，所以我踱过公园巷，穿过梅费尔区那些安静、高贵的街道到了克拉里奇饭店。埃利奥特就住在他平时住的套房里。室内镶的是褐色木头壁板，就像雪茄烟盒子的那种木头，陈设低调而奢华。酒店仆役领我进来时，屋子里只有埃利奥特一个人。布太太和伊莎贝尔上街去买东西，马上就要回来。这时埃利奥特才向我透露，伊莎贝尔已经和拉里解除了婚约。

埃利奥特对于在什么处境下应该怎样做人，深受他的浪漫思想以及传统意义的影响，有他自己的一套看法。他对这两个年轻人的行为很看不惯。拉里不但在解除婚约后的第二天来吃午饭，而且做得就好像自己身份一如往常似的。他和平日一样随和，一样彬彬有礼，一样安静愉快。对待伊莎贝尔还是和他过去对待她一样亲亲热热的。看不出他有丝毫窘迫，也没有心烦意乱，也没有垂头丧气。伊莎贝尔也不像心事重重的样子，人很快活，笑得照样轻松，照样嘻嘻哈哈地打趣，仿佛并不曾在自己一生中刚刚

113

做了一项重大决定；而且还分明是忍痛才做出的决定。埃利奥特简直要被他们弄得莫名其妙了，他格外留意他们之间说了什么，旁敲侧击地打听到他们丝毫没有意思要取消以前讲定的那些约会；所以一得空他就找他姐姐提起了这件事。

"这像什么话呢，"他说，"他们不能够仍旧像订婚时一样两个人到处跑，拉里实在应当懂得一点分寸。而且，这样会毁掉伊莎贝尔的机会。小福塞林根，那个英国大使馆的男孩子，明显就很喜欢她；他有钱，在社会上又很有地位；如果他知道伊莎贝尔已经解除婚约了，那就很可能会向她求婚，这我肯定是毫不惊讶的。我觉得你应当跟她谈一下。"

"亲爱的，伊莎贝尔已经二十岁了，她有一套办法能够婉婉转转告诉你不要管她的事情。这一点就让我觉得很难应付。"

"那么，你就是太娇纵她了，路易莎，再说，这事本来就该你管。"

"在这件事情上，你跟她的看法肯定不一样。"

"你快要叫我失去耐心了，路易莎。"

"我可怜的埃利奥特，你假如有个成年的女儿的话，你就会发现一旦她有了自己的想法，是九头牛都拉不回来的。至于她内心里想的是什么，就假装自己是个糊涂虫，这样反倒更好。而且我可以告诉你，她肯定早就这么看你了。"

"可是，你难道不打算跟她谈一谈吗？"

"我试过，她只是笑，告诉我实在没有什么可说的。"

"她难过吗？"

"我瞧不出来。我只知道她吃得很香，睡得就像个孩子。"

"哼，你记着我的话，要是你听任他们继续这样下去，早晚有一天他们两个人会偷偷溜去结婚的——还不会跟任何人打招呼。"

布太太忍不住笑了。

"这一点你尽可放心，我们现在是在法国，这里为一切不正当的男女关系提供方便，唯独对婚姻处处设置障碍。"

"很对，结婚是件严肃的事情，家庭的保障和国家的稳定全系在这上面。但是，婚姻只有在婚姻之外的关系得到容忍，并且得到认可时，才会保持其尊严。娼妓，可怜的路易莎——"

"得了，埃利奥特，"布太太毫不客气地打断他，"你对不正常男女关系的社会价值观和道德价值观，我一点也不感兴趣。"

就在这时候，埃利奥特提出一个阻止伊莎贝尔和拉里往来的计划，因为他对这种越轨的行动太看不入眼了。巴黎的派对季节已到尾声，所有的上流人士都打算去海边或者多维尔度假，然后去他们在都兰、昂偶或者布列塔尼半岛的祖宅消夏。

埃利奥特通常都是在六月底去伦敦小住，可是，他的家族感很强，对姐姐和伊莎贝尔的感情又很真实；他原来打算，只要她们愿意，即使巴黎上流社会的人走光了，他也可以完全自我牺牲继续留下来。但是，现在他发现自己的处境很合心意，既能够尽量为别人着想，同时又于自己方便。他向布太太建议，三个人立刻一同上伦敦去，因为伦敦那边游宴季节正处在高潮，而且新的兴趣和新的朋友将会很好地转移伊莎贝尔的心情，使她不再缠在这种不幸的遭遇上。据报载，那位有名的专治糖尿病的专家这时就在英国首都，布太太正好找他诊治，这样就可以为他们匆促离开巴黎找到合理的解释；伊莎贝尔即使心里不愿离开，也无法说出拒绝的话了。

布太太同意这个计划。伊莎贝尔实在令她困惑不已，她怕她并不像表面上那样一点也不在乎，其实心里痛苦、气愤或者伤心，但是，却偏要强撑着，好掩盖自己内心的伤口。她也只好接受埃利奥特的提议，希望自己女儿去一个新地方，交到许多新朋友以后，能慢慢好起来。

埃利奥特立刻打电话去安排行程。那天，伊莎贝尔正和拉里一同去逛凡尔赛宫；她回家时，埃利奥特已经诸事就绪，就告诉她已经替她母亲约好那位有名的医生看病，时间在三天以后；他也在克拉里奇酒店定下一套房间，因此，后天就要动身。当埃利奥特有点自鸣得意地将自己的安排转告给伊莎贝尔时，布太太留心察看女儿，发现她面色如常。

"啊，妈妈，我很高兴你能够去看那位医生，"她和往常一样急腔急调地嚷嚷起来，"这是多好的机会！而且上伦敦走一趟太有意思了。我们在那边要待多久？"

"再回巴黎就没有意思了，"埃利奥特说，"因为一个礼拜之内，这里的人都要走光了。我希望你们整个夏天都能和我一起在克拉里奇酒店度过。伦敦在七月里总有些很好的舞会，当然还有温布尔登网球锦标赛①。这以后，还有古德伍德举办的赛马和考斯举办的赛船。我相信埃林厄姆家会欢迎我们坐他们的帆船去看考斯船赛，而且班托克家每逢古德伍德赛马时，总会举行一场

---

① 一年一度的全世界最大的草地网球赛。

很大的宴会。"

伊莎贝尔看上去似乎并没有什么不高兴的神色，布太太放下心来。伊莎贝尔似乎对拉里也并不如何看重。

埃利奥特才跟我讲完这些，母女两个就走了进来。我们之间大概有将近两年没见过面了，布太太比以前消瘦一点，而且脸色更加苍白了；看起来很疲倦，气色不好。可是，伊莎贝尔却是容光焕发，红扑扑的脸蛋儿，深褐色的头发，亮晶晶的深栗色眼睛，白净皮肤，青春气息扑面而来，让人印象深刻，似乎她只要活着就能快快乐乐的；看到这些，你不禁会因由衷地喜悦而笑起来。她使我产生一个相当荒谬的念头，仿佛她是一只金黄的熟透了的梨子，香甜可口，就等人采摘了。她浑身上下散发出的温暖气息，使你觉得只要你伸出手来就能够感到舒适。她的个子看起来似乎比我们上次见面时要高，但我也说不清这是因为她穿着高跟鞋，还是因为她换了个高明裁缝，身上的衣服剪裁得体，掩盖住了她年轻丰满的体形。她的一举一动都很潇洒自如，看得出从小坚持户外活动。总之，从性的角度看，她已经成长为一个十分有吸引力的少女了。如果我是她母亲的话，就该催着她尽快结婚了。

我很高兴能有这个机会答谢我在芝加哥时布太太对我的招待，所以请她们三位晚上一同去看戏，还准备请她们和我一起吃顿午饭。

"你还是现在就定好时间，我的朋友，"埃利奥特说，"我已经通知一些朋友说我们到了伦敦，估计在接下来的一两天里，我们在这整个季节的预约表就要全部排满了。"

我懂得埃利奥特这话的意思是说他们没有时间和我这样的人在一起，不由得大笑起来。埃利奥特扫了我一眼，面上神色很是傲慢。

"如果你能在下午六点钟过来，一般都会找到我们，我们当然也很高兴看见你。"他说得委婉，但很明显，他是想让我有点自知之明，我作为一个作家，社会地位可实在不怎么高。

但是他忘了，瓦片也有翻身时。

"你可别忘了和圣奥尔弗德见上一面，"我说，"听说他们打算卖掉他家的那张康斯特布尔[①]画的索尔兹伯里教堂。"

"我眼下不想买什么画。"

"我知道，但说不定，你能帮他们把这幅画处理掉呢。"

埃利奥特盯着我的眼神变得恶狠狠的。

"我的朋友，我承认英国人都很伟大，但可惜他们却从来没有画出过什么好画，恐怕以后也画不出什么好画来。我对英国画派不感兴趣。"

---

① 约翰·康斯特布尔（1776—1837），英国风景画家。

七

在接下来的四个星期里，我很少见到埃利奥特和布太太母女。埃利奥特替他姐姐和外甥女儿挣足了脸面。这个星期他带她们去苏塞克斯一个豪华人家去度周末，另一个周末又带他们去威尔特郡一个更豪华的人家。他带她们出去看歌剧时是坐在温莎王室某位小公主的皇家包厢里的；凡是赴午宴、晚宴，在座的必是大人物。伊莎贝尔还受邀参加了几场舞会。埃利奥特每次在克拉里奇酒店宴请客人，第二天报纸都会将他们登在极其显眼的地方。他还在西罗酒店和大使馆酒店设夜宴招待客人。为了让伊莎贝尔能玩得开心，他可说是施展了浑身解数，而伊莎贝尔面对这些纸醉金迷的奢华场合，除非能有一副比现在更复杂的头脑，否则都该忧心如何才能避免眼花缭乱了。埃利奥特可以自吹自擂，说他费了这么大的劲，没有一点自私动机，完全是为了使伊莎贝尔能忘掉那段失败的恋情。但是，我看出他十分满足于自己能让姐姐亲眼看见他和那些大名鼎鼎的时髦人物是多么相熟。他作为主人确实招待得极其尽心了，况且向来喜欢卖弄他那一套交际手腕。

我也被邀请去参加一两次埃利奥特的宴会，有时候还在下午六点钟去克拉里奇酒店看望他们一下。伊莎贝尔在这样的场合中总是被众星捧月，很受一些年轻人追捧的。有一次就是在这种场合，伊莎贝尔把我拉到一边。

"我有一件事要问你，"她说，"你可记得有天傍晚我们上药房吃冰淇淋苏打的事吗？"

"清清楚楚。"

"你那次帮了我一个大忙，现在你愿不愿意再帮我一次？"

"我尽量。"

"我想跟你谈一件事。能不能哪天我们一同吃午饭？"

"只要你乐意，都由你。"

"找个清静一点的地方。"

"坐车子到汉普顿宫去，在那边吃午饭，你说怎样？那些园子目前应当是花事最盛的时候，而且你可以看看伊丽莎白女王的御床。"

这个建议她很中意，我们就约定了日期。不巧的是，到了那一天，原来晴暖的天气忽然变了；天空阴沉沉的，还飘起了小雨。我打电话问伊莎贝尔是不是还按约定吃午饭。

"我们可就逛不了花园了，而且这样的天色之下看画也看不清楚。"

"我在花园里坐得多啦，而且对名画看得腻味透了。还是去吧。"

"好的。"

于是我出门去接她，然后带她一起坐车过去。我知道有一家小酒店，饭菜还过得去，所以就一直开到那边。伊莎贝尔在路上和平日一样兴致勃勃地谈她参加的宴会和碰见的人。她显然玩得很开心，可是，她对自己结识的那些形形色色的新朋友发表的评论，让我觉察到她为人其实非常精明，而且有些荒谬可笑的事情一眼就看得出来。由于糟糕的天气游人罕至,所以餐厅等于被我们两个独占。这家酒店以家常的英国菜最拿手,所以我们点了一份烤羊腿,外加绿豌豆和新马铃薯,以及一大盆浇了德文郡奶油①的苹果派;再来一大杯淡啤酒,一顿午餐就吃得非常尽兴了。吃完以后,我建议去空咖啡室,因为那儿有软圈椅,坐着更舒适一些。咖啡室里很冷,但是壁炉里煤和木柴都已放好,所以我擦了一根火柴生火。火焰升腾起来,让阴冷的房间亲切温暖起来。

"好了,"我开口说,"现在总可以告诉我了吧,你要跟我谈什么事。"

"和上次的话题相同,"她咯咯地笑了起来,"拉里。"

"我猜是如此。"

"你应该知道,我们已经解约了。"

"埃利奥特告诉了我。"

"妈妈可算放了心,埃利奥特就更高兴了。"

她迟疑了一下,然后开始把她和拉里的那次谈话讲给我听,具体过程我已经在前文尽量忠实地向读者交代过了。读者也许会诧异,她为什么要跟我这样的人交浅而言深。我和她见面敢说顶多只有十来次,而且除掉药房那一次外,之前从来就没有单独见过面。但其实说穿了这事也并不奇怪。单拿一点来说,正如任何作家都会告诉你的一样,有些人跟别人不会讲的事情,的确会告诉一个作家。我不懂得这是什么缘故,要么是因为读了他们一两本书以后,他们对这个作家特别感觉亲切;还可能他们使自己戏

---

① 德文郡奶油:将牛奶煮热冷却后,撇取浮在牛奶面上的奶油。

剧化了，把自己想象成了小说中的人物，因而愿意像作家在书中杜撰的人物那样，对作家敞开心扉。再有一点，我认为伊莎贝尔敏锐地察觉到了我对她和拉里的喜爱，他们炙烈的青春打动了我，让我分外同情他们的艰难处境。同时她也无法再找到其他更适合倾诉的人了，舅舅埃利奥特一向对拉里不满，因为拉里有过一个年轻人少有的进入社交界的好机会，却被他白白糟蹋掉了，因而她要是向他提起拉里，很可能得不到什么好脸色；她母亲也帮助不了她，布太太有她自己的一套极其现实的处事原则，这样的原则让她认定，如果你想要在这个世界上混得好，你就得接受这个世界的约定俗成的规矩，而且不去做别人明白指出的那种不牢靠的事情。而她的现实遭遇也令她坚信，一个男人的责任就是在某家企业里找份工作，然后努力打拼，挣到足够的钱好让家人生活无忧，哪怕是在他死之后。

伊莎贝尔记性很好。那次时间很长的谈话的许多重要关节她都牢牢记得。我一直默默倾听，直到她讲完，中间只有一次，她自己中断讲述，问了我一个问题。

"卢斯代尔是谁？"

"卢斯代尔？他是荷兰的一个风景画家。怎么突然问这个？"

她告诉我拉里曾经提到他，还说这个卢斯代尔曾经找到过他所探索的问题的答案，并且她重述了当时她问拉里这是什么人时，拉里那一句信口敷衍的回答。

"你看他究竟是什么意思？"

我忽然灵机一动。

"你想他会不会是说的鲁斯布鲁克?"

"也许是。那这又是个什么人?"

"是一个生活在十四世纪的佛兰芒神秘主义者。"

"噢。"她明显有些失望地说。

伊莎贝尔一点也不明白这意味着什么,但是,我却能略微体会。这是我第一次对拉里心里盘算的问题发现一点迹象,所以,当伊莎贝尔继续谈她的经过时,我虽则仍旧凝神在听,可是,一半心思却忙着研究拉里提到这个人可能意味着什么。我并不想把事情想得过于复杂,因为可能他提起这位狂热的导师的名字只是随手拿来做辩论;也不排除这其中另有深意,但是,没有被伊莎贝尔听出来。而他那一句信口敷衍的回答,说鲁斯布鲁克是他在中学时一个不认识的同学,他显然是不想伊莎贝尔追问下去。

"你怎么看?"她讲完之后问我。

我等了一会儿才回答。

"你可记得他曾经说过要闲逛?如果他这话是当真,他指的闲逛很可能是一件需要很多努力才能达到的事情。"

"我肯定他说这话时是很认真的。可是,你难道看不出,如果他把这么多气力放在什么正经工作上,他就可以有一笔很可观的收入。"

"有些人生性就是那样古怪。那些犯罪的人苦心经营的结果只是把自己送进监狱,可是,每次他们一被放出来,立刻就会重蹈覆辙,最后只能是再被关进去。要是他们肯找一份正经工作,然后付出与这相同的勤奋与刻苦、机巧与谋划,肯定能过上很富裕的生活,说不定还能在社会上占据一个重要地位。但是,他们的生性就是这样。他们偏偏就爱犯罪。"

"可怜的拉里,"她咻咻笑起来,"你难道打算说他学希腊语是准备抢一家银行吗?"

我也跟着笑。

"不,我没有这个意思。我想告诉你的是,有些人对做某一件事情具有那样强烈的执念,连自己也控制不住,他们非做不可。为了满足内心的渴望,他们愿意为此牺牲一切。"

"连爱着他们的人都可以牺牲?"

"是啊。"

"这难道不是极度的自私吗?"

"这我就不清楚了,"我只能笑着回答。

"拉里费那么大工夫学那些死的语言,又能派上什么用场呢?"

"有些人就是很纯粹地渴望汲取知识,这样的欲望可谈不上卑劣。"

"假如你学了知识都不准备派上用场的话,知识又有什么好处呢?"

"但他想学啊。也许他就满足于掌握知识,就好像一个艺术家满足于创造艺术品那样。当然也有可能,他是想先储备一定的知识量,好为接下来要进行的事情做准备。"

"他如果就是想学习知识,他为什么复员之后不去读大学?纳尔逊医生和妈都这么劝过他啊。"

"我那年在芝加哥曾经和他谈过这个问题。他觉得学位对他没有什么用处。我有一种感觉,他对自己想要什么有着非常明确的想法，而且他觉得那是在大学里学不到的。你知道，正如狼，有的生活在狼群里，有的却独自觅食，在学习这条路上也是一样的。我认为拉里是那种没法去走别人的路、只好自己摸索出一条路的人。"

"我记得有次问他想不想写书。他大笑，说他没有东西可写。"

"这是我听到的所有不愿意写作的理由里最不具备说服力的一个。"我微笑着说。

伊莎贝尔做了个不耐烦的姿势。她现在甚至没心情听哪怕是最温和的打趣了。

"我弄不懂的是为什么他要变成这个样子。战争爆发之前，他和别人并没有两样。说来你不相信，可是，他网球打得很好，而且高尔夫也打得很不错。他以前常做的事情和我们这些人做的没什么两样，正常的一个男孩子，而且我们没有任何理由设想他不会成为一个完全正常的男人。你毕竟是个小说作家，你应当能够解释这其中的缘由。"

"人性是这样极端复杂，我有多大本事，竟然解释得了？"

"今天我要跟你谈谈，就是为了这个。"她接着说，根本不理会我那句话。

"你不高兴了？"

"不，并不完全是不高兴。拉里不在我身边时，我的心情就正常；但是跟他在一起时，我就感觉非常软弱。现在只是一种难受，就像你好几个月没有骑马，骑马跑一次长途之后身上感到发酸那样；它算不上什么痛苦，也不是难以忍受的，只是你确确实实能感受到它;我会熬过去的。我只恨拉里由着自己的性子把自己的生活弄成一团糟。"

"也许他的生活并不像你想的样子。他所选的人生道路尽管漫长艰苦,但并不是完全没有希望的,也许最后他能找到自己所追寻的东西。"

"那是什么呢?"

"你难道从来没有意识到?在我看来,他和你说的那些话,已经十分明显地表露出他所追寻的是什么了:上帝。"

"上帝[①]!"她叫出来。可是,她这一句是表示极端诧异的惊叹语。我们用了同一字眼,但是,含义却完全不同,一下子造成一种喜剧效果,我们不由得都笑了起来。但是,伊莎贝尔立刻又严肃起来,而且在她的严肃之中,我能察觉到有些许恐惧。她问我:"为什么你会这么认为?"

"我只是猜想。可是,你要我告诉你,我作为一个小说家是怎样的看法。不幸的是,你一点也不知道他在大战时碰上的什么事情对他造成了深刻影响。在我想来,那件事对当时的他所造成的触动,一定是极其突然而又强烈,令他完全措手不及。我认为,不管拉里碰上了什么,总之,这件事都让拉里感到一种生命的无常和苦痛,让他开始想要寻找一种能弥补人生的罪恶与伤痛的办法。"

伊莎贝尔似乎很不喜欢我把谈话兜到这上面来,我看到她开始坐立不安。

"这一切都非常不正常,是不是?我们得承认眼前的现实。

[①] 伊莎贝尔的这句话等于我们说的"天哪!"。

只要我们活在这个世上,我们就该好好生活。"

"也许你说得对。"

"我并不愿意说那些虚伪的话,反正,我只是一个普普通通的女孩子,过日子就想过得开心。"

"看上去你和拉里的性格完全合不到一块去。其实你该庆幸能在结婚以前就发现这一点。"

"我想像个正常女孩那样结婚生子,而且生活得——"

"生活过得就像仁慈的上帝所乐意安排的那样。"我打断她,并向她微笑。

"是啊,而且这也没有什么不对,不是吗?我就希望能过上这样快乐的生活,那我就心满意足了。"

"你们就像两个朋友要一起去度假,可是,一个要爬格陵兰的雪山,另一个要到印度的珊瑚礁去钓鱼。显然这是办不到的。"

"不管怎样,我说不定会在格陵兰的雪山上弄到一件海豹皮来做大衣,而他在印度的珊瑚礁上恐怕很难钓到什么鱼。"

"谁知道呢?"

"你这是什么意思?"她皱起眉头问,"你自始至终好像肚子里藏了什么话不肯直说。当然我知道我并不是这出戏里的主角。拉里是主角。他是梦想家,他在追寻无比美好的梦想,哪怕这个梦在现实世界中不可能实现,但只要能做一做这样的梦,也够令人着迷了。而我呢,我在其中的角色无疑就是那种心肠冷硬、唯利是图、现实市侩的人物,通常是得不到别人同情的,是不是?可是,你们全都忽略了,在整件事情中,受罪的人是我。

拉里能由着自己的性子我行我素，遨游于天地间，我只得紧紧跟在他后面苦挨苦挣地过日子。我想要享受生活。"

"我并没有忽略掉这一点。多年前，当我还年轻的时候，我认识一个医生，而且是一个很不错的医生，可是他并不去工作。他许多年来都埋头在大英博物馆的图书馆里，每隔很长的一段时间，就写一大本既不具备科学价值也不具备哲学价值的书，由于没有人要看，只好自费印了出来。他在逝世前写了四五本这样的书，没有任何价值。他有个儿子想进军界，可是，他没有钱送他进桑赫斯特军事学院，只好去参军当一名普通兵士，在战争中死去了。他还有个女儿，长得很美，我对她相当倾心。她去演戏，可是天赋不够，出不了头，只好长途跋涉到处赶场，在一些二流剧团里出演一些小角色，挣的钱少得可怜。他的妻子由于一直做着劳累而枯燥的苦活，长年操劳下来把身体给熬坏了，最终病倒在床；那个女孩子只好回家来看护母亲，代替母亲做她母亲做不动的苦活。青春虚耗，受尽挫折，苦难没完没了，活得毫无意义。这其实是一种赌博，当你打定主意不按常规做事、放着康庄大道不走而去走一条偏僻小路时，人生注定会变得无法掌控。这样做的人或许不少，只不过到了最后，成功者寥寥无几。"

"我妈妈和埃利奥特舅舅都支持我的选择。你是支持还是不支持呢？"

"亲爱的，我支不支持，这对你有什么关系？我对你几乎可以说是个陌生人。"

"我把你看作是一个无所偏袒的观察者，"她说时嫣然一笑，"我很希望能获得你的支持。你也觉得我的选择是对的，是吧?"

"我觉得对你来说,你的选择很对。"我说,深信她不会觉察到我回答里的轻微差别。

"可为什么我心里总觉得很不舒坦呢?"

"你吗?"

她点点头,嘴边仍带着微笑,可是变得有点像苦笑了。

"我知道这道理其实是明摆着的。我知道任何懂道理的人都会认为我做了唯一应当做的事情。我知道从任何现实的立场看,从人情世故的角度看,从普通的常识看,从是非的立场看,我做的都是对的。然而,在我的内心深处,我总感到一种隐隐不安,觉得我如果好一点,如果不那么斤斤计较,不那么自私,高尚一些,我就会和拉里结婚,过他那种生活。如果我足够爱他,我就会为他放弃整个世界。"

"你也可以把话倒转来说。如果他足够爱你,他就会毫不犹豫地去做你想要他做的。"

"我跟自己也这样说过。可是,没有用处。我想女人和男人不同,女人更多时候是被要求做出自我牺牲的。"她哧哧地笑了。"就像路得要在异乡的麦田①里捡麦子。"

"你怎么不愿意承受这样的风险?"

我们的谈话一直都很轻松,几乎像在随便谈论双方都认识、

---

① 《旧约·路得记》:寡妇路得返回原籍伯利恒,在波阿斯田中拾麦穗奉养婆婆拿俄米,波阿斯很照顾她。拿俄米得知,就命路得趁波阿斯在场上睡熟时,掀被子睡在他的脚头。波阿斯便娶路得为妻,即大卫王的高祖母。伊莎贝尔在这里提到路得,大约是想到她自荐衾裯之事,所以哧哧地笑了。"异乡麦田"一语不见《路得记》,而是济慈在《夜莺颂》中胡乱用的。

但是跟我们关系并不密切的一些人的事情;甚至于在伊莎贝尔向我叙述她跟拉里的那次谈话时,她谈得也很风趣,有时带点儿幽默,好像她希望我不要把她的话太当回事似的。但是此刻,她的面色变得苍白。

"我害怕。"

有这么半晌,我们两个都没有开口。一股寒意窜上我的脊柱,就像以往我面对人性中深刻而真实的情感时会起的那种古怪反应。我觉得这很糟,而且令人震骇。

"你真的很爱拉里吗?"后来我忍不住开口问她。

"我不知道,我对他已经没有耐心了,我很生他的气,但我又一直惦记着他。"

我们重又沉默下来。我不知道怎样说才好,我们坐的咖啡室很小,厚厚的花边窗帘遮着外面的光线。糊着黄大理石花纹壁纸的墙壁上挂着一些陈旧的体育印刷品。再加上那些桃花心木的家具,寒碜相的皮椅子和一股霉味,整个氛围古怪极了,让我感觉仿佛身处狄更斯的小说中似的。我拿起火钳拨拨火,又添了几块煤。这时伊莎贝尔很突兀地开了口:

"原来我以为,只要我一摊牌,他一定会向我屈服的。我知道他一向很软弱。"

"软弱?"我叫出来,"你怎么会认为他软弱呢?一个人决心要走自己的路,能够一年不理会所有亲友的反对,这样的人怎么可能软弱……"

"过去我和他一起时,他一向对我言听计从,从来没有违拗过我。我能够把他玩于股掌之上。我们外出游玩时,他从来不出头拿主意,大伙儿怎么玩他就跟着一起玩。"

我点燃一支烟吸了一口,吐出个烟圈儿来,看着它在空中变得越来越大,逐渐稀薄,最后在空气中消失。

"我妈妈和埃利奥特舅舅都认为我很不对头,因为我在和拉里解除婚约后还像什么事都没发生似的跟他出去到处逛,但是,那其实是因为我完全不觉得事情有多严重。我始终认为他到最后一定会向我屈服的。我一直相信不了,当他那个木头脑袋反应过来我是当真的时候,他不会让步。"她迟疑一下,顽皮地向我一笑,带着点儿恶作剧似的神情,"如果我告诉你一件事情,你会不会大吃一惊?"

"我认为我很难再震惊了。"

"在我们决定来伦敦之后,我去看了拉里,问他我们能不能一同消磨我在巴黎的最后一晚。当我告诉家里人时,埃利奥特舅舅说这非常不得体,妈妈说她觉得完全没有必要。一般我妈妈说什么事情没有必要,意思就是说她对这件事完全不赞成。埃利奥特舅舅问我到底怎么想的,我说,我们打算找个地方吃晚饭,然后去逛那些夜总会。他跟我妈妈说,她应当禁止我去。我妈妈问我:'如果我禁止你去,你能不去吗?'我回答说:'不,亲爱的,我一定得去。'然后她就说:'我不用想就知道会是这种情况。既然如此,我也没有必要说禁止你去这样的话了。'"

"你母亲好像是个非常通情达理的女人。"

"我敢说很少有什么事情逃得过她的眼睛。拉里来接我时,我到她房间里跟她说再见。我稍微打扮了一下;你知道,在巴黎非得如此不可,不然的话看上去就像赤身裸体似的;当她看见我

131

穿的那些衣服时，把我从头到脚审视了一遍，使我很局促不安，觉得她似乎已经相当敏锐地看出了我心里的打算。可是，她什么也没有说，只是吻了我一下，说她希望我玩得开心。"

"你打算干什么呢？"

伊莎贝尔看了看我，带着些疑惑，仿佛还没想好自己究竟该坦白到什么程度。

"我对自己的装扮很有信心，而且这是我的最后一次机会了。拉里已经在马克西姆饭店定了一张桌子。我们点了很多好菜，所有我特别喜欢吃的东西都点了，还喝了香槟。我们杂七杂八地谈，至少我是这样，而且引得拉里也跟着大笑。他总是很轻易就被我哄得开心，这也是我喜爱他的原因之一。饭后我们跳了舞，跳得尽兴极了，然后我们又去了马德里堡①。我们在那边碰到几个相识的人，就和他们一起玩；我们又喝了香槟。后来我们又去阿凯西亚。拉里舞跳得很好，而且我们步调很合拍。我跳着跳着，觉得好热，酒意也上了头，再加上那些音乐，让我觉得自己像是踩在云端里。我做了件胆大妄为的事，我将自己的脸贴上了拉里的脸。我知道他要我。天知道，我也要他啊。我有了一种想法。我觉得这种想法一直就在我脑子里。我想我要把他带回家，只要带回家，嗯，那件不可避免的事情一定会不可避免地发生。"

"我要说，你这样措辞再微妙不过了。"

"我的房间跟埃利奥特舅舅的房间还有我妈妈的房间都隔着一段距离，因此我不用担心被他们发现。等我们回到美国之后，

---

① 马德里堡位于波隆花园入口处，是一家超级饭店。

我想我就写信告诉他我怀孕了。他那时就只好回来和我结婚,而且只要能把他弄回去,我敢说要把他留下来的困难就不大了,尤其是妈妈正生着病。'我真是个傻瓜,以前怎么没有想到这个办法,'我在心里说,'这样一来,不就什么问题都解决了吗?'音乐停下来时,我仍旧在那里让他搂着我。后来我说时间晚了,我还要赶明天中午的火车,所以我们还是走吧。我们乘了一辆出租汽车。我紧紧偎着他,他用胳膊搂着我,还低头吻了我。天,他吻我了,他在吻我,我觉得自己像是在天堂里。仿佛只在刹那间,出租车已经开到地方了。拉里付给司机车钱。

"'我走路回去。'他说。

"出租车隆隆开走了,我伸出胳膊,搂住了他的脖子。"

"'上来再陪我喝一杯酒,好吗?'我对他说。

"'行,如果你希望我喝的话。'他回答。

"他已经揿了门铃,门在这时开了。我们进门时,拉里把电灯扭开。我看到他那双眼睛,那里面透出的是一种信任、坦诚,甚至是天真无邪的神情。他显然一点也没觉察到我正在诱使他进入我设下的圈套。我突然觉得,我不能对他玩这样的卑鄙手段。这就像把孩子手里的糖拿掉。你知道接下来我做什么了吗?我说,'噢,我想你最好别上去了。我妈妈今天晚上的状况不是很好。如果她已经睡了,我们还是不要吵醒她了。晚安。'我仰起脸让他吻了我,把他推出门。事情就到此为止了。"

"你觉得遗憾吗?"我问。

"既没有庆幸,也没有遗憾。我只是拿不定主意。我会这样做并不是出于本心;而只是一种感情用事,当时我没法控制自

133

己。"她勉强一笑。"我想你会说这是我的性格里好的一面。"

"我想你可以这样说。"

"那么我这好的一面只好自食其果了。我相信将来它会小心点。"

实际上,我和伊莎贝尔的谈话本该到此为止的。我想她对自己能够无拘无束地跟人谈话也许感到一些慰藉,可是,从我的角度来说,我没能帮到她更多,心里觉得自己没有尽到责任,于是就多讲了几句话,希望多少能再给她一些安慰。

"你知道,一个人在恋爱中发现自己受了挫折,心里通常都会感到痛苦,而且那种痛苦仿佛永远都摆脱不掉似的。可是,如果你到了大海上,就会发现,海对这类事情是很起作用的。"

"这话怎么讲?"

"爱情不是一个合格的水手,只要你在海上航行一回,它就会憔悴不堪。当你渡过大西洋,和拉里之间远远地拉开了距离时,你会惊奇地发现,许多你在离开以前难以忍受的痛苦,都变得微不足道了。"

"这说的是你的经验之谈吗?"

"这是一个曾经历沧海的人的经验体会。当我在恋爱中遭受挫折、感到痛苦时,我就会立即搭乘一艘远洋客轮,出海远航。"

雨还在下,天气没有放晴的迹象。我们觉得即使不去看汉普顿宫那些华贵建筑和伊丽莎白女王的床也不会影响到我们的生活,所以我们就开车返回了伦敦。这以后我跟伊莎贝尔只见过两三面,还都是在有别人在场的情况下。然后我就结束了在伦敦的短期停留,动身去了蒂罗尔山区。

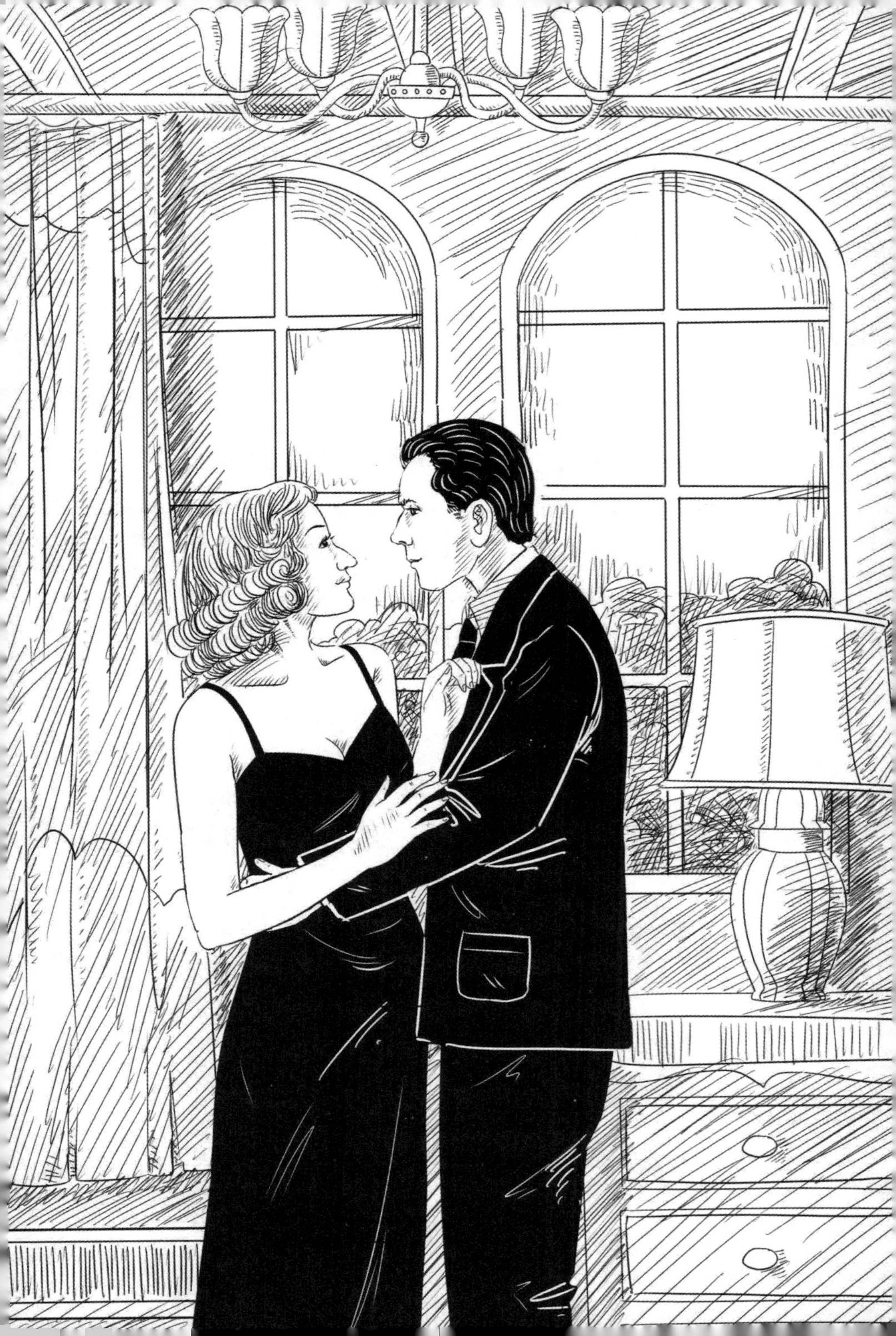

我们进门时，拉里把电灯扭开。我看到他那双眼睛，里面透出的是一种信任、坦诚，甚至天真无邪的神情，他显然一点也没觉察到自己正在被诱入我设下的圈套。我突然觉得，不能对他玩这样的卑鄙手段，这就像把孩子手里的糖拿掉。我说："噢，我想你最好别上去了。我妈妈今天晚上的状况不是很好。如果她已经睡了，我们还是不要吵醒她了。晚安。"我仰起脸让他吻了我，把他推出门。事情就到此为止了。

第 三 章

一

之后大概十年的时间,我没有再见到伊莎贝尔和拉里。因为某种原因我和埃利奥特倒是常见面的,而且比以往见面的机会更多——原因容后交代。我不时从他口中得知伊莎贝尔的近况。至于拉里,他就一无所知了。

"以我所知,他还待在巴黎,可是,我不大可能碰到他。我们的交际圈不一样。"他又接上一句,有点心安理得的样子。"我对他混到现在的地步深感遗憾。他明明出身不错的,我敢说,要是肯托付给我替他安排事情,我敢保证能让他多少有点前程。不过对伊莎贝尔来说倒是好事,她因此算是摆脱了麻烦。"

我的交游并不限于埃利奥特认识的那些人;而我所认识的另一些人,埃利奥特恐怕也是瞧不上眼的。我虽然时常经过巴黎,但是待的时间都不太长;也曾问过这些朋友是否见过拉里,或者是否知道他的下落;有几个和他偶然相识,但是,都谈不上有深交,所以谁也没法告诉我拉里的生活详情。我去他常吃晚饭的那家饭馆,却得知他已经很久没来了,我猜他大概离开了巴黎。我还去过蒙帕纳司大街上的那几家咖啡店,也没有寻觅到他的身影,而只要是住在这附近的人,总要去这些咖啡店的。

137

自打伊莎贝尔离开巴黎之后,拉里放弃了原本去希腊的打算。他的实际行踪多年后才由他亲口告诉我,但是,为了读起来方便些,我还是按照时间先后,先把我后面所知的事情提前讲出来。他那时在巴黎又待了一段时间,从夏季到深秋,一直在工作。

"那时我觉得需要把手中的书本暂时放一放了,"他说,"我一天看八小时到十小时的书,这样已经有两年了。然后我就找了家煤矿上工去了。"

"你竟然做这个!"我叫出来。

他看见我这样诧异,不由失笑。

"我认为从事几个月的体力劳动对我有好处;这会使我有时间梳理清楚自己的思绪,让自己心态平静。"

我没接这话;我不知道这是否是拉里采取这一意外步骤的唯一理由,还是受到了伊莎贝尔和他解除婚约的影响。事实是,我并不了解他究竟有多爱伊莎贝尔。大多数人在恋爱的时候会想出各种理由说服自己,认为照自己的意旨行事是唯一合理的举动。许多不幸的婚姻根源即在此。当事人好像那些甘心上当的人,明知遇到一个坏蛋,还是把自己的事交给对方打理,他们宁愿相信对方首先是朋友,其次才是坏蛋,不管对别人有多不老实,对自己肯定不会这样。拉里信念很坚定,不会为了伊莎贝尔放弃自己想要走的道路。但是,他可能没想到失去伊莎贝尔的痛苦比预想中更加难以忍受。也许他就和我们多数人一样,既想吃掉饼,又想留着看。

"嗯,你接着说。"我说。

"我把我的书和衣服分别放在两只箱子里,都托管到美国旅行社去。然后我简简单单打包了一身可供换洗的衣物就动身了。我的希腊文教师给我写了封介绍信,他有个妹妹正好嫁给了朗斯附近一家煤矿的经理。朗斯这地方你听说过吗?"

"没听说过。"

"朗斯位于法国北部,离比利时边界不远。我在那边只住了一晚,就在车站旅馆,第二天乘坐当地的火车去了煤矿那边。煤矿村你去过吗?"

"我只去过英国的。"

"啊,我想大约是差不多的。煤矿,经理别墅,一排排矮小的三层楼房,全都一模一样,瞧不出丁点差别,单调得让人看了抓狂。那儿还有一座新近造的、怪模怪样的教堂,还有几家酒吧。我到达时,天气又阴又冷,而且下着毛毛雨。我到了经理的办公室,把介绍信交给他。经理是个矮胖子,两颊红红的,一瞅就是个多嘴多舌的人物。矿上正缺工人,许多矿工在世界大战中牺牲了,有不少波兰人在这儿做工,至少也有二三百人。经理问了我几个问题,他不喜欢我是个美国人,总认为一个美国人跑到这儿来必有蹊跷。可是,他大舅子在信上狠狠夸了我一通,他也就愿意录用我了,还要替我安排一个不用下井的轻快活。可是,我告诉他我想到矿下面去干活。他劝告我说没做惯这活的人根本吃不消,但是,我告诉他,我早有准备,这样他就说,我可以做一个矿工的助手。这通常是男孩子的工作,但如今连男孩子也不够用。经理这人很不错,还关心我找到住处没有,听到我说还没有,就撕了张纸条写了个地址,说我如果拿这个纸条去,那个房子的女主人就会安排地方给我住了。女主人的丈夫是矿工,在大战中死了,她成了寡妇。不过她还有两个儿子,也全在矿上做工。

"我拿了包,离开经理室,找到那所房子,一个身材高大的女人来开门,头发已经花白,一双乌黑的大眼睛;眉眼长得不错,年轻的时候肯定漂亮过;只可惜缺了两颗门牙,看上去很憔悴。她告诉我现在没有空余房间,但是,她租给一个波兰人的房间里还有一张空床,可以给我睡。她的两个儿子睡在楼上的一个房间里,另外一间她自己睡。她给我看的那个房间是在楼下,我想原来大概是起居室;我虽然更希望能自己单独一个房间,不过,我觉得眼下的情形还是闭嘴为妙;外面的毛毛雨已经淅淅沥沥下起来,我的外衣早已经淋湿。我不想再跑别的地方,把自己变成落汤鸡。因此我点头同意,就此安顿下来。他们把厨房当起居室,厨房里有两张快要散架的圈椅。院子里有个堆煤的棚屋,用来作浴室。女主人的两个儿子还有那个波兰房客都已经吃过午餐了,不过女主人还没吃,她就邀请我一起用餐。饭后,我就坐在厨房里抽烟,她一面做家务,一面跟我谈她的身世经历和家庭情况。等矿上下早班,别的人陆续回来,波兰人先到家,然后是女主人的两个儿子。波兰人进厨房时,房东太太告诉他,我将住在他那个房间。波兰人没说什么,只向我点头示意,然后从壁炉架上拿起一只大水壶到煤棚里清洗去了。两个男孩子都是高个子,大的十九岁,刚服完兵役几个月,小的十八岁。尽管脸上有煤污,但依然帅气,而且很友好。他们把我看作一个怪物,因为我是美国人。

"波兰人洗刷完毕,轮到两个男孩。这个波兰人姓氏非常拗口,他们都管他叫考斯第。他是个高个儿壮汉,比我要高出两三英寸;一张苍白肥胖的脸,鼻子短而宽,大嘴,蓝眼睛,由于没有能把眉毛和睫毛上面的煤灰洗掉,看上去简直像化了浓妆。他又丑又脏,蓝眼睛被黑色的睫毛衬得非常诡异。两个男孩子清洗完、换过衣服出去了。波兰人继续坐在厨房里抽烟斗、看报。我上衣兜里揣着一本书,就拿出书来看。我注意到,波兰人偶尔向我张望一眼,一会儿就放下了报纸。

"'你看的什么?'他问。

"我把书递给他,让他自己看。是一本《克莱夫王妃》[1],我在巴黎火车站买的,因为本子小,可以很方便地揣在兜里。他看看书,时不时打量我,表情有点诡异,后来把书还给我。我看出他嘴边露出讽刺的微笑。

"'你觉得这本书好看吗?'

"'我觉得很有意思,可以说引人入胜。'

"'我以前在华沙就读时看过这本书,相当乏味。'他法文讲得很好,一点波兰口音也没有。'现在我除掉报纸和侦探小说外,别的什么书也不看。'

"杜克娄克太太——这就是我们房东太太的名字,她一边用眼角余光瞟着煨在炉火上晚饭时要喝的汤,一边拿袜子倚在桌边缝补。她告诉考斯第,我是煤矿经理介绍来的,并且把我的自述重复了一遍。他一边听,一边磕出烟斗里的烟灰,一双雪亮的蓝

---

[1] 拉法耶特夫人(1634—1693),法国小说家。《克莱夫王妃》是一部开性格小说先河的作品。

眼睛瞅着我，目光犀利敏锐。他一直问我的情况，当我告诉他我从来没有在煤矿上做过工时，他嘴角再次浮现出讽刺的笑意。

"'看来你未必清楚这儿是做什么的。一个人只要有别的工作可做，决不肯来煤矿工作。当然这是你自己的事情，肯定有你的理由。你以前在巴黎住在哪里？'

"我说出了我的住址。

"'有那么一段时期，我每年都要去巴黎一趟，就在那些大街上闲逛。你到过拉吕饭店没有？那是我最喜欢去的馆子。'

"这使我有点诧异，因为你知道，这家馆子的要价可不便宜。"

"'可不，那儿贵着呢。'

"我想他看出我有点诧异，因为他嘴边又露出那种讽刺的微笑。可是，他显然觉得并不需要做进一步解释。我们开始聊天，直到两个男孩子回来。我们一同吃晚饭。吃完晚饭，考斯第问我愿不愿意陪他上小酒店去喝杯啤酒。小酒店只有一个大房间，房间的一头设有酒吧，此外有几张大理石桌面的桌子，四周围放些木椅。有一架自动钢琴，有人投了硬币，钢琴播放起舞曲。我们坐到一张桌子边，此外还有三张桌子有客人。考斯第问我会不会打比陆。我曾经跟我的那些学生朋友学过，所以说会打；他建议我们赌一赌，输的人为啤酒埋单。我赞同，他叫人把纸牌拿来。我很快输掉一杯啤酒，接着又输掉一杯。后来他建议我们赌现钱。他总是拿到好牌，而我的运气一直糟糕。不过赌的输赢不大，我只输了几个法郎。这一赢了，加上啤酒使他的兴致高涨，他就高谈阔论起来。从他的谈吐和举止，我很快推论出他是个受

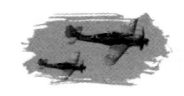

过教育的人。当他重又谈到巴黎时，就问我是否认识某某、某某、某某，就是路易莎伯母和伊莎贝尔住在埃利奥特家里时我碰见的那些美国女人。他好像比我跟这些人更熟稔，我搞不清楚他怎么沦落到如今的地步。时间并不晚，但第二天我们得赶早起床。

"'喝一杯啤酒再走吧。'考斯第说。

"他一面呷着啤酒，一面用他精明的小眼睛瞟着我。他的样子让我联想起一头脾气恶劣的猪。

"'你为什么到这个混蛋的煤矿来做工？'他问我。

"'体验生活。'

"'你这样做蠢透了，小伙子。'他说。

"'那么，你为什么在这儿做工呢？'

"他耸耸自己厚实而臃肿的肩膀。

"'我做孩子时就进了贵族军事学校，我父亲在沙皇手下当将军，上次世界大战时我是骑兵军官。我受不了皮尔苏斯基①。我们策划杀死他，可是反倒被出卖了。我们的同党凡是被他捉到的，都被枪毙。我总算来得及越过边境。这时我只有参加法国军团或者到煤矿上做工的两条路。两害相权取其轻，我选择了后者。'

"我已经告诉过考斯第，我预备在煤矿上做什么工作，他当时没有说什么，可是，现在他把胳膊肘搁在大理石桌面上，对我说道：

---

① 皮尔苏斯基（1867—1935），波兰元帅和政治家，因主张波兰独立而屡次被捕，最后成为波兰的独裁者（1918—1922），1926年曾任国防部长。

"'你来和我掰手腕试试。'

"我懂得这是一种老式的角力,就伸一只手过去和他相抵。他笑了。'几个星期之后,你的手可不会这样软了。'我使尽力气推,可是,他的力气非常之大,完全撼动不了;他缓缓地把我的手往下压,一直压到桌面上。

"'你的力气倒还不小,'他倒是没再嘲笑我,'没有多少人能够坚持这样久的。你听我说,我的助手是个法国小个子,非常不顶事,连个虱子的力气也没有。明天你上班的时候,我跟工头说叫你做我的助手。'

"'我乐意得很,'我说,'不过工头肯答应吗?'

"'那就要费点人情了。你肯不肯掏五十个法郎?'

"他伸手朝我拿钱,我从皮夹子里拿出一张钞票给他,然后我们就回去睡觉了。我劳累了一整天,很快就睡得像死猪一样。"

"煤矿的活可够人受的,你觉得呢?"我问拉里。

"刚开始干得人腰酸背疼,"他咧开嘴笑了一下,"考斯第和工头一块干活,我当考斯第的助手。那时候,考斯第干活的地方只有旅馆浴室那样大小,而且进去时要通过一条很低的隧道,手脚并用才能爬进去。里面热得像烤箱,我们干活时只穿一条长裤。考斯第白胖的上身像条大虫子,看了让人恶心。在那么狭窄的地方,气刀的声音震耳欲聋。我干的活是把他劈下来的煤块装满篮子,再把篮子拖到隧道口,每隔一段时间来一辆煤车,我把煤装上车,煤车再开到电梯那边。这是我平生碰到的唯一的煤矿,不知道别人是不是也这样干。这好像是常规操作手段,可是这工作也太辛苦了。做了半个工的时候,我们坐下来休息、吃午饭、抽烟。做完一天之后,我并不难受,而且洗个澡真是开心。我的脚好像永远都洗不干净,就像涂了墨水。我的手也弄破了,而且酸痛得厉害,但是等伤口痊愈以后,我对工作慢慢习惯起来。"

"你坚持了多久呢?"

"这个活我只做了几个星期。那些把煤装到电梯那边的煤车,是用一辆拖拉机拖的,司机对机械是个外行,发动机经常出毛病。有一回他没法开动车子,而且一筹莫展。我修机器是内行,所以把机器检查一下,不到半小时就把车子修好了。工头告诉了经理,经理把我找了去,问我是否会开车。结果他就叫我当司机了;工作当然很无聊,但是轻松愉快,而且由于引擎没有再出什么毛病,他们都对我很满意。

"考斯第对我离开他气得要命。他和我已经配合习惯了。我同他成天一起工作,吃完晚饭一起上小酒店,住一个房间,彼此熟悉。他是个怪家伙。这种人你一定会喜欢。他不和波兰人打交道,波兰人去的咖啡馆我们不去。他一直不忘自己的贵族身份和做过骑兵军官的历史,所以,他把那些波兰人都看成狗屎。波兰人当然也恨他,但是,拿他毫无办法;他壮得就像条公牛,打起架来,不管是徒手还是用武器,五六个人一齐上也不是他的对手。可是,我照样认识了几个波兰人;他们告诉我,他在一个骑兵分队里当过军官是真的,但是,说什么为了政治原因离开波兰全是谎言。他是因为打牌作弊,被人捉了现行,从华沙军官俱乐部里被赶出来,并且被解除了职务。他们嘱咐我别和他打牌;说他碰见他们都有点胆怯,因为他们熟知他的老底,谁都不愿意和他玩牌。

"我打牌一直输给他,你知道,不过输得不多,只有几个法郎,而且他赢了以后,总会抢着埋单,所以实在不值一提。我认为,自己只是运气不好,或者牌打得没有他好的缘故。可是,在那些人告诉我之后,我擦亮了眼睛,而且百分之百确定他在作弊,可是,你明白的,我怎么也看不出他是怎样作弊的。哎,他真是狡猾。我知道他根本不可能永远拿到好牌。我就像猎人盯着山猫一样监视他。他仿佛狐狸一样狡猾,而且我估摸着,他已经看出我对他保持警惕。一天晚上,我们玩了一阵牌之后,他露出冷峻而讽刺的微笑——他似乎就只会这样笑——望着我说:

"'要不要我变两个戏法给你看?'

"他说着拿过纸牌,叫我说一张牌,随即洗了牌,让我随便抽一张;我取了一张看看,正是我说的那一张。他又变了两个戏法,然后问我会不会打扑克牌。我说会打,他就发给我几张牌。我一看牌面,有四个A和一个K。

"'你拿到这副牌总会押上很多钱吧,是不是?'他问我。

"'我会把所有的钱都押上去。'我回答他。

"'蠢货!'他把自己手里的牌摊给我看,赫然是一副同花顺。他是怎么搞的,我完全不知道。他看到我那么惊讶,哈哈大笑:'要是我对你不怀好意,那你现在就连老婆都要输给我了。'

"'你已经赢了不少了。'我笑着说。

"'小意思。连在拉吕吃顿晚饭都不够。'

"我们每晚仍继续打牌,而且打得很高兴。我的看法是,他作弊与其说是为了钱，还不如说是为了寻乐子。他对自己能够愚弄我感到一种异样的满足，而且我觉得，他发现我明知道他在作弊却看不出他是怎样作弊的，感到十分自得。

"可是，这只是他的一方面，而使我感兴趣的却是他的另一面。这两者反差之大，简直让我没法理解。虽然他自称除报纸和侦探小说以外，什么都不看，但他的文化素养着实很高。他口才好，言语刻薄、严峻、讥诮，但是经常逗得人前仰后合。他是个虔诚的天主教徒，床头挂了一个十字架，星期天经常去做弥撒。星期六晚上总要喝得酩酊大醉。我们常去的那家小酒店，一到星期六就人头拥挤，室内烟雾弥漫。有的是带了家人来的沉静的中年矿工，有的是成群结队的吵闹不止的年轻人，有的汗流满面挤在着桌子边打比陆，大呼小叫，他们的妻子则坐得稍远一点当看客。这些身影和喧闹对考斯第施加了一种奇怪的影响；他会变得严肃，大谈神秘主义——你想象过很多话题，偏偏想不到他会说这个。我那时对神秘主义一窍不通，只是在巴黎读过一篇梅特林克[1]论吕斯布鲁克[2]的文章。可是，考斯第却谈到柏鲁丁诺[3]、雅典最高法院法官圣德尼[4]、鞋匠约考白·波伊姆[5]和梅斯特·艾克哈特[6]。像他这样一个健壮的巨汉，被逐出自己的祖国，四处漂

---

[1] 梅特林克（1862—1949），比利时诗人、剧作家、散文家，1911年诺贝尔文学奖获得者，其作品主题主要关于死亡及生命的意义。
[2] 吕斯布鲁克（1293—1381），生于布鲁塞尔，神秘体验论者，著有《精神的婚恋》《闪光石》等作品。
[3] 柏鲁丁诺（205？—270），新柏拉图主义哲学家。
[4] 圣德尼（？—272？），巴黎第一任主教，于公元250年被罗马派往巴黎向高卢人传教，因宣传犹太教义而被调回罗马，遭受酷刑后被斩首。
[5] 约考白·波伊姆（1575—1624），波兰的神秘主义者。
[6] 梅斯特·艾克哈特（1260？—1327？），德国神秘主义者，主张泛神论。

泊，用讽刺、怨恨和绝望的口气谈万物的本性，谈与上帝灵魂相遇后的思想狂欢，简直是匪夷所思。这些我都从来没有听过，弄得我又莫名其妙又兴奋。我就像一个躺在黑房间里但是醒在床上的人，忽然看见窗帘上透进一道光线，心里知道只要拉开窗帘，眼前就会展开明朗的原野景象。可是，在他清醒的时候，我想要引他再谈这类问题，他就会对我大发脾气，凶巴巴地瞪着我。

"'我连自己讲的什么都不知道，怎么会知道自己谈些什么？'他不客气地说。

"可是，我知道他在扯谎。他完全知道自己在谈些什么。他见解精深。当然那时候他醉态朦胧，可是，眼睛里的光芒，那张丑脸上陶醉的表情，并不仅仅是因为酒精的刺激。这里面很有道理。他第一次这样跟我谈时，有些话我始终不能忘记，听了感觉骇然。他说，世界并不是上帝创造的，因为无不能凭空转化为有；世界是永恒的一种表现；不止如此，他接着又说，善恶都是神性的表现。坐在那个肮脏吵闹的咖啡馆里，加上自动钢琴伴奏着的舞曲，听着他讲这些话，真给人一种怪诞的感觉。"

二

为了使读者阅读时休息一下,我在这里另起一节,但是,这样做只是为了读者的方便;拉里的谈话始终没有中断过。我不妨借这个机会说,拉里谈得很从容,遣词造句也很谨慎。虽则我并不自命把这些谈话记录得完全无误,可是我能保证我不但在竭力重述他的谈话内容,而且尽力再现他的风采。他的声音清亮,充满韵律,听上去很舒服;他谈话时不做任何手势,只抽着烟斗,偶尔停下来把烟斗重新点一下,注视着你,深邃的眼神带着让人喜欢乃至奇怪的意味。

"后来春天来了。在那片平坦而荒凉的乡间,春天来得很晚,仍旧是阴雨和寒冷的天气;可是,偶尔也有晴朗的日子,让人不愿离开地面,乘坐摇摇晃晃的电梯钻到一百英尺以下的地球腹地去,升降梯里面挤满了穿着脏乎乎罩衫的矿工。春天固然是春天,但是,在那片污浊的原野上,春天来得很羞涩,似乎犹豫着会不会受到人们的喜爱。它像一朵黄水仙,或者百合花,开放在贫民区住房窗沿上的一只盆子里,使你弄不懂它为什么会出现在那里。星期天早晨,我们赖在床上——星期天我们总是晚起——我读着书,考斯第凝望着外面晴朗的蓝天,对我说:

"'我要离开这儿。你愿不愿意跟我一起走?'

"我知道有许多波兰人在夏天会回波兰割麦子,可是,现在时令还早,考斯第又不可能回波兰。

"'你上哪儿去?'我问。

"'流浪。穿过比利时到德国,再沿莱茵河走。我们可以在农场上找到工作,消磨一个夏天。'

"我毫不迟疑地点头同意了。

"'这听上去不错。'我说。

"第二天我们就去告诉工头我们不干了。有一个人愿意用他的一只背包交换我的皮包。我把不需要的和背不动的衣服送给杜克娄克太太的小儿子,因为他的身材和我相仿。考斯第留下一只口袋,把一些要用的东西打一只背包,当天我们喝完房东太太的咖啡就出发了。

"我们完全不用着急,因为我们至少要等到庄稼可以收割的时候才能找到一处农场干活,所以,两个人懒懒散散地由那慕尔和列日穿过法国和比利时,然后经由亚琛进入德国境内。每天顶多走十英里或十二英里路;遇到看得顺眼的村子就稍作停留。总能找到客栈住宿,总能找到酒店吃饭、喝啤酒。天气总的来说很好。在煤矿里干了好几个月的活之后,能够跑到野外来,的确开心。敢说我从来就没有体会到一片绿茵看上去有如此美妙,一棵树还没有长出叶子,但是树枝笼罩着一层淡绿色薄雾,美不胜收。考斯第开始教起我德语来,而且我相信他的德语和法语讲得一样好。我们一路走来,他就会告诉我经过我们面前的那些形形色色的东西德文怎么说,牛、马、人等等,后来又复述简单的德文句子;就这样把时间消磨掉。等到我们进入德国境内时,我已经能和人家表达基本需求了。

"原本科隆并不在预定路线上,可是考斯第坚决要去那里,他说是为了朝拜那一万一千名殉道的修女①。结果等我们到了科隆时,他就大喝特喝,不见人影。三天以后我才见到他;等他回到那有点像矿工宿舍的房间时,脸色非常阴沉,原来他和人家打了架,眼睛青紫,嘴唇也划了一道口子。那相貌可不怎么好看,我可以告诉你,他睡了整整一天一夜,后来我们就沿着莱茵河流域向达姆施塔特出发;他说那一带乡间很好,我们很有可能在那里找到活干。

"我从来没有这样痛快过。天气一直晴朗,我们漫步穿过小镇和村落;碰到喜欢的景色就驻足流连。只要有地方可以过夜就住下来,有那么一两次睡在稻草堆上。吃饭在路旁的客店里吃,我们到达酿葡萄酒的村子时由喝啤酒改为喝葡萄酒;在客店喝酒的时候,就跟店里那些人打成一片。考斯第带着粗野的欢快气息,使那些人对他很信任;他会跟他们打斯卡特,那是一种德国的牌戏。玩牌时,他也会偷牌,可是人脾气好,而且讲些他们欣赏得了的下流笑话,所以那些人对些许胜负也不介意。我和他们练习德语;在科隆时我买了一小本英德会话语法书,学得很快。到了晚上,考斯第喝了两大盅白葡萄酒之后,又开始用一种不健康的方式谈论逃避孤独乃至找到孤独,讲灵魂的黑暗,谈众生和上帝融合的至高境界。可是到了清早,当我们穿行在晨光明媚的乡间原野、草上还沾着露水时,我想要他再告诉我一点,他变得十分愤怒,几乎要动手打我。

"'闭嘴,你这蠢货,'他说,'你要知道这些无聊的事儿

---

① 科隆的圣乌尔苏拉教堂(建于11和13世纪)相传藏有为匈奴杀戮的1万1千名修女遗骸。遗骸以某种葬礼式的镶嵌图案造在墙上,教堂内各处都可见到。圣徒和她的几个亲密伴侣的头颅则藏在金室内金银神像的头内。

做什么？来吧，还是继续跟我学德语吧！'

"如果一个人的拳头就像汽锤，而且说打就打，你又能怎么与他争论呢？我看见他发过火。我知道他轻而易举就可以把我打昏过去，然后把我丢在水沟里，而且不消说，他会在我昏倒时把我的口袋掏光。我对他这个人简直揣摩不透。当葡萄酒打开他的话匣子，他谈到无所不能的上帝时，他会避开平时讲的那些粗野下流话，犹如脱掉在煤矿里穿的污秽的工人裤一样，他会谈吐斯文、口若悬河。我敢肯定他并没有弄虚作假。不知道为什么，我多少觉得，他从事煤矿上那种辛苦的非人劳动是为了折磨自己的血肉之躯。好像他憎恨自己那个硕大的笨拙躯体，要加以折磨；他的骗术，他的恨意，他的残忍，都是他的意志对——唉，我不知道怎么形容——他的意志对一种来自内心深处本能的反抗，对自己渴望皈依上帝的反抗，那个让他恐惧又困惑的上帝。

"我们走得不慌不忙，几乎用了整个春天，树木全长得青枝绿叶的。葡萄园里的葡萄开始灌浆。我们总是尽量沿土路走，路上灰尘弥漫。我们已到了达姆施达特附近，考斯第建议再找份工做做。我们的钱快用光了。我口袋里还有几张旅行支票，但我决定不到万不得已的时候不使用。我们看见一家外观漂亮的房子，停下来问他们需不需要帮工。我要说我们的外表并不怎样讨人喜欢；身上又是灰尘，又是汗垢，又是污垢。考斯第的模样活脱脱像个无赖，我的样子想来也好不了多少。我们屡次被人回绝。有一个地方的农夫说，他愿意雇用考斯第，但是不能用我；考斯第坚持说我们是哥们，不能分开。我让他不用管我，他就是不干。我很诧异。我知道考斯第喜欢我，虽则我想不出是什么缘故，因为我现在已经对他没有用处了,但是,我决计没有想到他喜欢我到这种地步,会为我而拒绝工作。当我们走开后,我感到有点良心愧疚,因为我内心里对他没有好感,事实上,我觉得他相当讨厌,但是,当我想要说几句话、表达对他的感激时,他把我臭骂了一顿。

"好在我们终于转运了。我们刚穿过一处坐落在低谷中的村子,就望见一幢格局不规则的村舍,外表还不错。我们敲敲门,一个女人来开门。我们像平时一样问她要不要雇工,提出不要工钱,管吃管住就行,想不到她并没有请我们吃闭门羹,而是叫我们等等,她去喊别人出来。不久就出来一个男子。这人使劲盯了我们一会儿,然后问我们从哪儿来的。他要我们把证件给他看,看到我是美国人,再次端详我一番。他好像不喜欢美国人,但仍旧请我们进去,给我们拿葡萄酒喝。他把我们领进厨房,三个人一同坐下。那女人端来一大盅酒和几只杯子。他告诉我们,他雇的帮工刚被公牛撞伤,现在在医院里,要等到庄稼收割之后才能复工。战争中死了那么多人,幸存者又都进了莱茵河沿岸兴起的那些工厂做工去了,现在找帮工太难了。我们早就考虑到了这一点。总而言之,他说他可以雇用我们。他家房子很大,可是,我想他大约不愿意我们住在那里;不管怎样,他告诉我们稻草棚里有两张床,我们可以在那里休息。

"农场上的活不重。喂牛,喂猪;拾掇运转不灵的机器;还能腾出少许空闲。我喜欢那些芳香的草坪,傍晚时常常到处闲逛、遐想,日子过得十分惬意。

"这户人姓贝克尔,家庭成员有老贝克尔、贝克尔太太、他的寡媳和孙女。贝克尔年近五十,身躯肥硕,头发花白;他在大战时参过军,腿上受了伤,现在走起路来还是一瘸一拐。腿上的伤使他备受折磨,经常靠喝酒解痛;总是醉醺醺的才去入睡。考斯第和他言谈甚欢,经常晚饭后一起去酒店,打斯卡特纸牌,开怀豪饮。贝克尔太太原是婢女,在孤儿院长大,贝克尔在妻子死后不久就娶了她。她比贝克尔小很多岁,也还有点姿色,身材丰满,两颊红润,浅色的头发,喜欢卖弄风骚。考斯第不久就觉得其中有便宜可占。我告诫他别做蠢事。我们有个好工作,可别白白扔了。他只是嘲笑我,说贝克尔满足不了她,而且是她自己主动。我知道叫他规规矩矩是白说,但还是关照他当心点;贝克尔可能看不出其中的猫腻,但他的媳妇眼睛雪亮。

"他媳妇名叫爱丽,是个又高又壮的年轻女人,只有二十来岁,黑眼睛,黑头发,长着一张阴沉的扑克脸。她仍旧替自己在凡尔登阵亡的丈夫戴着孝。她笃信宗教,每逢星期天早晨都要步行到村子里去做早弥撒,下午再赶去做晚祷。她有三个孩子,其中一个是遗腹子;吃饭时她沉默寡言,只有责骂孩子时才开口。她在农场上只做少量的活,多数时间都花在带孩子上,晚上总是开着房门,一个人坐着看小说,这样方便听到孩子的哭闹声。两个女人关系恶劣。爱丽看不起贝克尔太太,觉得贝克尔太太不过是个孤儿出身的用人,对于她成为能发号施令的当家主妇深恶痛绝。

"爱丽是个富庶农夫的女儿,有大笔陪嫁。她没有在村里上学,上的是最邻近的斯温根堡镇的一所女子体育学校,受到了良好的教育。可怜的贝克尔太太十四岁就到了农场,勉强能够读书写字。这也是两个女人关系恶劣的原因。爱丽动不动就卖弄学识,贝克尔太太气得满脸通红,质问有知识对于一个农夫的老婆有什么用。这时,爱丽就会看着自己用钢链绕在手腕上的故去丈夫的身份牌,对着正发火的贝克尔太太恶声恶气地说:

"'不是一个农夫的老婆,是一个农夫的遗孀,一个为国捐躯的英雄的遗孀。'

"可怜的老贝克尔为了使她们不要吵嘴,只好把农活搁下来。"

"可是,他们对你是什么看法呢?"我插嘴问拉里。

"哦,他们以为我是从美国军队里逃出来的,弄得回不了美国,回去就得坐牢。我不喜欢跟贝克尔和考斯第上酒店去喝酒,他们认为就是这个缘故。他们觉得我不愿引起人们注意,引来村警的盘问。当爱丽得知我打算学德文时,她就把自己用过的旧课本拿出来,说要教我。因此晚饭后,她就和我走进起居室,把贝克尔太太一个人扔在厨房里;我读课本,她纠正我的发音,并设法使我懂得那些我不认识的单词。我猜想她这样做与其说是帮助我,还不如说是借机给贝克尔太太一点颜色看。

"从这以后,考斯第一直都在设法勾引贝克尔太太,结果毫无进展。她是一个快活的、嘻嘻哈哈的女人,可以随意与人调笑,考斯第对女人很有他的一套。我猜她知道考斯第的用心,而且敢说自己为此得意,但是,当考斯第开始动手动脚时,她却告诫他放老实点,并且赏了他一记耳光。我敢打赌,那一下打得很重。"

说到这里,拉里犹犹豫豫地停顿下来,有点不好意思地笑了一下。

"我从来不是那种认为女人在追我的人,可是,我直觉感到——嗯,贝克尔太太看中了我。这让我很不自在。单拿一点说,她比我大得多,而且老贝克尔一直对我们很尊重。吃饭时,贝克尔太太管分菜,我明显感到她给我的菜总比给别人的多些。我还觉得,她在制造和我独处的机会。她会以一种我想你会称之为挑逗的微笑,曾经问我有没有女朋友,并且说一个年轻人在这种乡下,一定因为没有女孩子相伴而感到苦闷。这类事情你是懂得的。我只有三件衬衫,而且都穿得破烂不堪。有一次,她说我穿得这样真丢人,要替我缝补缝补。爱丽听到了,因此,下一次她和我单独在一起时,就说我如果有什么东西要补的,让她来做。我说不用了。可是,一两天后,我发觉我袜子上的洞全补好了,衬衫也打上补丁,放在阁楼上我搁物品的长凳上,但是,不知道是她们哪一个做的。当然,我并不把贝克尔太太放在心上;她是个忠厚女人,我觉得这可能只是她母性的关怀;直到有一天,考斯第跟我说:

"'你听着,她想要的不是我而是你。我是半点指望不上了。'

"'别胡说八道,'我跟他说,'她的年纪都可以当我妈妈了。'

"'这有什么关系?你只管追她,老弟,我不会碍你的事。她可能不那么年轻,但身材还蛮不错。'

"'不要胡说。'

"'你在犹豫什么?我希望不要因为我而犹豫。我是个哲人,懂得得失的分寸。我不怪她。你还年轻,我也年轻过。不抓

紧的话,大好年华可是很快就会溜走的。'

"考斯第这种态度并没有使我高兴起来,我不想去相信他说的。我不知道怎样对付这种局面。后来,我追溯了当时没有触动我的许多事情,爱丽讲的我没有怎么留意的那些话。可是,现在我明白了,我很有把握说爱丽也知道是怎么回事。贝克尔太太和我在厨房独处时,爱丽会突然跑进来,似乎在监视我们。我很不喜欢,觉得她想要当场捉住我们。我知道她憎恶贝克尔太太,只要有点风吹草动,她肯定会闹起来。当然我知道她没法子抓到我们的把柄,可是这个女人的心肠够毒的,说不定会编出一套谎话来灌输给老贝克尔。我不知道怎么招架,只好假装自己是蠢货,完全不知道这个女人的用心。我在农场的日子很惬意,工作也舒心,不想在收割之前就离开。"

我不由得笑起来。我可以想象得出拉里当时的窘态,穿着补过的衬衫和短裤,脸和脖子被莱茵河的骄阳晒得黝黑,灵活而瘦削的身体,眼窝深陷,目光深邃。我可以有把握地说,他这副相貌会使贝克尔太太这样皮肤白皙、胸部丰满的主妇欲火中烧。

"那后来有没有发生什么呢?"我问。

"是啊,夏天一天天过去。我们像牛马一样干着活。一茬一茬地割麦子,割完了又要堆起来。后来樱桃熟了,考斯第和我又爬梯子摘樱桃,两个女人把樱桃装进大箩筐,由老贝克尔送到斯温根堡镇上卖掉。后来我们又收割黑麦。当然始终都要照顾牲口。我们总是天没亮就起来,一直干到天黑才休息。我想贝克尔太太已经看出我这人是块木头,对我不抱什么指望了;我和她总是保持一定距离,但是尽量不得罪她。晚上,我已经又困又乏,没精力读多少德文；吃完晚饭就回到阁楼上，往床上一倒。贝克尔和考斯第通常去村里的酒店，可是考斯第回来时，我已经酣甜大睡了。阁楼上闷热得很，我都是裸着睡的。

"有一天夜里，我被折腾醒了。开头我弄不清是怎么回事；朦朦胧胧中，我感到一只热乎乎的手堵住我的嘴，这才明白过来有人爬上了我的床。我把手挪开，接着就有一张嘴压着我的嘴，一双臂膀环抱着我，我能感到贝克尔太太的大乳房正顶着我的身体。

"'别出声。①'她低声说。

"她身体紧贴着我，丰满灼热的嘴唇亲吻着我，两只手不住摸我的身体，两条大腿夹在我大腿中间。"

拉里停下来，我哧哧笑了。

"你怎么应付的？"

他的脸腾地红了，笑得不太自然。

"我有什么办法？我能够听见考斯第在我旁边的床上鼾声如雷。约瑟的遭遇②正是前车之鉴，而以前我只觉得好笑。那时我只有二十三岁。我不敢把她赶跑，把这事闹大。我也不想使她太伤心，就顺从了她。

"完事后她溜下我的床，蹑手蹑脚离开阁楼。我可以告诉你，我深深叹了口气，心放了下来。你知道，我给吓得够呛。'上帝啊，'我对自己说，'太危险了！'我想贝克尔很可能喝

---

① 原文为："Sei still." sei为挪威语，意为"请，要"，表示"要求"。
② 《旧约·创世记》第39章，约瑟为埃及人管家，埃及人的妻子勾引他，要和他同寝，约瑟不从；她拉着他的衣裳，约瑟丢掉衣裳逃走。她以衣裳作证，说约瑟勾引她，将约瑟下狱。

得酩酊大醉,昏昏沉沉睡了,可是,他们睡一张床,说不定他会醒来,看见自己老婆不在床上。还有爱丽。她总是说睡得不好。如果她醒着,她就会听见贝克尔太太下楼走出屋子。然后我猛然想起一个问题。贝克尔太太和我缠绵的时候,我觉得有块铜片碰到我的身体。当时我没有注意到,你知道在这种情况下,谁会留神这些事?我刚才一直没有想过这玩意是什么。现在我才明白。我坐在床沿上,想着事情的前因后果,吓得跳起来。那个铜片是爱丽亡夫的身份牌,被爱丽一直缠在手腕上的,所以和我睡在一起的并不是贝克尔太太,而是爱丽。"

我抑制不住地大笑起来,乐不可支。

"你可能觉得好笑,"拉里说,"我可不觉得。"

"如今你回想起来,就一点儿不觉得好笑?"

拉里嘴边勉强露出微笑。

"也许。可是这事情太尴尬了。我不知道这会引起什么后果。我对爱丽没有好感,认为她是个可憎的女人。"

"可是,你怎么会把她俩弄混?"

"当时屋子里漆黑一片。她除了叫我别出声外,一句话也没说。她们两个身材都高大。我一心以为贝克尔太太看上了我。从没有想到爱丽会把我放在心上。以为她始终在思念亡夫。我点起一支香烟想着发生过的事,越想越不痛快。看来最好的办法是赶紧离开这儿。

"我以前很讨厌考斯第睡得死沉。在煤矿上时,我总要死扯活拉地把他叫起来,使他不至于迟到。可是,现在我倒很感谢他睡得这样沉了。我点灯穿上衣服,把衣物收拾进背包里——我的物品寥寥无几，所以一会儿就装好了——我挂上背带，只穿袜子穿过阁楼，一直到楼梯下面才敢穿鞋，把手里的灯吹熄。夜色浓重，不见月色，可是，我识得大路，到了大路上就向村子的方向走去。我走得飞快，想在大家起来之前通过村子。这儿离斯温根堡只有十二英里，我到达时，刚刚有人活动。这次夜行的经历我永生难忘。一路上万籁俱寂，只能听到自己的脚步声，偶尔从农场那边传来一两声鸡叫。后来天边浮现出一丝鱼肚白，逐渐晨曦微露，再后来太阳升起，群鸟啼鸣。还有那绿油油的田野、草地和树林、麦田，被清晨的阳光镶嵌上了金色的外衣。我在斯温根堡吃早饭，喝了一杯咖啡，吃了一只小面包，然后上邮局打了一个电报给美国旅行社，叫他们把我个人寄存的衣服和图书寄到波恩去。"

"波恩？为什么想要去那儿呢？"我打断他。

"我和考斯第沿莱茵河步行时，在那里停留过。我很喜欢那个城市。阳光照在屋顶上和莱茵河上面的那种情调，那些小街，那些花园、别墅、栗子树的大道和大学的洛可可式①建筑都让人喜欢。当时，我就觉得能在那儿住些日子可真不错。可是，我觉得在到达那里之前，应该先整理自己的仪表。我的模样就像个流浪汉，敢说我如果找到一处供应膳宿的人家，要租一间房，人家肯定信不过我，所以我坐了火车上法兰克福，去买了一只皮包和一些衣服。我在波恩断断续续住了有一年光景。"

"你这番经历使你有什么收获呢？我的意思是说在煤矿上和在农场上。"

---

① 十七、十八世纪欧洲流行的纤巧华美的房屋装饰法。

"有。"拉里含笑点头。

可是,他没有告诉我是哪些收获,而且那时候我已经非常了解他的性格,他想对你说的事,会直接讲出来,他不想说的事,就会用开玩笑的口吻回避,再追问他也是白费。我得提醒读者,这一切都是在十年之后他才告诉我的。在这以前,也就是我和他重逢之前,我一直不知道他的下落,或者他在干什么。对于我来说,他已经从人间蒸发。如果不是由于我和埃利奥特有往来,经常使我能获得伊莎贝尔的讯息,从而想起拉里,我说不定会忘了他这个人。

三

伊莎贝尔和拉里解除婚约后的第二年六月初,就和格雷·马图林结婚了。这时候,巴黎的交际场正是宴饮的季节,埃利奥特有很多大型派对要参加,当然不愿意离开,可是他的家族感情非常强,对这种在他认为是履行社会责任的事,他决不能不管。伊莎贝尔的两个哥哥,供职的地点都太远,无法脱身,埃利奥特只好经过了不愉快的旅程,来芝加哥为伊莎贝尔主持婚礼。他想起那些法国贵族都是穿着盛装上断头台的,所以特地上伦敦定做一套新的晨礼服,一件青灰色双排纽扣的大衣和一顶丝绒大礼帽。我回巴黎的时候,他专门让我欣赏过。他选定他认为婚礼应当打的浅灰色领带,又为不能突出平时别在领带上的珍珠别针而不快。我提议他改用他那枚镶翡翠和钻石的别针。

"如果我是客人,用那一类的别针也还说得过去,"他说,"但是,我是主婚人,我觉得翡翠钻石无法替代珍珠的象征意义。"

他对目前这门亲事很满意,觉得无论从哪方面来看,都完全符合他的标准;他谈起婚事时兴致盎然,就像个寡居的公爵夫人一样津津有味地谈论拉罗什富科家的幼子和蒙莫朗西家的女儿珠联璧合的婚姻。为了显示自己的满意度,他不惜重金买了一张纳蒂埃的法国王室公主的一幅精美画像,准备带去当作礼物。

亨利·马图林为这对年轻夫妇在阿斯特街买下一幢房子,临近布太太家，同时距离自己在湖滨道的豪华府邸也不太远。说也凑巧，而且我疑心这里面有埃利奥特做了手脚，在买下这幢房子时格雷戈里·布拉巴宗恰好在芝加哥，因此，房子的内部装饰由他负责。当埃利奥特放弃了巴黎的大型派对到伦敦时，带来了一些屋内装饰的照片。格雷戈里·布拉巴宗尽展所长，任意施为。客厅和餐厅完全是乔治二世的华贵风格。书房可谓重地；格雷戈里是靠慕尼黑的阿马连堡宫一间屋子给他的启发来装饰的；除了没有地方放图书以外，可谓完美①。卧室装饰得极其舒适，就算路易十五在这里约会蓬巴杜夫人②也无可挑剔。至于伊莎贝尔的浴室，连路易十五也会惊叹；整面的玻璃墙、天花板、浴缸——墙上有许多银色的鱼在金色的水草中游来游去。

"虽然房子谈不上特别宽敞，"埃利奥特说，"但是，亨利告诉我，光是用在屋内装修上的钱就有十多万。对有些人来说，这已经是一笔不小的财产了。"

婚礼奢华铺张，在圣公会教会范围内已经是极致了。

"和巴黎圣母院式的那种婚礼不能比，"他心安理得地告诉我，"但是，在新教的婚礼中是极有气派的了。"

报纸的报道很漂亮，埃利奥特随便把一些剪报扔给我看。他给我看伊莎贝尔和格雷的结婚照片，伊莎贝尔穿着新娘礼服，个子高挑容貌俊俏，格雷虽然块头大，但是身材不错，穿着礼服稍微有点不大自在。还有一张新婚夫妇和伴娘们的合影，一张和布太太、埃利奥特一起拍的照片，布太太穿的衣服漂亮华贵，

---

① 这句话暗讽这幢房子华而不实。
② 蓬巴杜夫人为法国国王路易十五的情妇。

埃利奥特拿着新丝绒大礼帽，派头十足。我问他布太太现在是否安康。

"体重减少了许多，现在气色不佳，但是精神状态很好。当然整个婚事使她很累，不过，现在事情办完，她总可以休息一下了。"

一年后，伊莎贝尔生了一个女儿，根据当时的风气，她给女儿取名叫琼；隔了两年，又生了一个女儿，依旧随了当时的潮流，取名普丽西拉。

亨利·马图林的一个合伙人去世了，另外两个在压力下不久也退休了，所以，这个一直由他独断独行的企业，现在彻底由他掌控。他实现了多年以来的抱负，于是找格雷做合伙人，事业蒸蒸日上。

"他们赚钱就像随手捞似的，老兄，"埃利奥特告诉我，"怎么，格雷才二十五岁，每年已经能进账五万美元，而且这只是开始。美国真是个遍地财富的国度。这不是短期利益，而是一个伟大国家蓬勃兴起的必然势头。"

他此时胸中装满了一种从前少有的爱国热情。

"亨利·马图林活不了多久的，他有高血压，你明白吗？等格雷到了四十岁时，将会有两千万元资产。厉害呀，老兄，真厉害。"

埃利奥特和姐姐经常保持通信，年复一年，不时把他姐姐告诉他的一些事情转述给我。格雷和伊莎贝尔生活得其乐融融，两个孩子活泼可人。他们的生活方式使埃利奥特深感满意，认为完全适合他们的地位；请客的场面阔绰，人家的回请也同样档次十足;埃利奥特非常满意地告诉我,说他们三个月里没有一次两个人单独在一起吃过晚饭。只有马图林太太的逝世短暂打断过这种生活——就是那个脸色苍白、高颧骨的女人,当初亨利·马图林娶她就是为了自己在芝加哥能混上点地位,因为他父亲当初来到芝加哥时不过是个乡下人。为了纪念马图林太太,格雷两口子有一年的时间里请客顶多只请六个人。

"我常对他们讲八个人是最合适的,"埃利奥特以一贯的乐观谈论此事,"人数正符合一个派对的标准,聊天的时候主人又能够面面俱到、照应周全。"

格雷在金钱上对妻子从不吝惜。生头一个孩子时,他给了伊莎贝尔一只方钻石戒指作为礼物;生第二个孩子时,又送了她一件黑貂皮大衣。由于太忙,他很少离开芝加哥,但是,只要能够放几天假,他们都要到亨利·马图林在麻汾的那幢别墅去度假。亨利溺爱儿子,有求必应,有一年圣诞节,在南卡罗来纳州买了一所农场,为的就是打猎季节让格雷有两个星期时间打野鸭。

"当然,我们的商业巨头跟意大利文艺复兴时期那些热衷于保护艺术的财阀如此相似。例如,美第奇家族。两个法国国王都迎娶这家望族的女儿,而且不觉得有失身份,我预见到有一天欧洲的贵族也会向我们的金元公主求婚。雪莱是怎样说的?'世界的伟大会重新洗牌,黄金时代即将来临。'"

多年来,布太太和埃利奥特的投资都交给亨利·马图林管,姐弟对他的眼光很信任,而且他们这样做有十分充足的理由。亨利向来都不做投机生意,把他们的钱都放在可靠的股票上,但是,由于股票的价值大大增长,他们发现自己有限的那点财产却增加得很可观，使他们惊喜万分。埃利奥特告诉我，他不用动一根指头，一九二六年时的资产到一九二八年时已经翻倍了。他现在六十五岁，头发花白，满脸皱纹，眼泡肿胀，但是仍不服老；腰杆挺拔，保持了很好的身材；在烟酒上向来有节制，而且很注意仪表。只要他能够有伦敦最好的裁缝给他做衣服，有自己的特约理发师为他理发刮脸，有按摩师天天早上来服务，使他的优美身形保持常态，他决不听任自己的身体受到时光的摧残。他早已忘记自己曾经沦为商贾之流，经常向人暗示自己早年曾经供职于外交界，但是从不明言，他不傻，决不会讲一句难免会被人戳穿的谎言。我得承认，如果我有机会塑造一位大使形象的话，埃利奥特就是最好的模板了。

但是，世道一直在变。当初把埃利奥特提拔进社交界的那些英国贵妇，还活着的也年事已高。在她们的丈夫去世后，只得把府邸让给媳妇，自己住进切尔登南的小别墅或者摄政公园一带的普通公寓。斯达福德府改成了博物馆①，古松府变成了一个机构的办事处，德文郡府挂牌出售。埃利奥特在考斯常坐的帆船转了手。眼下最红火的那些时髦人物觉得埃利奥特这样大年纪的人没有用。他们嫌他啰唆可笑。他们仍旧愿意参加他在克拉里奇饭店举行的盛大午宴，可是，埃利奥特相当机灵，知道他们来的目的只是彼此间聚首，并非为了探望他。过去那种请帖散在写字台上任他挑选的日子一去不复返了；他经常沦落到一个人在旅馆套间里吃晚饭，这种丢脸的事情他很不愿意有人知道。一些颇有地位

---

① 伦敦斯达福德府是在1912年由莱佛赫尔姆勋爵购下捐献给政府，改为大英博物馆的，毛姆在这里为了行文方便，把这件事说成20年代。

的英国女人,由于某件风流事遭到社交界集体抵制之后,就把兴趣转向艺术界,在自己身边网罗一些画家、作家和音乐家。埃利奥特心高气傲,觉得凑上去是丢脸的事。

"遗产税还有那些在战争中发了横财的家伙,把整个英国社交界毁了,"他告诉我,"人们好像对于与什么人来往全不在乎。我活在世上的这段时间还会如此,伦敦的裁缝和鞋帽匠固然水准不降,但是,除掉这些,伦敦已经完了。老兄,你可知道圣艾尔斯家竟然让女人伺候用饭吗?"

这些话是他和我刚参加完午宴、正一同从卡登府胡同走出来时讲的。那天的午宴上发生了一桩令人遗憾的事。府上主人以收藏绘画著称,一个叫保罗·巴顿的年轻美国人特意首次登门,表示想欣赏一下这些藏品。

"请问你是不是藏有一张提香①的名画?"

"我们从前有过。现在在美国了。一个美国犹太佬出了一大笔钱买它,而我们那时候手头非常吃紧,所以老爵爷就卖掉了。"

我注意到埃利奥特的耳朵竖了起来,狠狠瞪了一眼说笑中的爵爷,就猜到当初买下这张画的原来是他。他自己出生在弗吉尼亚,而且祖先曾在《独立宣言》上签过名,他听到被别人这样奚落,简直要气炸了。他有生以来从没有受过这样的羞辱。更让人恼火的是,他对保罗·巴顿一向深恶痛绝。此人年纪轻轻,在大战结束后不久来到伦敦。二十三岁,皮肤白皙,人长得帅气,说话幽默,舞跳得非常好,而且囊中多金。他带了一封信来见埃利

---

① 提香(1477—1576),意大利画家,威尼斯派。

奥特，埃利奥特天生是个好心肠，就把他介绍给自己熟悉的各种友人。这样还不满足，还给了他一些宝贵的忠告，教他怎样接人待物。埃利奥特言传身教，只要肯对上了年纪的妇女略献殷勤，对名流的谈话，不管怎样乏味，你都洗耳恭听，即便是一个举目无亲的人也能成功地跻身社交界。

可是，保罗·巴顿进的社交界和二十年前埃利奥特·坦普尔顿殚精竭虑才能够立足的社交界，已经有了天壤之别。如今的人们一味寻欢作乐。保罗·巴顿的豪爽、不俗的仪表和翩翩风度，让他在几个星期之内就取得了埃利奥特辛苦经营多年才达到的成绩。很快他就不再需要埃利奥特的帮助，而且毫不掩饰这一点，两人见面时，尽管巴顿还是很热络，可是，那种不拘小节的做法，让年长的埃利奥特非常不满。埃利奥特并不根据好恶挑选客人，只在乎他们是不是能让派对热闹起来。由于巴顿的人缘不错，所以埃利奥特每星期请午宴时，照样邀请他；但是，这个飞黄腾达的年轻人约会排得满满的，有几次事到临头放了埃利奥特的鸽子。这样的事情埃利奥特自己过去做得太多了，明知道这是因为另外的一家请客，比埃利奥特举办的宴会更有吸引力。

"我也不强求你相信我的话，"埃利奥特带着气说，"可我绝无虚言，现在他看我的样子，好像我受了他多大照顾。提香，提香！"他连连抱怨，"就是有张提香的真迹，摆在他眼珠子底下他也看不出来。"

我从来没有看见过埃利奥特气成这个样子。我猜想他之所以发火，是因为他认为保罗·巴顿问起这张画是不怀好意；巴顿不知道从什么渠道得知埃利奥特买了这张画，就想利用这位高贵主人的回答涮埃利奥特一次。

"他就是一个卑鄙无耻的势利小人,世界上我最深恶痛绝的就是势利。要不是我,谁瞧得上他。你可想得到,他父亲是打办公室家具的。办公室家具。"他格外轻蔑地吐出这几个字眼,"我告诉人家,他在美国完全不值一提,出身非常寒微,可是他们完全不在乎。英国社交界全都完了,就像绝种的渡渡鸟①一样,不复昔日。"

埃利奥特还感觉到,法国的情形也好不到哪里去。他年轻时候的那些著名贵妇,如果还活着的话,也都把时间消磨在打桥牌(他最讨厌的一种牌戏)、做祈祷和与孙子孙女共享天伦上面。制造商、阿根廷人、智利人、与丈夫分居或者离了婚的美国女人,住着豪华大厦,宴请宾客奢靡无比,可是,埃利奥特瞧不上他们的一切。政客们在派对上说着腔调鄙俗的法语,新闻记者的吃相掉价,竟然还有戏子出现。名门望族的小儿子娶了商店老板的女儿还心安理得。诚然,巴黎是热闹的,但是,这种热闹多么低下!那些年轻人纵情狂欢,认为最开心的事是在一家乌烟瘴气的小夜总会,喝一百法郎一瓶的香槟酒,和不三不四的人搂搂抱抱,跳舞到凌晨五点钟。缭绕的烟雾、热气、嘈杂声,让埃利奥特头痛欲裂。这不再是他三十年前当作精神家园的巴黎。这不再是善良的美国人安享晚年的巴黎②。

---

① 一种已灭绝的鸟。
② 由于美国人都很羡慕巴黎生活,有一句笑话说:善良的人死后进天堂,善良的美国人死后进巴黎。

四

可是埃利奥特有着很强的预见能力。一个知道内情的人提醒他，里维埃拉[1]就要重新成为达官名流的休养之地。过去他在教廷供职，从罗马回来后，或者拜访了戛纳他那些朋友的乡村别墅之后，总要在蒙特卡洛的巴黎饭店住上几天，所以对这一带海滨颇为熟悉。那时候多在冬季，近来却听到传说，认为这地方也是个很不错的避暑消夏胜地。那些大旅馆夏天照常营业；巴黎的《先锋报》交际栏上一一列出游客的名单，埃利奥特看到他们熟悉的名字很是咂舌。

"我真不习惯如今这世道，"他说，"我现在已经到了偌大年纪，该到享受大自然乐趣的时候了。"

这话好像讲得有点奇怪，其实不难理解。埃利奥特一直认为，自然是社交生活的障碍；那些人眼前摆着一只摄政时代的衣柜或者一张瓦托的画不去欣赏，却要费那么大的事去涉足山水，这种人他最受不了。当时他手头现金正充足。亨利·马图林一方面因儿子力劝，一方面看见他那些做证券交易所的朋友转眼成为巨富，很是恼火，终于向潮流屈服了；他逐渐放弃自己陈旧的保守主义，认为自己有理由参与其中。他写信给埃利奥特，说明自己一如既往地反对赌博，但是，这并不是赌博，这只证实了他对国家无穷资源的信仰。以他乐观主义的经验来看，美国前进的

---

[1] 法国与意大利境内地中海沿岸一带，为旅游胜地。

脚步无可阻拦。信收尾的时候他又说，他替亲爱的路易莎·布莱德雷在最低价时买进若干硬股票，而且很高兴告诉埃利奥特，她现在已经净赚两万元了。最后，他说，如果埃利奥特想要赚点零钱，由他来操作，保证会有满意的结果。埃利奥特总喜欢引用陈词滥调，说他就是抵御不了诱惑；这件事情的后果是，他一改多年来的习惯，从那时候起，当《先锋报》和他的早饭一起送进来时，他不再先看交际栏，而是首先关注股市新闻。亨利·马图林代表他做的那些交易非常成功，所以，埃利奥特现在手边足足有五万块现金，简直像白得的一样。

他决定把这笔钱取出来，在里维埃拉买一幢房子。他选定昂第布作为他的避世桃园。这地方在戛纳和蒙特卡洛之间占有一种战略地位，来往两处都很方便；谁也不知道是天意，还是本能的指引，昂第布不久就成为上流人物云集的地方。住在一个带园子的乡村别墅里，有一种近郊的庸俗气息，使埃利奥特这种凡事苛求的人很反感，所以，他在老城区靠近海边的地方买下两幢房子，打通连成一体，安装上暖气、浴间和美国销往欧洲的新潮卫生设备。当时正流行酸洗，所以他把古老的普罗旺斯家具全都酸洗，为了不致落伍，再罩上现代纺织品。他仍然不肯接受毕加索[①]和布拉克[②]这类现代派画家。"不像话呀，老兄，不像话"——他觉得这些人大都是盲目崇拜的人吹捧出来的，但是他最终接纳了印象派画家，所以墙上挂了些漂亮的画。我记得有一

---

① 毕加索（1881—1973），西班牙立体派画家。
② 布拉克（1882—1963），法国画家，野兽派绘画的早期提倡者，立体派的奠基人之一。

张莫奈①的《划船的人们》,一张毕沙罗②画的《塞纳河桥与码头》,一张高更的《塔希提岛风光》,和一张雷诺阿③画的《少女侧脸图》,金黄的秀发披散肩后,很令人着迷。等到房子装修完工,真是焕然一新,赏心悦目,不同凡响而又朴素无华,而别人一眼就能看出,这种朴实要以巨资为代价来换取。

此后的日子是埃利奥特一生中最煊赫的时期。他把自己在巴黎的名厨师带下来,很快众人便公认他家里的菜在里维埃拉首屈一指。他的管家和用人一律穿上白色制服,肩膀上有金饰带;家宴奢华但从不流俗。沿地中海海岸从欧洲来的王公贵族几乎俯拾皆是。有些人喜欢那儿的好天气,有些人流亡在外,有些是由于过去在故国声名狼藉,或者婚姻不如意,使他们觉得旅居国外更方便。其中有俄国的罗曼诺夫皇族,奥地利的哈布斯堡王族,西班牙的波旁王族,两个西西里王族和帕尔马王族;有温莎王室的王子和布拉干萨王室的亲王;有瑞典的王族和希腊的王族;还有从奥地利、意大利、西班牙、俄罗斯、比利时来的形形色色、没有王室血统的王子和公主、公爵和公爵夫人、侯爵和侯爵夫人,埃利奥特都一一款待他们。到了冬天,瑞典国王和丹麦国王会来海滨暂住,西班牙的阿方索也不时地来匆匆一游,埃利奥特都一一款待他们。他向这些大人物鞠躬时姿态大方庄重,既彬彬有礼又体现了以众生平等著称的美利坚公民不卑不亢的态度,我深表钦佩。

我经过多年奔波,此时刚好在弗拉特角购置了住宅,因此和

---

① 莫奈(1840—1926),法国印象派画家。
② 毕沙罗(1830—1903),丹麦印象派画家。
③ 雷诺阿(1841—1919),法国印象派画家。

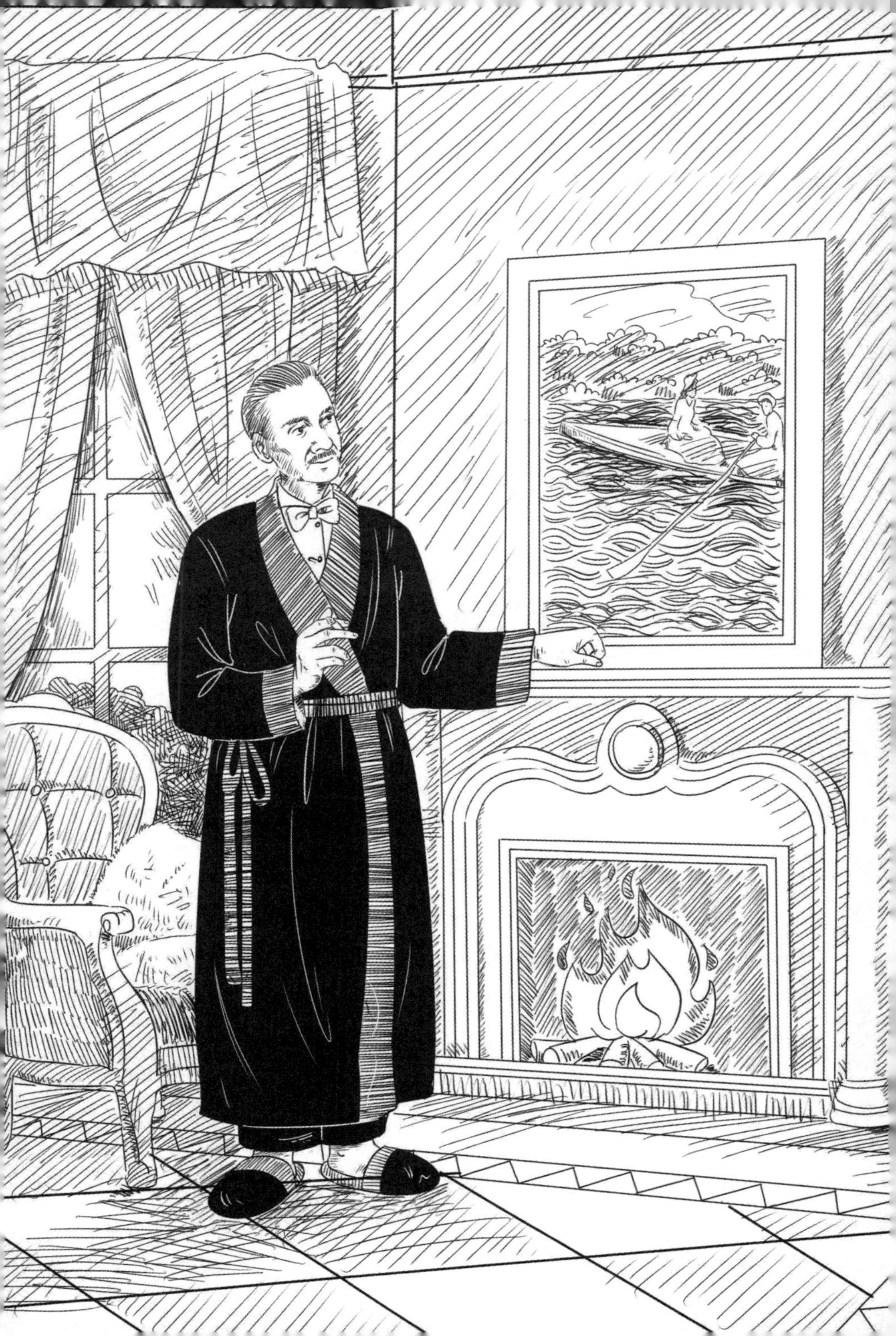

艾略特在老城区靠近海边的地方买下两幢房子,打通连成一体,安装上暖气、浴间和美国销往欧洲的新潮卫生设备。他把古老的普罗旺斯家具全都酸洗,再罩上现代纺织品。墙上挂了些漂亮的画。我记得有一张莫奈的《划船的人们》、一张毕沙罗画的《塞纳河桥与码头》、一张高更的《塔希提岛风光》和一张雷诺阿画的《少女侧脸图》。房子装修完工后,真是焕然一新,赏心悦目。而别人一眼就能看出,这种朴实要以巨资为代价来换取。

埃利奥特时常见面。我在他眼中的地位有所提升，所以，他有时候也邀请我参加他最豪华的派对。

"老朋友，来赏个光吧。"他会说，"当然我跟你一样知道，有这些皇族在，派对的气氛确实拘谨很多。可是，别的人想见见他们，而且我觉得应当对这些可怜的人儿稍稍关照一下。不过，天知道，他们是不配的。他们是世界上最忘恩负义的家伙；用得到你的时候亲近你，不需要你的时候，就会把你当作穿破的衬衫一样扔掉；他们会从你手里接受无数恩惠，但是，里面没有一个肯到街对面帮你办丁点事。"

为了与当地的上级官员搞好关系，埃利奥特很是动了一番脑筋，区长和教区主教以及司教总代理都是他的座上常客。主教在进教会之前是个骑兵军官，大战时指挥一个骑兵团作战。他面色红润、身材高大，讲话故意学军队里的那种粗鲁而率直的派头，害得那位神色憔悴、表情严峻的司教总代理总是提心吊胆，生怕主教会说出什么有失体统的话来。他的上级津津有味地讲故事时，他经常带着不以为然的微笑听着。可是，主教管理自己的教区十分称职，他在布道台上口若悬河，就像在饭桌上讲笑话一样能吸引别人的注意。他称许埃利奥特对教会虔诚的慷慨，喜欢埃利奥特那样和气和埃利奥特招待他的好酒好菜；两个人结下了深厚友谊。所以，埃利奥特很可以自鸣得意，说他在这两个世界里都如鱼得水，而且恕我大胆地说，在上帝和撒旦之间都混得不错。

埃利奥特对自己的新房甚为得意，急于想让自己的姐姐光临；他总觉得布太太对他的称许里面带有保留味道，很想让她看看自己如今的气派、亲近的朋友。这是对她的保留意味的最具体回答。她将没法不承认他取得了成功。他写信邀请布太太偕同格雷和伊莎贝尔一道前来，不是住在他家里，因为家里空间不够，而是作为客人留宿左近的"角上旅馆"。布太太回信说她健康欠佳，已经过了适合旅行的年纪，她想她不如待在家里；反正格雷在芝加哥也腾不出时间；他的生意红火，赚了很多钱，哪儿都不能去。埃利奥特跟姐姐感情很深，这封信让他非常担心。他写信询问伊莎贝尔。伊莎贝尔回了一个电报，说母亲身体虽然很不好，每星期得卧床一天，但目前还没有危险，老实说，如果多加留神，说不定还会活上好多年；倒是格雷需要放松，而且有他父亲在芝加哥代管，他可以出国休假；因此，今年夏天做不到，明年她和格雷将前往欧洲。

一九二九年十月二十三日，纽约股市崩盘了。

五

那时我在伦敦。刚开始我们英国人并未意识到情形会那么严重，也不懂得它会产生多么不可收拾的连锁反应。拿我自己来说，虽然对损失了大笔金钱十分懊恼，但是，损失的大部分是票面利润，等到尘埃落定以后，我发现自己的现款一个子也没减少。我知道埃利奥特过去在投机生意上赌得很大，很担心他会损失惨重，可是，一直到我们两个都回到里维埃拉度圣诞节时，我们才碰面。他告诉我，亨利·马图林死了，格雷破产了。

我对生意是外行，但我敢说，通过埃利奥特转述，我对事情的描述看起来仍然凌乱不堪。在我看来，他们的公司之所以碰上那样大的灾难，一半归咎于亨利·马图林的刚愎自用，一半归咎于格雷的急躁冒进。亨利·马图林起初不相信危机的严重性，反而以为这是纽约掮客在捣鬼，因此咬紧牙关拿出大笔现金来投入市场。他对芝加哥的股票经纪人大为不满，认为他们被纽约的恶棍吓坏了。他的那些小客户们，有固定收入的寡妇，退休的军官等等，过去听他的教导，从来没有损失过一个铜板，这件事他一直引以为豪，现在为了不使他们受到损失，就自己掏腰包来弥补他们的亏空。他说他准备破产，他还可以东山再起，但是，如果让那些信任他的人沦为赤贫，他就永远抬不起头来做人。他自以为慷慨豪爽；其实不过是死要面子。他万贯家财化为乌有，某个晚上他心脏病发作。他年过六旬，一直是个工作狂，饮食和享乐过度，又酗酒；经过几个小时的痛苦挣扎，冠状动脉血栓送掉了他的命。

剩下格雷一个人面对这个烂摊子。他又做了很多的投机生意，但是，缺乏父亲的经验，让他陷入极大的困难。他要摆脱困境的种种努力都失败了，银行拒绝贷款；交易所里的老一辈人告诫他，唯一的办法就是承认失败。余下的事情我也所知有限。好像他资不抵债，因此，我的理解是，宣告破产；他自己的房子早已抵押出去，现在只能转手给债主；他父亲在湖滨道的房子和在麻汾的房子都已低价卖出；伊莎贝尔的首饰也变卖一空：他们仅存的财产是在南卡罗来纳州的农场，这是过户在伊莎贝尔名下的，没有买主。格雷一无所有了。

"你怎么样，埃利奥特？"我问。

"噢，我毫无怨言，"他轻松地回答，"上帝对弱者是仁慈的。"

我没有追问下去，因为他的经济情况与我无关，不管损失多少，像我们其他人一样，应该也是吃了些苦头的。

刚开始大萧条对里维埃拉影响不大。听说有两三个人家财殆尽，许多别墅整个冬天都大门紧闭，有几所门口挂着出售的牌子。旅馆总是有大量空房间，蒙特卡洛的赌场抱怨今年冬天生意萧条。一直到几年之后，里维埃拉才体验到大风暴。这时候，一个地产商告诉我，从土伦到意大利边界的地中海沿岸，大大小小总有四万八千处房地产亟待脱手。赌场的股票大幅度下跌。大旅馆拼命优惠，想多吸引一些顾客，但是毫无成效。外国人都穷得叮当响，他们不消费，因为无钱可花。店主们都怀着失望度日。

但是，埃利奥特与其他人相反，既不辞退他的用人，也不削减他们的工资。他继续用好酒好菜招待那些王公贵族，还买了一辆从美国进口的又时髦又宽敞的汽车，光关税就不是个小数目。主教组织的各种为失业家庭舍餐的慈善活动，埃利奥特都慷慨捐款。事实上，他生活得那么好，就好像经济危机根本不存在，半个地球也没有因此而摇摇欲坠。

我凑巧发现了其中的缘故：埃利奥特现在除了每年去一次英国，待两个星期购买衣服外，已经不在其他时间光顾了，但是他每年秋天照旧去巴黎，在自己的公寓里住三个月，五月和六月也去，因为在这个时期埃利奥特的那些朋友们并不光顾里维埃拉。他热爱里维埃拉的夏日，部分原因是可以进行海水浴，但是，我觉得主要是因为炎热使他有机会穿上花哨的衣服来放纵一下自己，而这是他平日里为了保持体面尽量避免如此穿着的。这时候，他会穿上色彩鲜明的裤子，红的，蓝的，绿的或者黄的，同时穿上色调相反的衬衣：紫红的，淡紫的，紫褐色的或者杂色的，并且接受人们对这种套装的恭维，嘴边露出一点轻视的神情，就像一个女演员听见人家恭维她扮演新角色获得的成功。

那年春天我在返回弗拉特角的途中，在巴黎停留了一天，邀埃利奥特和我一同吃午饭。我们在丽思饭店的酒吧间碰头。这里再也没有狂欢的美国大学男生，倒像一个剧作家首演之夜败走麦城，寂寥冷落无人光顾。我们按照大洋彼岸的传统喝了一杯鸡尾酒，然后用午饭，埃利奥特以前可不肯这么干。饭后他领我去古董店；虽则我告诉他我没有钱花在古董上，但很乐意陪同他前往。我们步行穿过旺多姆广场，他问我可介意跟他到夏维服装店去一趟；他想问问定做的衣服完成了没有。他好像定做了几件衬衫和衬裤，上面绣了自己名字的缩写字母。衬衫还没有做好，可是衬裤送到了，店员问他要不要瞧瞧。

"那就瞧瞧吧。"他说，就在店员离开去取衬裤的间隙里，他对我补充道，"我叫他们给我定制了我自己的图案。"

衬裤拿来了，和我时常在麦西服装店买的差不多，只不过质地是丝绸的，但是，引起我注意的是E. T.①两个交错的字母上面是一个男爵的冠饰。我没有言语。

"不错，不错。"埃利奥特说。"等汗衫做好，一起送到我府上去。"

我们走出商店；埃利奥特走开时，带着微笑向我说。

"你注意到那个冠饰了吗？告诉你老实话，和你到夏维服装店之前，我都忘记了这件事情。以前机缘不巧，还没告诉你，教皇恢复了我的家族封号，准许我继承。"

"你的什么？"我吃了一惊，有点失礼了。

埃利奥特不以为然地扬起了眉毛。

"你不知道吗？我在母系方面是德·劳里亚男爵的后裔，他跟随菲利普二世来到英国，并且娶了玛丽王后的一个陪伴侍女。"

"我说的是那位血腥玛丽吗？"

---

① 埃利奥特·坦普尔顿英文名字的缩写。

"我认为异教徒才那么称呼她,"埃利奥特回答,口气很不自然,"恐怕我没有告诉过你,一九二九年九月我是在罗马过的。我觉得去罗马是件苦差事,当时罗马冷清得很,可是,幸亏我的责任感让我克制了追求世俗享乐的欲望。我在梵蒂冈的朋友告诉我,经济大崩溃就要来到,竭力劝我把全部的美国股票卖掉。天主教会积累了两千年之久的智慧,所以我毫不迟疑。我发电报给亨利·马图林,要他把我所有的股票卖掉,买进黄金,我也打电报给路易莎叫她同样做。亨利回电问我是不是昏头了,并且说除非我再次来电确认才肯照做。我立刻回电给他,口气更加坚决,让他马上执行,然后回电确认。可怜的路易莎没有听我的话,因此倒了霉。"

"这么说,大崩盘那时你是安然度过的了?"

"老兄,美国有句俗话叫一无所失,用来形容我的状况非常恰当。事实上,我还捞了一点你所谓的油水。过了一段时间,我只花了很少一点钱就回购了原来属于自己的股票;我只能用上帝的点拨来解释,我觉得我也应当以实际行动报答上帝。"

"噢,那么,你是怎样报答的呢?"

"嗯,你知道领袖在庞廷沼泽地收回了大片的土地,他们告诉我,说教皇陛下为当地居民还没有教堂而忧心。因此别的不多说了,我就造了一座小小的罗马风格的教堂,和我在普罗旺斯看到的一座一模一样。教堂模仿得非常地道,在我自己看来简直是珍宝。我把它献给圣马丁,因为我的运气很好,刚好被我买到了一扇有关圣马丁事迹的彩色玻璃窗,画面上的圣马丁正把他的袍子裁开,将半边袍子分给一个衣不蔽体的乞丐;我很看重其中的象征意义，所以我买了下来，放在圣坛上方。"

我没有打断埃利奥特的话，没有问他他和圣马丁的行为有什么相似之处呢？他不过靠投机卖掉股票赚了一笔钱，现在拿出少许给万能的上帝做报酬，简直像给代理人发佣金似的。不过，对我这样的俗人来说，这种象征的联系也太微弱了。埃利奥特又继续说：

"当我有幸把这些照片呈献给教皇看时，蒙他称许，说他一眼就看出我不凡的鉴赏力，他还说，很高兴能在这个世风日下的时代能碰到一个既忠于教会，又具有这样一流艺术鉴赏力的人。值得记住，老兄，值得记住！此后不久，当教会通知我，教皇很高兴赐给我一个封号，我比谁都感到诧异。作为一个美国公民，我觉得不用这个头衔显得更恭谨，当然在梵蒂冈非用不可。我禁止约瑟夫称呼我'伯爵先生'，我相信你也会尊重我对你的信任。我不想把这件事情传扬出去，又希望教皇陛下觉得我珍视他赐予的殊荣，所以我把冠饰绣在衣物上，表达对他的敬意。不妨直言，对于把头衔掩藏于高雅的内衣之上，我有一种矜持的自豪感。"

我们就此告别。埃利奥特临别时告诉我，他将于六月底到里维埃拉来。他没有如约。他刚刚准备好把用人从巴黎转过来，自己悠闲地乘汽车返回，这样到达时事情会全部就绪，但就在这时，他接到伊莎贝尔的电报，说她母亲骤然病重。我以前说过，埃利奥特和姐姐感情深厚，而且家族观念很强。他从瑟堡搭第一班轮船出发，经纽约再到芝加哥。他写信告诉我，布莱德雷太太病势严重，瘦得吓人。她也许只能再活上几个星期，或者几个月时间，可是不管怎样，他觉得应该陪她最后一程。他说，芝加哥的酷热没有预想的厉害，但是，缺乏投缘的社交他也勉强忍耐，因为此时无心于此。他说，美国人对经济萧条的表现让他失望；他原本以为他们应该乐观坚定。世界上最容易的事就是乐观坚定地面对发生在别人身上的不幸了；鉴于这一点，我觉得，埃利奥特既然有生以来从没有像现在这样富有过，恐怕根本没有资格苛求别人。最后，他请我代为向他的几位密友问好，并且请我务必记着向所有碰见的人解释，为什么今年夏天他的房子没有开放。

　　这以后过了不到一个月，我又接到他的信，告诉我布莱德雷太太逝世了。信写得很诚恳动人。我早就认为尽管他为人势利，而且有许多矫揉造作的地方，但他仍不失为一个善良、感情丰富的和诚恳的人；如果不是这样，我就决计想不到他在信上表现得这样感情真挚、庄重得体、朴实无华。他在信中告诉我，布太太身后的情况看来有些没有头绪。她的大儿子是个外交官，现在由于驻日大使离任，他正在东京担任代办，当然无法离开职守。二儿子坦普尔顿在我初识布家时，原在菲律宾工作，后来已调回华盛顿，并在国务院担任要职。他在母亲病危时，曾经带着妻子来到芝加哥，但是，安葬之后，非得立刻回首都不可。由于上述情况，埃利奥特深感自己必须留在美国把后事料理好。布太太把财产平均分给三个孩子，可是，看上去，她在一九二九年经济大萧条时损失甚巨。所幸他们在麻汾的农场找到了一个买主。埃利奥特在信中把农场称之为亲爱的路易莎的乡间小屋。

　　他写道："一户人家要卖掉祖传宅院，难免是件伤心事。不过，近年来，我见惯了许多英国朋友被迫这样做，所以，我觉得我的两个外甥和伊莎贝尔也得以同样的勇气和淡定去接受这种不可避免的现实。有权利就有义务！①"

他们的运气不错，布太太那幢在芝加哥的房屋也有人愿意接手。原来早就有人计划拆掉布太太住宅所在的那排房屋，改造成一座大公寓，但是，布太太非常顽固，坚决要死在自己住的房子里，所以，这个计划始终没有实现。布太太一断气，立刻就有中介人跑出来开价，布家马上接受了。可是，尽管如此，伊莎贝尔还是不够维持家庭日常开销。

经济危机过去后，格雷曾经想办法重新开始工作，即使在没被风暴摧毁的金融家手下当个小职员也行，可是不能如愿。他找他的老朋友们讨点差事做，不管地位多么低下，薪金多少都可以，但是白费力气。过去他为避免灭顶之灾的疯狂努力，再加上焦虑的压力，以及后来遭受的屈辱，他的神经终于崩溃了。他开始患上一种剧烈的头痛病，整整二十四个小时之内一点也不能动弹。头痛停止以后，人就像一条湿毛巾，不成样子。伊莎贝尔觉得只有带着他和孩子到南卡罗来纳州的农场上去住，直到格雷休养康复。这个农场当初靠出产的大米，每年能有十万元进账，但是，长久以来只是一片沼泽地和橡树林，只能吸引喜欢打野鸭的人，找不到一个买主。他们从大萧条之后就住在那边，现在仍旧打算回去，等国内情形好转，格雷能再找到工作时为止。

"我不能眼看他们过着猪一样的日子，"埃利奥特在信上写道，"伊莎贝尔没有一个女用人，孩子们没有家庭教师，丢给两个黑女人照料。因此，我把巴黎的公寓让给他们住，等到这

---

① 这是一句法国谚语，埃利奥特是用法文写的。

个荒唐国家的情形有好转之后再说。我要再派些仆人给他们,事实上,我厨房里的女用人菜就烧得不错。我预备把她留给他们。我可以另外找个人代替她,这并不难。我预备全部开销由我来负担,伊莎贝尔的那点可怜的收入让她买点衣服,或者用在家庭娱乐上。这当然意味着我的大部分时间得消磨在里维埃拉,因此,老兄,我希望我们能够更频繁地会面。照伦敦和巴黎现在这种情形,老实说,我还是住在里维埃拉要舒心得多。只有在这里我才能遇到和我有共同语言的人。我要说,我可能偶尔还会去巴黎盘桓几天,不过就是去巴黎,我也不想混在丽思饭店。我很高兴我总算使格雷和伊莎贝尔接受了我的要求,只等处理好必要的诸般琐事,就把他们带到欧洲来。家具和油画(画风拙劣,老兄,而且真伪难辨)再下个星期可以拍卖掉。目前,我怕他们在老房子里睹物思人,把他们带到德莱克饭店来跟我住在一起。等我们到了巴黎之后,把他们安顿好,我再返回里维埃拉。别忘记替我向你的皇室高邻问好。"

谁能够否认埃利奥特这个最大的势利鬼,也是极其善良、万分体贴、慷慨之至的人呢!

第 四 章

一

埃利奥特把马图林一家接到自己在左岸那所宽大的公寓里并安顿好之后，于年末回里维埃拉去了。他这幢房子是以让自己舒适为主而设计的，容纳不下一个四口之家，所以，即使他自己愿意，也没法留他们和自己同住。我想他对此并不抱歉。他相当清楚，他一个人比有外甥女夫妇陪伴更受欢迎；而他自己的那些精彩的小宴会（他在这件事情上往往煞费苦心），如果每次家里非要有两个人参加不可的话，就很难安排好了。

"对他们来说，定居在巴黎，习惯文明的生活，好处多多。还有，两个女孩子年龄也不小，该上学了，我打听到离我的公寓不远，有一所入学标准很高的学校。"

由于上述原因，我直到次年春天方才见到伊莎贝尔。那时候，我由于某项工作需要，得在巴黎待上好几个星期，所以在离旺多姆广场不远的一家旅馆租了两间房间。这家旅馆我是常住的，这里来往方便，还有一种古典风范。大楼围绕着大院，作为旅店有将近两百年历史。浴室略显简陋，下水设施不尽如人意；卧室摆放着涂了白油漆的铁床，老式的白床罩和有镜子的巨大衣橱，式样都很寒碜；但是，起居室里的家具却是古色古香。长沙发和圈椅都是拿破仑三世时那种华而不实的货色，不过，尽管谈不上舒适，入眼却色彩华丽、赏心悦目。坐在这间屋子里，人仿佛生活在法国那些伟大的小说家时代似的。我望着玻璃罩子里的帝国时钟，眼前浮现出一个满头卷发、穿荷叶边衣裳的美丽女子，当初说不定在一面望着时钟的长针摆动，一面等候着拉斯第耶克登门拜访；这个拉斯第耶克就是巴尔扎克在小说里描写的那个野心勃勃之徒。巴尔扎克从他的贫贱出身起笔，写到他平步青云，描绘了他的一生。还有比安松医生，巴尔扎克自己都当真了，以至于临死时感叹："只有比安松医生能够救我"；说不定当年他也会走进这个房间，替有钱的寡妇按脉搏、看舌苔；这位阔寡妇是从外省来到巴黎找律师商议一件诉讼案子，偶感小恙而求医。在那张写字台前，可能坐着一个穿撑裙的痴情女子，头发中分，在那里给她的负心情人写着缠绵的信；也可能坐着一个脾气暴躁的老头儿，身穿绿色长大衣，围着硬领，在信纸上发泄对他那挥霍无度的儿子的怒火。

我在到以后的第二天就给伊莎贝尔打了电话，问能不能在五点钟造访，让她请我喝杯茶。我已经十年没见过她了。一个表情严肃的管家把我领进客厅时，她正在阅读一本法国小说，她马上起身相迎，握着我的双手，露出明媚的笑意，和我寒暄。过去我们见面不过十一二次左右，而且只有两次是单独攀谈，可是，她能有办法让我马上觉得彼此是故友，而非泛泛之交。过去的十年，已经缩小一个年轻女子和一个中年男子之间的鸿沟，我不再有大家年龄相差悬殊的感觉。她经历过世事，恭维起我来不动声色，好像我是她的同龄人。所以不到五分钟，我们就相谈甚欢，

187

毫不拘束，就像幼年相识，经常见面，从未疏远过。她已经养成了一种落落大方和从容淡定的仪态。

最让我惊讶的是她容颜的更变。我记忆中的她是一个美丽、丰满的女子，使人担心她会发胖。我不知道她是否意识到这一点而采取了勇敢措施来减轻自己的体重，还是生育孩子后造成的意外效果；不管怎样说，总之她现在的身材非常苗条，可以说近乎完美。眼前服装的流行风尚又强调身材。她身着黑衣；我一眼看出她的绸衣服既不太朴素，也不太华丽，是在巴黎一家最讲究的服装店定制的，她满不在乎、若无其事地穿在身上，犹如她天生就是应当穿考究衣服的。十年前，尽管有埃利奥特替她出主意，她的穿着总还是颜色过于俗艳，而且穿在身上老是不十分自如。如今玛丽·路易丝·德·弗洛里蒙都不能指责她不够风雅了。连她染过的指甲尖都带着典雅的气息。她的相貌更加清秀了。我还发觉她的鼻梁是我看见的女子中长得最直、最美的。额头和淡褐色的眼睛下面，一丝皱纹都还没有，皮肤虽则不像少女时期那样光彩照人，但是仍旧非常细腻；这与使用化妆品以及面部按摩的功效密不可分，如此一来她的皮肤显得滋润光滑，明艳动人。瘦削的双颊涂着淡淡的胭脂，唇膏也只淡淡一抹。按照当时流行的风尚，她浓栗色的头发剪得很短，也烫过了。手上没有戴戒指，我想起埃利奥特告诉过我，困难时期她把首饰都卖掉了。她那双手虽不算小，但样子好看。她穿当时女人惯穿的短上衣，露出淡黄长丝袜，腿型修长，很美。许多漂亮女子的腿都不好看。伊莎贝尔在做姑娘的时候也是，现在却变得非常美观。事实上，她过去的美丽来自健康活泼和精神焕发，现在从漂亮姑娘变成了风韵成熟的妇人。至于她的美貌有多少靠的是人工、自我约束和锻炼不重要，其结果令人满意就够了。很可能她的娴静举止，迷人仪态经过苦心造就，但是看上去非常自然。我有个想法，觉得她在巴黎住的这四个月，为她这件精美的艺术品进行了一次最后加工。即便埃利奥特拿出他最苛刻的条件来衡量，也不得不赞许她；我这个不爱挑刺的人，更觉得她令人着迷了。

格雷上毛特芳丹打高尔夫去了，可是，伊莎贝尔告诉我，他很快就会回来。

"你还得瞧瞧我的两个女儿。她们上杜伊勒里公园去玩，也快回家了。她们可爱着呢。"

我们东拉西扯地谈着。她喜欢巴黎的生活，而且住在埃利奥特的公寓里很舒服。埃利奥特在离开他们之前，曾经把他认为他们会喜欢的一些朋友介绍给他们，所以他们现在已经和一批人过从甚密，打成一片。埃利奥特喜欢逼着他们像自己从前一样，建立交际网。

"你知道，我们生活得就像阔人一样，而事实上，我们是穷光蛋。想到这里，我真好笑死了。"

"有那么糟糕吗？"

她扑哧一笑，这使我想起她十年前的模样，笑靥如花，爽朗明快。

"格雷分文都没有；我的收入就和拉里当年的收入差不多，那时候他想结婚，我不肯；那时候，我觉得这点钱不够糊口的，现在我们夫妻靠这点钱生活，还添了两个孩子。是不是相当好笑？"

189

"我很高兴你能乐观看待问题。"

"拉里的近况你知道吗？"

"我吗？不知道。自从你上一次离开巴黎之后，我就再也没看见过他。我认识他的几个熟人，也问过他们拉里的情况，不过，那已经是多年以前的事了。没有人知道他的下落，他就是消失了。"

"拉里在芝加哥银行存了点钱，我认识那家银行的经理；他告诉我们，他偶尔会收到拉里从什么怪地方开来的一张支票，中国啊，缅甸啊，印度啊。他好像四海为家。"

"我毫不踌躇地把到了嘴边的一句话说出去。说到底，你如果想知道一点什么的话，最好的办法就是提问。

"你现在觉得当初该和他结婚吗？"

她露出迷人的微笑。

"我跟格雷结婚很幸福。他是一个好得不能再好的丈夫。你知道，一直到大萧条到来之前，我们都过得和和美美。我们喜欢同样的人，而且喜欢做同样的事。他待我真好。有人迷恋你总是好事；而且他现在爱我不亚于我们刚结婚时。他觉得我是世界上最了不起的女子。你无法想象他多么的温柔和体贴。在吃穿用度上面，他更是慷慨得离谱；你晓得，他认为我配得上任何享受。我们结婚这么多年，他从来没有对我讲过一句不体贴或者严厉的话。我真是太幸运了。"

我心想她也许认为这就是回答了我的问题。我换了话题。

"说说你的女儿吧。"

我说话时，门铃响了。

"她们回来了。你自己看吧。"

片刻功夫,两个孩子就进来了,后面跟着保姆。伊莎贝尔先给我介绍大的一个,琼,然后介绍小的,普丽西拉。两个孩子和我握手时都恭恭敬敬地行了屈膝礼,表现得很礼貌。她们一个八岁,一个六岁,个子都挺高;伊莎贝尔是高挑身材,格雷更是条高大汉子;两个孩子的模样和所有好看的小孩差不多。她们看上去有点孱弱;她们继承了父亲的黑头发、母亲的淡栗色眼睛;在生人面前并不害羞,都兴致勃勃地告诉母亲在公园里的见闻。她们的眼神瞄着伊莎贝尔的厨师为喝茶准备的精致糕点,我们都还没有吃过。当她们母亲准许每个人挑一块吃时,两个人在选择哪一块上都显得有点为难起来。看见她们对自己母亲流露出明显的依恋,三个人在一起形成一幅很动人的图画。当她们吃完自己选择的那块糕点之后,伊莎贝尔便要求她们离开,两个孩子一点也没表现得不情愿。我的印象是,伊莎贝尔把孩子教育得很听话。

孩子们走后,我讲了些通常恭维妈妈的话,伊莎贝尔听了显然很高兴,但是,有点儿心不在焉。我问她格雷是否喜欢巴黎。

"相当喜欢。埃利奥特舅舅留下一辆汽车给我们,格雷几乎每天都可以很方便地去打高尔夫球;他参加了旅行家俱乐部,经常去那边打桥牌。当然,埃利奥特舅舅让我们在公寓住,供我们生活,是雪中送炭。格雷人完全颓废了,严重的神经性头疼折磨着他。他现在即使谋到一个职位,也根本上不了班;这当然使他很着急。他要工作,觉得自己应当工作,否则抬不起头来。你知道,他觉得事业是男人的本分;如果不能工作,那还不如死掉的好。他没法容忍自己成为一个无用的人;我只能开导他,说换换环境、充分休息能让人复原，才把他带到巴黎来的。但是我也明白，要一切进入正轨他才能开心得起来。"

"过去这两年半的日子恐怕够你们熬的。"

"嗯，你知道，危机刚刚降临时，我简直没法相信。当时我们差一点就都垮了，这对我来说似乎难以置信。我完全能体会那些垮掉的人的感受，但是说我们会垮掉——哦，那简直是不可能的事情。我一直坚信在最后一刻好运会眷顾我们。后来，致命的打击终于落到了我们头上，我失去了所有信心，觉得身处一片黑暗当中，不敢去想未来的日子。有两个星期的日子格外不堪回首。天哪，什么都得放弃掉，知道以后再没有什么欢乐可言，一切我喜欢做的事情都没有我的份儿，真是可怕——后来两个星期挺过去了，我说：'随便吧，我决定不再去想它了。'实话告诉你，我从此就真的不再去想了。我一点点都不懊恼。过去我享受过很多美好的日子，现在一去不回头了，那又怎样？随它去吧。"

"明摆的，住在上等街区的一座豪华公寓里，有精干的管家侍奉，厨师手艺高明，自己分文不用出，还可以给自己的瘦骨头穿上香奈儿定制的衣服，破产的痛苦会容易忍受些，是不是？"

"是朗万，"她哧哧笑了，"十年了，你一点都没变。你这狡猾的家伙，想来是不会相信我的话的。不过我接受埃利奥特舅舅的好意是为了格雷和两个孩子，否则我真不知道埃利奥特舅舅叫我来我会不会答应。靠着我每年的两千八百块的收入，我们在农场上可以过得很好，我们会种植水稻、黑麦、玉米，再养养猪。我毕竟出生在伊利诺伊州，在农场长大。"

"这么说也可以。"我微笑道,明知她实际上出生在纽约的一家高级妇产科医院里。

这时候格雷回来了。十二年前,我确实只和他见过两三面,可是,我看见过他的结婚照片(埃利奥特把照片装上漂亮的镜架,和瑞典国王、西班牙王后、德·吉斯公爵签名的那些照片一同摆在钢琴上面),他的样子我记忆犹新。见面时,我吓了一跳。他的发际线往上秃得厉害,头上也谢了一块顶,一张脸上净是赘肉,红脸膛,双下巴。他多年来享受了上好酒食,体重暴涨,只是由于身材高大,才使他不至于成为一个十足的胖子。可是,最引起我注意的是他那双眼睛的神情。我完全记得当初他前程似锦,无忧无虑,一双深蓝色眼睛里充满坦然和自信;如今我好像在这双眼睛里看见一种无名的沮丧,而且即使我不知道他经历过什么,我也不难猜到是什么意外事故摧毁了他对自己以及对世界秩序的信心。我觉得他深藏自卑,就像觉得自己无意间犯下过错,总是羞愧不已。很明显,他垮了。虽然他依然高兴地和我打招呼,礼貌周全,发自内心,如同招待老朋友,但我以为他的开心只是一种惯性的延续而已,嘴里说的话与他灵魂深处的感受毫不相干。

用人拿来了酒,格雷亲自给我们调制鸡尾酒。他今天打了两轮高尔夫球,战绩不错,啰里啰唆地花了不少时间来讲他如何处理一个高难度进球,伊莎贝尔表现出非常有兴趣的样子。几分钟后,我和他们约好一个日子共进晚餐,再一同看戏,就告辞了。

二

  我逐渐养成一个新的习惯,每天下午做完一天工作之后,就去拜访伊莎贝尔,每周大概三到四次。她下午总是一个人在家,很高兴有人来聊天。埃利奥特给她介绍的那些人多半比她的年纪要大得多,我发现她几乎没有同年龄段的朋友。我自己的朋友在晚饭之前都难得闲暇,我也不喜欢去俱乐部和那些牢骚满腹、不欢迎外人的法国人打桥牌,觉得还不如跟伊莎贝尔聊天有趣些。她把我当作同龄人,这让谈话无拘无束,我们互相打趣,相谈甚欢,有时候说我们自己,有时候说我们共同认识的朋友,有时候谈书、谈画,所以时间被很开心地消磨掉了。我生性有个缺点:对不够漂亮的人怎么也不能产生好感;一个朋友的性格不管多么善良,即使相交多年,也不能使我看见他的坏牙齿或者歪鼻子感到顺眼;反过来相貌漂亮的朋友永远都讨我喜欢,即使看了二十年漂亮的额头或线条优美的脸庞也不会厌烦。因此,我每次看见伊莎贝尔时,对她那张完美的鹅蛋脸、凝脂似的皮肤、栗色眼睛里的明快神情,总会再次感到一点心旷神怡。

  后来发生了一件意想不到的事。

三

在所有大城市里,总存在着许多独立的小集团,他们彼此间不通讯息,在大千世界里营建属于自己的小世界,过着各自的生活,只有成员和成员之间才相互往来;每个小世界都仿佛是一座孤岛,似乎中间隔着无法通航的海峡。根据我的经验,没有一个城市比巴黎更加如此。在巴黎,上流社会极少接纳外人;政客们在自己的圈子里纸醉金迷;大大小小的资产阶级只和本阶级的人来往;作家和作家们聚集在一起(安德烈·纪德[①]在日记里表明:和他来往的人基本都是本职业人士),画家和画家交往,音乐家和音乐家交游。伦敦也是同样情形,不过不是那么显著;在伦敦,同类人并非总是扎堆,有十几家人参加的派对席,能同时出现公爵夫人、演员、画家、议员、律师、服装设计师和作家种种人等。

我日常的生活安排让我能有机缘在各处耽搁停留,差不多巴黎所有的小圈子都有过接触,甚至圣日耳曼大街那个从不对外开放的世界(通过埃利奥特引介)也有幸进入;比起福煦大道那个甄别排外的圈子,以及拉吕饭店和巴黎咖啡馆的世界主义者,蒙马特尔区寻欢作乐的人们中,我最喜欢的是以蒙帕纳司大街为中心的那个小圈子。在我还是个青年时,我曾经在贝尔福狮子咖

[①] 安德烈·纪德(1869—1951),法国小说家,先后受象征主义和尼采超人哲学的影响。

啡馆附近的一个小公寓里住过一年，公寓在六楼，视野开阔，从上面可以瞭望大片公墓①。蒙帕纳司在我眼中仍旧保存了外省乡镇旧日的宁静氛围。每当我经过昏暗狭长的奥德萨街时，都会惆怅不已，回忆起当初聚餐的旧饭馆。我们里面有画家、雕刻家、插图家，除掉阿诺德·班内特②偶尔来以外，我是当中唯一的作家；我们会一起讨论绘画与文学，谈到很晚，兴奋、激动甚至是愤怒。此时沿着蒙帕纳司大街走去，看着那些和我当年一样的青年人，我心里推测他们的悲欢离合，不失为一种乐趣。当我无事可做时，我就打车到老多姆咖啡店小坐片刻。它已经不再是追求自由的艺术家们的聚会之地，不复当年风采；邻近的小商贩常会上这儿来，而塞纳河对岸的陌生人也想一睹那昔日的小圈子。当然，学生们仍旧来这里，还有画家和作家，但多半是外国人；当你坐在咖啡店里听周围的人谈论时，你听到的俄语、西班牙语、德语和英语交织在一起，不比法语少。可是，我有种感觉，好像他们谈论的东西跟我们四十年前谈论的东西没有变化，只是他们现在谈的是毕加索而不是马奈③，是安德烈·布雷东④而不是纪尧姆·阿波利内尔⑤而已。我真羡慕他们啊。

我来到巴黎两个星期之后，有一天晚上，我正坐在多姆咖啡店里；露台上人满为患，我只得在前排寻了个位子坐下。天气晴暖。梧桐树新叶初绽，空中漂浮着巴黎特有的那种闲散、轻松

---

① 指蒙帕纳司公墓，有许多文学家、艺术家都葬在这里。
② 阿诺德·班内特（1867—1931），英国小说家。
③ 马奈（1832—1883），法国印象派绘画的奠基人。
④ 安德烈·布雷东（1896—1966），法国诗人、文论家和批评家，提倡超现实主义。
⑤ 纪尧姆·阿波利内尔（1880—1918），法国现代派诗人，主张"革新"诗歌，完全破坏诗歌形式与句法结构。对法国超现实主义作家发生过影响。

和欢快的气息。我觉得很平静,不是由于疲乏,而是由于一种舒畅的轻松感。忽然间,有个男子在我面前走过,停下脚步,朝我咧嘴而笑,露出一口雪白的牙齿,打招呼说:"你好!"我茫然地望着他。这人又高又瘦,没有戴帽子,乱蓬蓬的深棕色头发,早就应当修剪了;大把的棕色胡子连嘴都盖上了;前额和头颈晒得黑黑的;穿一件破衬衫,没有系领带,一件穿得很旧的棕色上衣,灰色裤子也破烂不堪。他像个乞丐,我有十足的把握从来没有见过他。我断定他是那种流落在巴黎街头的没出息的人,预备好了一套说辞,希望骗我几个法郎去吃顿晚饭,余下的钱找个地方过夜。他站在我的面前,两手随意地插在口袋里,露出白牙齿,深棕色的眼睛显出得意的神气。

"你不记得我了?"他说。

"我有生以来从没有见过你。"

我准备施舍给他二十法郎,可是,我不容许他胡说以前见过我。

"拉里。"他说。

"上帝啊!快请坐。"他哧哧笑了,向前走一步,在我桌子旁边的空椅子上坐下。"上一杯酒。"我招呼侍者。"你脸上这样胡子拉碴的,我哪儿认得出来?"

侍者过来了,拉里点了橙汁。我盯着他的眼睛,他的瞳孔和虹膜颜色一样深黑,显得又专注又深沉。

"你在巴黎待多久了?"我问。

"一个月。"

"准备待下去吗?"

"待上一段时间。"

当我问这些问题时，脑子里却不停地想事情。我注意到他的裤脚管已经破烂，上衣靠近肘腕处也破了洞。他的样子和我过去在亚洲那些港口碰见的流浪汉一样寒碜。在那些日子里，人们很容易联想到经济萧条的有关状况，所以我琢磨着是不是一九二九年的经济危机让他变成了穷光蛋。想到这里，我很不好受，可是，我向来不喜欢兜三绕四的，所以就开门见山地问他：

"你是不是混不下去了？"

"我过得很好，你怎么这么想？"

"哦，你看上去好像三天没有吃饭的样子，而且你穿的衣服应该扔到垃圾箱里。"

"有这么糟吗？我从来没有考虑过。事实上我本来打算置办些衣服和日用品，不过，但似乎又总不能认真去办。"

我认为他是不好意思或者出于自尊，但我不需要容忍他的胡说八道。

"别傻了，拉里。我不是个富翁，但是，我也不穷。要是你手头紧，我借你几千法郎还不会破产。"

他哈哈大笑。

"多谢，不过，我并不缺少钱用。我的钱够我花的了。"

"大萧条之后还是这样吗？"

"哦，大萧条没影响到我。我所有的钱都买了政府公债。我不知道这些是不是跌价了。我从来没有打听过。只知道山姆大叔①一如既往，规规矩矩支付给我利息。事实上，过去几年中我

---

① 美国政府的绰号。

的开销极小，所以手头的钱不算少。"

"那么，你是从哪里来的呢？"

"印度。"

"哦，我确实听说你去过那里。伊莎贝尔告诉我的。她认识你在芝加哥开户的那家银行的经理。"

"伊莎贝尔？你是什么时候看见她的？"

"就在昨天。"

"她难不成也在巴黎吗？"

"她的确在巴黎。就住在埃利奥特·坦普尔顿的公寓里。"

"这太有意思了。我真想看看她。"

我们谈话的时候，我留意着拉里的眼神，可是，除了普通意义上的诧异和高兴之外，看不出任何复杂的情绪。

"格雷也住在那里，你知道的，他们结婚了。"

"是啊，鲍勃大叔——纳尔逊医生，我的保护人——写信对我讲的，可是他几年前去世了。"

我想起这大概是他和芝加哥以及他在芝加哥那些旧日朋友之间的唯一纽带，现在纽带不存在了，他很可能对这几年的人事变迁一无所知。我告诉他，伊莎贝尔生了两个女儿，亨利·马图林和路易莎·布莱德雷全过世了；告诉他格雷完全破产和埃利奥特的慷慨行为。

"埃利奥特也在巴黎吗？"

"他目前不在。"

在埃利奥特定居巴黎以来的四十年间，埃利奥特还是第一次没在巴黎过春天。尽管外表不显老，他毕竟是七十岁的人了。人上了这样的年纪，总有些时候感到疲倦和不适。他慢慢放弃了各种身体锻炼，只保留散步的习惯。他对自己的健康很不放心，他的医生一个星期来看他两次，为他进行臀部肌肉注射，当时特别流行皮下注射保护健康。每次吃饭，不论在家里或者在外面，他总要从口袋里拿出一只金色的药盒，取出一粒药片吞下去，就像履行宗教仪式一般虔诚。他的医生建议他前往意大利北部的蒙特卡地尼疗养，此地有一个水疗场；这以后他建议去威尼斯做一个适合他的罗马式教堂里的圣水盘。他对巴黎的兴趣已经大不如前了，原因是他觉得巴黎的社交生活江河日下。他不喜欢年纪大的人，讨厌在派对上碰到的全是同龄人，但是，他又觉得年轻人语言乏味无趣。他把兴趣主要放在了装修自己盖的那座小教堂上面。他不惜代价买进装饰品，以满足自己对艺术品的那种根深蒂固的热爱，心安理得地认为是在赞美上帝。他曾经在罗马淘到了一座蜜色的古董石器祭坛，并在佛罗伦萨花了六个月时间的讨价还价，买下一块锡耶纳①派的三联雕刻放置在祭坛上面。

后来拉里问我格雷喜欢不喜欢巴黎。

"我觉得他可能无所适从。"

我试着向他描述自己对格雷的印象。他一面听，一面眼睛紧紧盯着我的脸看，仿佛在思考；这使我觉得——连我也不懂得是什么缘故——他不是用耳朵在听，而是用一种来自内在的、更灵敏的器官接受信息。这种奇特的眼神让人不自在。

"你亲眼看过就了解了。"我讲完后说。

---

① 锡耶纳在14世纪时宗教热达到高潮，出现不少宗教画家和艺术家。

"是啊,我很想去看看他们。我想电话簿上会找到他们的住址。"

"可是,要是你不想把他们吓得灵魂出窍,并且使两个孩子叫得像着魔一样,我想你最好还是去理个发,把胡子刮刮。"

他笑了。

"我也一直在考虑这件事。我也觉得自己不要这样引人注目。"

"既然你这样说,也不妨给自己买一套新衣服。"

"我想我的衣服是不大得体。我离开印度的时候,发现就剩下身上这一套衣服了。"

他看看我穿的衣服,问我是哪家店的裁缝做的。我告诉了他,不过附带告诉他这家铺子在伦敦,所以纵使知道,也派不上多大用场。抛开这个问题,我再次谈起格雷和伊莎贝尔来。

"我时常和他们见面,"我说,"他们生活得很融洽。我从没有机会单独和格雷谈话过,想必他不会跟我谈伊莎贝尔。不过我知道他爱她爱得很专注。他没事做时两眼发直,脸色难看,可是,当他看见伊莎贝尔时,就会显出一种温柔恩爱的神情,这场景让人很感动。我有个想法,在他们经历磨难的那些日子里,她自始至终都像岩石一样和他站在一起,所以他永远不会忘记她待他的好处。你会发现伊莎贝尔和从前不同了。"我没有告诉他,伊莎贝尔从来没有像她现在这样漂亮过。他未见得能识别得出当初那个好看的高个儿女孩子,已经变成这样雍容典雅的娇艳少妇。有的男人欣赏不了女性的成熟美。"她待格雷相当不错,尽了最大的努力帮助他恢复自信。"

201

这时天色已晚；我问拉里要不要和我一同到大街上去吃晚饭。

"不，我不想吃，谢谢，"他回答说，"我要走了。"

他起身客气地对我点点头，三脚两步跨到了人行道上。

四

第二天，我到格雷和伊莎贝尔住的公寓，告诉他们我碰见了拉里。他们和我昨天一样感到出乎意料。

"看见他太好了，"伊莎贝尔说，"我们马上去看他。"

我这才想起自己忘记问拉里的住址了，伊莎贝尔狠狠埋怨了我一通。

"我即使问他，恐怕他也不会告诉我，"我一面笑，一面抗议说，"这很可能跟我的潜意识有关系。你可记得他从来不喜欢告诉人他住在哪里。这是他的怪癖之一。他可能随时会自己走进来。"

"这正是他的作风，"格雷说，"便是在过去，你也拿不准会在你指望的地方找到他。他行踪飘忽不定。你明明看见他在房间里，过会儿想要去打个招呼，可是，你转过身去时，他已经无影无踪了。"

"他向来是个让人头疼的家伙，"伊莎贝尔说，"这是无法否认的。看来我们只有等他自己上门了。"

当天他没有来，第二天也没有来，第三天还是没出现。伊莎贝尔硬说是我编故事让他们怄气的。我向她保证没有，并且试图解释拉里没有上门的原因。但是，这些理由不大讲得通。我自己心里盘算，他是不是经过重新考虑，决定不见格雷和伊莎贝尔，离开了巴黎继续漂泊。我已经觉察到他不准备在什么地方扎根,只要兴之所至,有能说服自己的理由,他就会随时收拾行装上路。

但他总算还是来了。那是个下雨天,格雷没有去毛特芳丹打高尔夫球。我们三个人都在一起,伊莎贝尔和我在喝茶,格雷呷着一杯威士忌掺巴黎水①;正在这时候,管家开了门,拉里踱了进来。伊莎贝尔叫了一声,立刻站起来,拥抱着他,亲吻他的脸颊。格雷的一张红红胖胖的脸比平时更红了,他绞着双手表示欢迎。

"嗨,见到你太高兴了,拉里。"他说,声音激动得有点哽咽。

伊莎贝尔紧紧咬着嘴唇,看出她在硬忍着没有哭出来。

"喝杯酒,老兄。"格雷语无伦次。

两个人看见这个流浪汉的激动劲,深深感动了我。他们这样在乎他,他一定很温暖,开心地笑着。可是,在我看来,他仍然十分冷静。他注意到桌上的茶具。

"我喝杯茶吧。"他说。

"别喝茶,"格雷叫出来,"开瓶香槟庆祝一下。"

"我喝茶更好。"拉里微笑说。

他的镇定对这对夫妇产生了一种可能是他预期的效果。两人都平静下来,但是,仍旧带着喜悦的眼光望着他。我这话并不意味着说他以冷冰冰的僵硬态度来回应人家的由衷热情;相反,他显得非常之有礼貌和可爱;不过从他的眉宇之间可以觉察到一种

---

① 巴黎水是一种天然有气矿泉水。制作巴黎水的水源位于法国南部,靠近尼姆的Vergèze镇内的孚日山脉,是天然有气矿泉水与天然二氧化碳及矿物质的结合。

超然世外的恬淡,我在思索这意味着什么。

"你为什么不早来看我们,你这个死鬼?"伊莎贝尔假装嗔怒,"这五天来,我一直向窗子外面张望,看你来了没有,而且每次门铃响,我的心都提到嗓子眼,然后再费很大的劲才能咽得下去。"

拉里咻咻笑了。

"毛姆先生告诉我,我的样子像个野人,你们的用人不会放我进门的。我坐飞机去伦敦买了几件衣服。"

"你不用去伦敦,"我笑着说,"你可以在春光百货公司或者美丽园买一套现成的。"

"我想果真要做衣服的话,那还是做得像样些。我有十年没有置办衣服了。我上你说的裁缝店去,要求三天之内做一套衣服。他们说需要两个星期,最后商定为四天。我是一小时前才从伦敦飞回来的。"

他穿了一套藏青色的衣服,剪裁得十分合体,一件软领白衬衫,系着一条蓝领带,脚上穿一双黄皮鞋。头发已经剪短,脸上胡子也刮得干干净净。他看上去不但整洁,而且头发梳得很光;简直是变了一个人;由于长得很瘦,颧骨显得更加突出,庭穴更凹进去,深陷在眼窝里的那双眼睛比我记得的还要大些;尽管如此,外表还很漂亮;说实在话,那张晒得黑黑的、没有一丝皱纹的脸使他看上去异常年轻。他比格雷小一岁,两人都是三十开外的人,可是,格雷看上去要老十岁,而拉里则要年轻十年。格雷身躯高大,动作迟缓笨重,拉里则动作轻盈洒脱。拉里的神情像个孩子,欢快而活泼,我感到他有一种内在的宁静,使我特别感觉到，有别于我过去认识的他。老朋友们有说不完的话，大家有共同的回忆，谈话始终不曾间断；格雷和伊莎贝尔还插进些芝加哥的花边新闻，从一件事勾起另一件事，不时引发轻轻的笑声。当他们这样谈笑时，我一直有一种印象，就是拉里虽则笑得十分开朗，而且听着伊莎贝尔那样随便聊天表现出明显的喜悦，但是，他的表情里始终有种超然世外的感觉。我不觉得他在做假，他十分自然，毫无做作，而且他的诚恳是一望而知的；我感到内心里有一种东西，不知道该称之为感性还是知性，让他疏离于他人之外。

保姆把两个小姑娘带进来，和拉里见面，她们礼貌地行了屈膝礼。拉里用柔和慈祥的眼神看着她们，伸出手。孩子们拉着他的手，一本正经地打量他。伊莎贝尔兴致勃勃地告诉拉里，她们的功课都很不错，给她们每人分发了甜饼，就打发她们走了。

"你们上床以后，我会去给你们读十分钟的故事书。"

她看见拉里很开心，不想在此时此刻受到打扰。小姑娘们又去向父亲道晚安。看见格雷这个大块头搂着孩子吻她们，红通通的脸上流露出动人的慈爱之情，确很动人。谁都看得出他对孩子们非常宠爱、非常得意；小姑娘们走后，他转向拉里，带着甜蜜的微笑对拉里说：

"两个孩子挺好吧？"

伊莎贝尔甜蜜地看着他。

"我要是听任格雷不管，他就会把两个孩子都惯坏了。这个坏蛋让她们天天大吃鱼子酱和鹅肝酱，把我饿得要死。"

他微笑着望向她，说："你说谎，而且明知道你在说谎，我崇拜你崇拜得五体投地。"

伊莎贝尔的眼神也露出笑意,算是回应。她知道格雷有多爱她。他们真是幸福的一双璧人。

她执意留我们吃晚饭。我想他们大概更愿意和拉里单独谈谈,就推说自己还有事情,结果她不放我走。

"我让玛丽在汤里多放一根胡萝卜,就足够四个人吃的了。还有一只鸡,你和格雷吃鸡腿,我和拉里吃鸡翅;奶蛋酥做得大点,四个人都能填饱肚子。"

格雷也愿意我留下;我其实本来就不想走,就接受了挽留。

等待开饭的时间里,伊莎贝尔又把我对拉里讲述过的遭遇讲了一遍,比我讲得详细具体。她尽量保持轻松的口吻,格雷还是脸色难看,很不好受的样子。她千方百计想让他开心一点。

"反正全过去了。我们摔了跤,但是,我们现在充满希望。等情形好一点,格雷找个好差事,我们大赚一笔。"

鸡尾酒送了进来,两杯酒下肚,可怜的格雷情绪有所好转。我看见拉里虽然拿了一杯酒,但是,一点也没有喝;格雷没有留意,要继续给他倒酒,拉里谢绝了。我们洗过手,围坐着吃晚饭。格雷嘱咐管家上一瓶香槟酒,可是管家给拉里倒酒时,拉里说自己不喝酒。

"你非得尝尝不可,"伊莎贝尔喊道,"这是埃利奥特舅舅最好的藏品,他只有招待特别客人才开瓶。"

"老实说我更喜欢喝水。在东方待了这么些年,能够喝到干净的水已经是很大的享受了。"

"今天是好日子嘛。"

"好吧，就一杯。"

晚饭相当可口，可是，伊莎贝尔和我也注意到，拉里饭量很小。大概她忽然想起一直是自己在谈话，而拉里除掉洗耳恭听外，简直没有机会讲什么，因此，她开始问拉里自从上次见面以后，他这十年来做了些什么。拉里回答得诚恳，但言辞含糊，很少有实质性内容。

"噢，我一直到处闲逛，你知道。我在德国待了一年，在西班牙和意大利待了一段时间，然后去了东方一阵子。"

"你刚从什么地方回来？"

"印度。"

"在那儿待了多久？"

"五年。"

"过得开心吗？"格雷问。"打到老虎没有？"

"没有。"拉里笑了。

"你在印度做什么，居然待了五年之久？"伊莎贝尔说。

"到处玩。"拉里开玩笑地说，有点忍俊不禁。

"那个绳子戏法①是怎么回事？"格雷问。"你看见过没有？"

"没有，没看见过。"

"那你看见到什么呢？"

"很多东西。"

直到现在我才向他提问。

---

① 这种戏法是将一根绳子笔直地伸入云中，再命小儿爬上去，以此向观众勒索钱财。

"据说瑜伽师①觉得人类本身就具有神奇的超能力,是真的吗?"

"我也不清楚。我只能告诉你,印度一般都这样认为。但是,最有智慧的人并不把这些能力看得怎样了不起;他们觉得只会妨碍一个人的修行。我记得一个修炼精深的人说过,有个瑜伽大师要渡河,没有渡河钱,摆渡的船夫不肯白白带他,于是他就走到水面上,踏水过河。讲这事的瑜伽大师耸耸肩,略带嘲讽地说:'这所谓的奇迹不过值一次船费。'"

"可是,你认为瑜伽大师真的能踏水行走吗?"格雷问。

"告诉我的那个瑜伽修炼者明显相信。"

拉里的话听着让人舒服,声音悦耳,圆润但不低沉,有种特殊的节奏感。吃完晚饭,大家回客厅喝咖啡。我从来没有到过印度,想多了解一些。

"你接触过作家和思想家吗?"我问。

"我看你把他们当作两种不同的人。"伊莎贝尔取笑我说。

"我有心要去接触他们。"拉里回答。

"你用什么语言和他们交流,英语吗?"

"他们当中最有趣的人也无法用英语流畅表达,听读能力就更差了。我学了印度斯坦语。后来去南方,又学了泰米尔语,还算吃得开。"

"拉里,你现在懂得几国语言了?"

"噢,我也不知道。五六种吧。"

---

① 瑜伽师或修行瑜伽者,一般即指修道士,与哲学派别或佛教都无大关系。他们各有一套修炼术,道行各有高低。

"我还想多了解一点瑜伽大师的情况,"伊莎贝尔说。"你和他们熟吗?"

"熟得不能再熟了,"他微笑说。"我在一个瑜伽师的静修处住了两年。"

"两年?静修处是什么?"

"啊,我想你不妨把它称作隐居的地方。有些圣徒总是独居,或是在庙里,或是在林子里,或是在喜马拉雅山的山坡上。另外有些瑜伽师吸引了一些门徒。有些乐善好施的人为了积功德,出于对瑜伽师的虔诚仰慕,为他们建造大小不等的居所;那些门徒随师父居住,有的睡门廊,有的睡厨房,假如厨房在树下的话。我住在院子里的一个小屋里,刚好放得下我的行军床、桌椅和书架。"

"这地方在哪儿?"我问。

"在特拉凡哥尔,那里山明水秀。山上有老虎、豹子、大象和野牛出没。可是,那个亚西拉马是在环礁湖旁边,四下生长着椰子树和槟榔树。最邻近的城镇离它也有三四英里远,但是,人们常常从城镇或更远的地方赶来,徒步或者乘牛车来聆听瑜伽大师讲道。那是在他高兴讲的时候;他不讲道时,众人就坐在他的脚下,在漂浮着晚香玉的氤氲空气中,享受着瑜伽师带来的宁静祥和的氛围。

格雷在椅子里不安地扭来扭去。我猜想谈话的内容使他感到不大好受了。

"再来杯酒吗?"他问我。

"不用了,谢谢。"

"那么，我来一杯。你要吗，伊莎贝尔？"

他挪动着自己笨重的身体从椅子上起来，走到放威士忌和贝里埃及酒杯的台子前面。

"那儿有别的白人吗？"

"没有，我是唯一的一个。"

"你怎么能待得了两年之久呢？"伊莎贝尔叫道。

"好像弹指一挥间。我过去经历的一天，有时候感觉比这两年还长呢。"

"这两年里你干些什么？"

"读书。散步，散很长的步。坐船在环礁湖上游。冥思。冥思是非常累人的事儿；两三个小时之后，让你觉得像开了五百英里路的车一样筋疲力尽，只想休息，什么事都不想干。"

伊莎贝尔眉头微微皱一下，有些迷惑，说不定还有点儿恐慌。可能她开始感觉到这个几小时前走进公寓来的拉里，虽则外表上没有变，而且和以前一样开朗和热情，但是，和她过去认识的那个拉里，那个非常坦率、平易、和蔼，执拗不听她的话但是讨人喜欢的拉里已经不是一个人了。她曾经失掉他，现在重新见面，她认为他还是旧日的拉里，不管世事如何变迁，他依然属于她；现在呢，她好像只是抓到了一束日光，而日光却从她指缝间溜走了。这使她感到有点迷惑不解。那天晚上，我一直留神观察她，这在我是一件赏心乐事；我看出她的眼光落到拉里那修剪整齐的头发、贴着头颅的两只小耳朵上，她由衷地开心。她用变幻莫测的眼神看着他瘦削的脸颊、深陷的两鬓、突出的颧骨。她后来又看着他瘦长的双手，这双手尽管瘦削，但坚实有力。她还专

211

注于他的嘴巴，他的嘴形长得很好，丰满但并不肉欲；她打量他平和的眉毛和挺拔的鼻子。他的那一套新衣服穿在身上不像埃利奥特那样风度翩翩，可是，随意自如，就好像一年当中每天都是如此穿戴。他的一切好像激起了伊莎贝尔的一种母性本能，而这种本能是我在伊莎贝尔和她的两个女儿中间不曾见到的。她是个经历世事的女子；他却仍像一个孩子。我从她的眼神里捕捉到一种母性的骄傲，因为自己长大成人的孩子能够侃侃而谈，而且别人也都在听，觉得他的话有道理。拉里话语里的真正含义，她没能领会到。

可是，我的话还没有问完。

"你的瑜伽大师是什么模样？"

"你说的是长相？怎么说呢，他个子不高，人不瘦，也不胖，皮肤深棕色，胡须刮得很干净，白发修剪得整整齐齐。身上只着一块围腰布，看上去却像布罗克斯兄弟公司广告上的男人一样衣冠楚楚。"

"他身上有什么如此吸引你呢？"

拉里凝神看着我整整有一分钟方才作答。他陷在深窝里的眸子似乎试图看穿我灵魂深处。

"圣徒的灵魂。"

他的回答使我微微感到不安。在这间陈设着精美家具、墙上挂着名画的房间里，这句话就像浴缸里漫出的水从天花板上漏下来，发出滴答的响声。

"我们都读过圣徒的事迹。圣佛兰西斯啊，十字架的圣约翰啊，但是，那都沉寂在数百年岁月的长河里。我从来没有想到会碰见一个活的圣徒。从我第一眼看见他，我就认定他是个圣徒。这是美好的感受。"

"你得到的又是什么呢？"

"宁静，"他随口回答，淡淡地一笑。然后突然站了起来说，"我得走了。"

"唉，等等，拉里，"伊莎贝尔叫道，"时间还早呢。"

"晚安，"他说，依然保持笑容，没理会她的请求。他吻了一下她的脸颊。"我过一两天再来看你们。"

"你住在哪里？我去看你。"

"哦，别找这些麻烦了。你知道在巴黎打一个电话多么费事，而且我们的电话常常出毛病。"

我看见拉里这样干脆利索地回绝伊莎贝尔，暗自好笑。这是他的一种习惯，总是不肯透露自己的住址。我建议后天晚上请他们全体在波隆花园吃饭。在这样令人心醉的春天，在梧桐树下露天就餐，确是快意之至，而且格雷可以用他的小轿车送我们去。我同拉里一同离开，本来很想跟他一起走一段路，可是，一走到街上，他就和我握手道别，大步流星地走了。我只好叫了辆出租车，独自离开。

五

我们约好在公寓里见面,先喝杯鸡尾酒,然后出发。我在拉里之前到达。我邀请他们去的是一家上等的餐馆,我以为伊莎贝尔会穿上盛装;有那么多的女人身着华服出入,肯定她不愿意逊色于他人。可是,她只穿了一件素净的羊毛上衣。

"格雷的头痛又发作了,"她说,"他很难受,我不能抛下他不管。我告诉过厨师,让孩子们吃过晚饭她就可以下班了,所以我得亲自给格雷烧点吃的,并且劝他吃下去。你还是和拉里单独去吧。"

"格雷在床上睡了吗?"

"没有,他头痛发作时,一直不肯躺在床上。天知道怎么回事,他该卧床,可是他从来不干。他在书房里。"

这是一间镶嵌着棕色和金色护壁板的小屋子,壁板是埃利奥特从一座古堡里搞到的。图书都拦在金色栅栏里,还加了锁,以防止人们随便翻阅。也许这样做倒好,因为这些书大部分是十八世纪有插图的色情小说;现在用现代摩洛哥皮面装订起来,看上去倒着实漂亮。伊莎贝尔把我带进书房。格雷躬着背坐在一张宽大的皮椅子里,旁边地板上丢满了杂志。他两眼紧闭,本来红润的脸上一片死灰,很明显他表情痛苦。他试图起身,我拦住了他。

"你给他吃过阿司匹林没有?"我问伊莎贝尔。

"阿司匹林一点也不管用。我有个美国医生给的配方,但是，吃了也不见效。"

"唉，别管我了，亲爱的，"格雷说，"明天我就会好了。"他勉强一笑。"很抱歉，做了你们的包袱。"他又对我说，"你们都去波隆花园吃饭吧。"

"想都别想，"伊莎贝尔说。"你受着该死的病痛的折磨，你想我会玩得开心吗？"

"可怜的姑娘，我想她爱我。"格雷说，眼睛闭上了。

接着他脸上的肌肉突然抽搐起来，旁人都能体会到那种刺破头颅的苦痛。门轻轻开了，拉里走了进来。伊莎贝尔向他描述了眼下的情况。

"真糟糕，"他说，很同情地看了格雷一眼，"有什么办法能够使他好过一点呢？"

"没有，"格雷说，依然紧闭着双眼，"你们唯一能够做的事情就是别管我，离开这儿，自己去寻乐子。"

我心想，这其实是唯一合理的办法，不过，伊莎贝尔恐怕良心上过不去。

"让我来试试能不能帮你一下。"拉里说。

"谁也帮不了我，"格雷有气无力地说，"这要命的头疼，有时候我想还不如疼死算了。"

"我有可能帮你点忙。是我说错了。我的意思是也许我能够帮助你帮助一下自己。"

格雷缓缓睁开眼睛，不解地看着拉里。

"你要怎么做呢？"

拉里从口袋里掏出一枚银币似的东西，把它放在格雷手心。

215

"用手夹紧它,手心朝下。不要抗拒我。不要用劲,只想着把银币控制在手里。等我数到二十,你的手就会自动张开,银币就会落在地上。"

格雷照他说的做了。拉里坐在写字台那儿,开始数数。伊莎贝尔和我一直站着看。一,二,三,四……数到十五时,格雷的手抓得很紧,后来好像抖了一下,我不敢说看清楚了,恍惚觉得格雷的拇指松动,不再紧贴拳头。

我清清楚楚地看见他的手指在颤抖。当拉里数到十九时,银币从格雷的手里掉下来,一直滚到我的脚边。我捡起来看了一下。银币分量不轻,形状不规则,钱的一面是一个轮廓清楚的年轻人的凸面头像,我认出这是亚历山大大帝的头像。格雷望着自己的手,一脸迷惘。

"不是我扔的银币,"格雷说,"是它自己落下去的。"

格雷坐在皮椅子里,右臂搁在椅子扶手上。

"你坐在这椅子上会感觉舒服些吗?"拉里问。

"我头痛得不可开交时,只有坐在这里最舒服。"

"那么,你现在彻底放松。不要紧张。什么也别做,也不要抗拒。等我数到二十,你会把右手从椅子扶手上抬起来,举过头顶。一,二,三,四……"

他数数的声音清脆好听;当他数到九时,我们看见格雷的手从搁手的皮面上抬了起来,起先只是勉强看得见,然后抬到大约有一英寸高。停顿了片刻。

"十,十一,十二……"

格雷的手震动了一下,接着是整个胳膊开始向上移动。胳膊

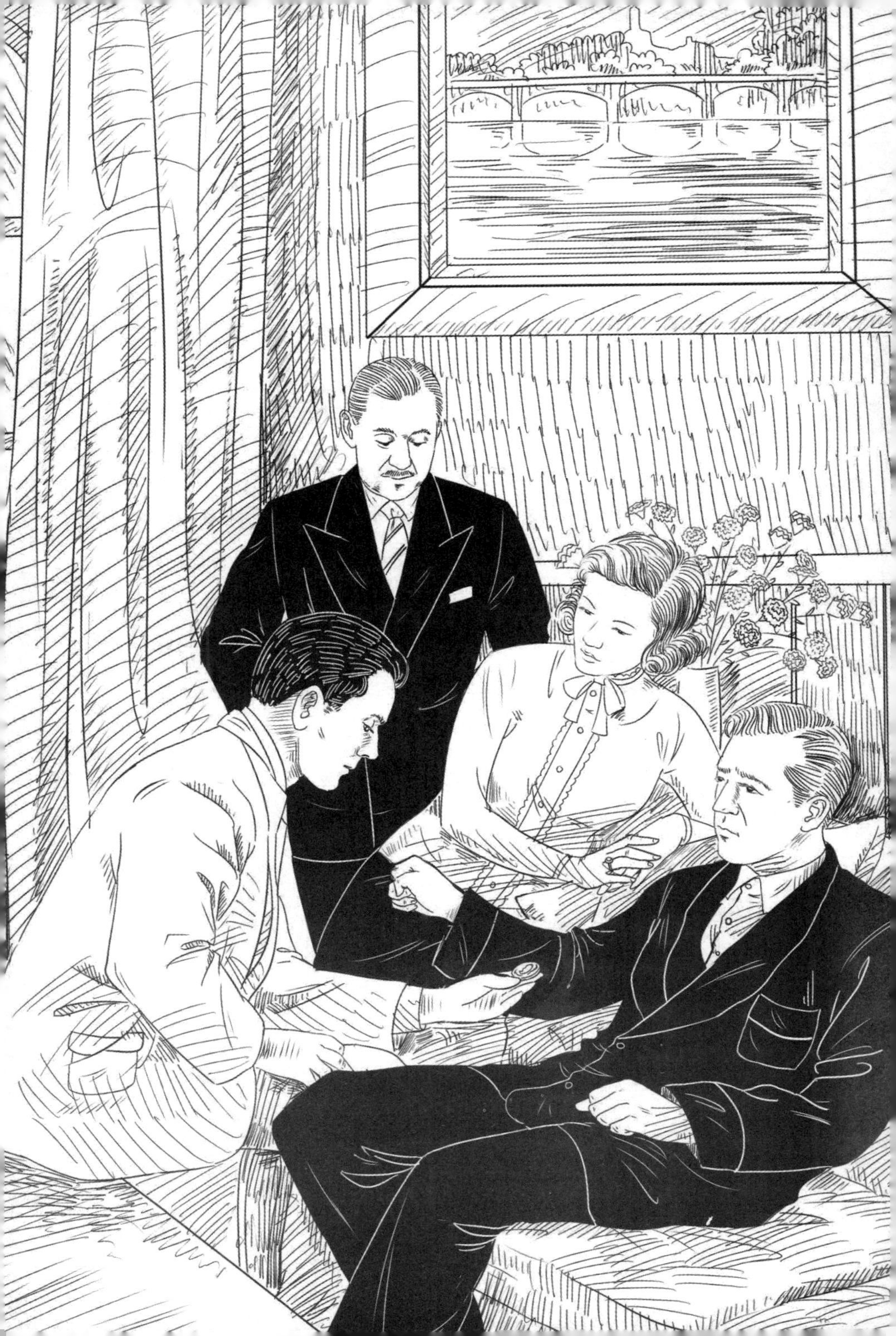

拉里从口袋里掏出一枚银币似的东西,把它放在格雷的手心。拉里开始数数,他的声音清脆好听;伊莎贝尔和我一直看着。格雷的手指在颤抖,当拉里数到十九时,银币从格雷的手里掉下来,一直滚到我的脚边。拉里再次数到九时,我们看见格雷的手抬起大约有一英寸高,接着是整只胳膊开始向上移动,一点也不像是有意识的动作。它给人的印象是,有一种心灵不能控制的潜意识力量在驱动这只胳膊。格雷望着自己的手,一脸迷惘。

不再搁在椅子上了。伊莎贝尔有点被吓着了，握着我的手。情形真是古怪。一点不像是有意识的动作。我从来没有见过人梦游，但是，可以想象梦游的人一举一动就像格雷的手臂动作一样古怪。看上去动作似乎并非为个人意志所支配。想来通过自觉的努力把手臂抬得这样缓慢以及动作这样匀称，是很困难的。它给人的印象是，有一种心灵不能控制的潜意识力量在驱动这只胳膊；动作就像活塞在汽缸里做缓慢的匀速运动。

"十五，十六，十七……"

数得慢之又慢，就像水龙头出毛病后洗脸盆的滴水一样。格雷的胳膊持续上升，直到举过头顶。当拉里数到二十的时候，格雷的胳膊一下落回到椅子扶手上。

"我没有把胳膊举起来，"格雷说，"它自己动的，我没法阻止它。"

拉里微微一笑。

"没有关系。我觉得这样或许会使你对我产生信心。那块希腊银币呢？"

我把银币递还给他。

"握在手里。"格雷把银币拿了过来。拉里看着表，"此刻是晚上八点十三分。在六十秒钟之内，你将会眼皮发沉，不由自主闭上眼睛，然后你就睡着了。你将要睡六分钟，在八点二十醒来，而且头痛症状将会消失。"

伊莎贝尔和我默默看着拉里。拉里也没有再说什么；他凝视着格雷，但又似乎不是在看他；他似乎要看穿他，看到他身后的什么地方去。我们中间一片怪诞的沉寂，仿佛夜幕中笼罩花园的万籁俱

219

寂的情形。突然间,我觉得伊莎贝尔抓着我的手开始用力。我注视着格雷。他的眼睛已经闭上,呼吸通畅均匀;人睡着了。我们站在那里的一段时间就像漫长无比似的。我很想抽支烟,但又不愿划火柴。拉里一动不动,眼睛注视着渺茫的远方,除了能确定他眼睛还睁着,他似乎已经入定。忽然间,他好像放松下来,恢复了往日的眼神。他看了看手表。这时,格雷睁开了眼睛。

"噢唷,"他说,"我肯定是睡着了。"接着他一惊。我注意到他的面色已不再苍白得可怕。"我的头不痛了。"

"很好,"拉里说,"抽一支烟,然后我们一起出去吃晚饭。"

"这真是个奇迹。我感觉精神好极了。你怎样做到的?"

"我什么也没有做,一切都是你自己做的。"

伊莎贝尔去换衣服,我和格雷在等待的时候喝了鸡尾酒。尽管拉里摆明不想再提刚才发生的事,格雷却不住地追问。他完全不理解发生了什么。

"你知道,我根本不相信你会有什么办法,"他说,"我听你摆布只是因为我懒得跟你争辩。"

他接着讲起自己发病时的状态、遭受的折磨,以及头痛结束后的崩溃模样。他简直弄不懂怎么刚才醒来时,人会跟平时一样精力充沛。伊莎贝尔换好衣服回来了;着装的样式我以前没有见过;裙裾着地,大约是用一种叫马罗坎的极薄的白平纹绸做的,外镶一圈黑纱边。跟她同行,都会因她的光彩照人而受人瞩目。

马德里宫堡[①]在那天热闹非凡,大家都兴致昂扬。拉里杂七杂八谈些逗趣的话——我以前从来没有听见他这样谈过——逗得

[①] 这是在波隆花园入口处的一家特别时髦也特别昂贵的餐厅。

大家都很开心。我感到他这样做的用意,是使我们不要再去想他适才显示的自己的非凡能力。但是,伊莎贝尔是个有主见的女人。平时可能表现得很温顺,但当她的好奇心被激起来的时候,绝不会放弃探索的念头。吃完晚饭,大家品着咖啡和甜酒,伊莎贝尔估计大约美食、醇酒和聊天已经削弱了拉里的防范,就把一双亮晶晶的眼睛盯着他看。

"现在告诉我吧,你是怎样治好格雷的?"

"你自己不是看见了?"拉里保持微笑。

"你是在印度学到的手法吗?"

"是的。"

"格雷被头痛折磨得很苦。你能彻底治好他吗?"

"我不知道。也许吧。"

"这会改变他的整个生活状态。像他现在这样一次病倒需要四十八小时恢复,怎么能从事正式职业?只有工作才能让他开心起来。"

"你知道,我不能创造奇迹。"

"我刚才就目睹了奇迹。"

"不,这不是奇迹。我只是使格雷脑子里有一种想法,余下的都是他自己做的。"他转头问格雷,"明天你有什么安排?"

"打高尔夫。"

"我早上六点钟来拜访,我想我们可以谈谈天。"接着,他面带甜蜜的微笑对伊莎贝尔说:"伊莎贝尔,我们有十年没有共舞了吧,要不要试试看,我的舞是不是还跳得不错?"

六

经过这件事以后,我们就时常和拉里碰面。接下去的一个星期,他每天都来伊莎贝尔的公寓,在书房里和格雷单独待半个小时。他曾笑着说,要劝说格雷摆脱掉那种使他振作不起来的忧郁心理,而格雷像个孩子一样对他极端信任。从格雷那些零零星星的谈话里,我觉察到拉里同时也在想办法让格雷恢复信心。大约在十天以后,格雷的头痛又发作了,碰巧拉里要到傍晚才来。本来这次的头痛并不太严重,可是,格雷现在对拉里近乎迷信,认为只要拉里一到,几分钟内就能消除他的头痛。可是,他们不知道他的住址;伊莎贝尔打电话问我,我也不知道。等到拉里终于来了,并且治好格雷的头痛后,格雷就问他住在哪里,以便有紧急情况时可以立刻找到他。拉里只是笑了笑。

"你们可以打电话给美国旅行社留言,我每天早晨都会给他们打电话。"

伊莎贝尔后来问我为什么拉里不让别人知道他的住址。后来我们发现,他只是一贯如此,他其实住在拉丁区一家三等旅馆里,并没有什么不可告人的地方。

"我也不明白,"我回答说,"我只能做出些猜测,可能完全是捕风捉影。也许他的某种古怪本性迫使他把自己精神的一些隐秘部分转移到他的栖息之所。"

"你这话什么意思?"她相当恼火地问。

"你可注意到他和我们在一起时,尽管那样平易近人、和和气气,但是,总有种距离感。他似乎不愿意把自己全部展示给外人,更愿意保留某些东西在自己的灵魂深处。是什么使他远离了我们呢?是精神上的紧张?是对神秘的探索?是内心的向往?还是对知识的渴望?我也不清楚。"

"我从小就认识拉里。"伊莎贝尔不耐烦地说。

"有时候,我觉得他就像个优秀的演员,把一出平庸戏剧里的角色演绎得完美无缺,就像埃莉诺拉·杜丝①在《女店主》②里面的表演一样。"

伊莎贝尔听后迟疑了片刻。

"我想我明白你的意思了。大家相处融洽,而且觉得他是我们里面的一员,和别人没什么不同,可是,突然间,你觉得他就像一个烟圈,你想要抓在手里,他却轻轻逃脱了。你说是什么原因使他变得这样古怪呢?"

"也许是很平常的事情,只是我们没注意到。"

"比如说呢?"

"比如说,人好。"

伊莎贝尔皱起眉头来。

"我希望你不要这样说。使人听了怪不是滋味的。"

"是内心深处有点苦痛吧?"

伊莎贝尔打量了我很长时间,似乎在琢磨我内心的想法。她从旁边桌上拿起一支香烟,点燃,靠在椅子上;望着烟雾袅袅升

---

① 埃莉诺拉·杜丝(1859—1924),意大利著名女演员。
② 《女店主》是意大利著名喜剧作家哥尔多尼(1707—1793)的作品。

到空中。

"需要我离开吗？"我问她。

"不用。"

我有半晌不开口，望着她，欣赏着她俊俏的鼻子和下巴的优柔线条。

"你是不是很爱拉里？"

"你这混蛋，我从来没有爱过别人。"

"那你为什么嫁给格雷呢？"

"我总得嫁人。格雷疯狂地追我，妈也要我嫁给他。人人都说我和拉里解除婚约是个正确的选择。我很欢喜格雷；现在也是。你不知道他有多么体贴。世界上没有人能够像他这样更温和、更体贴的了。他看起来是个粗鲁汉子，是不是？可是，他对我始终那样温柔。他有钱的时候，总是希望我要这个、要那个，这样他就可以给我买来，并且自己也觉得开心。记得有一次，我说，要是我们能有一艘游艇，坐着周游世界，会很有意思。如果不是因为经济大萧条，他就已经买了。"

"听上去他好得让人难以置信。"我说。

"我们曾经生活得非常美满。这一点我永远都感激他。他使我过得非常幸福。"

我看看她，没有说话。

"我想我并不真正爱他，可是，一个人没有爱情也可以过得很好。在我的内心深处，我最想要的是拉里，不过，我过去见不到他，也就不真正感到痛苦。你可记得你跟我说过，隔着三千英里的海洋，爱情的痛苦没那么难以忍受。我当时觉得这话玩世不恭、过于无情，现在我想，你是正确的。"

"如果你看见拉里就感到痛苦，那么，不和他见面，你说是不是更好的选择？"

"这是一种身在天堂的痛苦！况且，你也知道他是怎样的人。说不上哪天，他会随时消失，像太阳落山后的影子，我们又要许多年都看不到他。"

"你从来没有想过和格雷离婚吗？"

"我没有理由和他离婚。"

"你们国家的女人离婚不需要理由。"

她笑了。

"那你认为她们为什么要离婚呢？"

"你不知道？因为美国女人希望她们的丈夫十全十美，就同英国女人希望她们的管家尽善尽美。"

伊莎贝尔高傲地把头一仰，这种动作没扭到脖子真让人惊奇。

"你看见格雷不那样能说会道，就以为他一无是处吗？"

"你误会了，"我赶快打断她，"我觉得他身上有些地方颇使人感动。他非常重情，只要看看他望着你的样子，就知道他对你的爱意有多么真挚、多么深沉。他对孩子们的感情也比你深得多。"

"我想你现在要说我是个坏母亲了。"

"不，我觉得你是个很好的母亲。你把孩子们照顾得非常周到，她们很开心；你注意她们的饮食，使她们的肠胃有规律地工作；你教给她们礼貌，读书给她们听，命她们做祈祷；她们病

225

了，你马上请医生，并且细心地照料她们。但是，你不像格雷那样，把整个心用在她们身上。"

"本来也没有必要这样做。我是一个人，我把她们也当作人看待。一个母亲把自己全副身心寄托在孩子上面，对孩子没有好处。"

"我承认你完全正确。"

"事实上她们照样崇拜我。"

"这一点我也留意到了。她们把你看作是她们理想的化身，文雅、美丽、高贵。但是，她们和你在一起不像和格雷在一起时那样放松随意。她们崇拜你，这是事实；但是，她们爱格雷。"

"他确实可爱。"

我很喜欢她这样说。她的性格中最使人感到亲切的特点之一就是，她从来不因为你把话说得赤裸裸而生气。

"大萧条之后，格雷完全垮了。有好多个星期，他在写字间里一直工作到深夜。我时常坐在家里担惊受怕；生怕他由于没脸见人，会开枪自杀。你知道，那些人过去对公司、对他父亲、对格雷都无比信任，客户们相信他们父子的道德操守和商业判断。他过意不去，倒并不完全是因为亏光了我们自己的家产，而是因为亏光了所有信任他的人的财产。他觉得自己应该早一点见机行事，做出正确的判断。我没办法消除他的负罪感。"

伊莎贝尔从手提包里取出一支口红，涂抹嘴唇。

"但这些不是我想要对你说的。我们剩下的唯一一块财产就是农场；我觉得格雷的唯一机会就是离开当地，所以我把两个孩子交给妈妈，和格雷上农场去住。农场他是一直喜欢的，但是，从来没有单独去过；过去总是带上一大堆人，玩得非常热闹。格雷的枪法挺准，可是，他无心狩猎。他总是一个人划着小船，来到沼泽附近，待上几个钟头，和野鸭为伍。他时常在小河里划来划去，两边是浅灰色的蒲草，头上只有悠悠的蓝天。有些日子，那些小河就像地中海一样蓝。他回来总不大肯说，只说非常好看。可是，我能看出他感受很深。我知道这种苍茫宁静的美打动了他。日落西山之际，沼泽地上的光晕很是迷人。他总是站在那里凭眺，心里非常快活。他时常骑马做长途旅行，进入那些幽静而神秘的林子里；那些树林就像梅特林克①戏剧里描写的，灰暗、沉寂，简直有点阴森；在春季一些短暂的日子里——顶多只有半个月——山茱萸花盛开，橡树抽芽，嫩绿的叶子和灰秃秃的西班牙苔藓互相映衬，宛如交响乐；地上开遍白色的大百合花和野杜鹃，像铺了地毯一样。格雷形容不出自己的感受，但是乐在其中。他为妩媚的春光而陶醉。啊，我知道我也说不好，但是我可以告诉你，看见这样一个大块头被这种纯美的景色感染，是多么令人感动！如果天上有个上帝的话，那么格雷距离上帝已经非常接近了。"

伊莎贝尔讲着讲着，有点激动，掏出一块小手绢，轻轻擦掉眼角溢出的泪水。

"你在把格雷浪漫化吧？"我微笑着说，"我觉得你在把你期望格雷具有的思想和情感当成了现实在描述。"

"如果他没有，我怎么能看到呢？你了解我的为人。我只有走在人行道上，踩到脚下的水泥路，亲眼见到商店橱窗里摆的帽

---

① 梅特林克（1862—1949），比利时剧作家、诗人。

子、皮大衣、钻石手镯和镶金的化妆盒,我才会感受到幸福。"

我不由地笑了;有这么一会儿,双方都保持沉默。后来,她回到我们先前谈的话题上来。

"我决不会和格雷离婚。我们经历了太多患难。而且他也离不开我。这让我有成就感,你知道,也使人产生一种责任感。还有就是……"

"还有什么?"

她斜瞥了我一眼,眼睛里流露出一种调皮的神情。我认为,她不确定我是不是猜得到她的心思。

"他在床上雄风奔放。我们结婚已经有十年,他对我还像当初一样充满激情。你在一个剧本里不是说过,一个男子对一个女子不会爱到五年以上?哼,当时你只是在胡说八道。格雷就跟我们刚结婚时一样爱我。他在这方面让我得到享受。不过单看我的样子,你不会想到我是那样的人。我是个享受性爱的女人。"

"你错了,我可以猜得到。"

"好吧,这不算什么讨厌的地方,对吧?"

"恰恰相反。"我探寻地看了她一眼,"你后悔十年前没有和拉里结婚吗?"

"不。当时如果和他结婚,那简直是发疯。不过,当然喽,当时如果我像现在这样成熟,我就会和他一起同居三个月,然后,把他按照我的思路彻底改造过来。"

"你没有做这样的试验,恐怕算你的运气;也许到时候陷进去的是你。"

"不见得。这不过是一种肉欲的诱惑。你知道,想要克服肉欲的诱惑,最好办法就是先满足它。"

"你可曾想到过你是一个占有欲很强的女人?你告诉过我,格雷的情感中有深刻的诗意,你又告诉我,他是个雄风奔放的男人;我深信这两者对你都极其重要;但是,你没有告诉我比这两者加在一起还要重要得多的是什么——那就是把他抓在你那美丽但并不太小的手掌心里的感觉。你永远抓不住拉里。你可记得济慈[①]的《希腊古瓮颂》?'不可捉摸的情郎呀,你就算能接近,也决不可给他热情的吻。'"

"你常常自以为是,觉得自己什么都明白,"她说,话有点尖刻,"一个女人只有一个法子能抓住男人,你是知道的。让我教导你吧,抓住男人,不在于第一次和他上床,关键是第二次。如果就此俘获了他,他就永远是你的俘虏。"

"你还真是深得真谛。"

"我见识了很多,会留神学习。"

"你从哪儿学来的?"

她风趣地一笑。

"从我在巴黎服装博览会上认识的一个女人那里听来的。她叫阿德里安娜德鲁瓦。售货员告诉我,她是巴黎最出风头的被包养的女人。我有意和她结识。你听说过她的名字吗?"

"从来没有听说过。"

"你这无知的家伙,她已经四十五岁了,长得根本不美,但她的仪容却比埃利奥特舅舅的任何一位公爵夫人都要高贵得多。

[①] 济慈(1795—1821),英国诗人。

我坐在她身边，假装很冒失地和她说，我从来没有见过一个人像她这样令人羡慕，她就像浮雕上的希腊女神一样完美。"

"你可真够大胆的。"

"起初她态度生硬冷淡，等我继续天真无邪地说了一阵后，她就转变了态度。于是，我们就谈了一阵，谈得十分融洽。展览结束的时候，我邀请她改日和我一起去里兹饭店用餐。又对她说，我一向羡慕她那无比高雅的风度。"

"你以前认识她吗？"

"见都没见过。她不肯和我一起吃饭，她说巴黎人喜欢恶意编排流言，怕我受到影响。不过，她对我的盛情还是很感激的。她看到我嘴唇发抖、失望得要哭的样子，请我到她家里和她一起吃饭。她看到我受宠若惊的样子，拍了拍我的手安慰我。"

"你去了吗？"

"当然去了。她住在富什街旁一座精致的小公寓里，她管家的派头赶得上乔治·华盛顿。我在那里一直逗留到下午四点。我们披散了头发，脱掉了胸衣，进行了一番完全是女人之间的交流。那天下午我学到的东西，足够写一本书。"

"那你怎么不写出来呢？《家庭妇女杂志》会喜欢的。"

"你这个笨蛋。"她嘲弄我。

我沉默了片刻，心里思量着。

过了一会儿，我说道，"我不知道拉里过去是不是真的爱过你。"

她坐了起来，愉快的神情没有了，一脸愠色。

"你说什么呢？他当然爱过我！你认为一个女孩子连别人爱

不爱她都不知道吗？"

"噢，我敢说他在一定程度上是爱你的。你是他最熟悉的女孩子，你们青梅竹马。他觉得自己该爱你，他是个正常男人。你们结婚是天经地义的事情。你们除了没睡在一个房间、一张床上，和结婚也差不多。"

伊莎贝尔心平气和了一些，等着我继续说；我知道女人都喜欢听别人讨论爱情，我于是接着说：

"道学家总想说服世人，性和爱是两码事。他们常常把性本能说成是爱情的附属品。"

"附属品？胡说八道。"

"有些心理学家是这样看的，认为意识是伴随脑活动出现的，并且由脑活动决定，但是意识对大脑的活动并不产生任何影响。意识就像水里的树影，离开树不能存在，但是对树丝毫没有影响。有人说，没有激情也可以有爱情，我认为是胡说；他们说激情没有了，爱情仍旧可以存在，他们所说的其实不是爱情，而是另外一种东西，如亲情、友情、志趣相投，以及相同的习惯。尤其是习惯。两个人会因为习惯而维系两性关系，就像肚子饿了需要吃饭。当然，人可以有情欲而没有爱情。情欲并不是激情。情欲是性本能的自然结果，并不比人类这种动物的其他机能更重要。因此，当自己的丈夫碰到合适的机会偶尔拈花惹草的时候，女人们大可不必絮絮叨叨。"

"只有男人如此吗？"

我笑了。

"如果你一定要问的话，我得承认男女都一样。唯一不同的是，男人可以不对露水情缘投入感情，对一个女人来说就不同了。"

"那要看是个什么样的女人。"

我不想让我的话被这样打断。

"如果爱情不是激情，那就不是爱情；而是别的什么东西；激情不是由于得到满足而增长，而是愈不顺利愈强烈。济慈劝他那件希腊古瓮上的画中情郎不要悲伤，你认为他是什么意思？'你会永远爱慕，她会永远美丽！'为什么？因为他没法得到她；不管他怎样疯狂地追求，她依然能躲开他。他们被固化在大理石艺术品上，任岁月无情地销蚀。你对拉里的爱，和拉里对你的爱，就像保罗和弗兰采斯加的爱情[1]或罗密欧与朱丽叶的爱情一样单纯和天然。所幸是，你们没有遭遇一个悲剧的结局。你嫁给了一个富翁，拉里则浪迹四海，探求塞壬女妖唱的曲子[2]。你们的爱里面不存在激情。"

"你确定你知道？"

"激情不惜代价。帕斯卡[3]说过感情有它难容于理智的一面。如果我没有领会错，他在说一旦激情战胜了理智，人就会寻找种种借口，为了爱情可以不顾一切。它会让你坚信丧失荣誉蒙受羞辱完全算不得什么。激情能让人燃烧毁灭，它毁了安东尼和克里奥佩特拉[4]，毁了特里斯坦和绮瑟德[5]，毁了巴奈尔和吉

---

[1] 但丁《神曲·地狱篇》中的一对恋人。
[2] 希腊史诗《奥德赛》中以歌声引诱航海者的女妖。
[3] 帕斯卡（1623—1662），法国数学家和思想家，著有《沉思录》。
[4] 见莎士比亚的同名悲剧。
[5] 见瓦格纳的同名歌剧。

蒂·奥赛①。如果它不能再毁灭别人,也就到了它自己消亡的时候。到了那时候,人会变得怅然若失,发现自己虚掷了一生的大部分时光,忍受着嫉妒的煎熬,蒙受着难言的耻辱,柔情耗尽,心思枯竭,而发现自己所梦寐以求的人只不过是一个分文不值、既蠢且笨的婊子。"

我大发议论的时候,发现伊莎贝尔早已不再关注我的话,而是一个人在呆呆出神。可是,她接下来的一句话却使我出乎意料。

"你觉得拉里还是处男吗?"

"亲爱的,他已经三十二岁了。"

"我肯定他是的。"

"你怎么冒出这个念头?"

"对这种事情女人天生有一种直觉。"

"我曾经见过有一个年轻人假称他从来没有碰过女人,欺骗了一个又一个漂亮女人,如鱼得水。他说这招百试不爽。"

"我才不管你怎么说,我相信自己的直觉。"

天色渐晚,格雷和伊莎贝尔要去朋友家吃晚饭,她要换衣服。我闲来无事,顺着拉斯拜尔大街漫步,感受着春天傍晚的愉快气息。我对女人的直觉从来就不大相信;她们让直觉尽量合乎自己的愿望,因此格外不靠谱。当我想到和伊莎贝尔做这番长谈时最后说的那些话,不由得笑了起来。这使我想起了苏

---

① 查理斯·司都亚特·巴奈尔(1846—1891),英国议员,因主张爱尔兰自治而成为英国政界当时最有权势的风云人物,甚至使格拉斯通同意他的爱尔兰自治主张。1890年,奥赛上尉控告妻子有外遇、要求离婚的案件中,巴奈尔成为共同被告,从而毁掉了他的政治前途。次年6月他与吉蒂·奥赛结婚,于同年10月突然死亡。

姗娜·鲁维埃，我有好几天没有和她见面了。不知道她在忙什么。如果有空，说不定愿意跟我一起吃晚饭，顺便看场电影。我叫了一辆在路上徘徊的出租车，把鲁维埃公寓的地址报给司机。

七

　　我在本书开头曾经提到过苏姗娜·鲁维埃。我认识她已有十一二年；再次提起她的时候，她已经年近四旬。她相貌不漂亮；实际上，甚至可以说很难看。在法国女人里面，她的个子算是高的，上半身短，四肢颀长，显得动作蠢笨，好像四肢和身体安装得极不协调。她头发的颜色随心情变化，大部分情况下染成红褐色。她的小脸方方的，颧骨高耸，涂满颜色鲜明的红色胭脂；嘴巴很大，总是涂着厚厚的唇膏。这些都没有什么动人的地方，但她还是吸引了别人的眼球。诚然，她皮肤长得很好，雪白的牙齿坚实有力，眼睛又大又亮。她最美的就是一双眼睛，因此染黑了睫毛和眼皮，突出渲染双眸。她外表精明、样貌和气、为人敦厚、性子随遇而安，但也很坚定。她过去的生活经历让她无法不坚定。母亲嫁了一个小公务员，丈夫死后，回到昂儒原籍那个村子，靠抚恤金生活。苏姗娜十五岁时，被送到邻镇一个服装店里学手艺，离家很近，可以每星期回家一次；在她十七岁那年，正巧有两个星期在放假，来村子里画风景的一个画家勾引了她。苏姗娜明白自己一文不名，结婚的机会很渺茫。所以，夏季临近结束的时候，欣然同意了画家带她去巴黎的要求。画家带她在蒙马特尔区租了个房子，此处画室遍布，像兔子洞一样多。他们过了一年的开心日子。一年以后，他告诉她说，自己的画作一张都没有卖掉，因此没有能力再养活一个情妇了。她一段时间以来一直认为会是这种结局,遂以平静的态度接受了。画家问她是否要回转老家,她答复说不想回去,画家提出了解决方案,住在同一条街上的另外一个画家愿意接受她。他提的这个人曾经有几次企图挑逗她,她在嬉笑间回绝了他,没有让他陷入难堪的境地。她其实并不讨厌这个人,顺从命运的安排接受了建议。距离之近,搬家连出租汽车都不用叫就把箱子搬了过去。她的第二个情人比第一个情人年纪大得多,依然算得上相貌堂堂。他画了她各种姿势的画像,着装的,裸体的。他们同居了两年,日子过得很开心。她感到得意的是,他的第一张真正成功的作品就是以她当模特儿的;她拿给我看这张画的一张印刷品,是从介绍这张画的一个画报上剪下来的。原画被一家美国画廊收购了。一张裸体像,大小和真人一样,她采取躺的姿势,与马奈的《奥林匹亚》差不多。画家眼光独特,发现她的身体比例符合现代审美,所以把她的瘦削身材加以渲染,加长腿和胳膊的比例,突出高高的颧骨,让她蓝色的双眸显得更大。从复制品里当然看不出原画的着色,但能够看出构图的巧妙。这张画给画家带来了一定声誉,让他有机会获得一门好婚事,和一个有钱的寡妇结婚了。苏姗娜明白前途对男人的重要性,一点也没有吵闹,干脆利索地和画家断绝了他们的亲密关系。

其实这时候,她已经认识到自己的价值所在了。她喜欢艺术生活,高兴让画家画她,当模特儿;在一天工作结束之后,在咖啡店里坐坐,同画家和他们的妻子、情妇坐在一起,听他们谈论艺术的话题,咒骂画商,讲些下流故事,这种生活让她开心。这一次分手之前,她择机而动,瞄上了一个颇有才华、还没有情人

的年轻画家。她找了个两人独处的时机,坦白自己的情况,直接建议与年轻画家同居。

"我才二十岁,又善于持家。你再也不用花钱雇人管家,并且还可以省去雇模特儿的开支。你看看你的衬衫,都没法穿出去见人;你的画室简直是一团糟。你需要有个女人服侍你。"

他知道她确实很不错;对她的建议很感兴趣;她看出他动心了。

"反正试试没有害处,"她说,"如果我们不适合,最多恢复到现状,谁也不会有额外损失。"

他是抽象派画家,把她的身体画成若干正方形和长方形的组合,画上的她只有一只眼睛,不见嘴。他把她画成一幅黑、棕、灰色交织的几何图案;画成一大堆杂乱无序的线条,花费好大力气才能辨认出其中的人脸。他们同居了一年半,她主动提出分手。

"为什么?"我问她,"你不喜欢他吗?"

"我喜欢他,他是个好小伙子。我认为他原地踏步,始终没有进步。"

她毫无困难地又找到一个情人。她仍然恋着艺术家们。

"我总是和绘画打交道,"她说,"我和一个雕塑家住了六个月,可是,不知道为什么,就是学不来欣赏。"

她引以为荣的是她和那些情人分开时从没有发生过不快。她不但是个很好的模特儿,持家也是一把好手。同居期间她不但在画室里忙碌地工作,还把画室料理得井井有条,并且引以为荣。她的菜烧得很好,能够花很少一点钱烧出很可口的菜来。男人的袜子破了，给他补好；衬衫的纽扣掉了，给他钉上。

"我永远不明白为什么一个人当了画家，就不能保持整洁的着装。"

她只有一次失败的经验，对象是一个年轻的英国人，比她以前认识的所有情人都有钱，还有一辆汽车。

"可是，没多长时间就分手了，"她说，"他总是喝得醉醺醺，喝醉酒之后真够烦人的。如果他是个有前途的画家也没关系，可是他的画简直没法看。我告诉他我要离开他之后，他哭了起来，说他爱我。

"'我可怜的朋友，'我跟他说，'你爱我不爱我都无关紧要，重要的是你并不具备画画天赋。你最好回到本国去开个杂货店，这一行更适合你。'"

"他听了以后反应如何？"我问。

"他大发雷霆，让我滚蛋。可是你知道，我跟他讲的全是真知灼见；真希望他能够采纳。他人并不坏，就是绘画水平太糟糕了。"

作为风尘女子，她心地善良，头脑机敏，大部分时间过得很顺利，但也有失败的时候。比如她碰到过一个斯堪的纳维亚人，竟然冒失地爱上了他。

她告诉我说："亲爱的，他宛如天神。高高的个子，像耸立的埃菲尔铁塔一样，宽宽的肩膀，厚实的胸膛，细细的腰身，用两只手就可以扣住。他的小腹平坦，简直像我的掌心，肌肉结实，堪比职业运动员。他一头金色鬈发，皮肤像蜂蜜一样细腻。他的画也相当有水准，我欣赏他的笔法，笔锋有力，色彩鲜艳而不失生动。"

她拿定主意要和他生个小孩。他不同意,可是,苏姗娜说由她负责抚养孩子。

"孩子出世的时候,他也相当喜欢。哦,真是个可爱的娃娃,淡粉色的皮肤,浅色头发,跟父亲一样长了一双湛蓝的眼睛。是个小姑娘。"

苏姗娜和他同居了三年。

"他有时候笨笨的,讨人厌,但是他有可爱的一面,长得又那么帅,所以我才不在乎他的毛病。"

后来他接到瑞典的一封电报,说他父亲病危,要求他马上回乡。他许诺事情一完就回巴黎来,可是苏姗娜有个预感,觉得他永远不会再回来。他把所有现金都留给她;之后一个月杳无音信。再后来她收到一封他寄来的信,说他父亲去世了,身后有一大堆事情要料理,他认为自己有责任侍奉母亲,并且经营家族的木材生意。信中附了一张一万法郎的支票。苏姗娜不是那种容易绝望的女人,她很快就打定主意,认为带一个孩子在身边是累赘。她把孩子连同那一万法郎,送到乡下母亲那里,由孩子的外婆来照顾孩子。

"这使我很伤心。我很爱自己的孩子,可是人在生活中必须正视现实。"

"后来怎样了?"我问。

"哦,还不是继续生活。我又找到一个男朋友。"

可是,后来她得了伤寒症。她提起来时总是说"我的伤寒",就像一个百万富翁会说"我的棕榈滩"或者"我的松鸡

239

泽"一样。她病了整整三个月，躺在医院里几乎丧命。出院之后，人瘦得只剩皮包骨头，身体弱得风都吹得倒，神经紧张得只知道哭。当时她这个人可以说一点用处也没有，身体瘦弱，做模特儿吃不消，而手中的钱已寥寥无几。

"哎呀呀，"她说，"我那些日子真是够受的。所幸的是我还有些好朋友。不过，你知道艺术家们的状态，他们能够维持自己的生活已经不容易了。我从来就不怎么漂亮，当然姿色还是有一点，但是已经不再是二十岁的小姑娘了。后来我碰到那个和我同居过的抽象派画家；自从我们分手之后，他经历了结婚和离婚，而且连抽象派也放弃了，摇身变成超现实主义画家。他觉得我还有用，说自己挺孤单，愿意给我住的地方，供我吃饭。不怕你笑话，我很乐意地答应了。"

苏姗娜和他同居到认识那位制造商为止。这个制造商是一个朋友把他带来的，希望他能看中抽象派画家的一两幅画。苏姗娜竭力促成这笔交易，着意讨客人的喜欢。制造商当场不能决定买还是不买，但是，说他想再来看一次。两个星期后，他果然来了。这一次，苏姗娜感觉他似乎是来看她的，并不在意画。他到底没有买画，和她握手却格外亲昵。第二天，她去市场买菜，那个带制造商上门的朋友半路上拦着她，告诉她那位制造商喜欢她，问她是否愿意在制造商下次光临巴黎的时候共进晚餐，对方有个建议给她。

"你觉得他看中了我什么地方？"苏姗娜问。

"他是一个当代绘画艺术的爱好者。他看见过你在画像上的风采，着了迷。他是外省人，还是个商人。在他眼中，你代表巴黎，艺术，浪漫主义，总之，这一切是他在里尔[①]得不到的。"

"他有钱吗？"苏姗娜毫不客气地问。

"相当富有。"

"好的，我答应和他共进晚餐。不妨听听他有什么话要说。"

他带她去马克西姆饭店，使她觉得他为人还不算小气。见面那天她衣着素雅，和周围的那些女人比起来，她完全像一个已婚的上流社会女人。他叫侍者拿来一瓶香槟，她因此相信他是位讲究体面的人。到了喝咖啡时，他把建议提了出来。她觉得条件很不错。他告诉她，自己经常每隔两个星期都要上巴黎来开一次董事会；晚上总是一个人吃晚饭，如果想找女人的话，就得上妓院去；他厌倦透了。他是个有地位的已婚男人，而且有了两个孩子，不想混迹妓院。那个他们共同认识的朋友把苏姗娜的处境全部告诉了他，他认为她是个很懂得分寸的女人。他自己已近中年，不想和那些风流姑娘们鬼混。他多少又是一个收藏现代绘画的人，而她在这方面的关系让他有志趣相投的感觉。他就提出具体方案，他准备给她租下一所公寓，全部装修好，购置家具，另外每月给她两千法郎零花钱。交换条件是，每隔两个星期她要有一次与他共度良宵。苏姗娜有生以来从来没有过这么大一笔钱供她零花过；她很快就计算出有了这笔钱，不但能让她过上比较时尚的生活，还能养活自己的女儿，并且积攒一点下来以备不时之需。可是她迟疑了一下，原因是她一直觉得自己是艺术圈子里的人，现在要做一个制造商的情妇，敢说感到有点贬低身价。

---

① 里尔：法国北部省的省会。

"C'est à prendre ou à laisser,^①"他说,"你可以接受或者不接受。"

她不反感他,而且他纽孔里别着荣誉军团的玫瑰形勋章,说明他是个体面人物。她笑了。

"Je prends,^②"她说,"我接受。"

---

① "C'est à prendre ou à laisser",法语,意为"你可以接受或者不接受"。
② "Je prends",法语,意为"我接受"。

八

虽然苏姗娜一直住在蒙马特尔区,可是,她认为有必要和过去的生活告别,因此,在蒙帕纳司大街附近的一幢楼里租下一所公寓。公寓只有两间房间,一间小厨房,一间浴室;是在六层楼,但是上下有电梯。对苏姗娜说来,尽管电梯只容得了两个人,速度像蜗牛一样慢,下楼还得步行;但是有浴室和电梯不但代表了舒适,还代表了一种气派。

在他们结合的头几个月里,亚希尔·戈万先生——那位制造商的名字——每隔两个星期来到巴黎时总是住在旅馆里;晚上和苏姗娜缠绵过后,仍旧自己回到旅馆里一个人就寝,第二天早早爬起来赶火车、回乡工作以及享受天伦之乐。后来苏姗娜向他指出,住旅馆太浪费了,可以在公寓过夜,既省钱人也舒服得多。戈万先生深以为然,他对苏姗娜这样体贴自己的生活感到高兴——老实说,在一个寒冷的冬夜跑到街上,找一辆出租汽车,实在不是什么愉快的事。她不想让他白糟蹋钱,这片心意他也很赞赏。一个女人不但自己省钱,还要为自己的情人省钱,是个真正的好女人。

亚希尔先生过得十分称心如意。他们通常去蒙帕纳司大街的一家高级饭店就餐,但是,有时候,苏姗娜也在公寓里给他做晚餐。那些菜烧得滋味很好,让亚希尔先生大享口福。天气温暖的晚上,他经常穿一件衬衫吃晚饭,对这种无拘无束的生活方式感到兴味盎然、浪漫至极。他总喜欢买画作,可是,苏姗娜看不上的画坚决不让他买;仅用了很短时间,她的眼力就让他折服。她不和画贩子们打交道,而是直接把他带到画家的画室里去买,所以花的钱只抵在外面买画的一半。亚希尔先生知道她在攒钱;苏姗娜亲口对他说过,每年都会在家乡购置一小块土地。亚希尔先生明白法国人在骨子里都有占有土地的欲望,他理解这种欲望并且替苏姗娜感到高兴,苏姗娜拥有地产,也让他对苏姗娜更看重。

苏姗娜对他们的关系也心满意足。她没有始终忠于他,但也没有背叛他。意思是说,她很注意不与其他男人发生长期关系,可是,如果她碰上一个她中意的人,也并不拒绝短暂的风流。她坚决不允许其他男人在公寓里过夜,这一点她始终坚守不渝;认为这是她对那位有钱有势的亚希尔先生应有的尊敬,是他给了她既有的安定生活和优裕地位。

我认识苏姗娜的时候她还在和一位画家同居。这位画家刚巧是我的一个旧相识;苏姗娜在画室里做模特的时候,我经常在旁边看着。后来偶尔也碰见她,不过次数很少;真正和她关系密切起来,是在她搬到蒙帕纳司之后。当时好像是亚希尔先生——苏姗娜在背后和当面都是这样称呼他——读了一两本我的小说的译本,于是,请我于某天晚上在一家饭店里和他们一起用餐。他是个小个子,比苏姗娜还低半个头,铁灰色头发,花白胡子修剪得整整齐齐。他身材偏胖,啤酒肚,但是并不过分,只衬出他有钱的派头;走起路来像个矮胖子那样神气十足,很明显他自鸣得意。他请客的档次很高,为人彬彬有礼。他对我说,很高兴苏姗娜有我这样一个朋友;他一眼就能看出我有教养[①],而且很高兴我也尊重苏姗娜。他的事业,唉,总是让他在里尔无法分身,让可怜的苏姗娜形单影只;想到她能有机会和我这样有文化素养的人交往,他深感欣慰。他是个生意人,但是对艺术家素来仰慕。

"啊,我亲爱的先生,[②]艺术和文学一直是法兰西的一对掌上明珠。当然,还有它英勇强大的军事。我作为一个毛织品制造商,可以毫不犹豫地说,我把画家、作家看得和军事家、政治家同等重要。"

再没有比他这番话讲得更中听了。

苏姗娜不愿意雇一个女用人料理家务,一半原因是为了省钱,另一半是因为她很了解自己,不喜欢有人插手她的私生活。那间小公寓被她打理得井井有条、一尘不染,而且是按照当时最流行的样式布置的;所有的内衣都由自己亲手缝制。可是,虽说如此,由于她现在不再当模特儿了,日子显得有些无聊。她是个闲不住的女人,不久,她就想起既然过去那么多的画家都能以她为模特作画,她为何不自己提起画笔。于是,她买了画布、画笔和油彩等等,说做就做。有时候,我约她出去吃晚饭,去得早一点儿,就会看见她穿着罩衣、挥笔作画的忙碌身影。正如胎儿在子宫里大体上重演物种进化的过程一样,苏姗娜的画风也和她过去所有情人们毫无二致。她画风景就像那个风景画家,画抽象画就像那个抽象派画家,还借助一张风景明信片画了一只停泊的帆船,和那个斯堪的纳维亚人画的一样。她不谙素描,可是,调色

---

① "有教养"原文为法文。
② "啊,我亲爱的先生"原文为法文。

245

还擅长,所以即使画得并不怎样好,画得却很开心。

亚希尔先生支持她画画。想到自己的情妇是个画家,他感到某种成就感。就是在他的敦促之下,苏姗娜送了一张画去参加秋季沙龙画展;画挂出来时,两人都深感得意。

亚希尔先生给了她一条忠告。"不要画得像男人一样,亲爱的,"亚希尔先生说,"用女人的方式作画。不追求一板一眼的功底,画得讨人喜欢就好。而且要诚实。在生意场上,欺骗有时候会得手,但是在艺术上,诚实是唯一且上佳的策略。[1]"

在我写到这里时,他们的关系已经维持了五年之久,双方相处得融洽而满意。

"他这个人不能让我内心激情澎湃,"苏姗娜告诉我,"可是,他人聪明,而且有很高的社会地位。到了我这样的年纪,考虑问题会更加务实。"

她心地善良,而且明白事理;亚希尔先生很尊重她的意见。他和她谈到自己的生意和家庭之间的事务时,她都用心听着。听说亚希尔先生的女儿一次考试失败,她和他一样忧虑;听说亚希尔先生的儿子和一个身家丰厚的女孩子订婚,她也替他开心。亚希尔先生自己也娶的是竞争同行的女儿;原本是竞争对手的两家工厂因此合作,双方互惠。现在亚希尔先生的儿子也聪明地认识到,幸福婚姻必须建立在共同的物质利益基础上,对自己的婚事很是满意。亚希尔先生还把自己的心事告诉苏姗娜,说他梦想把女儿嫁给一个贵族。

"凭她那么大的一笔嫁妆,又有什么不能实现的呢?"苏姗

---

[1] 西方谚语,即"诚实是上策"。

娜说。

靠着亚希尔先生的帮助,苏姗娜得以把她自己的女儿送进一所教会办的学校,使她能受到好的教育,他还许诺等她的女儿到达适当年龄时,由他出资去学习打字和速记,以便日后靠此谋生。

"她长大了会是个美人,"苏姗娜告诉我,"可是,接受教育,学会打字,看不出会对她有什么害处。当然她还小,现在来判断还为时过早。也许她没有那种气质。"

苏姗娜是个聪明人。她显然是想让我自己来推测她话中的意思。我推测得完全准确。

九

一个多星期后，我意外地碰见了拉里。有天晚上，苏姗娜和我一同吃晚饭，接着去看电影，后来去蒙帕纳司大街的精美咖啡馆里喝啤酒；没想到就在这时候，拉里走了进来。苏姗娜吃了一惊，叫出了他的名字。这是我万万没有料到的。拉里走到我们桌子面前，吻了她，并和我握手。我能看出苏姗娜一副难以置信的样子。

"我可以坐下吗？"拉里说，"我还没有吃晚饭，要叫点东西吃。"

"唉，见到你太高兴了，亲爱的[①]，"苏姗娜说，眼睛里显出光彩，"你是从哪里冒出来的？而且这么些年来怎么连个影子都看不见呢？上帝啊，瞧你瘦成这样子！我还以为你早就不在人世了呢。"

"哦，我活得好好的，"拉里眨眨眼睛说，"奥黛特好吗？"

奥黛特是苏姗娜女儿的名字。

"啊，她已经长成一个大姑娘了。出落得很漂亮。她一直都记得你。"

"你从来没有告诉过我你也认识拉里。"我对苏姗娜说。

"为什么要告诉你？我从来不知道你认识他。我和拉里可是

[①] 原文为法语。

老朋友了。"

拉里给自己叫了火腿蛋。苏姗娜把自己女儿的情况、自己的情况接连讲给他听。她一直说个不停,拉里带着他那迷人的表情微笑着倾听。苏姗娜告诉拉里,自己安定了下来,而且在从事绘画创作。她转向我说:

"我有了进步,你说是不是?我并不自命是个天才,可是,我的水平比起好多画家来也不逊色。"

"你以卖画为生吗?"拉里问。

"我不用卖画,"她轻松地回答,"我有钱养活自己。"

"好运气。"

"不,不是运气,是聪明加能干。你什么时候有空,一定要来看看我的画。"

她在一张纸上写下自己的住址,要拉里保证来看她。她情绪激动,喋喋不休。后来拉里叫侍者来买单。

"你这就要走吗?"她叫起来。

"我该走了。"拉里微笑着说。

他付过账单,向我们挥手致意,说走就走。我大笑起来。他这种作风一直使我感到有趣,刚刚还和你在一起,接着不加解释说走就走了。如此突兀,仿佛消失在空气中。

"他为什么忽然就走了?"苏姗娜不解地问。

"也许有个女孩子在等他约会。"我带着玩笑回答。

"这等于废话。"她从手提包里取出粉盒,在脸上扑粉,"要是哪个姑娘爱上他,那才真不幸。唉[①]!"

---

① 原文为法语。

"你为什么这样说?"

大概有一分钟的时间,她盯着我看,表情非常严肃,我很少看见她这副模样。

"我曾经差点爱上他。去爱他还不如爱水里的影子、一线阳光,或者天上的浮云。我总算是没陷进去,现在想起当时的险境,还觉得不寒而栗。"

只要是人,都有十足的好奇心,管他是不是冒昧呢,总想打听清楚是怎么回事。我庆幸的是,苏姗娜并不是一个沉默寡言的人。

"你怎么认识他的?"我问。

"噢,那是好多年前的事了。六年前,还是七年前,我记不清楚了。奥黛特当时只有五岁。拉里认识马塞尔,那时候,我正和马塞尔同居。他常上马塞尔的画室,坐在那里看马塞尔画我。有时候,他请我们出去吃晚饭。他几时来,你从来没有数。有时候,接连好几个星期不露面,有时又一连好几天都来。马塞尔喜欢他的造访,说有他在身边,就画得更满意些。后来你知道,我就生了'我的那场伤寒病'。我从医院出来之后,日子过得相当凄惨。"她耸耸肩膀。"可是,这些我以前已经跟你说过了。总之,有一天,我正遍访各个画室,想找份工作,但是,没人肯用我。整整一天我只喝了一杯牛奶,吃了一片面包,而且连晚上的房钱都没有着落。就在这时,我在克利希大街上偶然撞见了拉里。他和我打招呼,问我近来怎样;我对他讲了'我的那场伤寒病',他听完之后对我说:'你恐怕饿坏了。'他说话的声音和他眼神里有种让我心碎的东西;我哭了起来。

"我们旁边就是玛丽埃特大娘饭店,所以,他挽着我的胳膊,拉我找一张桌子坐下。我肚子饿极了,连一只皮靴都吞得下,可是,等煎鸡蛋真的端上来时,我却觉得什么也咽不下去。他逼着我吃了一点,让我喝了一杯勃艮第葡萄酒①。这一来,我觉得缓过点力气,就吃了几口芦笋。我把自己的困境讲给他听:身体十分糟糕,根本没法做模特儿;人只剩下皮包骨头,样子真难看,不可能指望找到个男人。我问他能不能借我一点钱,让我回乡下老家去。至少我还有个小女儿在那边。他问我是不是真的想回去,我说当然不是。我妈妈并不想要我;物价这样高,她也是靠着那点抚恤金勉强维持生活,而我寄给奥黛特的那些钱早已全都花光了。不过,如果我到了家门口,她也不大可能把我拒之门外,她会看出我病得多厉害。拉里望了我很久,我以为他打算说没钱借给我。后来他开口了:

"'你可愿意我把你带到乡下一个我认识的小地方去吗?我正打算度几天假,可以带你同去,你还可以带上你的孩子。'

"我简直不相信自己的耳朵。我认识他这么多年,他从来没有对我表现出任何异常的兴趣。

"'照我现在这样?'我说,自己忍不住笑了出来,'可怜的朋友,'我说,'眼下什么男人都不会看得上我的。'

"他望着我笑了。你可曾发现他笑起来是多么的迷人?简直像蜜糖一样甜。

"'别胡说八道,'他说,'我没那种意思。'

"听了这话,我不禁失声痛哭,哽咽得说不出话来。他给我

---

① 原产于法国勃艮第地区的葡萄酒,这里泛指同勃艮第酒相似的葡萄酒。

钱，让我把孩子接出来，我们三个人一起到了乡下。他带我们去的那个地方风景真美啊。"

苏姗娜把那个地方给我描绘了一番。它离一个小镇有三英里远；小镇的名字我已经忘了。他们开着一辆汽车来到一家旅馆。旅馆是位于河畔的一所摇摇欲坠的房子，有一片草地一直延伸到水边。草地上长着梧桐树，他们就在树荫下吃饭。夏天，画家们经常来写生，不过，时节还早，所以，旅馆只有他们三个客人。这里的菜烧得很好；每逢星期天中午，人们驱车赶来大快朵颐。但是，在别的日子里，他们过着安静的日子，不会受到干扰。由于得到休息，而且饮食酒水又好，苏姗娜的身体逐渐恢复了健康，能和孩子团聚，更让她高兴。

"他对奥黛特很是宠爱，奥黛特也总是黏着他，弄得我常常得管住奥黛特，才不至于过分打扰他。可是，不管奥黛特怎样调皮，拉里好像都不介意。他们俩在一起嘻嘻哈哈得像两个孩子，我看了常常发笑。"

"你们做些什么事情呢？"我问。

"噢，总有事情做。我们常常坐条船出去钓鱼；有时候，借了旅馆老板的雪铁龙汽车开到镇上去。拉里很喜欢这个小镇。小镇上有历史悠久的建筑，还有广场。镇上非常安静，你走在铺了鹅卵石的路上，唯一听得见的声音就是自己的脚步声。镇上的市政厅[1]来自路易十四时期，另有一座老教堂；小镇边上是城堡和勒诺特尔[2]设计的花园。当你坐在广场的咖啡馆里时，你感觉就

---

[1] 原文为法语。
[2] 安德烈·勒诺特尔（1613—1700），法国风景园艺的创始人。

像回到了三百年前;停在路边的那部雪铁龙汽车似乎根本不属于这个世界。"

就是在这样一次出游之后,拉里把我在本书开头叙述过的那位年轻空军的故事讲给了苏姗娜。

"我不明白他为什么要对你说。"我说。

"我也不明白。大战时,镇上有过一所医院;公墓里是一排排的小十字架。我们去看了,没待多久,因为我有点毛骨悚然——那么多可怜的年轻人长眠于此。回去的路上,拉里格外沉默。他饭量一向不大,可是,那天晚上一口都没有吃。那天晚上的情形历历在目,夜色很美,繁星满天,我们坐在河边,白杨树在黑暗中望去就像剪影,让人心动。拉里抽着烟斗。忽然间,平白无故地①,他就开始说话,讲他的这个朋友,讲他怎样为了救他而丧了命。"苏姗娜痛饮了一口啤酒,继续说道,"他这个人很怪,我永远也不能了解他。他以前喜欢读书给我听。有时候是在白天,趁我给孩子缝衣服的时候;有时候是在晚上,当我把孩子安置上床以后。"

"他都读些什么呢?"

"啊,什么都读。赛维尼夫人的书信②和圣西蒙③的小说选段。你想想,我这人除了报纸,什么都不读的;偶尔翻本小说,还是因为在画室里听见人谈论它,不想让人家把我当白痴才看

---

① 原文为法文。
② 赛维尼侯爵夫人(1626—1696),1644年与赛维尼侯爵结婚,婚后生活十分痛苦,因此,她专给女儿写信,一共写了一千多封信,这些信不但反映了路易十四时期的政治内幕,而且文情并茂,既虔诚又风趣。
③ 圣西蒙(1675—1755),以生动描述当时朝政的《回忆录》而传名后世。

的。我从没有想到过读书会这样有意思。那些成了老古董的作家们,并不像人们想的那样无趣。"

"谁说他们无趣的?"我哧哧笑了。

"后来他也让我一起朗读。我们读《费德尔》和《贝蕾妮丝》①。他念男人的台词,我念女人的台词。你想象不到有多么好玩,"她天真地补充一句,"我念到那些凄凉的台词时常常哭起来,他就诧异地看着我。当然那只是因为我的身体还没有复原。你知道,那些书我还保留着。直到今天,我读到他向我念的赛维尼夫人的几封信时,耳畔似乎仍然回响着他可爱的声音,仍然看见河水静静流淌,看见河对岸挺立的那些白杨树。有时候,我简直读不下去,心如刀割。那是我一生中过得最幸福的几个星期。他这个人,真是像天使一样可爱。"

苏姗娜觉得自己变得感情冲动起来,怕我取笑她(其实我不会)。她耸了耸肩膀,笑着继续讲述:

"你知道,我一直暗自决定,等到了一定年纪,再没有男人愿意跟我上床的时候,我就会虔诚信教,忏悔自己的罪行。但是,我跟拉里犯的罪,不管谁怎样说,我决不忏悔。决不,决不,永远都不忏悔!"

"可是,照你刚才讲的,我看不出有什么地方是你应当忏悔的。"

"我还没把后一半的事情说完呢。你知道,我的体质本来不错,现在成天在室外走动,吃得好,睡得好,无忧无虑地生活,这样有三四个星期,我就康复了。而且样子变漂亮了;两颊

---

① 都是法国诗人兼剧作家拉辛(1639—1699)写的诗剧。

红润,头发也有了光泽。我觉得自己仿佛回到了二十岁。拉里每天早上都到河里游泳,我时常在一旁看他。他的身材很美,不像我那个斯堪的纳维亚人的运动员身体,而是健康强壮、匀称优雅的。

"我身体很糟糕时,他非常克制,但是,现在我已经完全康复,我觉得不应该让他继续熬着。我给了他一两次暗示,表示我可以同他做那方面的事,但是,他似乎浑然不觉。当然,你们盎格鲁撒克逊人都挺奇怪;你们冷酷,同时又感情丰富;做不了好情人。我心里想,'可能他太羞涩,为我做了这么多,还让我带着孩子一起来,不好意思要我回报;其实他提出要求是天经地义的事。'所以,有一天晚上,我们互道晚安的时候,我问他,'今晚你要我去你的房间吗?'"

我笑了起来。

"你问得相当直接,可不是?"

"是啊,我没法要他到我的房间来,因为奥黛特睡在里面,"她直率地说,"他用他那双和善的眼睛看了我一下,然后微笑说,'你要来吗?'

"'你想呢——你这样俊朗的身体?'

"'那你就来吧。'

"我上了楼,脱掉衣服,然后,沿着走廊溜进他的房间。他躺在床上看书,抽着烟斗。他放下烟斗和书,给我腾了个位置。"

苏姗娜沉默了一阵子,我也不刻意向她发问。不过,过了一会儿,她又继续说道:

"作为情人，他太奇怪了。温柔而亲切，强健却不奔放，不知道你懂得我的表述没有，他没有一丝一毫的猥亵，简直像个血气方刚的学生。那情形相当可笑，但又让人心动。我离开他时，觉得应当是我感谢他，而不是他感谢我。当我关上门时，我看见他又拿起书，继续从刚才撂下的地方读下去。"

我笑了起来。

"我很高兴使你觉得开心，"她板着脸说，可是，她自己也有点忍俊不禁，哧哧笑了，"很快我就发现，如果我要等他来邀请，那就说不定会永远白等，所以，我感到需要时，就直接走进他的房间，自己到他床上去。他总是那么温和。总之，他也有人类天性中的那些本能，但是，他就像一个喜欢走神的人，会忘记吃饭一样，你要是给他一顿美餐，他也能安心享用。我知道一个人是不是在爱我。如果我认为拉里爱我，那我就是个傻瓜。不过习惯成自然，我觉得他会习惯和我在一起，一个人总有务实的一面。我心想，如果我们回到巴黎之后，他带着我和他同居，我会心甘情愿。我知道他会让我把孩子带在身边，这一点我很喜欢。我的本能告诫我，如果我爱上他，那是不可救药的愚蠢行为。你知道，女人常常有不幸的命运，一旦堕入情网，就再也得不到对方的垂青。我不想犯同样的错误。"

苏姗娜抽了一口香烟，把烟从鼻子里喷出来。夜色深沉，许多桌子都已经空了，不过，还有一群人围在酒柜台那边。

"有天早晨，吃过早饭，我正坐在河边做针线活，奥黛特玩着拉里给她买的积木，这时，拉里走到我面前来。

"'我是来向你道别的。'他说。

"'你要到什么地方去吗?'我吃惊地说。

"'是的。'

"'你就此不回来了吗?'我说。

"'你身体康复了。这里有一笔钱,足够你过完夏天,并且回到巴黎重新开始生活。'

"我一时间心里非常难过,简直不知道说什么好。他站在我面前,笑容与平时一样温和。

"'我有什么地方惹你不高兴了吗?'我问他。

"'完全没有。千万别多想了。我只是该去工作了。我们在这儿过得非常开心。奥黛特,来跟叔叔说再见。'

"奥黛特太小了,什么也不懂。拉里抱起她亲了亲;又和我吻别,就走回旅馆去;一分钟后,我听到汽车发动机的声音。我看看手里的银行支票,一万二千法郎。事情来得是这样快,我完全反应不过来。'那么,由他去吧①。'我自言自语地说。至少有一点值得我庆幸,那就是我没有为他陷入情网。可是,我简直弄不懂这是怎么回事。"

我不禁笑了。

"你知道吗?有一段时期,我只是简简单单把事情真相说出来,说话不加掩饰,别人竟然觉得我很有幽默感。对大部分人来说,他们完全想象不到事实就是如此,只能认定我是在说笑话。"

"我瞧不出和我的故事有什么联系。"

"你知道,我觉得拉里是我认识的人当中,唯一一个没

---

① 原文为法文。

有半点私心的人。这让他的行为看起来离经叛道。有些人不信仰上帝，但是，他们用实际行动表明了上帝之爱，这种人太少见了。"

苏姗娜瞪大眼睛望着我。

"我可怜的朋友，你酒喝得太多了。"

第 五 章

一

我在巴黎拖拖拉拉地写作。春天真是惬意，香榭丽舍大街上的栗子树开花了，许多街道上的光线非常悦目。空气中有一种快乐气息，使人感觉到一种轻飘飘的短暂快乐，心旷神怡而不涉邪想，脚下的步履都轻盈起来，顿觉神清气爽。我和自己五花八门的朋友一起玩得很开心，过往的亲切回忆涌上心头，尽管青春已不在，精神上却恢复了些活力。我认为，好景不长，错过后，我也许将永远也没有机会这样尽情享乐。倘若我此时还要去埋头写作，那我就是个不折不扣的傻瓜。

伊莎贝尔、格雷、拉里和我常常结伴去游览近郊的名胜，我们去了尚蒂伊城堡、凡尔赛宫、圣日耳曼以及枫丹白露。不管去哪儿，我们都会吃上一顿丰盛的午餐。格雷由于他大块头身体的需要，食量最大，而且常常喝得有些过多。不知道是由于拉里的医治，还是由于时间的作用，格雷的健康已明显地好转。总之，他那剧烈的头痛已经不再犯了。我来巴黎和他初见面时，他眼神里流露出让人难受的怅然若失，现在也消失不见了。他除了偶尔讲个啰啰唆唆的故事外，很少讲话，但是，伊莎贝尔和我讲的一些废话却使他大笑不止。他玩得很开心；尽管人并不风趣，但脾气很好，别人容易取悦于他，所以谁也不会不喜欢他。他是这样一种人，你不想和他在一起度过一个寂寞的夜晚，你却欢天喜地地盼着和他共处六个月。

他所流露的对伊莎贝尔的真挚的爱，使人看着就欣喜；他崇拜她的美貌，而且认为她是世界上最有才华、最动人的女子；而他对拉里又无比忠诚，就像是狗对于主人的那种忠诚，也是非常感人的。拉里也玩得非常尽兴；他似乎把这段时间看作是一种休假，使他暂时把脑子里的打算——且不问是什么打算——放一放，安心安意地尽情享受一番。他的话也不多，但是这并不重要，有他在一起，他不用说话就能起到说话的作用；他从容安详，那股高兴劲儿使人感到愉快，因此你就不会对他更有所求。我心里也很明白，我们度过的这些日子所以能这样快活，全是由于有他和我们在一起。尽管他一直以来没有说过什么精彩或是风趣的话，但真要是缺了他，你马上就会觉得无聊了。

有一次，几场短途旅行后的归途中，我目睹了一幕使我相当骇异的情景。那天，我们刚刚结束了夏尔特尔[①]的游玩，正返回巴黎去。格雷开车子，拉里坐在他旁边；伊莎贝尔和我坐在后面。玩了整整一天，大家都有些疲倦了。拉里坐着，一只胳膊搭在前座的靠背上。这个姿势使他的衬衫袖口被拉了上去，露出瘦长而有力的手腕以及长着细密茸毛的褐色手臂。阳光照耀在茸毛上，将它们染成金色。伊莎贝尔异常安静，吸引了我的注意，就瞟了她一眼。她一动不动，好像受了催眠术。她呼吸急促；眼睛

[①] 巴黎西南55英里的一个城市，以城中的教堂闻名；教堂建于12世纪，是哥特式的优美建筑。

直瞪着那密布着金黄茸毛的强劲手腕,以及细长有力的小手臂,脸上流露出一种如饥似渴的情欲。这样的神态我以前从未在人的脸上看见过,就像是戴上了一副肉欲的面具。要不是我亲眼所见,我绝没有想到她的美丽容貌会表现出如此放纵的情欲来,简直像是一只发情的动物,而不是一个人。面容也不复美丽;神情变得丑陋骇人。这种神态令人可怕地联想到发春的母狗,我心里相当反感。她似乎完全忽略了我还在她身边;眼中只看得到在椅背上随意搭着、引得她欲火中烧的那只手。后来就像是一阵痉挛掠过她的脸,她浑身一颤,闭上眼睛往车角上一靠。

"给我一支烟,"她说,声音是那样嘶哑,听起来简直不像是她的声音。

我掏出烟盒,给她点上一支。她贪婪地抽着。在汽车余下的路程中,她始终望着窗外,一句话也没有说。

车开到他们家以后,格雷让拉里开车送我回旅馆,之后把车开进车库。拉里坐到了驾驶座上,我坐在他身边。穿过人行道时,伊莎贝尔边走边挽住了格雷的胳膊,身子紧贴着他,向他使了个眼色。尽管我没看清楚,但可以猜出那意味着什么。我想格雷今天晚上将会发现,与自己同床共枕的妻子多么热情奔放,不过,他永远不知道她这番热情含有多少内疚。

六月即将过去,我得动身回里维埃拉去了。埃利奥特的朋友要去美国,把他们迪纳尔①的乡下别墅借给马图林夫妇住。格雷准备孩子们一放暑假就去。拉里有些工作要做,打算留在巴黎,

---

① 布列塔尼半岛的一个海滨浴场休养地。

不过他买了一辆二手雪铁龙,并且答应格雷他们,会在八月份去他们那儿住上几天。我在巴黎的最后一夜,邀请他们三个人和我一同吃晚饭。

就在那天夜里,我们遇见了索菲·麦唐纳。

二

伊莎贝尔早已有意观光那些游乐场所；由于我对这些地方比较熟悉，就要求我做他们的向导。我不大愿意，因为在巴黎的这类地方，那些人对美国来的游客很不欢迎，而且毫不掩饰，所以往往弄得人不开心。但是，伊莎贝尔坚持要去。我只好先对她说明，去了很可能会使人扫兴，而且劝她千万穿得朴素一些。我们吃饭吃到了很晚，然后又到仙女游乐厅①玩了一个小时才出来。我先带他们到圣母院附近的一处地下室，那里是强盗和他们的情妇们常去的地方。由于老板和我相识，他招呼着腾出了几个空座，把我们安置在一张长桌旁。同桌还有几个痞里痞气的人，不过，我叫了酒请他们喝，并和他们干杯，互祝健康。这地方又热又脏，乌烟瘴气。坐了一小会儿，我就领他们去了斯芬克司舞厅。舞女们全都穿着一些花里胡哨的晚礼服，里面什么都不穿，胸部、奶子等等全部一览无余，她们面对面分坐在两排长凳上；乐队奏乐时，就会一起没精打采地舞动起来，同时用目光巡视舞场四周的大理石桌旁的男人们。我们叫了一瓶没有冰过的香槟酒。有些女人经过我们面前时，会特意看一眼伊莎贝尔，我想她未必知道这是什么意思。

后来我们就离了舞厅，又去了拉普街。那条街狭窄而污秽，你才走进去，就能感觉到这里的下流氛围。我们随意挑了家店进

---

① 巴黎的一家黄色舞剧院。

去，里面照常有个憔悴苍白的浪荡年轻人在弹钢琴，一个精神萎靡的老头子在拉小提琴，旁边还有个人在吹萨克斯，调子全没搭上。店里挤满了人，看上去好像一张空台子都没有，但是老板看出我们是肯花钱的主顾，于是毫不客气地把一对男女赶到另外一张已经坐了人的桌子边，并请我们坐下。那两个被打发走的客人并不甘心，骂骂咧咧的。很多人在跳舞；水手们帽子上系着红色绒球；其他男人多数戴着便帽，或者用手帕围着脖子；女人们既有很成熟的，也有年轻一些的，都描眉画眼，身穿短裙，上衣颜色各异，不戴帽子。有男人与在眼睛上化了妆的矮胖男孩子一起跳的；有面貌憔悴的难看女人和染了头发的肥胖女人一起跳的；也有的是男人和女人一起跳。到处弥漫着烟味、酒味，还有汗臭味。音乐没完没了地奏着，这群乱糟糟的人随着音乐声在室内不断地舞动，脸上闪耀着汗水，狂热的劲头简直让人害怕。有些大汉样子粗暴，模样粗鲁，不过大多数人身材矮小，明显营养不良。我把那三个乐手打量了一番，他们的演奏机械得很，简直像是机器人。我心里盘算，有没有可能在过去某个时候，当他们最初走上音乐这条路的时候，幻想过自己会闻名遐迩，接受万众喝彩呢？小提琴拉得再不好，也都得经过拜师学艺，常拉常练；这位小提琴手当初含辛茹苦，勤学苦练，难道就是为了今天在这么一个又脏又臭的地方拉四步舞曲直到天亮吗？音乐停了，钢琴家掏出一块脏手绢揩揩脸。跳舞的人们或懒洋洋地，或躲躲闪闪地，或扭扭捏捏地回到各自座位上。忽然间，我们听到一个美国口音。

"我的天啊！"

一个女人从屋子对面的一张桌子旁边站起来。和她在一起的男子想制止她，但是，她把他推在一边，自己摇摇晃晃地从对面走了过来。很明显，她是喝醉了，来到我们这桌以后，她就站在我们面前，身体带点摇晃，傻里傻气地咧开嘴笑。她好像觉得我们这些人的样子怪有意思的。我望了望我的同伴们。伊莎贝尔望着这个女人，一脸木然；格雷板起了脸，眉头紧皱；拉里盯着这个女人看，像是不相信自己的眼睛。

"哈罗。"她说。

"索菲。"伊莎贝尔艰涩开口。

"你们刚才把我当成谁了？"她咯咯笑了。她一把抓住从身边走过的侍者，"芬山，拿张椅子来。"

"你自己拿。"他说着，从她手中挣脱。

"畜生①。"她大骂了一声，向他吐了一口唾沫。

"别这样，索菲②。"我们邻座一个大块头胖子说。他顶着一头油光锃亮的头发，身上穿一件衬衫，说道，"这儿有把椅子。"

"真没想到会在这种地方遇着你们，"她说，身子仍然直摇晃，"哈啰，拉里。哈啰，格雷。"她在刚才那个男子搬到她身后的椅子上一屁股坐下。"我们大家都喝一杯。老板③。"她叫。

我早已注意到老板在盯着我们。这时他走了过来。

---

① 原文为法文。
② 原文为法文。
③ 原文为法文。

"你认识这些人吗，索菲？"他问，用熟悉的第二人称单数[①]称呼她。

"住嘴[②]，"她醉醺醺地笑道，"他们是和我从小一起玩到大的朋友。我要请他们一起喝香槟。你可不要给我们什么马尿[③]吃。拿点儿能让人喝得下去而不是吐出来的好东西。"

"你喝醉了，我可怜的索菲。"他说。

"滚你的。"

他走了，为了多卖掉一瓶香槟酒而高兴。原本我们谨慎起见，只喝白兰地掺苏打水。这时索菲木呆呆地盯着我瞅了一阵。

"伊莎贝尔，这是哪一位来着？"

伊莎贝尔把我的姓名告诉她。

"哦？我想起来了。我们以前在芝加哥见过一次。你是那个挺有派头的家伙，是不是？"

"也许。"我笑着说。

我对她一点印象也没有了。这并不奇怪，因为距离我上次到芝加哥已经过了十多年了。而这些年来我又接触过许多形形色色的人。

她个子很高，加上身材瘦削，站起来时看着就更高了。她上身穿了一件很鲜艳的绿色绸衣，但是皱巴巴的，还沾染了污渍；下身穿一条黑色短裙。她的头发很短，染成棕红色，卷得很马虎，乱蓬蓬的。她打扮十分浓艳，厚重的胭脂从两颊一直抹到眼

---

① 相当于中文中不称"您"，而称"你"。
② 原文为法文。
③ 原文为法文。

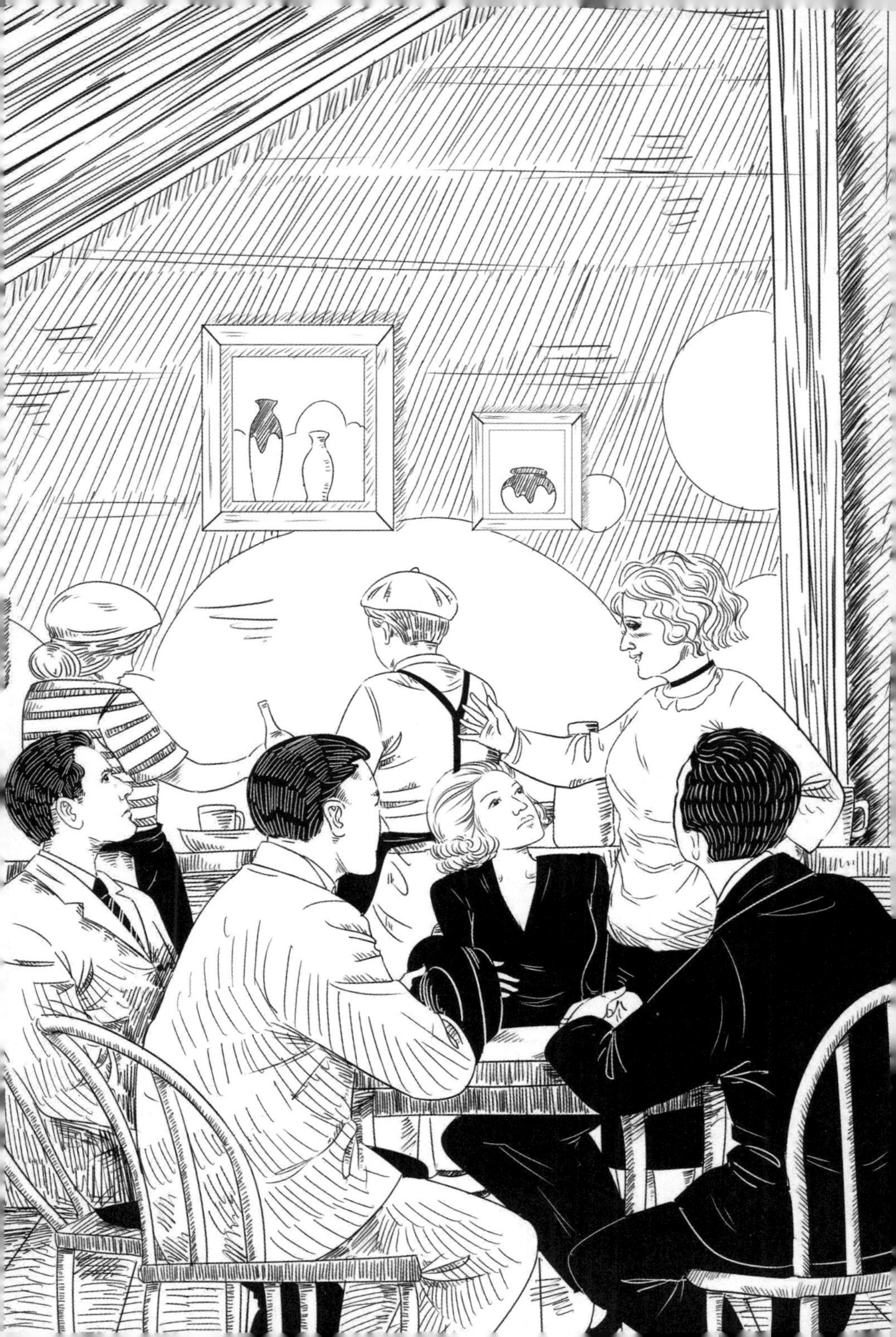

忽然间，我们听到一个美国口音。一个女人从屋子对面的一张桌子旁边站起来。和她在一起的男子想制止她，但是，她把他推在一边，自己摇摇晃晃地从对面走了过来。很明显，她是喝醉了，来到我们这桌以后，她就站在我们面前，身体带点摇晃，傻里傻气地咧开嘴笑。她好像觉得我们这些人的样子怪有意思的。我望了望我的同伴们。伊莎贝尔望着这个女人，一脸木然；格雷板起了脸，眉头紧皱；拉里盯着这个女人看，像是不相信自己的眼睛。

睛下面，眼皮都涂着深深的蓝色眼影；眉毛描得很深，还刷着厚厚的睫毛膏；嘴上涂着血红血红的口红；指甲也全都染成红色，但是两只手却脏得很。她这样子，看着比屋子里任何别的女人都更下流。我怀疑她不但喝醉了而且吸了毒。不过，也不能否认她具有一种邪恶的吸引力；她将头傲慢地偏着，两只绿眼睛在满脸浓妆的衬托下极为醒目。尽管此刻醉醺醺的，但那一种满不在乎、厚颜无耻的神情，使我能够想象得出是所有下流男人都喜欢的。她向我们鄙薄地一笑。

"敢说你们并不怎么高兴看见我。"她说。

"我听说你在巴黎。"伊莎贝尔懒洋洋地说，脸上带着冷淡的微笑。

"那你为什么不给我打电话呢？电话簿上有我的名字。"

"我们才来巴黎不久。"

格雷来解围了。

"你在这边过得还好吗，索菲？"

"好得很呢。我听说你破产了，格雷，是这样吗？"

格雷的脸本来就红，这一下涨得更红了。

"是的。"

"算你倒霉。我想眼下芝加哥的日子大约很不好过。幸亏我及早就离开了。天哪，那个狗杂种怎么还不拿酒来？"

"他就来了。"我说。一名侍者用盘子托了一瓶香槟和几只杯子，正从桌子间穿梭而过，向这边走来。

我的话使她注意到我。

"我是被那些亲爱的婆家人驱逐出芝加哥的，他们说我败坏了他家的名声。"她狂笑起来,"我现在靠国内的汇款生活。"

这时香槟来了,斟好了。索菲拿起一只杯子,颤巍巍地送到嘴边。

"让那些自命不凡的小人们统统见鬼去吧,"她说着,喝干了杯中的酒,又转而看向拉里,"拉里,你怎么不说话?"

拉里脸上毫无表情地望着她。自从她来了以后,他的眼睛就一直没有离开她,现在很和气地对她一笑。

"我一向不怎么说话。"他回答。

音乐又奏起来。一个高个子壮汉走过来;他长着大大的鹰钩鼻子,头发梳得乌黑漆亮,嘴大唇厚,模样像极了反派的萨冯纳罗拉[1]。像这里多数男人的打扮一样,他没戴硬领,紧绷绷的上衣严严实实地扣着,显出他的腰身。

"快来,索菲。我们下场跳舞去。"

"滚开。我没有空。你难道没看见我在招待朋友吗?"

"见鬼的朋友[2]。滚他妈的。过来跟我跳舞。"

他抓着她的胳膊,但是,她马上挣脱了。

"别缠我,混蛋[3]。"她突然怒气冲冲地吼道。

"坏东西[4]。"

"你才坏[5]。"

---

[1] 萨冯纳罗拉(1452—1498),意大利黑袍教僧侣,代表教会反对文艺复兴时期的艺术放纵和社会风气败坏。政治上拥护法国的查理八世,引起教皇亚历山大六世的敌意,以宣传异端罪被判处火刑。
[2] 原文为法文。
[3] 原文为法文。
[4] 原文为法文。
[5] 原文为法文。

格雷听不懂他们讲些什么，可是，我看出伊莎贝尔完全理解，因为她板起脸，皱起眉头，神色间满是厌恶。正如大多数正经女人那样，在一些淫秽事上总有着出奇的敏锐洞察力。那个壮汉举起胳膊，张开了巴掌——那巴掌上满是做工形成的老茧——预备给她一巴掌，这时格雷欠身从座位上站了起来。

"滚开[1]。"他操着恶劣的声调喊道。

那人停下来，恶狠狠看了格雷一眼。

"当心，可可，"索菲狞笑着说，"你会被他揍扁的。"

那人打量着格雷硕壮的身材，掂量了一番，悻悻地耸耸肩膀，向我们骂了一句脏话，溜走了。索菲醉意十足地吃吃直笑。在座其余的人都默不作声。我重新给她把杯子斟满。

"你也住在巴黎吗，拉里？"索菲喝光了杯子里的酒，问道。

"目前是。"

跟一个喝醉酒的人谈话总是很吃力的，而且不用说，清醒的人总会处于不利地位。我们继续谈了几分钟话，谈得既乏味，又尴尬。这时，索菲向后推开了椅子。

"我再不回到我男朋友那儿去，他就要气疯了。他就是个坏脾气的混蛋，不过老天，他棒极了！"她摇摇晃晃站起来。"再会，朋友们。来玩嘛。我每天夜里都会上这儿来。"

她从舞伴们中间挤了过去，消失在人群中。伊莎贝尔俊俏的脸上那副冰冷的瞧不起人的神气，使我几乎发笑。我们谁都没有吭声。

---

[1] 这里应是法文，即"滚开"意，说话的人把音念别了。

"这是个下流地方，"伊莎贝尔突然说，"我们还是走吧。"

我付了我们的酒钱、汽水钱，也付了索菲要的香槟酒钱，然后大家走了出去。大部分人都在舞池里，我们径直走了出去。已经是半夜两点多了，我觉得应当睡觉了，但是，格雷说他肚子饿，所以，我建议去蒙马特尔的格拉夫饭店吃点东西再回去。我们坐在汽车里，都默默不语。我坐在格雷旁边给他指路。车开到了一家装潢浮华的餐厅，露台上还坐着一些客人。我们走到里面，要了火腿、鸡蛋和啤酒。伊莎贝尔此时倒是恢复了平静，至少在表面上是如此。她开口恭维我竟然熟知巴黎这许多下流场所，话里多少带点儿挖苦的意味。

"是你要去的。"我说。

"是啊，我玩得十分开心。今天晚上真是有趣极了。"

"活见鬼，"格雷说，"那地方简直令人作呕，还有索菲也是。"

伊莎贝尔面无表情地耸了耸肩膀。

"你还记得她吗？"她面向我问道，"你第一次到我们家吃晚饭时，她就坐在你旁边。那时她还没有染这么一头红得可怕的头发，而是原本的暗赭色。"

我飞快地回忆了一遍往事，想起了一个年纪很轻的女孩子，她有一双蓝得近乎绿色的漂亮眼睛，喜欢将头微微侧倾，很讨人喜欢；虽然谈不上多漂亮，但是青春活泼，说话坦率，同时又略有些腼腆，还带点儿俏皮，当时使我觉得很有趣。

"当然我记得。我喜欢她的名字。我有个姑母就叫索菲。"

"她后来和一个名叫鲍勃·麦唐纳的男孩子结了婚。"

"那是个很不错的人。"格雷说。

"他是我碰见的最漂亮的男孩子之一。我始终不明白他看上了索菲哪一点。我结婚没多久她就紧跟着结了婚。她的父母离了婚；母亲改嫁了一个在中国的美孚石油公司职员。她跟着父亲在麻汾居住，那时我们时常看见她，但是，她结婚之后就和我们大家有点疏远起来。鲍勃·麦唐纳是个律师，但也挣不了多少钱，他们住在城北一所没有电梯的公寓里。不过这当然不是见不到她的原因。他们不愿意见人。我从来没有看见有两个人能像他们那样爱得那么狂热的。即便在他们结婚已经有两三年而且生了一个孩子之后，两个人去电影院看电影时，还是像热恋中的人那样；他搂着她的腰，她将头靠在他的肩膀上。他们俩在芝加哥被人当作笑话说。"

拉里默默听着伊莎贝尔讲述，不置一词，脸上有一种莫测高深的神情。

"后来是怎么发展的？"我追问。

"有天夜里，他们带着孩子，开着自己的小敞篷汽车返回芝加哥。他们一向都是带着孩子的，因为他们家没有帮佣，索菲什么事都亲自动手，而且他们对孩子十分宠爱。一伙醉鬼开着一部大轿车以每小时八十英里的速度迎面撞向他们，当场就把鲍勃还有孩子给撞死了，倒是索菲只受到脑震荡，另外断了一两根肋骨。他们尽量瞒着，不让她知道鲍勃和孩子已经死了，但是最后到底瞒不住了，只能将事情告诉她。据说当时的情形非常吓人，她就像个疯子一样大喊大叫；叫得屋顶都要震塌了。他们得日夜看守着她，就这样，还是有一次差点儿让她跳了楼。当然我们凡是能做的都做了，可是，她倒像因此恨上我们了。等她一从医院出来，她的婆家人就把她送进疗养院，在那边住了好几个月。"

"可怜的人儿。"

"当他们放她出来之后，她就开始酗酒；喝醉之后，无论谁找上她，她就跟谁睡觉。她的婆家人都是些善良本分的人，对这种丑事非常愤恨。开头我们全都想帮助她，可是没法子；如果你邀请她吃晚饭吧，她早就喝得烂醉，而且很可能客人还没有散，她就醉得不省人事了。再后来，她干脆直接带着一帮不三不四的混混来，我们大家只好不再搭理她。有一次，她因为酒驾被警察拘留了。和她在一起的是她在地下酒店结识的一个外国佬①，一查原来竟然是个被通缉的罪犯。"

"可是，她有钱吗？"我问。

"鲍勃是有人寿保险的；还有那辆肇事汽车的车主，也是上了保险的，他们也付了些钱给她。不过，这点钱维持不了多久。她花钱就像喝醉酒的水手，没过两年就把钱都花得一干二净了。她的祖母不肯让她回麻汾。后来，她的婆家人又提出，如果她肯出国，并且住在外国不回来，就每月给她寄一笔生活费。我想，她目前正是在靠这笔钱过活。"

"情况倒过来了，"我说，"从前有段时期，英国都是把败家子遣送到美国去的；到了现在，反倒是美国人把败家子遣送到欧洲。"

"索菲真令人惋惜。"格雷说。

---

① 美国人用以指意大利人、西班牙人或葡萄牙人的贬语。

"是吗？"伊莎贝尔冷静地说，"我可不这么认为。当然她遭遇的不幸是一个重大打击，当时我比任何人都更加同情她，毕竟是那么熟悉的一个人。但是，一个正常的人碰到这种事情，总会慢慢振作起来的。她所以垮掉是因为她本来就有这样的劣根性；天生就是个人格不健全的人；而且即使是她对鲍勃的爱，也太夸张了。要是她生性坚定，总应该有办法过下去。"

"如果坛坛罐罐全都①……你觉不觉得你有点儿不近人情，伊莎贝尔？"我嘀咕说。

"我不认为如此。这是常识，我认为根本不需要对索菲起什么怜悯之心。天晓得，谁也不比我更爱格雷和两个孩子的了；如果他们在一次车祸中送了命，我当然也会发疯，但是我早晚能振作起来好好过日子。格雷，你是不是希望我这样做呢？还是会希望我每晚喝得酩酊大醉，然后和巴黎的随便一个流氓睡觉？"

格雷的回答很妙，我还是第一次听见他说出这么风趣的话。

"我当然更希望你身穿库慕尼丽丝时装店裁制好的新衣服，在我被火葬时跳进火堆里陪我。只不过如今早就不流行殉葬了，所以我认为，最好的办法就是你去打桥牌。打牌的时候你一定得牢记，除非你一上手就有把握稳拿三墩半到四墩，否则不要上来就叫无王牌。"

在这样的情形下，我当然不便向伊莎贝尔指出，她对自己丈夫和孩子们的爱虽则出于真心，但她的这种情感还远远不够热烈。她大概也觉察出我心里的想法，因此略带挑衅地问我：

"你怎么看这件事？"

---

① 一首小诗的开头，全诗的意思是：人的性情不那么容易改变。

"我和格雷一样,很替这女孩子惋惜。"

"她可不是小女孩了,她已经三十岁了!"

"依我看,她从得知丈夫和孩子全部遇难时起,就觉得整个世界都崩塌了。人生对她来说过于残酷了,因此她对自己是怎么个样子也完全无所谓了,甚至为了对抗或是报复,更是一头扎进了酗酒、淫乱等种种堕落的泥潭之中,作为对生命的报复。她本来住在天堂,现在天堂失去了,她住不惯平凡人的平凡世界,因此,就在绝望之中,一头扎进地狱。我完全想象得到,当她发现再也喝不着仙界的琼浆玉液了,就觉得不如干脆喝洗澡水吧。"

"这是你们在小说里写的一套。全是胡扯,你自己也知道是胡扯。索菲之所以扎进泥潭里,纯粹是因为她天性如此。别的女人也有死掉丈夫和孩子的,怎么不见她们变坏?所以她肯定不是这个原因。好的变不成坏的,如果坏,一定是本来就存在。那一次的车祸不过是冲毁了她的防线,使她的本质彻底暴露出来。别把你的怜惜浪费在她的身上;她现在变成这样,说明她一直就是这样。"

拉里自始至终没有开口。他像是一直在沉思,我们讲些什么恐怕他听都没有听见。伊莎贝尔讲完话后,有一小段时间的沉寂。后来他开始讲话了,但是,音调古怪得很,十分低沉,就像不是在和我们说话,而只是在自言自语似的;眼睛没有焦点,就像在遥望那已逝的模糊岁月。

"我记得她十四岁时,把长头发从前额梳到后面,在背后打一个蝴蝶结,一张严肃的脸上长着一些雀斑。那是一个谦虚、高尚、充满理想的孩子;各类书她都有涉猎,我们时常聚在一起读书。"

"哪些时候？"伊莎贝尔问，眉头微微有点皱起。

"哦，在你母亲带着你出门应酬时。我常上她祖父家里去，我们会坐在他们家院子里那棵大榆树下面，各自读书。她喜欢诗歌，自己也写了不少。"

"大多数小女生在这个年纪都会写诗，而写出来的通常都是相当蹩脚。"

"当然那是好多年以前的事了，而且我想，那时的我也未必懂得诗的好坏。"

"你那年顶多也不超过十六岁。"

"她的诗当然是模仿的。有不少地方模仿的是罗勃特·弗罗斯特①。不过我的感觉是，女孩子在这么小的年龄就能把诗写成这样，是很了不起的。她的听觉十分灵敏，而且有节奏感；她对于乡野间的一切声音以及气味，都抱有感情，诸如燕子呢喃，或是初春的暖风，以及雨后的泥土清香。"

"我从来不知道她竟然会写诗。"伊莎贝尔说。

"她并不让大家知道，因为怕你们笑话她。她这人是很腼腆的。"

"她现在可一点儿也不腼腆。"

"战后我回来时，她差不多已长大成人；她读了许多关于工人阶级现状的书，而且她自己也在芝加哥亲眼看见过近似的情况。她开始模仿卡尔·桑德堡②，大量写自由诗，描写穷人的困苦生活和工人阶级受剥削的情况。我要说的是，尽管那些诗词句

---

① 罗勃特·弗罗斯特（1875—1963），美国诗人，以写新英格兰乡村风光而知名。
② 卡尔·桑德堡（1878—1967），美国当代诗人，继承惠特曼传统，写自由诗。

平淡，但都很真挚，满怀同情及一种高尚的情怀。当时，她想要做一个社会义务工作者。她这种自我牺牲精神很使人感动。我觉得，她的能力很强，能做许多事情的。她一点也不傻，也完全不至于脆弱，但是，给人一种悠闲贞静和灵魂高洁的印象。就在那一年，我和她是经常见面的。"

我能够觉察出，伊莎贝尔在听拉里讲这些话时，越听越毛躁。然而拉里可半点也没注意到自己其实是在拿一柄匕首戳进她的心里，他的每一句公正的评价，都像是用刀子在她的伤口里搅。可是，伊莎贝尔开口时，嘴边却露出淡淡的微笑。

"怎么她竟然选了你做她的知己？"

拉里用诚恳的目光看向她。

"我不知道。大概是你们这些人都很有钱，与你们相比她只能算是生在穷人家，而我则与你们不同。我来到麻汾，只是因为纳尔逊叔叔在麻汾这边行医。想来她觉得这使我和她有共同的地方。"

拉里是完全没有亲戚的。我们多数人至少有些堂兄弟、堂姐妹或者表兄弟、表姐妹；哪怕我们可能从来没跟他们见过面，但总还能感觉到自己身处这个家族之中，是家族的一部分。拉里的父亲是独生子，母亲是独生女；他的祖父是教友派教徒，年纪很轻时就在海上遇难，他的外祖父又没有什么兄弟姐妹。可以说拉里在这个世上是孤孤单单的。

"你曾想到过索菲爱你吗？"伊莎贝尔问。

"怎么可能呢？"他笑了。

"我看她就是爱着你。"

"拉里从战场上回来,身上罩着军人英勇受伤的光环时,"格雷此时有些冒失地插话说,"芝加哥有大半女孩子都爱着他。"

"还不仅如此。她崇拜你,我可怜的拉里。你难道真的不知道吗?"

"我当然不知道,而且我也不这么认为。"

"我想这大概是因为她在你心目中无比高尚的缘故。"

"在我的心目中,那个瘦弱的小女孩形象还一如当初。头发上挽着个蝴蝶结,神情庄重,读起那些济慈的诗歌时,眼睛里含着泪,声音打着战,因为那些诗句实在太美了。我很想重新把她找回来。"

伊莎贝尔微微吃了一惊,她以迷惑不解的神情瞟了一眼拉里。

"夜已经这么深了,我可是疲倦极了。我们还是回去吧。"

三

第二天傍晚我乘坐蓝色列车到了里维埃拉，两三天后，就去昂第布看望埃利奥特，特意告诉他一些巴黎的情况。他的气色看着很不好。看来蒙特卡地尼的疗养并没有取得预期的疗效，而事后去各处旅行又弄得他精疲力竭。他为了找一只洗礼盆去了威尼斯，然后为了买下一张三联画，跑到佛罗伦萨那边和人讨价还价。而后着急安置好这些东西，他又亲自去了一趟庞廷尼沼地，住在一家条件很差的小旅馆里，热得让人受不了。他买的那些名贵艺术品要好多天才能运到，但是，他下定决心不达目的决不离开，因此继续住下去。当一切总算照他所要求的那样安装就绪以后，他这才心满意足。埃利奥特得意扬扬地把自己拍的那些照片拿出来向我炫耀。教堂虽然规模较小，但是十分气派；内部装修得高端大气，足以证明他的眼光确实不错。

"我在罗马看见一口早期基督教时代的石棺，感觉很合心意，考虑了好久，想把它买下来，但是，最后还是打消了这个念头。"

"你怎么想到要买一口早期基督教的石棺呢，埃利奥特？"

"为了给我自己睡啊，老兄。那口石棺制作得很是精美，我想如果在门口一边放洗礼盆，一边放石棺，看起来正好平衡[①]，不过，那些早期基督徒都是些矮矮墩墩的人，我睡不进去。我总

---

① 埃利奥特设想他进入天国，还得受洗。

不能躺在那儿等那张最后的王牌①跑来使我的膝盖顶着下巴,就像还没出生的胎儿那样,那也太不舒服了。"

我大笑,但是埃利奥特的神情却是一本正经。

"我后来有了更好的主意。我已经跟教堂那边谈好了,等我死后,就把我葬在祭坛前的台阶底下;这样的话,当庞廷尼沼地那些可怜的农民前来领圣餐时,他们就会穿着沉重的皮靴从我的骸骨上踩过。很有创意吧,你说是不是?只是光秃秃一块石板上面刻了我的名字和两行生卒年月。Si monumentum quoeris, circumspiece②。这句拉丁语的意思是说:假如你要寻找他的墓碑,请你往四下看看,就能看到了。"

"我拉丁文还算懂得,一句陈词滥调还用不着你解释,埃利奥特。"我有点刻薄地说。

"抱歉,老兄。我一向习惯于上流人士的愚昧无知,一时间忘记了现在和我交谈的是一位作家。"

言语上还是被他占了上风。

他又继续说道:"不过,我要告诉你的是:我已经在遗嘱上把葬礼应当注意的事情全写上了,但是,我希望能请你来帮忙监督办理。我坚决不和里维埃拉那批退休军官或是法国的中产阶级埋葬在同一个地方。"

"我当然愿意照办,埃利奥特,不过,我觉得多年后的事情没必要现在就考虑得这样周到。"

"你知道,我已经上岁数了,而且说实在话,离开人世我

---

① 指上帝。
② 埃利奥特在这里套用了英国著名建筑师克里斯托弗·雷恩爵士(1632—1723)的墓志铭(雷恩死后葬在圣保罗大教堂),又自己在下文译了出来。

并不怎么害怕。兰道尔①那几句诗是怎么说的？我烤着我的双手……"

尽管我不擅长背诵诗文，但是，这首诗很短，所以我还能背得出来。

> 我与世无争，因为没什么值得我去争；
> 我最爱大自然，然后是画中的大自然；
> 生命之火燃烧着，我伸出双手取暖；
> 火熄灭时，我也准备离开人间。

"就是这样的。"他说。

我私心认为埃利奥特硬要拿这首诗来形容自己，是无比牵强附会的。

可是，他说："这首诗确切地表达了我的心情。我唯一要补充的是，我一直是活动在欧洲最高雅的社交界。"

"要想在这首四行诗里塞上这句话，可就难了。"

"欧洲的社交已经完了。我曾经希望美国会取代欧洲建立一个为'大众'②所敬仰的贵族阶层，可是，一场经济危机就把这种可能性完全摧毁了。我可怜的祖国变得越来越不可救药的庸俗。你决不会相信的，我亲爱的朋友，上次我回美国去，一个开出租汽车的司机竟然称呼我'老兄'。"

里维埃拉受到一九二九年经济危机的打击后仍未恢复；虽

---

① 沃尔特·兰道尔（1775—1864），英国作家，诗人，是一个具有反抗性的文人，传世之作有《想象的谈话》。
② 原文为希腊文。

然它远不是过去那样,但这丝毫不妨碍埃利奥特照常举办派对,或去别人家赴宴。以前他除了罗思柴尔德家族,从不去赴其他犹太人的宴会,然而现在有些最盛大的宴会却是这些上帝的选民①举行的,而且只要有人举办宴会,埃利奥特就忍不住要去。他穿行在参加派对的人群之中,风度翩翩地一会和这个人握手,一会对那个人行吻手礼,只是始终带有一种无可奈何的超然派头,仿佛他是一个被放逐的皇室成员,不得已才和这些人混在一起,满心不是滋味似的。但其实那些遭放逐的皇室成员多半年岁不高,而且他们往往会把结识一位电影明星当作自己一生之中的最大愿望。时下的这种风气,把戏剧界人士看作交际对象,埃利奥特也看不入眼;但是,恰好有一个息影的女演员就在他的邻近造了一所豪华的住宅,每日里宴请不断,来客或是部长,或是公爵,或是名门闺秀,全是些社会上流人士,往往在她家里一住就是几个星期。埃利奥特也成了她的座上常客。

"当然,那里什么人都有,"他是这么对我说的,"不过,如果你不想理睬谁,是完全没必要勉强自己的。我与那位女士同为美国人,理所应当替她撑撑场面。她招待的那些下榻的客人发现有人和他们有共同语言,必然感到宽慰。"

有时候已经能明显看出他的身体状况很不好了,使我不得不劝他轻松一些,不要再去频繁参加派对了。

"老兄,在我这样的年纪,我是经不起掉队的。我在上流社会混了快五十年了,十分清楚这里面的门道:要是你不能频繁在重要场合露面,人们很快就把你忘了。"

---

① 上帝的选民指犹太人。

我说不清他是否意识到,他承认的这个现实是多么可悲。我不忍心再嘲笑埃利奥特了;他在我眼中成了一个非常值得怜悯的人。他活着仿佛就只是为了去参加社交活动;一次宴会就是他的一次呼吸;哪一家请客没有他,就等于给他一次侮辱;不被邀请对他来说是非常耻辱的事;而现在他已步入老年,更是极其害怕受人冷落。

一个夏天就这样过去了。埃利奥特从里维埃拉的这一头到里维埃拉的那一头,忙得团团转,今天去戛纳吃顿午饭,明天又去蒙特卡洛吃个晚餐,打起全部精神来应付这一家的茶会或者那一家的鸡尾酒宴。而且不管自己多么疲劳,总竭力做得和蔼可亲、谈笑风生。有什么内幕丑闻,他总是最先知道的那一个;除了当事者本人,我敢说对于细节谁也不如他知道得早。要是你跟他说这样的人生毫无意义,他会瞠目结舌地望着你,一点儿也不掩饰自己的吃惊。一句话,他会认为你愚不可及。

四

秋天到了。埃利奥特决定上巴黎住些时候,一来是看看伊莎贝尔、格雷和两个孩子过得怎么样;二来,如他所说,是为了要在首都露一露面①。这以后,他预备上伦敦定制些新衣服,同时顺道看望几位老朋友。我自己计划直接返回伦敦,但是,埃利奥特盛情邀请我和他一同坐汽车去巴黎。这倒也有趣,因此我同意了。既然要去巴黎,我自己也完全可以在巴黎住几天。一路上走得很从容,只要哪儿饭菜做得好,就停下来休息。埃利奥特的肾脏有毛病,只喝维希矿泉水,但他总是为我选半瓶酒喝;他心地忠厚,尽管自己现在享受不了品酒的乐趣,看见我夸奖酒好,他也由衷地感到开心。他非常慷慨,我要花费许多口舌才能说服他让我付掉我自己的那份儿钱。一路上他反复提起过去认识的那些大人物,听得人耳朵都长了茧,但是这趟旅程总体来说还是很令人愉快的。我们途经之地大多是乡间,初秋的景色很迷人。在枫丹白露吃了午饭之后,一直到下午才到达巴黎。埃利奥特先将我送至我常落脚的那家挺寻常的老式旅馆,然后就从街角拐出去,开往丽思饭店。

我们预先通知伊莎贝尔说我们要来,所以,看见她在旅馆里留交给我的便条时,并没有感到意外,可是,便条上的内容却让我大吃一惊。

---

① 原文为法文。

"到了以后立即来找我。出大事情了。别把埃利奥特舅舅带来。看在上帝的分上,请你立刻就来。"

我当然和别人一样急着想知道到底发生了什么,但是,我总得洗把脸,再穿件干净的衬衫,然后才能打车赶往圣纪尧姆街伊莎贝尔居住的公寓。用人把我领进客厅。伊莎贝尔看见我来了,马上站起身来。

"这么长时间你上哪儿去了?我等了你好几个钟头。"

时间是五点钟,我还没有来得及回答,管家端着茶点送了进来。伊莎贝尔扭绞着双手,十分烦躁地等着管家摆好杯碟。我想象不出究竟发生了什么事。

"我刚到。我们在枫丹白露吃午饭,耽搁了点时间。"

"老天啊,他怎么摆得这么慢。人都要急疯了!"伊莎贝尔说。

管家先把装着糖盒、茶壶和杯子的托盘放在桌上,接着又以不紧不慢的恼人姿态将面包、牛油、蛋糕、甜饼等点心一碟一碟地围放在托盘四周。最后他才出去,顺手带上了门。

"拉里要跟索菲·麦唐纳结婚了。"

"她是谁?"

"别装糊涂了!"伊莎贝尔叫道,两只眼睛冒着怒火,"就是在你带我们去的那家下流酒馆时我们碰到的那个喝醉酒的婊子。天知道你为什么把我们带到那种地方去!格雷让人厌烦透了!"

"哦,你是指你们的那个芝加哥老乡吗?"我说,无视了她的不公正责备,"你是怎么知道的?"

"我怎么知道?昨天下午拉里亲自来告诉我的。我听了以后就生气到现在。"

"你不妨先坐下来,给我倒杯茶,然后把事情的经过详细地向我讲一讲。"

"你自己倒。"

她坐在茶桌后面,满腔怒火地看着我给自己倒茶。我在靠近壁炉的一张长沙发上舒舒服服地坐下。

"我们最近是不怎么和他见面,我是说,自从我们从迪纳尔回来之后;他到迪纳尔去过几天,但是,不肯跟我们住在一起,而是住在一家旅馆里。他常到海边来,跟两个孩子玩。孩子们都非常喜欢他。我们还和他一起去圣布里亚克打高尔夫。格雷有一天问他后来见到过索菲没有。

"'见过。我去看过她好几次。'他说。

"'为什么?'我问。

"'她是老朋友嘛。'他说。

"'我要是你的话,决不在她身上浪费时间呢!'我说。

"他听了微笑一下。你清楚他笑起来的样子,就仿佛你在说什么好笑的话,然而,事实上,哪有一丁点好笑的地方。

"'可是,你并不是我。'他说。

"我耸耸肩膀,说别的话题去了。我对这件事再没有去想过。结果,当他来我家亲口对我说他要和她结婚时,你可以想象得出对我的震动有多大。

"'你不可以,拉里,'我说,'你绝不可以这么做。'

"'我要和她结婚,'他不以为意地说,就像是在说他要

再点一盘土豆泥似的,'而且,伊莎贝尔,我要你对她态度好一些。'

"'你这个要求简直太过分了,'我说,'你发什么疯,她是个坏人、坏人、坏人!'"

"你怎么会这样想的?"这时我打断了她,问了句。

伊莎贝尔望着我,眼睛里直冒火。

"她从早到晚喝得烂醉如泥。哪个流氓要和她睡觉她都愿意。"

"这并不意味着她就是坏人。不少有身份的人也酗酒,而且私生活也同样荒唐。这只能说是些坏习惯,就像有的人咬指甲一样,要说坏,也就只是这个程度了。我认为,那些说谎、欺骗、残酷的人才是真正的坏人。"

"你要是偏袒她,我就干掉你!"

"拉里又是怎么找到她的?"

"他在电话簿上找到她的住址。他去看了她。她正在生病,这毫不稀奇,一个过着那样生活的人。他替她请了医生,并且找了个人看护她。他俩就是这样开始的。拉里说她戒了酒。这个该死的傻瓜以为她的病已经彻底治好了。"

"你是不是忘记拉里给格雷治头痛的事了?他不是把他治好了吗?"

"那不同。格雷是自己想治好。她不想。"

"你怎么知道?"

"因为我了解女人。一个女人堕落到像她那样,就完蛋了;是永远不会回头的。索菲所以堕落到现在这样,是因为她本来就是这样一种人。你以为她嫁了拉里就会踏踏实实过日子了吗？这怎么可能！她早晚还是会和他闹崩的。她天生有一种劣根性。她就是喜欢流氓，因为这种人能给她刺激，她所追求的就是刺激。她会把拉里的生活搞得乌七八糟。"

"这种可能性确实很大，但你又能怎么办呢？他是大睁两眼往火坑里跳的。"

"我是没有办法，但是，你有。"

"我？"

"拉里喜欢你，你说的话他会认真听的。现在能对他有影响的只有你了。你见多识广。你去找他，叫他不要干这种傻事。告诉他，这样做会毁掉他的。"

"那他会很干脆地对我说这事与我无关，而且我还无法反驳，因为他说得对。"

"可是，你是喜欢他的，至少你对他是有好感的，你总不能抄着手站在旁边，眼睁睁看着他把生活搞得一团糟吧。"

"格雷认识他最早，和他是最亲密的朋友，尽管我并不认为格雷去说会对事情有多少帮助，不过，如果非要和拉里谈谈，我还是觉得由格雷去最合适。"

"格雷，哼！"她不耐烦地说。

"你知道，事情未见得如你设想的那样糟。我认识的朋友里也有几个这样的例子，他们一个住在西班牙，两个住在东方，他们都娶的妓女做老婆，后来日子也过得很不错。那些女人都感激自己的丈夫，我的意思是说，他们感激自己的丈夫给了她们生活上的保障。当然了，她们是非常善于哄男人高兴的。"

"我听够了。你认为我牺牲自己,就是为了今天让拉里落到一个疯狂的淫荡女人手里吗?"

"你怎么牺牲了自己?"

"我之所以会对拉里放手,唯一的理由就是因为我不愿意去阻碍他。"

"得了吧,伊莎贝尔。你放弃拉里是为了那颗方形钻石和那件貂皮大衣。"

话音刚落,一盘黄油面包就劈头盖脸地朝我飞来。万幸的是我手伸得快,抓住了那个盘子,可是,黄油面包都散落在地板上。我站起身来,把盘子放回桌子上。

"你把你埃利奥特舅舅的德比王冠盘[1]打破一只,他可不会感谢你。这些盘子当初是专门为多塞特公爵三世烧制的,都是些无价之宝。"

"把地上的面包都给我捡起来。"她咬牙切齿地说。

"你自己捡。"我说着,又重新靠在沙发上。

她站起身,气哼哼地把散落四处的面包片都捡了起来。

"亏你还说自己是位英国绅士呢。"她恶狠狠地高声说。

"我从来没有这样说过。"

"滚出去。我永远也不要见到你了。真是一见到你就生气。"

"这倒是遗憾得很,因为我每次见到你总会很高兴。可有人告诉过你,你的鼻子跟那不勒斯博物馆里那尊普赛克[2]石像的鼻子一模一样。这座石像可是仅存于世的最能展现少女美的杰出作

---

[1] 英国德比以烧瓷出名,这种王冠德比盘的图案是在D字母上缀一王冠。
[2] 希腊神话中以少女形象出现的人类灵魂化身。

品了。你的腿很美，又长又有线条，我看见时总是感到诧异，因为我记得你在做姑娘的时候，你的腿又粗又壮。我没法想象你是怎么让它们变成现在这样的。"

"靠坚强的意志和上帝的眷顾。"她仍然生气地说。

"然而事实上你的两只手是你最动人的地方，那么的纤长秀气。"

"我怎么感觉你是在说我的手大。"

"怎么能算大呢？和你的身材正相配呀。你的两只手动起来时姿势无比的优美，这是非常令我赞叹的。不论这是天生的还是后天有意训练来的，总之，你的手的每一动作总给人以美感。有时候让人感觉像盛开的花，有时候让人感觉像飞翔的鸟。它们比任何语言更富于表现力。它们就像艾尔·格列柯[①]肖像画里的手；说实话，当我一看到你那两只手，就想到埃利奥特以前曾说你家祖上有位西班牙贵族，说不定是真的。"

她抬起头看我，脸上犹有余怒。

"你在讲什么？我还是第一次听说。"

于是我就把埃利奥特所讲的德·劳里亚娶玛丽王后身边侍女的故事讲给她听，据埃利奥特说这正是他的母系先祖。伊莎贝尔一面听，一面毫无惭色地端详着自己的修长手指和她那经过修剪涂染的指甲。

"人总是有先祖的。"她说着，轻声一笑，脸上露出顽皮的神情，看了我一眼，怨气总算是烟消云散了，嘴里说，"你这个

[①] 艾尔·格列柯（1541—1614），生于克里特岛，本名多明尼可·狄奥托可普。青年时期在威尼斯、罗马。1577年到西班牙，旋定居托莱多，创作以肖像画和宗教题材为主；也是雕塑家和建筑家。

鬼东西。"

只要你对她讲实话①，叫一个女人明理是何等容易啊！

"有时候，我也并不是真的讨厌你。"伊莎贝尔说。

她走过来，挨着我坐下，把胳膊和我的胳膊套起来，俯过身来要吻我的脸，我一侧头，避开了。

"我可不想脸上沾上口红，"我说，"你假如要吻我，就吻我的嘴，这是慈悲的上苍所指定的亲吻之处。"

她咔咔笑了，用手把我的头转过去对着她，然后用红唇印上我的嘴唇，留下一抹淡淡的红色。不得不说，那滋味还挺不错。

"现在你亲过了，大概你要对我说你需要的是什么了吧？"

"要你帮我出个主意。"

"我很乐意为你效劳，不过，说实在的，我出的主意你未必能接受。现在你能做的只有一件事，就是强迫自己接受事实。"

她再次怒气勃发，抽回胳膊站起身，一屁股坐在壁炉那一边的一张长沙发上。

"我决不会袖手旁观，眼睁睁地看着拉里毁掉自己。我决不允许拉里娶那个下流女人，为此我将不惜一切。"

"你不会成功的。你该知道，他是被一种非常强烈的激情所迷惑，这种情感是能够动人心弦的。"

"难道你不是认为他真正爱上了她？"

"并非如此。与这种感情比较起来，爱情还算不了什么。"

"什么？"

"你读过《新约》没有？"

---

① 这是作者讥讽的话，他根本不相信埃利奥特关于自己母系祖先的那一套。

"算读过吧。"

"你记得基督是怎样被圣灵引到荒野中、禁食四十天的吗？当时，他感到饥饿，魔鬼就来找他，对他说：你若是上帝的儿子，可以命令这些石头变成面包。但是，基督拒绝了他的引诱。接着魔鬼又使基督站在神殿顶上，对基督说：你若是上帝的儿子，就跳下去。因为天使受命照应你，会在你跳下去时托着你。但是，基督还是不为所动。后来魔鬼又把他带上一座高山，把世间的王国一个一个指给他看，诱惑他说，假如你肯向我跪拜，我就把这一切都赐给你。但是基督说：滚开吧，撒旦。根据心地纯善的马太的记载，故事就是这样结束了。但是，故事并没有完。魔鬼诡计多端，他再一次来找基督，对他说：如果你愿意接受耻辱、鞭挞，戴上荆棘编的冠，并且被人钉在十字架上死去，你就将拯救全人类。甘愿牺牲自己来拯救朋友，是人类最伟大的情怀。基督终于中计了。魔鬼简直要笑得肚子疼，因为他非常清楚，坏人一向喊着拯救全人类的口号来做坏事。"

伊莎贝尔愤然地瞧着我。

"你这是从哪儿听来的鬼话？"

"哪儿也没有。是我临时编出来的。"

"我觉得这段故事很愚蠢，而且是亵渎基督。"

"我只想向你指出，自我牺牲精神是人类最强烈的情感，就连肉欲和食欲跟它比较起来都微不足道了。它使人对自己人格做出最高评价，从而诱使人走向毁灭。牺牲的对象是谁，那完全无关紧要；以至于连是否值得都不重要了。它令人无比迷醉，哪怕是再好的酒、再美的爱情、再深的诱惑也比不了。当人类牺牲自我的那一瞬间,甚至能变得比上帝还要伟大。因为全能的上帝也不能牺牲自己,他能牺牲的只有自己唯一的儿子。"

"老天啊,我真是听够了!"伊莎贝尔说。

我不理会她,继续往下说。

"当拉里被这种情感牢牢掌握时,你想跟他讲通常的道理,或者劝他谨慎从事,还会对他造成影响吗?你其实完全都不了解他这么多年来到底在追求什么。我当然也不了解,但我大概能猜到一些。他这么多年来的孜孜不倦,这么多年来积累的经验与收获,现在都敌不过他的这一愿望——啊,岂止是愿望,是一种难以按捺的、如饥似渴的欲求:他要牺牲自我,好去拯救一个他过去认识的纯洁少女所变成的荡妇的灵魂。在这一点上,我认为你是对的,他确实在做一件没有指望的事;以他那种敏感的性格,他也一定会因此吃尽苦头;他的毕生事业,不管那是什么,将永远完成不了。卑鄙的帕里斯一箭射中阿喀琉斯的脚后跟,使阿喀琉斯送了命。①拉里偏偏最缺少的就是一点狠心肠,而这却是连圣徒也必须有的,只要他还想成就正果的话。"

"我爱他,"伊莎贝尔说,"上帝知道,我一点也不要求他什么。我一点也不指望他什么。谁也不会像我爱他那样毫无自私之心。他将来的日子可怎么过呢?"

她开始哭起来。我觉得哭哭对她有好处,就干脆不去劝她。不经意间我脑子里出现一个念头,而且盘旋不去。我在想,魔鬼目睹基督教挑起的那些残酷战争、教徒对教徒进行的那些迫害和

---

① 在希腊神话中,特洛伊城王子帕里斯拐走了斯巴达国王美丽的妻子海伦,引起希腊攻打特洛伊的十年战争。阿喀琉斯是希腊方面的勇猛的战士,是他杀死了特洛伊的大将赫克托耳。阿喀琉斯据说被帕里斯的冷箭射死,但是,"荷马史诗"未载。

刑罚，以及冷酷伪善与不容异己，一定对这本账感到心满意足。而且当他想起基督教给人类背上了一个原始罪恶的痛苦包袱，使美丽的满天星斗昏暗下来，给世上转瞬即逝的人间快乐都蒙上一层不祥的阴影，他一定会一面咯咯笑起来，一面咕哝着：瞧这报应吧，这个鬼。

伊莎贝尔哭了一阵子，从手提包里取出手帕和镜子，照着自己，小心地拭去眼角的泪水。

"你还很同情他们，是不是？"她恨恨地说。

我若有所思地望着她，并不回答。她匆匆在脸上补了粉，重新涂了口红。

"你刚才说你猜想他这么多年来在追求什么东西。你到底是指什么？"

"我只是猜想，你知道，而且我有可能完全错了。我觉得他是在寻求一种哲学，也可能是一种宗教，总之，是某种可以使他身心都获得安宁的人生准则。"

伊莎贝尔仔细琢磨了一番我的话，叹了一口气。

"你觉不觉得奇怪，一个在伊利诺伊州麻汾镇长大的乡下孩子，竟然会有这样的想法？"

"路得·伯班克出生在马萨诸塞州的农场，竟然培育出了一种无核的橘子；亨利·福特出生在密歇根州的一个农场，竟然发明了小汽车，拉里并不比他们更奇怪。"

"可是，那些东西都是实实在在的，是能被美国传统接受的。"

我忍不住笑了。

"这世上难道还有比学会更好地生活更实在的东西吗？"

伊莎贝尔作了一个不耐烦的手势。

"你就说让我怎么做吧。"

"你肯定不想彻底失去拉里，对吗？"

她点头承认。①

"你知道拉里是非常忠实的：假如你不搭理他的妻子，他肯定也不会搭理你了。你如果懂道理的话，就得跟索菲交朋友。你得忘掉过去，而且尽可能地对她好。她就要结婚了，我想肯定是需要添置一些新衣服的，你何不主动提出帮她选购衣服呢？我想，她会高高兴兴地和你一起去。"

伊莎贝尔眯起眼睛听我讲。她似乎在很认真地考虑我的话。她沉思了那么一阵子，可是，我猜不出她脑子里在盘算什么。她接着说出的话让我意外极了。

"你能请她吃顿午餐吗？因为昨天我在拉里面前发火了，这时候我请客就太尴尬了。"

"如果我请的话，你的态度能表现得好点吗？"

"我一定表现得像个天使。"她带着迷人的微笑回答。

"我现在就把这件事定下来。"

屋内就有一部电话。我很快查到索菲的电话号码。经过一段法国电话用户已经习惯了的耽搁之后，线路接通了。我报了自己的名字。

"我刚到巴黎，"我说，"就听说你要跟拉里结婚了。我向

---

① 原文是摇头，这是英美人同意否定句问话的习惯，为了使中国读者不致误会，只好改为"点头"。

你道喜。祝福你们生活得无比幸福。"伊莎贝尔这时就站在我身边，听了我的话狠狠拧了我的胳膊一把，害得我差点叫出声来。

"我在巴黎只待很短一段时间，所以想后天在丽思饭店请你和拉里吃午饭，客人还有格雷、伊莎贝尔和埃利奥特·坦普尔顿。不知道你们肯不肯赏光？"

"我要征询一下拉里的意见。他正好在这里。"停顿了一阵，"好的，我们都乐意去。"

我和她约好时间，又讲了几句客套话。放下话筒以后，我瞥见伊莎贝尔眼睛里有某种令我不安的神色。

"你在想什么？"我问她，"我不怎么喜欢你那种眼神。"

"对不起；我觉得我的眼神你早就不喜欢。"

"你该不会在肚子里打着什么鬼主意吧，伊莎贝尔？"

她睁大眼睛，显得很无辜。

"我向你保证没有。事实上，我只是很迫切地想看看被拉里改造后的索菲会成什么样。我只希望她上丽思饭店来的时候，千万不要搽得一脸的胭脂花粉。"

五

　　我的小型宴会举办得还算不错。格雷和伊莎贝尔先到，五分钟以后拉里和索菲·麦唐纳也到了。伊莎贝尔很是亲热地吻过了索菲，又和格雷一起向索菲表示了祝贺。我瞥见伊莎贝尔的眼睛迅速地把索菲的外表打量了一下。索菲的模样使我吃了一惊。以前我在拉白路那家下等酒馆中看到她时，她涂着厚厚的脂粉，染着棕红色的头发，衣服颜色鲜绿，神情醉醺醺还带点儿放荡，有股子挑逗的意味，还挺能引诱人；可是，现在，她看上去形容枯槁，尽管实际年龄比伊莎贝尔小一二岁，但是，样子比她老多了。头仍旧像上次那样傲然翘着，但不知道什么缘故，却显出一副可怜相。她已经让头发恢复原来的颜色，染过的头发和新长出来的头发混在一起，看上去邋里邋遢的。她这次除涂了口红之外，脸上再没有化任何妆了，粗糙而又苍白的皮肤因而显露出来。还有她的眼珠，原本我记得是鲜明的绿色，可是，现在却变得死气沉沉。身上穿一件红衣服，显然是新买的，还配了同样颜色的帽子、鞋子和手提包；我并不自命懂得女人应当怎样穿衣服，但总觉得她这样的打扮在今天的场合有点刺眼，有些过分正式了。她在胸口挂着一件过于鲜艳的人造宝石，就是人们在雷奥里路随便就能买到的大路货。伊莎贝尔穿着一件黑色丝绸上衣，挂着一串人工培养的珍珠项链，戴一顶很时髦的帽子，整个人既漂亮又气派；和她一比，索菲显得很是寒酸。

我叫了鸡尾酒，不过拉里和索菲都拒绝喝。过了一阵子，埃利奥特也来了。可是，他穿过那间辽阔的厅堂走来时，却一次又一次地停下来，握握这位先生的手，吻吻那位太太的手。这些当然都是埃利奥特的熟人，而他的举动就好像丽思是开在他家里的，而他正在向自己客人的惠顾表示衷心谢意。索菲的情况我们都瞒住了他，只告诉他索菲的丈夫和孩子在一次车祸中丧命，现在拉里要和她结婚。当他总算是走到我们面前时，他使出自己最惯常的一套，风度翩翩地向这对未婚夫妇表示祝贺。大家一同走进餐厅。由于我们一共是四男二女，所以我就安排伊莎贝尔和索菲面对面坐在桌子的中间席位上，格雷和我一左一右坐到索菲旁边。桌子并不大，谈话大家都听得见。午餐我已经预先订好，这时管酒的侍者递过酒单来。

埃利奥特说："老兄，你对酒的好坏一点也不在行。阿尔勃特，还是把酒单给我吧。"他一面翻着酒单，一面说，"我自己只喝维希矿泉水，但是，我不能容忍让朋友们喝次等酒。"

那位侍者叫阿尔勃特，埃利奥特和他相熟。经过一番热烈的讨论后，这两人替我决定了我该请客人喝哪种酒。然后埃利奥特转向索菲。

"你们预备上哪儿去度蜜月，亲爱的？"

他这时瞧见了她的衣服，眉毛几乎令人觉察不到地微微皱了一下，这让我立刻就明白他对这身装扮极为看不上眼。

"我们预备去希腊。"

"我想去希腊总有十年了，"拉里说，"可是，不知道什么缘故，一直没去成。"

"在这个季节希腊一定是风光极好的了。"伊莎贝尔说,似乎很热心。

她记得,我也记得,当初拉里要和她结婚时,提议带她去的就是希腊。似乎对拉里说来,度蜜月就必然要去希腊了。

谈话进行得并不怎么活跃,如果不是亏了伊莎贝尔,我作为主人就会觉得事情很难办。她表现得果然像个天使。每当席间冷了场,而我在开动脑筋想找个新话题来谈时,她就插进些让人轻松的话。这太令我感激了。而索菲是个很少张嘴的,除非有人对她说话。她回答别人时,也是神情索然,简直像是个死了一半的人。我猜想会不会是拉里约束她过了头,反使她撑不住。我猜想她不但酗酒,而且还吸毒;这倘若是事实,一下子把这些完全戒掉准会使她的精神垮掉。有时候,我瞥见他们相互对看一眼。拉里的神情含有温柔和鼓励,索菲的眼神里却满是哀求,使人感到恻然。格雷天性忠厚,大约也本能地觉察到我所猜测的情况,所以跟索菲谈起拉里是怎样治好那个使他成为废人的头痛病,然后又告诉她他是怎样也离不开拉里,并且感激拉里。

"瞧我现在,身体好极了,"他继续说,"只等一找到事情做,我就立刻开始工作。我已经在摩拳擦掌,希望不久就能一试身手。嗨,能回国去真是开心。"

格雷当然是出于好意,可是,他讲的那些话却未必合适;因为照我的想法,拉里用来治疗索菲酗酒顽疾的法子,很可能和他用来治疗格雷的法子相同,都是一种暗示术(我看这就是一种心理暗示)。

"你现在一点也不犯头痛了吗,格雷?"埃利奥特问。

"已经三个月没犯过了;如果我感到头痛要发作,我就立刻抓着我的护身符,就什么事都没有了。"他说着从口袋里摸出拉里给他的那块古钱,"这东西对我来说是无价之宝。"

我们用过午饭,咖啡上来了。管酒的侍者过来问要不要来点甜酒①。我们全拒绝了,只有格雷说他想喝一杯白兰地。瓶子拿来时,埃利奥特坚持要看看是什么牌子。

"不错,好酒。喝了没有害处。"

"您来一小杯吗?"侍者问。

"唉,我现在禁酒了。"

然后埃利奥特详详细细告诉侍者,自己的肾脏有毛病,医生严禁他喝酒。

"喝一点苏布罗伏加酒对您不碍事。这酒有名地能补肾。我们这儿刚进了一批,从波兰运来的。"

"真的吗?这种酒近来很难得。拿一瓶来我瞧瞧。"

管酒的侍者是个身材魁梧、神气十足的家伙,还在脖子上挂了一根长长的银项链,他跑去拿酒瓶。埃利奥特向我们解释说这是波兰酿制的一种伏特加酒,但在各方面都比伏特加好得多。

"我们打猎时聚在拉德齐威尔斯家里,常喝这种酒。你们真应当瞧瞧那些波兰的王公贵族们喝这种酒的派头;一大杯一大杯地喝下去,完全面不改色,我这话一点也没有夸张。的确是血统好;百分之百的贵族。索菲,你可得尝尝;伊莎贝尔,你也要喝一点。都要知道是什么滋味,谁也不应该错过。"

管酒的侍者把酒瓶拿来。拉里、索菲和我都拒绝了,但是,

---

① 这里指像樱桃白兰地那类浓味甜酒,一般在餐后用小杯子饮用。

伊莎贝尔说她愿意试试。我感到诧异,因为她一向酒喝得很少,而今天她已经喝了两杯鸡尾酒和两三杯葡萄酒了。侍者给她倒了一小杯淡绿色的液体,伊莎贝尔端起来闻了闻。

"哦,真香啊!"

"是不是?"埃利奥特说,"有香味是因为里面泡了一味草药;酒的味道好也是这个缘故。我也来陪你喝一杯。偶尔喝上一次还不至于把我给喝坏。"

"酒味真美,"伊莎贝尔说,"像甘露一样。我从来没有喝过如此美味的酒。"

埃利奥特也端起杯子举到唇边。

"唉,这酒使我想起了以往的日子。你们要是从没有住过拉德齐威尔斯家,就体会不到真正的生活该是什么样。那个场面真大啊。封建时代才有的大场面,懂吗?你会恍惚以为自己正处于中世纪时期。上车站来接你的是一辆六匹马拉的车,骑手坐在马上。吃饭时,每个人身后都站着一个穿制服的男用人。"

他不断地形容那家府邸是如何阔绰华贵,那些筵席的排场是如何盛大;我忽然起了一阵疑心——当然是无足轻重的——好像这件事整个儿是埃利奥特和那个管酒的侍者商量好的,好给埃利奥特创造机会来大谈特谈一番他所参与的盛大场面,以及所结识的王公贵族。要阻止他高谈阔论简直是不可能的。

"再来一杯吗,伊莎贝尔?"

"哦,我可不敢再喝了。不过这酒的味道实在太好了。我很高兴知道有这种酒;格雷,我们得想办法买几瓶。"

"我让他一会儿给你们送几瓶去。"

"呀,埃利奥特舅舅,真的吗?"伊莎贝尔兴高采烈地说,"你待我们太好了。格雷,你非要尝一下不可;它闻上去就像新割的稻草和春天的花香,还有百里香和薰香草的味道,入嘴一点也不辛辣,很是润口,惬意得像是在月色里听音乐一般。"

这一连串似乎情不自禁的话真不像是伊莎贝尔说出的,我疑心她是不是有点醉了。最后散席时,我同索菲握手道别。

"你们定下结婚的日子了吗?"我问她。

"再过一个星期吧。我希望到时你能有空来参加婚礼。"

"恐怕我那时候不在巴黎。明天我就要回伦敦去。"

当我和其他客人一一握手告别时,伊莎贝尔把索菲拉到一旁,跟她谈了几句话,然后转身向格雷说:

"哦,格雷。我稍晚些再回去。慕尼丽丝服装店正举办时装展览,我想带索菲去看一看。她该了解一些最新的服装款式了。"

"我确实想看看。"索菲说。

我们分手了。当晚我邀请苏姗娜·鲁维埃出来吃了顿晚饭,第二天早上就启程返回英国。

六

两个星期后,埃利奥特抵达克拉里奇饭店;之后不久,我就顺路去看他。他在这边定制了几套服装,因此不厌其烦地详细告诉我他挑选的什么料子和款式,又为什么挑选这样的料子和款式。当我终于能插话时,我就问他拉里和索菲的婚礼举办得怎么样。

"没有举办。"他说,神情冷了下来。

"你这话是什么意思?"

"离婚礼只有三天的时候,索菲失踪了。拉里到处找她也没找着。"

"真是怪事!他们吵架了吗?"

"没有。一句也没吵过。什么事情都准备好了。我已经准备着去当女方的主婚人了。他们预备婚礼举行后立刻去搭乘东方快车。要我说,这婚没结成对拉里倒是件好事。"

我猜想伊莎贝尔已经把实情全都告诉他了。

"究竟发生了什么事情?"我问。

"好吧,你还记得那天你请我们在丽思吃午饭吧?之后,伊莎贝尔带索菲上慕尼丽丝服装店去了。你还记得她穿的那身衣服吗?真不成样子。你可注意到那两个肩膀?一件衣服剪裁得好不好,你只要看肩膀合不合适就知道了。当然,这个可怜的孩子,慕尼丽丝的价钱是她付不起的,可是,你知道伊莎贝尔是非常慷慨的,她打算送给索菲一套衣服,使她至少在结婚那一天穿得像样一点。索菲当然乐于接受。总之,长话短说,有一天,伊莎贝尔约索菲三点钟上她公寓来,然后一同去服装店再试一次衣服。索菲倒是准时到了,可惜不巧伊莎贝尔刚好带着两个孩子去看牙医了,回家的时候已经四点了,那时候,索菲已经走了。伊莎贝尔以为她等得不耐烦,自己去慕尼丽丝了。她立刻赶到慕尼丽丝去,但是,索菲却并没有去那儿。后来她只好独自回家。本来他们约好了晚上要一起吃饭的;拉里晚饭时来了,伊莎贝尔头一句话就问他,索菲上哪儿去了。

"拉里感到莫名其妙,马上给索菲的公寓打电话,但是,没有人接,于是拉里就说要去找索菲。他们把晚饭时间尽量延迟,但是,等来等去两个人谁也没来,他们就只好自己吃了。当然你知道你们在拉普街碰见索菲之前,她过的是什么样的生活;你把他们带到那种地方去是一件非常不幸的事。总之,拉里跑了整整一夜,把她以前常去的那些地方都找遍了,但是哪儿也找不着她。他一次又一次地跑到她的公寓去找她,但是,看门的人说她再也没有回来过。他找了她三天,还是踪影全无。第四天,他再次去她的公寓找她。看门人告诉他索菲回来过了,往包里装了些东西,坐一辆出租汽车走了。"

"拉里是不是很难过?"

"我没有见到他。不过伊莎贝尔告诉我他非常难受。"

"她没有写信来或者留下什么字条吗?"

"什么都没有。"

我琢磨了一番。

305

"你认为这是怎么回事？"我说。

"老兄，跟你的看法完全一样。酒瘾上来了，她熬不住了呗。"

这当然是明摆着的，但尽管如此，还是很蹊跷。我不懂得为什么她偏偏会在这个时候偷偷溜掉。

"伊莎贝尔对这事怎么说？"

"当然她很难受，不过，她是个明事理的女孩子，所以，她告诉我，她认为拉里娶这种女人是不会有好结果的。"

"拉里怎么样了？"

"伊莎贝尔对他很体贴。她说难办的是，他不肯跟她谈这件事。不过他总能想通的，你懂的；伊莎贝尔说，拉里之所以要娶索菲，根本不是因为爱她，只是觉得她可怜。"

我完全能够想象伊莎贝尔对事态转变得这样如她的心意，是怎样故作镇静。我敢肯定，下次我见到她时，她一准会向我指出她早就猜到会是这么个结局了。

可是，我几乎在一年以后才重又见到伊莎贝尔；那时候，我可以把索菲的情形说给伊莎贝尔听，让她仔细想一想，但是由于时机不合适，就没有提。我在伦敦一直待到将近圣诞节，然后直接回到里维埃拉自己家里，没有在巴黎停留。我着手写一部小说，一连几个月都闭门谢客。只不时和埃利奥特见见面。他的健康显然越来越差了，但是尽管如此，他还是一如既往地热衷于社交活动，真让我看了替他难受。他对我很不满，因为他认为我太自命不凡，宁愿闭门写作也不愿去三十英里以外的地方参加他定期举办的一次又一次派对。

"老兄,这是个不同寻常的大好季节,"他告诉我,"像你这样成天把自己关在屋子里,外面什么活动都不参加,简直是在犯罪。而且你为什么选择在里维埃拉这种老旧落伍的地方居住呢?我真是活到一百岁也弄不明白。"

这个可怜又可爱、热心肠的埃利奥特!但是很显然,他是活不到这么大年纪的。

到了六月,我的小说初稿已经完成,认为可以给自己放个假了,所以打了一个包,登上那艘单桅帆船,去往人们夏天常去的福斯湾洗海水浴。船沿着海岸向马赛驶去。由于风时断时续,船有大半时间附装的马达都突突突地开着。我们在戛纳港过了一夜,在圣马克西姆又过了一夜,在萨纳里过了第三夜。后来就到达土伦。我对土伦港一直颇有好感。法国的舰队赋予它一种既浪漫又亲近的气息,而且在那些老式街道上闲逛从不使人厌倦。我常常好几个小时流连于码头,看那些上岸休假的水兵游逛,或者一对对的,或者带着女友,看那些平民们来回漫步,好像他们除了享受令人愉快的阳光外,世界上没有其他的事可做似的。由于所有这些大船和渡船都是把熙熙攘攘的人群带往这个辽阔海港的各个地方去,所以,土伦给你的印象就是大千世界一切道路交汇的终点站。当你坐在一家咖啡馆里小憩,海光天色耀眼,令人晕眩,你的想象力会把你带往金光灿烂的海角天涯。你乘坐一艘游艇,在太平洋一座珊瑚岛上登陆,周围长着椰子树;你沿着舷梯下了船,登上仰光码头,叫了一辆黄包车;你的船驶往太子港,你站在甲板上看着成群的黑人喧喧嚷嚷,混杂着手势。

时近中午船才靠岸。下午过半的时候我登上码头,沿街走去，看看店铺，看看身边经过的行人，看看坐在饮食店遮阳篷下面的人们。忽然间，我看见索菲；在同一时刻，她也看见了我。她笑着和我打招呼。我停下来和她握手。她正独自坐在一张小桌前，桌上的杯子已经空了。

"坐下来喝杯酒吧。"她说。

"你也一起喝一杯吧。"我说着，坐在了另一把椅子上。

她穿了一件蓝白条纹的法国水手服，一条大红裤子，脚上穿的凉鞋，染过了的大脚趾露在外面。她没有戴帽子，头发剪得短短的，而且烫过，颜色是有些接近白银的淡金。和我们在拉普街碰见她时一样浓妆艳抹。从桌上的盘子可以看出她应该已经喝过一两杯了，好在还算清醒。她看到我似乎还蛮高兴的。

"巴黎那些人好吗？"她问道。

"想来都还好。自从那天我们一起在丽思饭店吃过午饭后，我还没有碰见过他们中间的任何人。"

她从鼻孔里喷出一大股浓烟，然后大笑起来。

"我还是没有和拉里结婚。"

"我已经知道了。但是为什么？"

"亲爱的，事到临头一想，我觉得我不能让拉里做耶稣基督，我来做蒙大拿的马利亚[①]。不行，先生。"

"你为什么到最后关头改变了主意？"

她眼带讥笑地望着我。头傲慢地偏向一边，胸脯平平，腰身窄窄，加上这身打扮，活脱脱像个行为不端的男孩子。但我必须

[①] 参阅《新约·路加福音》第7章第37—39节，第8章第2节。耶稣从蒙大拿的马利亚身上驱除了七个恶鬼。

承认,她比我上次见到她时吸引力要大得多。那时她穿了一身红衣服,过分鲜艳,土里土气,给人以别扭之感。她的脸和脖子都被太阳晒黑了,虽则皮肤的棕色把两颊上涂的胭脂、眉毛上抹的黑色衬得更加刺眼,但是,这种俗气所产生的效果也并非没有妩媚之处。

"你希望我告诉你吗?"

我点点头。侍者送来了我点给自己的啤酒以及点给索菲的白兰地苏打水。她用手里快抽完的烟头点燃了另一支继续抽。

"我那时已经有三个月没有沾过一滴酒,没抽过一口烟。"她看见我微微吃惊的神情,不由得大笑,"我不是说香烟。是鸦片。我熬得痛苦极了。你知道,有时候,我一个人在家时,我简直要把房子叫塌了;我喊着,'我坚持不住了,我坚持不住了。'有拉里在我身边陪伴时,我还能感觉好受些,可是他一不在,我就简直无法忍受。"

我一直在留神观察她;当她提到鸦片时,我就更加仔细地打量起她来,看出她的瞳孔缩成针眼般大小,这表明她到现在都没能戒掉鸦片。她的眼珠那么绿,简直吓人。

"伊莎贝尔说要送我一套结婚礼服。这衣服不知道现在怎样了。那衣服可真美。我们约好了,我去找她,然后一同去慕尼丽丝服装店。我可以替伊莎贝尔吹一下,有关服装的事情,她没有不知道的。我到了她的公寓,那个用人告诉我,他的女主人匆匆忙忙地带着琼去看牙医了,留下了话,说她很快就会回来。我被领进了客厅。桌上还放着咖啡壶和杯子,我问那人能不能给我来一杯咖啡。那时我只能靠着咖啡来打气了。他说替我烧点来,同

309

时把吃剩的咖啡壶和空杯子拿走,托盘里只留了一瓶酒。我瞧了一眼,原来正是你们大家在丽思饭店谈论的那个波兰玩意儿。"

"苏布罗伏加酒,我记得当时埃利奥特说他要送几瓶给伊莎贝尔的。"

"你们一个个都盛赞那酒的味道,引起了我的好奇心。我打开塞子闻了闻。你们讲的一点也不错;酒闻上去确实香极了。我点燃一支烟等着。过了几分钟,用人把咖啡送进来。咖啡味道也很不错。许多人对法国咖啡赞不绝口,让他们夸去吧;我还是喜欢喝美国咖啡。这是我在法国想喝而又喝不到的东西。可是,伊莎贝尔家的咖啡烧得不错,我正觉得浑身难受,喝了一杯咖啡后感觉好些了。我望望桌上放的那瓶酒。真是馋人呀,可是,我说,去他妈的,我决不想它,于是又点起一支烟。我以为伊莎贝尔应该会很快回来的,可是,等来等去也没等到她回来;我慢慢焦躁起来;我最不耐烦等人,而且屋子里连本书都没有。我起身在屋子里四处走动,看看墙上的画,但是,眼睛始终离不开那个该死的酒瓶。后来我想,我只倒一杯出来,看一看。那颜色是那么好看。"

"淡绿色。"

"是的。怪吧?它的颜色正像它的香味。那种绿色就像你有时候在一朵白玫瑰花蕊里看见的那样。我非得看看它的味道是不是也是这样,我想尝一下对我不会有什么影响;我确实只打算浅浅地呷一口。但就在这时候,我听见一阵声响,我以为是伊莎贝尔回来了,于是赶紧一口把杯子里的酒喝干了,因为我不愿意被她撞见。但是,并不是伊莎贝尔回来了。而我呢,一杯酒下肚,

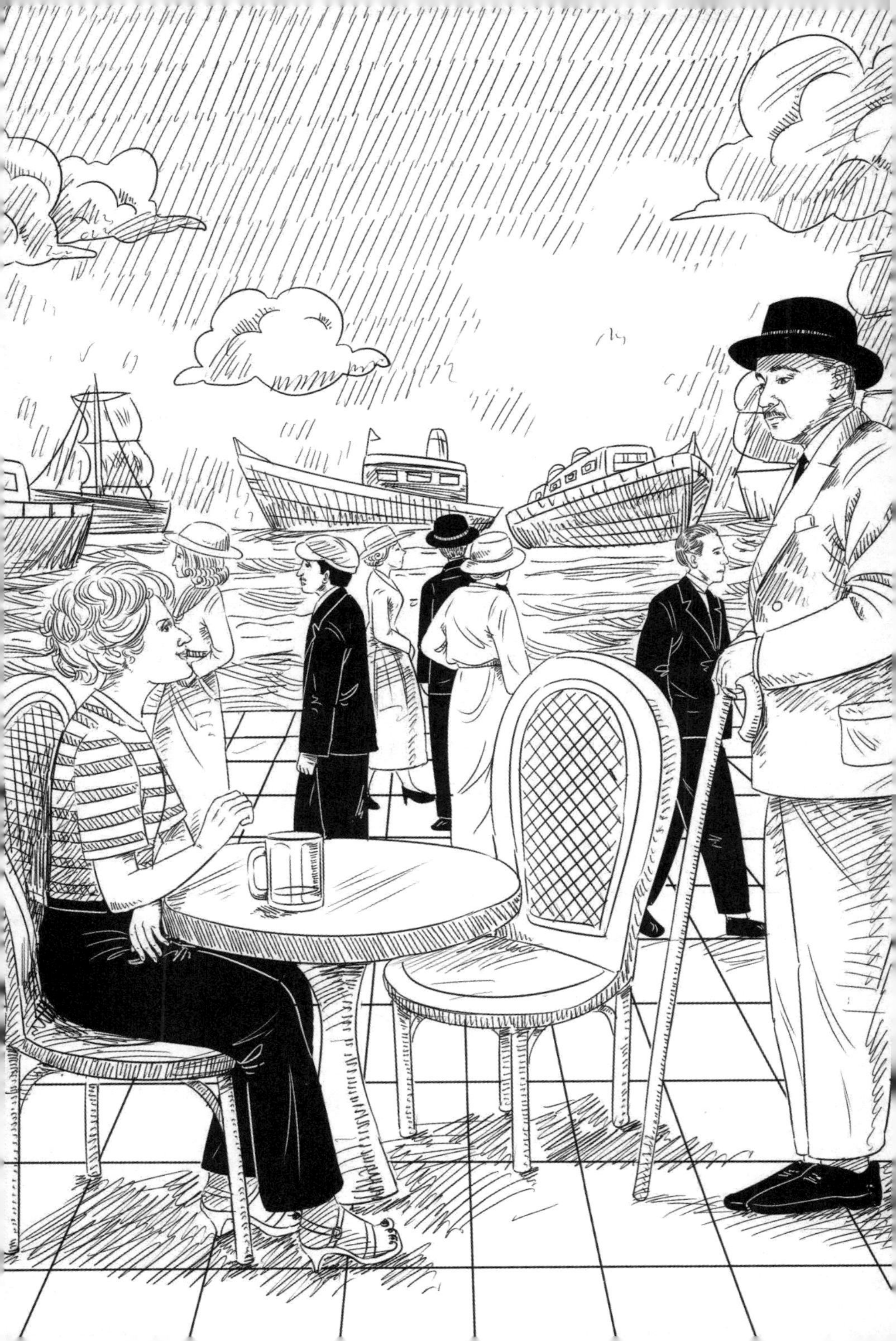

她穿了一件蓝白条纹的法国水手服,一条大红裤子,脚上穿着凉鞋,染过的大脚趾露在外面。她没有戴帽子,头发剪得短短的而且烫过,颜色是有些接近白银的淡金,和我们在拉普街碰见她时一样浓妆艳抹。她胸脯平平,腰身窄窄,加上这身打扮,活脱脱像个行为不端的男孩子,但比我上次见到她时吸引力要大得多。她的脸和脖子都被太阳晒黑了,虽则皮肤的棕色把两颊涂的胭脂、眉毛抹的黑色衬得更加刺眼,但是,这种俗气所产生的效果也并非没有妩媚之处。

通体舒畅。天哪，我自从戒酒以后从来没有觉得这样好受过。我真切地感受到我整个人都重新活了过来。那时候，如果伊莎贝尔进来，我想我现在和拉里已经结婚了。我真不知道那样一来结果会是什么样。"

"她一直没来吗？"

"没有，她一直没来。我很生她的气。她是有多了不起啊，要我等她这么久？接着，我看见杯子里酒又满了；我想我一定是无意中把酒倒上的，只不过我甚至不记得自己倒过酒了，随你信不信。可是，再把酒倒回去太没有意思了，所以我就喝光了那杯酒。没得说，味道美极了。我觉得自己变了个人；觉得自己在放声大笑，三个月来，我从来没有这样感觉过。你可记得那位老先生说，他在波兰赴宴时看见有人用大杯子灌这种酒但是神色不动吗？哼，我心想，那些波兰狗崽子们都能大杯喝，我也能，管它呢，干脆就喝个痛快好了！于是我把剩下的咖啡倒进壁炉里，在咖啡杯里斟满了酒。人们都说母乳在全天下最美味，依我说，这全是胡扯。喝到后来，我已经不太记得具体情形了，不过，敢说等到我喝得尽兴之后，瓶子里已经所剩无几了。接着，我想我一定要趁早溜掉，免得撞见伊莎贝尔。其实差一点就撞见她了。我才走出前门，就听见琼妮①的说话声。我赶紧跑上公寓的楼梯，等她们全都走进去并且关了门之后，再跑下来，打了一辆出租汽车离开。我嘱咐司机开快一点，他问我上哪儿去，我对着他哈哈大笑，感觉自己像是升了仙。"

"你没回自己的公寓吗？"我明知故问。

---

① 即琼的爱称。

"你把我当作什么样的大傻瓜？我知道拉里一定会来公寓找我的。那些我常去的地方一处也不敢去，所以我去了哈基姆那里。我知道拉里决不会找到那里去。再说了，我也想过一过烟瘾。"

"哈基姆是什么地方？"

"哈基姆嘛，他是个阿尔及利亚人，只要你付得起钱，他就弄得到鸦片给你。他对我很够朋友。你要什么他都能给你弄到，不管是男孩子、男人、女人或者黑人。他身边经常有五六个阿尔及利亚人供他差遣。我在他那里住了三天。睡了不知道有多少个男人。"她开始咻咻笑起来。"高矮胖瘦都有，还有不同肤色的。我要把前段时间的损失统统补回来。可是，你知道，我害怕起来了。我觉得在巴黎住下去不安全。我害怕拉里会找到我，而且我的钱已经花光了，那些狗杂种，你要他们和你睡觉你还得给他们钱，所以，我就离开了那里，回到了公寓，给看门的人一百法郎，告诉她如果有人来找我，就说我已经走掉了。我把行李打包好，当晚就坐火车来到土伦。一直到抵达这里之后，我悬着的心才总算放下。"

"你从此就没有离开过吗？"

"一点不错，而且我要一直待下去。在这儿你要多少鸦片都有。那些水手从东方带来的，全都是上等货色，不像他们在巴黎卖给你的那种烂狗屎。我在旅馆里租了一间房。你知道这家旅馆吗？名字是"贸易与航海"。晚上你走进旅馆，过道里全是鸦片烟味。"她贪婪地抽动起鼻子。"那味道，又香又刺鼻，你知道客人们都在各自的房间里抽着鸦片，让你产生了一种亲切感。

而且他们才不管你带什么人来过夜。每天早晨五点自会有人来敲门,叫醒那些水手回船上去,所以,你也完全不用担心会睡过头。"接着她话锋一转:"我在沿码头的一家书店里看见一本你写的书;早知道会碰见你,我就买一本让你签名了。"

刚才经过书店时,我曾经停下来看了看,橱窗里确实摆着一本我的书,是新译过来的法文译本,和别的新书摆在一起。

"我想,你对那本书不会多感兴趣的。"我说。

"那可不一定,你知道,我是能够看书的。"

"我知道你还会写。"

她迅速地瞟我一眼,大笑起来。

"哈,我小时候常常写诗。想来一定不像样子,不过当时我自己认为还不错。我想是拉里告诉你的。"她迟疑了一下,"人生反正是一场苦难,去他的吧,要是你不能从中找点乐子,不去好好享受一番,那你就是天底下最大的傻瓜。"她说着,挑衅地将头向后一甩,"我如果买下那本书,你肯不肯给我签个名?"

"我明天就要离开这里了。如果你真想要,我一会儿买本送你,留在你旅馆里。"

"那太好了!"

就在这时候,一艘海军汽艇停靠到码头,有群水手从里面出来。索菲望向那群水手。

"那边那个是我男友。"她向其中一个挥一下胳膊,"你可以请他喝一杯酒,然后最好溜掉。他是个科西嘉人,就像我们的老朋友耶和华一样爱吃醋。"

一个年轻水手向我们走来,看见我时踌躇了片刻,但是,索菲一直在朝他招手,就走到我们桌子前。他个子高高的,皮肤黝黑,胡子刮得很干净,很漂亮的深色眼睛,鹰钩鼻子,乌黑的波状头发。样子看上去还不到二十岁。索菲跟他介绍,说我是她幼年时在美国认识的朋友。

"不爱说话,但长得漂亮。"她向我说。

"你是不是就喜欢这样粗野些的?"

"越粗野越好。"

"总有一天你会被割断脖子的。"

"完全意想得到,"她咧嘴直笑,"早死早好。"

"讲法语好不好?"水手恶声恶气地说。

索菲转身向他一笑,笑容里多少带点儿嘲讽。她说得一口流利的俚俗法语,带着很重的美国口音,但是,这样一来,却使她平日使用的下流词汇带有一种滑稽腔调,使人忍俊不禁。

"我告诉他你很漂亮,但是怕你不好意思,我才用英语说的。"①她又对我说,"他很结实。他的肌肉就像拳击手的。你摸摸看。"

水手听了这几句恭维话,怒气立刻就烟消云散了,笑容满面地弯起胳膊,鼓起肱二头肌。

"你摸摸看,"他说,"来啊,摸摸看。"

我伸手摸了一下,表示相当钦佩。我们客套了几分钟。我起身结了酒账。

"我得走了。"

"见到你很高兴。别忘了书的事。"

---

① 这句话是向水手讲的,因为水手并不是不懂英语。

"不会忘的。"

我和两个人分别握了手,然后离开。途中经过那个书店时,买下那本小说,写上索菲和我的名字。然后就想不出该写什么好了。我突然想起了各种文选无不收录的龙沙①那首精美小诗,提笔把诗的第一行写了上去:

美人儿,我们去看看那玫瑰花……

我把书送去索菲住的旅馆,就在码头附近,也是我常住的地方,每当黎明时分,船上招呼上岸过夜的人的号声就会将你叫醒;那时海港平滑如镜的水面上,太阳朦胧升起,给那些犹如幽灵的船只披上一层可爱的晨光。因此,我以往来此,就常住在这家旅馆。第二天,我登上船,向卡锡进发,我要去那儿买些葡萄酒,然后再坐船到马赛去,换了面定做的新帆。一个星期后,我回到了家里。

---

① 龙沙(1524—1585),法国抒情诗人,七星诗社的主要代表。

七

我在家看到埃利奥特的用人约瑟夫留给我的便条,告诉我埃利奥特卧病在床,很想见见我,所以,第二天,我就驱车直奔昂第布。约瑟夫在领我上楼见他主人之前,已经告诉我埃利奥特是尿毒症犯了,医生说病情很严重。他目前算是熬过了一场,正在复原中,但是,肾脏有病,想要完全治好是不可能的。约瑟夫跟随埃利奥特已有四十年了,对他忠心耿耿,可是,尽管表面显得很难过,人们不难看出,和他这个阶层的许多成员一样,当主人家遭到灾难时,他内心里却幸灾乐祸。

"不幸的老爷,"他叹息说,"他当然有他的怪癖,不过,归根到底,他是个好人。人早晚是要死的。"

他说话的口吻简直像埃利奥特就要咽气了。

"我敢说他早已替你们安排好赡养费了,约瑟夫。"我不客气地说。

"谁都这样想。"他哀叹着说。

当他把我领进埃利奥特的卧房时,令我意外的是,埃利奥特竟然很活跃。埃利奥特脸色苍白,样子看上去很老,然而精神头很不错。胡子刮得干干净净,头发梳得很整齐。身上穿的是一套淡青色的绸缎睡衣,睡衣口袋上绣着他姓名的缩写字母,字母上面是他的伯爵冠饰。在翻过来的被单上,也绣有这些字母和冠饰,并且大得多。

我问他有没有感觉好点。

"非常好,"他兴头十足地回答,"不过是一时不舒服。再过几天,我就要起床到处走走。我约了第米特里大公星期六和我共进午餐,而且告诉我的医生,无论如何务必要在那天把我医好。"

我陪他坐了半小时,临走时嘱咐约瑟夫,如果他的病复发,一定要通知我。一个星期后,我去赴一家邻居的午宴,没料到埃利奥特赫然在座。他盛装华服,但脸色像个死人。

"你不应当出门,埃利奥特。"我向他说。

"噢,这是什么话,老兄?佛里达要宴请玛法尔达公主。我认识意大利王室已有多年,从可怜的路易莎在罗马任上的时候起;况且我总不能不给佛里达面子吧。"

我不知道究竟应当佩服他不屈不挠的精神,还是应当可怜他一大把年纪而且得了绝症,却还是如此热衷于社交活动。你绝不会想到他是一个病人。就像一个濒死的演员,脸上一涂了油彩,踏上舞台,立刻就会忘掉浑身的病痛一样,埃利奥特也以他一贯的自如担当他潇洒请客的角色,待人接物极其和蔼,对那些显赫人士刻意奉承,话题往往刁钻刻薄,非常逗人,统统是他的拿手好戏。我好像从来没有看见过他这样使出浑身解数。他对公主殿下鞠躬时所展现出的翩翩风度,既表现出他对公主的崇高身份的尊敬,又表现出一个老人对一个年轻美丽女子的景慕,真让人大开眼界。无怪乎在那位殿下告别以后,我就听见女主人对埃利奥特说,他是这次宴会的生命和灵魂。

几天后,埃利奥特又卧床不起了。医生严禁他走出房门,这令埃利奥特火冒三丈。

"偏偏在这个时候生病,真是倒霉透顶。今年这个季节特别热闹。"

他说着就报出一连串今年会到里维埃拉消夏的知名人士的名字。

每隔三四天我都去探望他一次。有时我去了他是躺在床上,有时则身穿一件华丽的晨衣坐在轮椅上。他似乎有穿不完的晨衣,我从来没有看见他穿过同样的。有一次,在八月初,我去探望他,发现他异乎寻常地沉默。约瑟夫领我进屋子时告诉我,他的病好了一些;看见他这样无精打采,我有点诧异。我将海上旅行时所听到的一些花边新闻讲给他听,想逗他高兴一点儿,但是,他显然不感兴趣。他双眉微皱,表情忧郁,这在他身上是不常见的。

"你去参加爱德娜·诺维马里举办的宴会吗?"他突然开口问我。

"不,当然不去。"

"她邀请了你没有?"

"里维埃拉的每个人她都邀请了。"

诺维马里公爵夫人是一个非常富有的美国人,嫁了一个罗马公爵,不过,并非意大利那种一抓一大把的普通公爵,而是一个伟大家族的族长,是一位在十六世纪为自己创立了一个公国的佣兵队长的后代。这位夫人已经六十岁了,是个寡妇。由于法西斯政权勒索她在美国的财产,她不愿意,所以离开意大利,自己在戛纳山背面置了大片土地,并盖起一座佛罗伦萨式的别墅。她从意大利运来了大理石,以装衬她那宽敞客厅的四壁,她从外国请来画家给她画天花板。她的藏画以及各类青铜器皿都异常精美;就连一向不大瞧得上意大利家具的埃利奥特,也不得不承认这些家具确实华贵。那些花园都很秀丽,修建游泳池更是花费高昂。她人非常好客,每次宴请总不少于二十个人。她安排好在八月月圆时举行一次化装舞会。虽则还有三个星期的时间,但是已成了里维埃拉的人们谈论的主要话题。因为晚上要放焰火,她还特意从巴黎请来一支黑人乐队。那些流亡的王公贵族相互谈论时又是羡慕,又是妒忌,认为她这一晚的花费足够他们一年的用度了。

"真是奢侈。"有人说。

"简直发疯。"有人说。

"庸俗之至。"有人说。

"你准备到时候穿什么衣服去?"埃利奥特问我。

"我刚才对你说过了,埃利奥特,我不准备去。你认为在我这样的年纪还会穿得花花绿绿吗?"

"我没收到她的帖子。"他声音嘶哑地说,同时目光忧郁地望着我。

"哦,会收到的。"我平静地说,"现在请帖肯定还没有完全发完。"

"她不会请我的。"他讲话的声音都哑了,"这是故意给我难堪。"

"哦,埃利奥特,这个我不能相信。只不过是她一时疏忽。"

"我是不该被人疏忽的。"

"你身体不好,即使请你,你也不能去。"

"我当然能去。那将是这个季节最精彩的一次宴会！我就是躺在床上要死了，也会爬起来去。这次派对正适合我穿上我祖先德·劳里亚伯爵的衣服。"

我不知道说什么好，只好保持沉默。

"刚才你还没来的时候，保罗·巴顿来看过我。"埃利奥特突然说。

读者想必已经忘记这个人是谁了，因为我自己写到这里还得翻翻前面我给这个人起了个什么名字。保罗·巴顿就是那个由埃利奥特引进伦敦上层社交界、后来认为他派不上什么用场就不再理会的年轻美国人，因此很遭埃利奥特憎恶。这个人近来相当引人注目，先是因为他加入英国国籍，后来又因为他娶了一个报界巨头的女儿，而这位巨头已经晋升为贵族了。有了这样的靠山，再加上人又精明，前途自然无可限量了。埃利奥特心里很不是滋味。

"每次我夜里醒来，听见护墙板里有老鼠的抓挠声，我就会说：'这是保罗·巴顿在往上爬。'我敢说，老弟，最后他总能混进上议院的。谢天谢地，那一天我是看不见了。"

"他来这里做什么？"我问。因为我和埃利奥特同样清楚，这家伙是无事不登三宝殿。

"我告诉你他来做什么，"埃利奥特怒不可遏地吼道，"他想要借我的德·劳里亚伯爵的服装。"

"脸皮真厚！"

"你没明白他的用意，这表明他知道爱德娜没有邀请我，并且也不打算邀请我。说不定还是她故意唆使他来气我的。这只老狐狸！没有我，她决不会混到现在这样。我为她开宴会，把她介绍给大家。她竟然和自己的司机上床；这事你应该知道吧。真叫人恶心！巴顿坐在那儿，告诉我，她预备把花园整个扎上灯彩，还要放焰火。我最喜欢看焰火了。他还跟我说，有不少想要请帖的人天天缠着爱德娜，可都被她毫不留情地拒绝了。她要把这次宴会办成真正的群英荟萃。他那讲话的口气，好像我根本就沾不上边儿。"

"你把服装借给他吗？"

"借给他？先叫他死了进地狱。我自己下葬时就要穿它。"埃利奥特在床上坐起来，像个疯女人那样捶胸顿足。"啊，这么冷酷无情！"他说，"我恨他们，恨他们每一个人。我能够招待他们时，他们都喜笑颜开地捧我的场，但是，现在我又老又病，对他们派不上什么用场了。自从我病倒以后，来我这里探病的人的不到十个，而且整整这个星期我就只收到了一束可怜巴巴的花。我什么事情都替他们做。请他们吃，请他们喝，还帮他们跑腿办事，替他们筹划派对。我竭尽心力帮他们的忙。而我得到的是什么呢？什么也没有。他们没有一个关心我的死活。唉，太狠心了！"他开始哭起来。大滴大滴的眼泪顺着他消瘦的面颊流下来。"天哪，我当初真不应该离开美国。"

这么大岁数的人，一只脚已经跨进了棺材，就因为一家宴会没有邀请他，哭得像小孩子一样，这情景令人感到既悲哀又震惊，看得我无比难过。

"别在意，埃利奥特，"我说，"也许宴会那天会下雨，把它浇得一塌糊涂。"

他听到我这句话，就像是将要溺死的人抓到了一根稻草那样，立刻就抓着不放，眼泪都没擦干就哧哧笑了起来。

"我还没有想到这一点。我要祷告上帝下雨。过去我还没有做过这样的祷告。你说得完全对，一场雨会把宴会浇得一塌糊涂。"

我总算把他的无聊念头引导到别的方面，在我离开时，尽管他依然不高兴，但至少情绪已经平稳下来了。可是，我不愿意事情这样了结，回到家里，我就打电话给爱德娜·诺维马里，说我明天会去一趟戛纳，问她我可不可以到她那里吃午饭。她说欢迎我去，不过，明天她没有举行宴会，可能没什么人作陪。话虽如此，但我到了那里一看，她还是找了十位陪客。她这人并不坏，慷慨而且好客；她唯一的严重毛病是一张嘴刻薄，即使是她的亲密好友，她也会忍不住去讲对方的坏话。不过，她这样做是因为她头脑不灵，不会用别的办法自寻乐趣。而她讲的那些坏话又被人传了出去，这样一来那些被她议论的人往往和她有嫌隙，不过，她的宴会总是举办得很热闹，那些人过后也就不怎么和她计较了。我想让她给埃利奥特送张请帖，但如果直接求她，未免就让埃利奥特太没面子，因而想要先看看风头。她对举行这次化装舞会大为兴奋，午饭时间她都在谈论这件事。

"埃利奥特有一个机会穿他的菲力普二世服装，一定很高兴呢，"我尽量装成不经意地说。

"我没有请他。"她说。

"为什么没请？"我故作惊讶地问。

"我为什么要请他？他在社交界再也无关紧要了。他是个讨厌鬼,势利眼,是个在人背后搬弄口舌的人。"

我觉得她的话有点过分,这几条罪名同样可以加到她身上,真是个傻瓜。

"还有,"她接着又说,"我想让保罗穿上埃利奥特的那套服装,这样一定能很气派。"

我不再和她多费唇舌了,但是,我下定决心要替埃利奥特把他念念不忘的请帖弄到手,不管用什么办法。午饭后,爱德娜把她的朋友带到花园里去。这给了我可乘之机。我以前曾在她家作过几天客,对这里还比较了解。我猜想总还有些请帖剩下来,那么一般都是放在秘书的房间里。我急匆匆向秘书的房间走去,想要偷拿一张请帖藏在口袋里带走,然后填上埃利奥特的名字寄出去;尽管他病得很厉害,肯定赴不了宴会,但是,如果能收到请帖,他一定会非常开心。可是打开门时,我愣住了,因为爱德娜的秘书就坐在写字台后边,这让我的算盘落了空。秘书是个苏格兰中年妇女,名叫吉斯小姐,赭黄色头发,脸上满是雀斑,戴着夹鼻眼镜,到处显露一股老处女作风。我镇定了一下。

"公爵夫人带大伙儿去逛花园了,所以,我想到你这里来抽支烟。"

"欢迎。"

吉斯小姐讲话时带着一种苏格兰人常有的颤音。当她板着脸和她喜欢的人谈笑时,就会故意加重这种颤音,这就使那些笑话听起来更加好笑。但是,当你笑得不可自抑时,她又会惊奇而不悦地看着你,仿佛认为你觉得她讲的话好笑,简直是发神经。

"我想这场宴会给你增加了不少的麻烦,吉斯小姐。"

我说。

"我忙得晕头转向。"

我认为对她明说也无妨,于是直接就切入话题。

"老东西为什么不下帖子邀请坦普尔顿先生?"

吉斯小姐古板的脸上闪现出一丝微笑。

"你知道她是怎样的人。她跟他有仇,她亲自在名单上把他的名字画去的。"

"你知道,他活不久了。他甚至都爬不起来床了。因为没有受到邀请,他非常难过。"

"他要是想跟她拉拢,当初就该放聪明点,不要逢人就说她和她的司机上了床。这个司机可是有老婆的,还有三个孩子。"

"那么她和他有没有上过床呢?"

吉斯小姐透过玻璃镜片看着我。

"亲爱的先生,我做秘书有二十一年了,我一贯的准则是相信我所有的雇主都如同雪花般纯洁。我承认,某次我的一位女主人发现自己有了三个月的身孕,而老爷却在六个月前就去非洲打猎了,那时我的信念是有点儿禁不住考验,但是,她去巴黎旅行了一趟,而且那次旅行花了一大笔钱,于是,一切平安了。公爵夫人和我都同时松了一口气。"

"吉斯小姐,我来这里并不是为了陪你抽烟的,我来是想偷一张请帖亲自寄给坦普尔顿先生。"

"这样做很不妥当。"

"你给一张吧。主持公道,吉斯小姐。给我一张请帖。他来不了的,但这请帖却能使那可怜的老人高兴。你对他没有什么意见吧?"

"我对他没有任何意见,他一直对我很客气。他是一位真正的绅士,相比那些跑到这里来只顾着塞满自己肚皮的人,他无疑要正派得多。"

所有重要的人物身边都有些受信任的手下。对这些倚仗人势的人,你最怠慢不得。当他们得不到自认为应受到的尊重时,他们就会对你产生敌意,从此不断在主子跟前挑拨是非。你必须和这种人搞好关系。埃利奥特当然比任何人都更懂得这一点,所以对那些要人的穷亲戚、老女佣以及心腹秘书,他总是非常和气而且有礼貌的。我肯定他时常和吉斯小姐相互打趣,而且每逢圣诞节总记着送她一盒巧克力、一只梳妆盒或者一只手提包。

"拜托了,吉斯小姐,发发慈悲吧。"

吉斯小姐推了推夹鼻眼镜。

"毛姆先生,我相信你不会逼我做出对雇主不忠的事;再说了,要是老东西发现我做了违背她意愿的事,就会辞退我的。请帖在写字台上,都装在信封里。我这会要到窗边看一看,这一方面是因为我在一个位置上坐得太久了,腿有点麻,想活动一下,另一方面我是想观赏一番美丽的风景。如果我背后出了什么事情,不论是上帝还是凡人,都不能要我负责。"

当吉斯小姐重新坐下来时,我已经将请帖装进口袋里了。

"今天幸会,吉斯小姐,"我说着,向她伸出手去,"化装舞会上你准备穿什么服装?"

"亲爱的先生,我是个牧师的女儿,"她回答说,"这种愚蠢的事，还是让那些上流人士去做吧。当我看到《先驱报》和《邮报》的记者们吃饱晚饭，喝足我们的第二等最佳香槟酒之后，我的任务就算完成了。那时就可以回到自己的卧室，关上门继续读侦探小说了。"

八

两天之后,我去看埃利奥特时,发现他满面笑容。

"你看,"他说,"我收到请帖了。就在今天早上收到的。"

他把请帖从枕头下面拿出来给我看。

"我不是告诉过你吗?"我说。"你看你的姓氏是T字打头的。那位秘书显然到现在才刚刚写到你。"

"我还没有回信呢。等明天回吧。"

听见这话,我顿时担心起来。

"你要不要让我替你写回信?这样我走时就能发出去了。"

"不,为什么你要替我回?我完全可以亲自答复请帖。"

我想,幸亏信件一向会由吉斯小姐拆封,她肯定能想到把这封信扣下来。这时埃利奥特按了按床头的电铃。

"我要让你瞧一瞧我的服装。"

"难道你真想去吗,埃利奥特?"

"当然要去。自从博蒙家那次舞会之后,我还没有穿过它呢。"

约瑟夫听见铃声后进来,埃利奥特吩咐约瑟夫把服装拿来。服装放在一只大的扁盒子里,外面用薄绢裹着。其中有白绸长裤,配有衬里的织金布短裤,白麻布镶边,配上紧身上衣,一顶斗篷,一条围在脖子上的绉领,一顶天鹅绒的平顶帽,一条长金链子，链子的一头挂着那个金羊毛勋章。我认出这是仿照普拉多①博物馆里提香画的菲力普二世穿的华丽服装做的。而埃利奥特却告诉我说，这身服装是他的先祖劳里亚伯爵在参加西班牙国王和英国女王的婚礼时所穿的衣服，我认为他完全是想入非非。

　　第二天一大早，我正吃着早餐，就有人打电话来。是约瑟夫的电话；他告诉我，夜间埃利奥特又发病了，医生匆匆赶来之后，认为埃利奥特可能今天都熬不过去。我命人把汽车开来，赶到昂第布。埃利奥特正处于昏迷状态。原本埃利奥特是坚决不肯让护士照顾他的，可是我看见有个护士在场，是医生从那个介于尼斯与博留之间的英国医院找来的，这使我看了很高兴。我出去打了个电报给伊莎贝尔。她和格雷正带着孩子在拉保尔的海滨度夏，因为那边的花销要便宜许多。路途遥远，恐怕他们赶不到昂第布给埃利奥特送终。除了她那两个多年不曾与埃利奥特见面的哥哥，她可以说是埃利奥特在世上的唯一血亲了。

　　可是埃利奥特的生命意志十分顽强，不然就是医生的挽救有效果，白天他又慢慢地苏醒过来。尽管病得不成样子，他仍旧强作精神，和护士打趣，问一些关于她的性生活的下流问题。这天下午我一大半时间都在陪着他；第二天再去看他时，发现他尽管身体还虚弱，精神头倒还蛮不错。护士只允许我和他待很短一段时间。我对发出的电报没有得到回音感到焦急；由于不知道伊莎贝尔在拉保尔的地址，电报是打到巴黎去的，生怕管家转电报时耽搁了时间。不凑巧的是，格雷和伊莎贝尔正乘汽车在布列达尼半岛做短途旅行，因此耽搁了时间。我是两天后才收到伊莎贝

---

①　意大利地名，离佛罗伦萨不远。

尔回电的，说他们马上赶过来。我查了火车表，要等他们的车到站，至少还要三十六个小时。

第二天清早，约瑟夫又打电话给我，说埃利奥特夜里的情况很不好，现在要见我。我匆匆赶去。当我到达时，约瑟夫把我拉到一旁。

"请恕我冒昧，先生，有件难办的事情想和您商量一下，"他跟我说，"当然，我自己并不信教，而且认为所谓宗教全都是神父们用以愚民的阴谋；只不过，先生，您大概也知道，女人们并不这么看。我妻子和女用人都坚持要让老先生临终时受到祝福，而剩下的时间眼看越来越短了。"他很是为难地望着我，"实际上，也说不准在人将要死去的时候，改善一下自己和教会的关系，也是有好处的。"

我完全懂得他的意思。多数法国人，不管他们平时怎样肆意地嘲讽宗教，但到临终时，都还是希望能皈依宗教的，这种信仰几乎是刻在他们骨子里的。

"你是要我向他提出吗？"

"假如先生您肯行行好的话。"

这个差使我并不怎样喜欢，但是，埃利奥特毕竟多少年来都是个虔诚的天主教徒，因此，他也确实应该履行他作为天主教徒的义务。我上楼去，走进他的卧房。他仰卧着，人瘦成了一把骨头，很是憔悴，但是，神志完全清醒。我请护士离开，室内只剩下我们两个人。

"埃利奥特，你的病恐怕很重了，"我说，"我想知道，我想知道你愿意不愿意找个神父来？"

他看看我,半晌没有说话。

"你的意思是说我就要死了?"

"哦,但愿不是如此。但是,不妨把事情做得周到些。"

"我明白了。"

他沉默了。当你不得不向一个人说出我刚才向埃利奥特讲的话时,这样的时刻让人无比难受。我甚至不敢看他;自己牙关紧咬,生怕要哭出来。这时我人坐在床沿上,面朝着他,用一只胳膊支撑着身体。

他伸手轻拍我的手。

"不要难过,我亲爱的朋友。办就办得体面些,这你肯定知道。"

我无奈地笑了。

"你这个可笑的家伙,埃利奥特。"

"这就对了。现在打电话给主教,说我要临终忏悔并且受涂油礼①。如果肯派夏尔神父来,我将感激不尽。夏尔神父是我的朋友。"

夏尔神父担任主教的司教总代理,我以前也提到过。我走下楼去打电话,对主教说明了情况。

"很急吗?"他问。

"十万火急。"

"那我立刻办。"

医生来时,我告诉他适才的事情。他和护士一同上楼去看埃利奥特,我在楼下大厅里等着。尼斯那边距离昂第布的车程是

---

① 涂油礼是天主教对临终的人举行的一种仪式。

二十分钟,我等了差不多半个小时,有一辆很大的黑色轿车开到了门口。约瑟夫跑来告诉我。

"主教大人亲自来了,先生①,是主教本人。"他慌慌张张地说。

我出门去迎接。不知道什么原因,主教并不如往常一样带着他的司教总代理,而是带着一名年轻的神父。这位年轻的神父携着一只盒子,想来里面装的是进行涂油礼的用具。汽车司机也跟在后面,手里提了只破旧的黑色皮包。主教同我握手并介绍了他的同伴。

"我们可怜的朋友怎么样了?"

"恐怕病得很严重呢,阁下。"

"请带我们找一间方便换衣服的屋子。"

"餐厅在这儿,阁下,客厅在楼上。"

"餐厅就行。"

我领着他们去了餐厅,然后我和约瑟夫在外等候。不一会儿,门开了,主教走了出来,后面跟着神父,双手捧着一只圣餐杯,杯子上托着一个小圆盘,里面放着圣饼。这些都拿一块麻纱餐巾盖着,麻纱非常之细,接近透明。我过去只在晚宴和午宴上见过主教,他是个胃口很好的人,吃得多也喝得多,爱讲笑话,甚至还经常兴致勃勃地讲一些下流故事。那时候,他给我的印象不过是一个中等身材的粗壮汉子。而今天他身穿白色法衣,披着圣带,就显得高贵而且威严。一张红红的脸,一般都是笑容可掬的,现在显得非常庄严。从外表看,过去的那个骑兵军官在他

---

① 原文为法文。

身上找不到一丝痕迹；他的样子就像是教会里的一个大人物，而且实际也是如此。我看见约瑟夫在胸口画了十字，一点不觉得诧异。主教微微向前倾了倾身子。

"带我上病人房里去。"他说。

我让他先上楼，可是，他请我在前领路。我们在一种庄严的氛围中沉默着上了楼。我走进埃利奥特的房间。

"主教亲自来了，埃利奥特。"

埃利奥特挣扎着要坐起来。

"阁下能来，我真是不胜荣幸。"他说。

"不用起来，我的朋友。"主教转身对护士和我说，"请你们先离开一阵。"然后又对神父说："我到时候会叫你。"

神父向四下看看，我猜想他是想找个地方放圣餐杯。我把梳妆台上的玳瑁壳镶背的发刷推开，挪出一个地方。护士下了楼，我把神父领进埃利奥特作为书房的隔壁房间。窗子开着，窗外是一片蓝天，神父走到窗边站定。我坐了下来。海湾里正在进行帆船竞赛，那些白色的三角帆映在蔚蓝的天空下，闪烁耀眼。一艘大黑壳纵帆船张大了红帆，正迎着风向港口驶来。我认出这是捕捞龙虾的船，载满了从撒丁捕来的鱼虾，以供给那些在娱乐场里寻欢作乐的客人食用。卧房的门紧闭，只能隐隐听到喃喃的讲话声。埃利奥特正在做忏悔。我很想抽上一支烟，但又担心让神父瞧见了不好。他站在窗边，一动不动地朝外望着。这个年轻人身材瘦削，有着一头浓密的黑鬈发，清秀的深色眼睛，皮肤黄里带青，可以看出他的祖先是意大利人。他的脸上带有南方人那种奔放的热情，这使我心里忍不住琢磨，究竟是怎样一种热烈的信

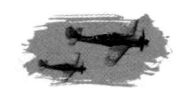

仰，才会促使他放弃日常生活的欢乐、年轻人的享受和感官上的满足，而甘愿献身于上帝。

隔壁房间的声音忽然停止，我看看门。门开了，主教走了出来。

"来。"他向神父说。

就剩我独自一人了。我重又听见主教的声音，知道他是在背诵教会规定的为临终的人说的祷词。在这之后，又是一阵沉寂，知道埃利奥特正在吃圣餐。恐怕这是远祖的影响，我虽则不是一个天主教徒，但是每次做弥撒时，听见侍从摇着小铃通知我圣饼举起时①，总不免感到一阵战栗；现在我同样感到一阵战栗，就好像冷风吹透肌肤入了骨髓，既让人害怕又让人惊奇。门又开了。

"你可以进来了。"主教说。

我走进去。神父正重新用纱布将杯子及放圣饼的镀金小圆盘蒙上。埃利奥特的眼睛闪着喜悦的光。

"请帮我将主教大人送上车。"他说。

我们走下楼。约瑟夫和女佣们在厅堂里等着。女佣们在哭。她们一共三人，都依次上前，跪下来吻了吻主教的戒指。主教依照仪式，伸出两个指头放在她们头上，为她们祝福。约瑟夫的妻子用肘部捣了约瑟夫一下，他走上前来，也跪着吻了戒指。主教微微地笑一笑。

"孩子，你似乎并不信教，是吗？"

---

① 天主教宗教仪式之一，主持弥撒的神父背向教众，将盛圣饼的盘子举过头顶，俾与会者瞻仰。

我瞧得出约瑟夫神色很有些挣扎。

"是的,阁下。"

"不必为此不安。你对主人很忠心耿耿。主将会饶恕你在观念上的错误。"

我送主教到马路上,替他拉开了汽车的门。他向我躬身行礼,上车时带着微笑对我说:

"我们可怜的朋友非常衰弱了。他的缺点都只是浮于表面;他心地十分善良,为人无比宽厚。"

九

  我以为埃利奥特经过适才的临终忏悔仪式之后，可能想独自待一会儿，所以，上楼进了客厅，准备坐着看看书。谁知，才刚坐下没多久，护士就进来通知我，说埃利奥特要见我。于是我又上了一层楼，去他的卧室。不知是由于医生给他打了一针，帮助他能熬过临终忏悔的仪式，还是由于仪式本身令他兴奋，他这会儿精神头很好，眼睛闪着亮光。

  "莫大的荣幸，我亲爱的朋友，"他说，"我将带着教会的一位大人物的介绍信进入天国。我想我会受到所有人的欢迎。"

  "恐怕你到那儿以后会发现那儿什么人都有。"我微笑着说。

  "相信我，那是不可能的，老兄。《圣经》上写过，在天上也和地下一样，是分阶层的。有六翼的天使就有双翼的天使，有天使长就有普通天使。我过去一直活动在欧洲的上流社交圈，毫无疑问，我也将在天上的上流社交圈中走动。主曾经说过：在我父的住处有许多宅第①。把大众安置在他们完全不习惯的环境里是极端不合适的。"

  我猜埃利奥特把天国想象为德·罗思柴尔德男爵的宫堡一样，墙上镶有十八世纪的护壁板，桌子是由布尔打制的，嵌木细工的橱柜，以及路易十五时期的成套家具，还带有完整的十字

---

① 典出《新约·约翰福音》第14章第2节。

花纹。

"我说真的,老兄,"他顿了顿,又继续说,"天上绝不会有那种混蛋的平等。"

他突然就睡着了。我坐下来,拿本书看。他睡一阵醒一阵的。一点钟时,护士进来告诉我,约瑟夫已经把我的午饭烧好了。约瑟夫明显变得驯服了。

"真想不到主教大人竟然亲自来。这对我们这位可怜的主人来说是极大的荣光。您看见我吻主教大人的戒指了吗?"

"我看见了。"

"我不是自己要那样做,是为了满足我那可怜的妻子的心愿。"

那天整个下午我都待在埃利奥特的卧房里。中间收到了伊莎贝尔发来的电报,说她和格雷坐的蓝钢车会在第二天早晨到达。我担心他们怕是赶不及了。医生来看过了,直摇头。太阳下山时,埃利奥特醒来,略进了一点儿饮食,吃完后似乎暂时有了点儿力气。他向我招招手,我走到他的床前。他的声音非常微弱。

"我还没有回复爱德娜的请帖呢。"

"噢,现在别管它了,埃利奥特。"

"为什么不管?我向来是个讲规矩的体面人;总不能因为我即将离开人世,就丢掉应有的礼貌吧?请帖放在哪了?"

我从壁炉板上拿过请帖,递到他手里,但我很怀疑他是否还能看清楚。

"你可以在我的书房里找到一本信纸。你把它找来,我念你写。"

我走进书房,把信纸拿来,在他的床边坐下。

"你准备好了吗?"

"好了。"

他的眼睛闭着,可是,嘴角边带有一丝恶作剧意味的微笑。这就使我担心他将会说出什么。

"埃利奥特·坦普尔顿先生甚感遗憾,由于和赐福的主事先有个约会,故而无法接受诺维马里公爵夫人的盛意邀请。"

他发出一声轻微的怪瘆人的冷笑。他脸色白得很古怪,看上去阴森森的,而且呼出的气息发出令人作呕的恶臭,这也全是因为病的缘故。可怜的埃利奥特,过去一直就喜欢洒香奈儿或是慕尼丽丝香水的。他手里仍旧抓着那张我偷来的请帖。我怕他不方便拿着,所以想将请帖拿走,可是,他勒得更紧。突然之间他高声说了句:

"老母狗!"他说。

这是他临终前的最后一句话,这以后他就陷入昏迷。护士前一天晚上陪了他一夜,倦容满面,所以,我就让她歇息去了,答应她我坐在那里守夜,有事再叫她。事实上,我无事可做,开始时还拿了本书在罩灯底下读着,后来眼睛酸涩,就把灯熄掉,在黑暗中坐着。夜晚很热,窗户都敞开着。灯塔的闪光每隔一定时间就会扫过来一次。月亮已经落下了;等月圆时,爱德娜·诺维马里就将举行她那无聊而喧嚣的化装舞会。天是深蓝深蓝的颜色,数不尽的星星照得骇人的亮。我大约打了一下瞌睡,但是,感觉仍旧清醒;忽然间,一声仓促的愤怒的声音,是人们所能听到的最怕人的声音,是死亡来临的呼啸声。我一下子惊醒,赶紧走到床边，就着灯塔扫来的闪光，摸了摸埃利奥特的脉搏。他已经死了。我拧开他床头的灯，望望他。他张着下巴，圆睁着眼睛。我对着他的眼睛凝视了好一会儿，才帮他合上，自己很受触动，还洒了几滴泪。一个多么好心肠的老朋友啊！当我回想他的一生，想到他的一生过得那样愚蠢、无聊和没有意义，使我感觉难受。他参加过那么多的宴会，曾经和所有那些亲王、公爵、伯爵厮混过，现在看起来又有什么意义！他们已经忘记他了。

我觉得这会儿也没必要再去叫醒疲倦不堪的护士，因此，回到我原来靠窗子的座位上。护士在早晨七点钟进来时，我已经睡着。我让她留在那儿自行处置，然后自己吃了早饭，就上车站去接格雷和伊莎贝尔。我将埃利奥特已经去世的消息告知了他们。由于埃利奥特的住所并没有适合他们住的房间，我邀他们上我家去住，可是他们愿意住旅馆。我就自己回家，洗了个澡，刮了胡子，换了身衣服。

第二天上午，格雷打电话给我，说约瑟夫交给他们一封信，上面的收信人一栏写着我的名字。信是埃利奥特生前托付给他的，很可能里面讲的话只能由我一个人看，所以我马上就动身，在一个小时以内再次赶到那幢房屋。那封信的信封上写着：于我死后立即转交。而信里面的内容，是关于他对丧葬礼的要求。我知道，他一心一意要葬在他造的那座教堂那边，而且已经将他的这一愿望告诉过伊莎贝尔。他还要求给自己涂上防腐香膏，而且指定了一家殡仪馆。"我打听过，"他在信上这样说道，"人家告诉我，他们做得很地道。同时也请你帮着监督一下，可别让他们马虎了事。我要穿上我的祖先德·劳里亚伯爵的那套服装，在腰侧佩上他的剑，胸前挂上他的金羊毛勋章。挑选棺材的事交给你办。不要太触目，但也要符合我的身份。为了避免给人增加不必要的麻烦，我要求由托马斯·库克父子殡仪馆①承办一切转运遗体事宜，他们还需派一个人把我的棺材护送到最终安葬的地方。"

我记得埃利奥特曾经说过，他下葬时要穿着那套古装，但我原本以为这是说着玩的，没想到他竟然当真要这样做。约瑟夫坚持要执行他的遗愿，我们似乎没有理由不照办。在遵照嘱托将他的遗体涂上香膏以后，然后，由我和约瑟夫一起替他穿上那套荒诞的装束。这件事使人倒尽了胃口。我们先将白绸的紧身裤套在他的两条长腿上，再套上那条金布宽短裤，然后是紧身上衣。好不容易才把两只胳膊塞进紧身上衣的袖管里去。上衣穿好以后又给他戴上那浆洗好的宽大轮状硬绉领，再把缎斗篷给他披在肩上。最后把那只平顶丝绒帽戴在他头上，让金羊毛的领圈围着他的脖子。殡仪馆的人已经替他化过妆了，两颊搽上胭脂，嘴唇染红。埃利奥特自打病后瘦削得厉害，这套衣服穿在他身上就仿佛是威尔第②早期歌剧里的一个合唱员。这个一生无谓奔波、可怜又可悲的堂吉诃德啊！当装殓的人把他抬进棺材时，我把那柄只能作为道具的长剑顺着他的身体放在两腿之间，让他的双手按着剑柄的柄端。我曾看见过一个十字军骑士的墓碑上雕刻的宝剑就是这样安放的。

格雷和伊莎贝尔一直跟到意大利去参加葬礼。

---

① 英国的一家旅行社。
② 威尔第（1813—1901），意大利作曲家。

第 六 章

一

我认为可能需要先跟读者说明一下,在看的时候其实可以将这一章略过,也依然不影响阅读,因为这一章大部分只是记述我和拉里的一次谈话。可是话又说回来,如果不是因为有这一次谈话,或许我会觉得没必要写这本书。

二

那年秋天,在埃利奥特逝世后两个月,我动身前往英国,途中经过巴黎,小住了一个礼拜。伊莎贝尔和格雷几经辗转,送灵柩到意大利安葬以后,又返回布列塔尼半岛。不过现在,他们又重新住到了位于圣纪尧姆街的那幢公寓里。伊莎贝尔把埃利奥特遗嘱的详细内容告诉我。他留下一笔钱给他造的那座教堂,为他的灵魂做弥撒,另外还捐了一笔钱作为教堂的维修费。他留给尼斯主教一笔可观的数目作为慈善费用。他还将自己收藏的那批价目难估的十八世纪小黄书,以及一张出自弗拉戈纳尔[①]之手的漂

[①] 弗拉戈纳尔(1732—1800),法国人物和风景画家。

亮绘画留给了我。那幅画画的是山羊神和一名美丽女仙在做见不得人的事。这张画太不堪入目，没法挂出来，而我也并不喜欢在私下里贪看春宫图。他对几名仆佣相当慷慨，留给他们不少钱。又分给他的两个外甥一人一万美元，其余的所有财产都给了伊莎贝尔。这笔财产究竟值多少，她没有说，我也不去打听；不过，从她那心满意足的神情来看，该是相当多的一笔钱。

格雷自从恢复了健康，一直以来都迫切地想要回到美国重新开始他的事业。尽管伊莎贝尔在巴黎生活得非常惬意，但多少也还是受到了格雷这种心情的影响。格雷曾经和自己的那些朋友们进行过多次联系，不过，必须有大笔投资才能得到最好的空缺。当时这笔钱他拿不出。可是，埃利奥特死后，伊莎贝尔却拥有比格雷需要的数目多得多的钱，所以，在取得伊莎贝尔的同意之后，格雷再次联系了对方；如果情形真如对方所说，他预备离开巴黎，亲自去看看。但是在成行之前，还有不少事情要办。他们需要去法国财政部办理遗产税手续；还有昂第布的房子和圣纪尧姆街的公寓，都得处理掉；还要在德鲁奥旅馆安排一次拍卖会，将埃利奥特的那些家具、藏品和图画统统处理掉。这些都很名贵，最好是等到春季，那时可能会有一些富有的收藏家来到巴黎。伊莎贝尔认为在巴黎再过一个冬季也挺好；她的两个孩子现在法文已经讲得和英文一样流利了，所以，伊莎贝尔很愿意让她们在法国学校里再多待几个月。三年来，她们已经长高了，双腿修长，骨骼秀美，成了活泼开朗的小姑娘，尽管目前还没有长得像她们母亲那样美，但是，她们很有教养，而且好奇心旺盛。

他们的事就先交代到这里吧。

| 刀锋（插画版） |

三

　　能再次碰到拉里是件很偶然的事。我曾经向伊莎贝尔问到拉里；她告诉我，从拉保尔回来之后，他们很少看到拉里。她和格雷这时自己认识了好些新朋友，都属于他们这一代的人，所以经常有聚会，比我们四个人时常在一起时的那些快乐的日子还要忙得多。有一天晚上，我去法兰西剧院看《贝蕾妮丝》。这个剧本我以前当然读过，但从没看见它上演；由于难得上演，所以很不想错过这个机会。这算不上拉辛最好的剧作，因为内容太单薄了，还不到五幕，但是剧情很感人，有几段够得上说是脍炙人口。故事是根据塔西佗[①]的一段短短的文字展开的：拉图斯热烈地爱上了巴勒斯坦的女王贝蕾妮丝，甚至已经应允和她结婚，但是等他登基以后，却为了国家利益而牺牲了自己以及心上人的意愿，让贝蕾妮丝离开了罗马。原因是元老院和罗马的民众都反对他们的皇帝和一个外国的女王成婚。剧本主要描写的是拉图斯在爱情与责任之间的挣扎；在他摇摆不定时，最后是贝蕾妮丝深信他爱她，为了帮他坚定立场，主动离开了他。

　　我想，拉辛作品的优美与伟大，可能只有法国人才能充分领略到，但就算是外国人，一旦习惯于诗句的那种矫揉造作风格之后，也没法不被他作品中的柔情蜜意和高尚情怀所打动。极少有人能像拉辛那样，深谙如何用语音形成巨大的戏剧效果。我总

[①] 塔西佗（约55—约117），罗马历史学家。

感觉，那些流畅的亚历山大体①诗句的作用是足以代替故事情节的，而且我还发现，那大段大段的对白或是独白，都十分巧妙地将情节推向高潮，和电影里那些惊心动魄的镜头一样扣人心弦。

  第三幕落幕以后，是中场休息时间。我去门厅里抽支烟；门厅里竖着一尊出自乌东②之手的伏尔泰雕像，咧着一张没有牙齿的嘴在讥笑世人。这时我肩上被人轻拍了一下。因为我想要独自享受一下那些铿锵诗句在我心中引起的兴奋，所以转身时还很有点儿不高兴，结果发现是拉里。和平时一样，我见到他总很高兴。从上次分别开始，我们已有将近一年没有见过面了，因此，我建议看完戏后一同去喝杯酒。拉里跟我说他还没吃晚饭，肚子正饿着，建议去蒙马特尔。于是时候一到，我们就一起出了剧院。法兰西剧院到处充斥着一种发霉的气味。这股霉味中又掺和了那些各个年龄段的女招待员身上的气味；她们极少洗澡，板着一副脸孔，把你带领到座位上，硬邦邦等你付小费。这使人走出去以后不免要深吸一口气。由于晚上天气很好，所以我们一路走了过去。歌剧院大街的弧光灯示威一般闪着强光；天上的群星好像不屑跟它们较量，都把自己的光华隐藏进无尽的黑暗中去了。我们一边走，一边谈论着刚才看的那场演出。拉里很有些失望。他原来指望表演应该更自然些，那些诗句应该像平常说话那样念诵，姿势也不要那样过于戏剧化。对他的这一看法我并不赞同。我以为，这出戏原本就胜在辞藻，因而念诵台词时是可以拿腔作调的。我就喜欢在韵脚之处的那种停顿；还有那些有着悠久传

---

① 这个名称从希腊诗歌借来，在法文中指十二音缀的诗句。
② 乌东（1741—1828），法国雕塑家。

统、略带夸张的优美身姿，这正合乎这种艺术的格调。敢说拉辛当年就愿意他的戏照这样子演呢。那些演员能在舞台的种种限制下尽力演得具有人情味，热烈而又真实，我是很佩服的。艺术能够利用这种传统的形式达到自己的目的，就已经是一种成功。

我们一路来到克利希大街，进入布拉西里·格拉夫饭店。刚过午夜，饭店里还有不少人，我们来到一张空桌旁坐下，点了火腿蛋。我告诉拉里，我见过伊莎贝尔了。

"格雷应该很高兴能回到美国的，"他说，"他待在这里就像鱼儿失水一样。他只有工作了才会快乐。敢说他肯定能赚大钱。"

"他如果赚到很多钱，那也是多亏了你。你不但治好了他精神上的病，更治好了他心里的病。你使他恢复了自信心。"

"我做得很有限。仅仅只是向他指明了该怎么来治好自己。"

"你这'有限的事'，是从哪里学来的？"

"也是碰巧学来。那时我在印度，因为患上了失眠症，就向我所结识的一位老瑜伽教徒谈起；他说马上就能帮我治好。他的做法就和你见过的我对格雷的做法一样；那天晚上，我睡得很好，几个月来都没有睡得那样好过。后来，大约在一年以后，我跟一个印度朋友一起去爬喜马拉雅山，他不幸把脚踝跌伤了。当地又找不到医生，他的脚疼得不行。我想到照老瑜伽教徒那样试一下，结果竟然奏效了。不管你相信不相信，总之他完全不痛了。"拉里笑起来，"老实说，其实我比谁都更惊讶，因为这里面没有任何神秘可言；它只是把这种想法灌输到病人的头脑里去。"

"这事尽管说起来简单，做起来可就不容易了。"

"如果你的胳膊不由自主地从桌子上抬起来，你会觉得惊奇吗？"

"当然会非常惊奇。"

"它会自己抬起来的。在我和那个印度朋友回到居住区以后，他就到处跟人说我有这么个本领，并且还带别的人来找我看病。我其实很不情愿这么做，因为我还不完全懂得这是怎么回事，可是，他们一定要求我做。不知道什么道理，我总把他们治好了。我发现不但能止痛，而且能消除人的恐惧心。说来也怪，居然有那么多人患有恐惧症。我指的不是幽闭恐惧症或是恐高症，而是恐惧死亡——或者更糟，恐惧生命。这些人往往看上去好像很健康，生活无忧，事事顺心，然而却承受着恐惧的折磨。我有时觉得，这种恐惧是最为根深蒂固的动物本能；有的时候，甚至可能是人类生命之始时就承继下来的。"

我一面倾听着拉里的诉说，一面满怀期待，因为他以往很少会说这么多话。我感觉他这一次似乎总算是愿意敞开心扉了。也许我们刚才看的那出戏减轻了他内心的压抑，那种明快的抑扬顿挫的节奏，正如音乐会引起的反应一样，克服了他沉默寡言的天性。忽然间，我感到自己的手有点不对头。我对拉里刚才说的那个像是半开玩笑的话并没有在意，然而现在，我发现自己原本搁在桌子上的手，已经不由自主地离开了桌面，抬高了差不多有一英寸。我吃了一惊，看手时，发现它微微有点发抖。我感到自己胳膊的神经有一种古怪的颤动，它震动了一下，手和小臂就自动地抬了起来,而我很清楚我并不是有意要抬起来,也没有特意去压制它,它是自己抬起来的;接下来,我的整个胳膊都向上抬,一直举过了肩。

"这真是怪事儿!"我说。

拉里笑起来。我稍微运用一点意志,手就落回到桌子上。

"这很寻常,"他说,"没什么了不起的。"

"这是不是你刚从印度回来跟我们谈到的那个瑜伽教徒教给你的?"

"并不是,他其实很厌恶这一类事情。我不知道他是否也和那些爱炫耀的瑜伽教徒一样具有那些能力,但是,他认为运用这些能力是很幼稚无聊的事。"

这时我们要的火腿蛋来了。两人吃得津津有味,不时喝口啤酒,两人谁都没有说话。我不知道他在想些什么,我自己在心里琢磨着他。吃饱喝足之后,我燃起一支纸烟,拉里则点燃烟斗抽起来。

"先说说看,你是因为什么才去印度的?"我有些唐突地开口问他。

"是碰巧。至少当时我是这样以为的。现在我比较倾向于认为这是我在欧洲待了多年的一个必然结果。几乎所有对我产生过较大影响的人,看上去好像都是碰巧遇上的,然而,回想起来却发觉我和他们的相遇都带着必然性。就好像他们就等在那里,专门在我有需要时和他们相遇似的。最初我去印度只是想休息一阵,因为看书看得很疲惫,而且还想理顺自己的想法,于是我就在一艘环游世界的游船上找到一份水手的工作。这艘船是往东开的，途经巴拿马运河开往纽约。我离开美国已有五年，很想家。我情绪低落。你知道我们多年前在芝加哥初次见面时，我还很无知。我在欧洲读了不少书，见识了不少事情，可和最初相比，离我想要追寻的东西还是一样遥远。"

我很想问问他在追寻什么，但又觉得他很可能会一笑了之，耸耸肩膀，说这事不值得一谈。

"可是，你为什么要去当一名水手呢？你也不是没钱。"我换了个问题问他。

"我是想经历一下。每当我在精神上达到饱和、吸收过多时，我就发现干干这类体力活很有好处。那年冬天，在伊莎贝尔和我解除婚约之后，我就去了朗斯，在那儿附近的一家煤矿做了六个月的工。"

也就是在这个时候，他告诉了我在前面所讲述的他的那些遭遇。

"伊莎贝尔抛弃你时，你难过吗？"

他没有马上回答我的问题，而是先盯着我看了半晌，一双深邃的眼睛似乎并没有朝外看，而是在向里面看的。

"是的。我那时年纪轻，而且已经打定主意要和她结婚，甚至已经构想过婚后如何生活了。我原本指望我们会生活得很好的。"他淡淡一笑，"只是结婚是两个人的事，就好比吵架也要有两个人才能吵起来。我只是从来没有想到，伊莎贝尔根本不能接受我所设想的婚后生活。假如我那时多懂得一点人情世故的话，就不应该跟她提起。她还年轻，热衷于享乐。我不怪她。只是我也没法顺从她。"

读者应该还记得，自从他在农场和那个寡妇之间有了荒唐事并且在当晚逃出农场之后，就去了波恩。我很想知道后面的事，但是，同时更知道我须得万分小心，不要直接去问。

"我还从来没有去过波恩，"我说，"我小时候曾在海德尔堡念过一阵子书。我觉得那是我人生中最快乐的时期。"

"波恩我是很喜欢的；在那边待了一年。一位大学教授的遗孀要招收两名房客，我在她家里租了一间房子。她有两个女儿，都已经是中年妇女了，做饭和料理家务的事都是她们在管。那家还招了另一个房客，是个法国人，对于这点，我开始是有些失望的，因为我当时只愿意说德国话；可他是个阿尔萨斯人，德国话①即使讲得不比他的法国话更流利，但至少在发音上是非常标准的。从他的打扮上来看，他像个德国的基督教牧师。几天之后，我才知道他是名黑衣教士，这使我有点意想不到。他是经修道院批准到大学图书馆来做研究工作的，是个很有学问的人，但是，外表看上去和我心目中的普通修士并没有两样。他身材又高又大，赭黄色头发，碧蓝碧蓝的一双眼睛，圆圆的面孔红扑扑的。人很怯生拘谨，看上去不大想跟我多搭讪，可是，礼貌相当周到，在餐桌上谈话时始终客客气气；我也只有在吃饭时才能见到他；等一吃完午饭，他就会回到图书馆去工作；吃完晚饭，我会留在客厅，跟两个女儿中不用洗餐具的那个聊上一阵，顺便练习一下德语，而他则会直接回自己房间。

"我万万没想到，有一天下午，是在我至少搬来一个月以

---

① 阿尔萨斯在普法战争后曾割让给德国，第一次大战后才被归还法国，所以当地人常会两国语言。

后,他问我愿不愿意和他一起出去散散步。他说他能够指给我看邻近的一些有意思的地方,都是我一个人很可能发现不了的。我对于走路还是很有自信的,可是每天我都走不过他。这第一次散步,我们足足走了有十五英里远。他问我来波恩干什么,我说来学德文,同时也想学习德国文学。他谈吐不凡,说他愿意尽量帮助我。这次以后,我们每星期总要一起出去散步两三次。我知道了他教过几年哲学。在巴黎时,我曾读过一些有关哲学的著作,像斯宾诺莎、柏拉图、笛卡尔等等,但是,那些德国的大哲学家我还都没有读过,因此十分乐意听他谈论。有一天,我们散步走得很远,一直过了莱茵河,到一家露天啤酒店里要了点啤酒,他问我,是否是新教徒。

"'我想,算是吧。'我说。

"他快速地扫了我一眼,我觉得他的眼睛里闪过一丝笑意。他开始谈论起埃斯库罗斯[①];你知道,我学过希腊文;但论起对这位伟大悲剧家的熟悉程度,我简直无法望其项背。他所说的话很能启发人。我不明白他为什么忽然问我新教徒的问题。我的监护人纳尔逊叔叔其实是一个不可知论者,但是,为了不引起他的病人们的议论,他还是经常去做礼拜;他送我上主日学校,也是为了同样的理由。我们请的用人玛莎是一个固执的浸礼会教徒;我做小孩时,她时常吓唬我说有罪的人将被打入地狱,受烈火焚烧。当她觉得村里的某些人理应受到惩罚时,就会想象这些人在地狱里所遭受的各种苦难,并讲述给我听,自己讲得非常开心。

"到了冬天,我和恩夏姆神父已经混得相当熟了。我觉得,

---

① 埃斯库罗斯(公元前5257—456),古希腊三大悲剧家之一。

他是个相当了不起的人。我从来没有看见他发过火。他为人厚道，比我可能指望的还要胸襟开阔，而且对人对事都极其宽容。他学识渊博，尽管肯定也知道我是那么无知，但和我谈起话时，往往把我当成和他一样的有学问的人。他对我非常有耐心，仿佛除了帮助我之外，别无所求。有一天，也不知道什么缘故，我的腰突然疼起来，我的房东太太葛拉保夫人给了我几个热水袋，硬是要求我卧床休息。恩夏姆神父听说我病倒了，晚饭后，来到我的房间看望我。我除了腰痛得很厉害以外，精神状态其实不错。你懂得书呆子的毛病，他们一见到书，总爱问个究竟。在他进来看我时我放下了手里的书，他伸手拿过去看了一眼书名。那本书是我在城里一家书店买的，讲的是有关梅斯特·艾克哈特的事迹。他问我怎么有兴趣看这种书，我告诉他，我曾经涉猎过相当一部分有关神秘主义的著作，并且和他谈到考斯第以及他怎样唤起了我对神秘主义的兴趣。他一直在用那双碧蓝碧蓝的眼睛打量我，眼睛里有一种很难形容的神情，似乎是爱惜。我感到他觉得我相当可笑，但是，同时对我的钟爱并不因此而有所减弱。反正，原本我也不在乎别人是不是把我当成傻瓜。

"'你想从这种书里寻找到什么？'他问我。

"'我要是知道的话，'我答，'我就会直接去找了。'

"'你可记得我曾经问过你是否是新教徒？你回答说算是吧。这话是什么意思？'

"'我是在那样的环境里长大的。'我说。

"'你相信上帝吗？'他问。

"这一类私人问题我向来是不高兴有人问我的，因此第一个念头是想对他说这事与他无关,可是,他的脸色非常和善,使我感到很难去顶撞他。然而我也不知道该怎么回答;我不想回答相信,也不想回答不相信。也许是我所感受到的痛苦要让我说话,也许是他身上有某种东西对我产生了影响。总之,我把自己的经历讲给他听。"

拉里犹豫片刻,才继续往下讲。我知道他这时的话并不是说给我听的,而是说给那个黑衣教士听的。他已经把我忘了。我不清楚是因为时间的缘故还是地点的缘故,才让他一反常态,不用我催促,就讲起他因生性沉默而一直深藏在心里的事情。

"鲍勃·纳尔逊叔叔是个很民主的人,原本他送我就读的是麻汾中学。只是因为路易莎·布莱德雷伯母催促不休,到了我十四岁时,他才让我去读圣保罗中学。那时我不论功课或者体育都不怎么行,只是还对付得过去。那时我就是个平平常常的男孩子。我对飞行特别着迷。那时候,飞机才刚出现,鲍勃叔叔和我一样对飞行感到兴奋。他还认识几个飞行员;我告诉他我很想去当飞行员,他就说愿意给我想办法。我年纪虽小,个子却长得高,十六岁就完全可以冒充十八岁。鲍勃叔叔叮嘱我务必保守秘密,因为他知道,一旦为人知晓,人人都会骂他个狗血喷头。可是,事实上,就是他帮助我越过边境到加拿大,并且给我一封介绍信去见他的一位熟人的。后来的结果是,我还没满十七岁,就已经成为一名飞行员,飞行在法国上空了。

"当时我们驾驶的全是非常差劲的飞机;每次飞上天等于拿性命打赌。飞行的高度,按照今天的标准来看低得可笑,但在当时已经算够高的了,我们都以为这很了不起。我真爱飞行啊。

353

我没法形容飞行时心里的感受，只觉得自己又自豪又幸福。在天上，飞得高高的，感觉自己融入了某种很伟大也很美丽的东西里面，成了它的一部分。我并不清楚它是什么，只感觉在两千英尺之上的高空飞行，我不再是先前那样孤零零的一个人，而是有了归属了。这话听上去可能很愚蠢，但我就是有这种感觉。当我飞行到云层上方，看到朵朵白云就在脚下，好似一大群绵羊，我就感觉我和无垠之物合为一体了。"

拉里说到这里停顿了片刻，用那种深邃的眼神凝视着我，可是，我也说不清他是否真的能看到我。

"我知道有成千上万的人在这场战争中死去，但是，我没有亲眼看见他们死去，因此，我并没有把它当回事。直到后来我亲眼看见一个人死去，那让我觉得无比羞耻。"

"羞耻？"我不禁叫出了声。

"是的，羞耻。因为那个孩子只比我大三四岁，是那样的精力充沛和勇敢，不久以前还生气勃勃，那么一个好好的人，转瞬间却只剩下一团模糊的烂肉，就仿佛从来不曾有过生命似的。"

我没有说什么。以前读医科时我也曾经见过死人，在战争期间见到的就更多了。使我受到震撼的是他们看起来是那么无关紧要，毫无尊严，就像是些被丢弃的木偶。

"那天我一整晚都没能睡着。我失声痛哭。我并不是为自己而后怕；我感到愤恨不平；使我接受不了的是，死亡竟然如此丑恶。大战结束以后我回了家。过去我一直喜欢机械。如果不再当飞行员的话，我就打算到一家汽车制造厂去工作。我因为曾经受过伤，需要暂时歇息一阵。后来他们要安排我就业，但我没法去做他们安排我做的事情,那些事情太无聊了。我花了很长的时间来考虑。我不断问自己,人生是为了什么。归根到底,我之所以还能活在这世上,靠的只是运气;我希望能活得有意义一些,但是,又不知道要做什么才算有意义。我过去从来没有认真思考过上帝。现在却不由得琢磨起来。我不明白这世上为什么会有罪恶。我知道自己见识浅薄,也不知道该去向谁请教,但是,我想弄懂这些,于是我开始漫无目的地读起书来。

"在我向恩夏姆神父讲述了这些事情以后,他就问我:'那么,算起来你已经读了四年书了,是不是?你有没有找到你想要的答案?'

"'一点也没有。'我说。

"他一脸慈祥地望着我,这使我很有些不安。我不清楚自己说的话里究竟有什么能令他感动。他的手指在桌上轻轻叩击着,就像脑子里在盘算着某件事情一样。

"'我们古老而明智的教会有过发现,'他当时说,'假如你像个有信仰的人那样行事,你就能得到信仰;假如你祈祷时心存疑虑,但却诚心诚意,你的疑虑就会被消除。如果你赞赏礼拜仪式而遵从它,安宁就会降临到你身上。礼拜仪式对人类精神的作用,已为长期以来的历史屡屡证明。我过不久就要回修道院。何不跟我们一同去住几个星期呢?你可以和我们的庶务修士们一起在田里劳动;晚上就去图书馆里看书。这样的经历未必比不上你在煤矿上干活或是在德国的农场干活。'

"'你为什么会对我提出这样的建议呢?'我问。

"'我从旁观察你已有三个月了,'他说,'也许我对你

的了解比你自身还要多。你距离你自己的信仰，其实只隔了一张薄纸。'

"我对他这话没有说什么。那就像有人扣着我的心弦，并且拨了一下，给人一种古怪的感觉。终于我跟他说，让我考虑考虑。他就没再多说了。他在波恩逗留的余下时间里，我们没有再谈过和宗教有关的事，可是，在他离开时，他把修道院的地址写给了我，告诉我要是决定去了，就写封信给他，他会帮我安排好。他走后，我比预计的还要更加想念他。时光飞逝，转眼又到了仲夏时节。我相当喜欢波恩的夏季。在这段时间里我又读了歌德、席勒、海涅的作品，读了荷尔德林①和里尔克②的诗，但是，始终没能找到答案。我脑海中经常盘旋着恩夏姆神父所说的话，最终还是决定接受他的邀约。

"他亲自来车站接的我。修道院坐落在阿尔萨斯，乡间的景色很美。恩夏姆神父介绍我见了院长，然后，领我到指定给我的小房间。房里摆了张狭窄的铁床，墙上挂了一幅耶稣受难像，再就是几样生活中必不可少的简陋家具。午餐铃声响时，我向食堂走去。那是一间有穹顶的大厅。院长和两个修道士站在门口，一个修道士端了盆水，另一个修道士手里拿了条毛巾，院长先洒水在客人的手上，然后再用毛巾擦干，这就算是洗过手了。除了我之外，还有三位客人，另有两个过路的神父到这里来吃饭；还有一个上了年纪的满腹牢骚的法国人，是来这里隐居的。

"院长和他的两名助手——都是副院长，在餐厅的首位就

---

① 约翰·克里斯蒂安·荷尔德林（1776—1843），德国诗人，拥护资产阶级革命。
② 勒内·马里亚·里尔克（1875—1926），奥地利象征主义诗人。

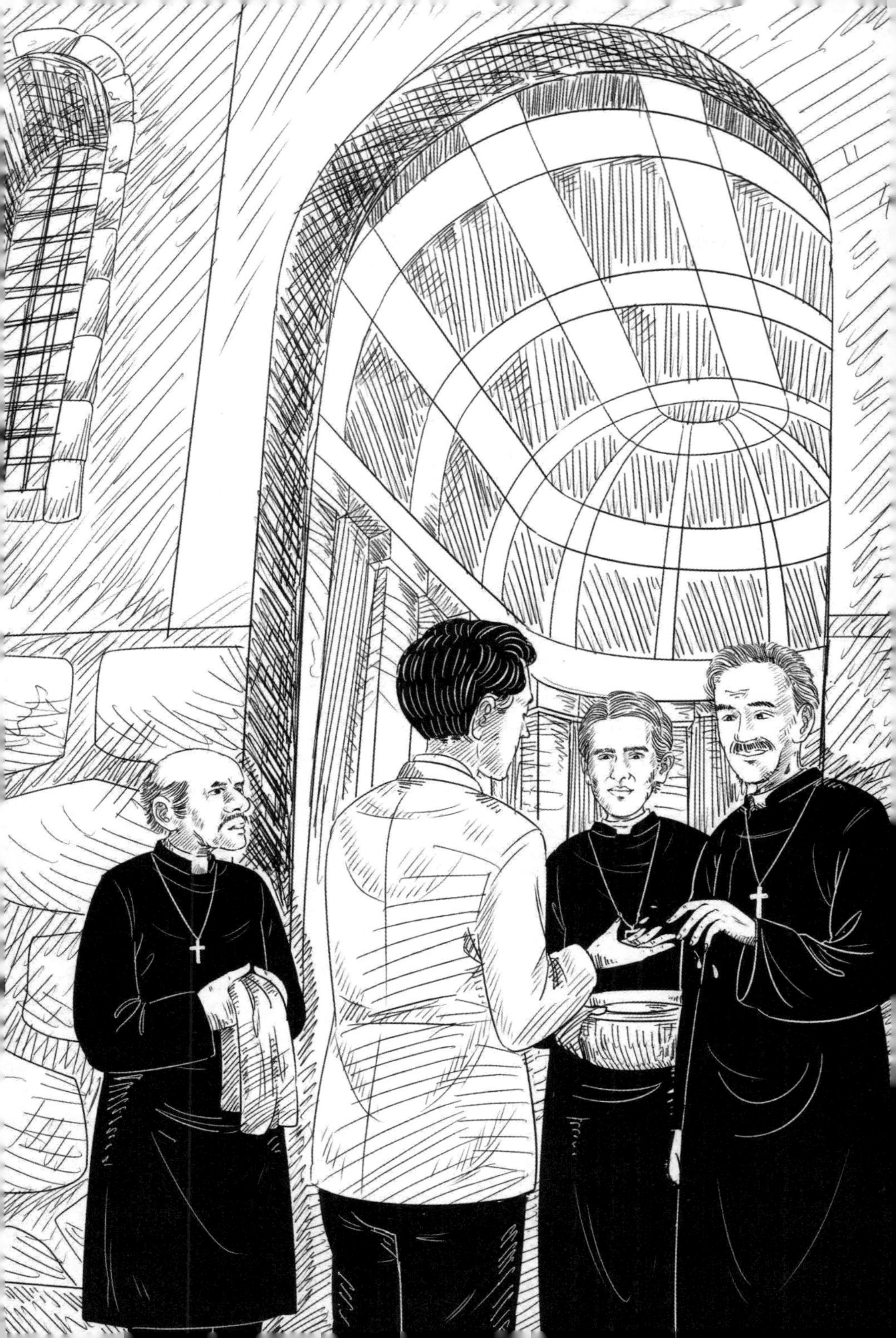

恩夏姆神父介绍我见了院长。午餐铃声响起后，我向食堂走去。那是一间有穹顶的大厅。院长和两个修道士站在门口，一个修道士端了盆水，另一个修道士手里拿了条毛巾，院长先洒水在客人的手上，然后再用毛巾擦干，这就算是洗过手了。除了我之外，还有三位客人，另有两个路过的神父来这里吃饭；还有一个上了年纪、满腹牢骚的法国人，是来这里隐居的。院长和他的两名助手在餐厅的首位就座，两名神父在两边靠墙的桌子那儿坐下。

座,各自占了一张桌子;两名神父在两边靠墙的桌子那儿坐下,修道士和勤杂人员以及其他客人们则坐在餐厅中央的桌子旁边。做完感恩祷告之后,大家就开动起来。一名见习修士坐在餐厅进口处,声音单调地读起劝善书。吃完午餐,大家再次做了感恩祷告。院长、恩夏姆神父、客人和那名负责招待客人的修士一起走进一间小屋子里去喝咖啡,顺便聊聊闲天。然后,我就回自己的小房间了。

"我在那里待了三个月,过得很充实很快乐。那种生活对我完全适合。图书馆非常好,我在那儿读了大量的书。并没有哪一个神父试图对我施加影响,但是,他们都很乐于和我交谈。他们的博学、他们的虔诚和他们那种超脱尘世的派头,都深深打动了我。你可不要以为他们过的是一种无所事事的生活,其实他们一直没什么闲暇。他们得种地,还得打粮食,也高兴我帮他们的忙。我喜欢那些壮观威严的祈祷仪式,其中最喜欢的就是做晨祷。那通常是在清晨四点钟举行。你坐在教堂里,周围是一片夜色,心中很受触动;这时候,修士们都穿上了略显神秘的罩头服装,用他们雄壮有力的男声合唱起举行礼拜仪式时的平调歌。这类习以为常的活动给人一种安定感;而且尽管会花去许多精力,尽管脑子里从来没有停止过思考,但你仍然感到一种恒久的宁静。"

拉里略有些遗憾地微笑一下。

"我觉得自己和罗拉①一样生不逢时,生得太晚了,没有碰

---

① 理查・罗拉(1290—1349),亦称汉波尔隐士,英国苦行主义者,曾将《圣经》中的《诗篇》译为英语并改写为散文,用拉丁语和英语写有长诗《良心的刺激》。

359

上自己的时代。我应当生在中世纪,那时候,信教是天经地义的事。如果是那样,我要走的道路就会是明摆着的,我将会去修道院里谋一个职位。然而现在,尽管我想去信仰上帝,但却相信不了。我没法去相信一个跟普通的上流人士相比也不见得有多好的上帝。神父们告诉我,上帝创造世界是为了颂扬自己。这在我看来并不是怎么高尚的事儿。贝多芬写他的那些交响乐难道也是为了颂扬自己?我不这样认为。我认为,他之所以会有那些创作,全都是因为他想要将自己的灵魂用音乐的形式表现出来,而他要做的就是尽自己的能力把这些音乐臻于完美。

"我常听神父们每天餐前反复念诵祷词,心里奇怪他们为什么会一直祈祷天父每天赐给他们食物,而不去怀疑呢。小孩子们会恳求他们尘世的父亲赐给他们食物吗?他们料定他会给他们饭吃。他给他们饭吃,他们既不感激,也不必要感激;相反,一个人把孩子生到世界上,如果他不能养活他们或者不肯养活他们,我们只会责备他。我觉得一个万能的造物主如果不准备给他创造的众生以生存的必要物质和精神食粮,那他还不如不创造生命。"

"亲爱的拉里,"我插话说,"你幸好不是生在中世纪。否则,你准会被绑上火刑柱的。"

他笑了。

"你获得不少成就,"他继续说,"你可愿意人当面恭维你吗?"

"这只会弄得我很尴尬。"

"我替你想,也会是这样。我也没法相信上帝要人恭维他。

我参军时,空军里有个家伙靠巴结指挥官弄到美差,我们都看不起他。一个人想要靠穷巴结而从上帝那里得到拯救,我相信上帝也会看不起他。我总认为,上帝最喜欢的崇拜者是那种尽了自己的能力去做事的人。

"可是,使我最想不通的首先还不是这个。我没法理解那种人生来就有罪的观念,而以我所知,那些神父的头脑里多多少少都带有这种成见。我参加空军时结识了不少人。当然他们只要有机会就喝醉酒,然后胡乱和女孩子睡觉,说话时还喜欢骂骂咧咧的;我们中间还有一两个坏蛋:一个家伙因开空头支票被逮捕,并且判了六个月徒刑;这不完全是他的过错;只是他以前从来没有拿到过钱,当他拿到比自己意想的更多的钱时,他就忘乎所以了。我那时在巴黎就接触过一些坏人;回到芝加哥后也接触过不少坏人,然而他们之所以会做坏事,或者是出于遗传,或者是出于环境,都不是能任由他们自己来做出选择的:对于这些罪恶,敢说社会应当比他们负有更大的责任。我如果是上帝的话,我就设法惩罚他们里面的一个,甚至里面最坏的一个,把他们打入地狱永世受苦。恩夏姆神父思想比较开明;他认为地狱之所以会成为地狱,就是因为那里是上帝到达不了的地方,但是,如果这种惩罚残酷到可以称之为下地狱的程度,你能想象我们仁慈的上帝竟然还会去执行吗?归根到底,是他创造了人类;如果他创造的人类能够使他们犯罪,那等于是他要他们犯罪。如果我训练一只狗去咬闯进我后院来的生人的咽喉,那么在它咬人咽喉以后我却打了它,那就太不公平。

"如果一个至善而且万能的上帝创造了世界,为什么他又创造恶呢？神父们说，这是为了使人克服自己恶的本性，抵拒诱惑，忍受痛苦和忧患，以此作为上帝对自己的考验，并最终洗清自己身上的罪过，好配得上去接受他的恩典。我看这就好比派人送封信到某地去，然后在他必经之路上摆一个迷阵，使他不容易通过，然后还要挖一条壕沟，逼着他只能游泳过去，最后还要筑一道城墙让他去爬。我不相信全能的上帝会这么缺乏常识。我不懂得为什么你们不把上帝设想成一个尽管不是造物主但凡事都尽力而为的人，他比世上所有人都好得多，聪明得多，伟大得多，他不会创造罪恶，而且还一直在和罪恶做斗争，还很可能战胜罪恶。但是话又说回来了，即使上帝是这样的，我也没法说你们就非得去信仰他。

"那些神父们对于这些使我感到困惑的问题，不论在理智上或者在情感上，都没法做出令我满意的解答。我和他们的道路也是不同的。当我去向恩夏姆神父告别时，他并没有问我这一段生活是否像他预料的那样使我得到了好处，只是无限慈爱地看着我。

"'恐怕我要令你失望了，神父。'我说。

"'不，'他回答，'你是一个不信上帝但有着极深宗教观念的人。上帝会选择你的，你终究会回来。是回到这里还是回别处，只有上帝说得了。'"

四

"后来我就回到巴黎,度过了那一年的冬天。我以前对科学一窍不通;觉得现在该是我对科学至少有点入门知识的时候了。我买了不少书来读,当然读懂的并不多,这就证明我确实无知。不过这一点我过去已经晓得了。春天来时,我就去乡间,住在小河边一个旅馆里。那是个美丽而古老的法国小镇;像这样的小镇在法国有许多,这里的生活好像二百年来就没有变动过。"

我猜想这就是拉里和苏姗娜·鲁维埃一起度过那一年夏天的地方,可是,我没有打断他。

"后来,我去西班牙。我想去看看委拉斯凯兹①和埃尔·格列柯的画作;盘算艺术能不能给我指出宗教没能替我指出的一条出路。在那里我游荡了一段时期,然后到了塞维利亚。我很喜欢这个地方,就决定在那里过冬。"

塞维利亚这地方我在二十三岁那年也去过,那地方我也喜欢。我喜欢那些蜿蜒曲折的白色街道,那些大教堂,还有位于瓜达尔基维尔河畔的广阔平原;还喜欢那些深具风韵、快快活活的安达卢西亚女郎,她们眼睛明媚,发色乌黑——特别是插了石竹花以后,衬得发色更黑,花色更艳;我喜欢她们红润的肤色,她们诱人的嘴唇。那时候,确实是,只要年纪轻就等于置身天堂。拉里去塞维利亚时的年岁不过比那时候的我稍微大一点,所以,

---

① 委拉斯凯兹(1599—1660),文艺复兴后期西班牙最伟大的画家。

我心中不由得怀疑，当他面对那些令人神魂颠倒的诱惑时，是否还能够无动于衷。他接下来的话回答了我没有说出口的问题。

"我碰到一个我在巴黎时认识的画家，名字叫作奥古斯特·科泰；他曾经和苏姗娜·鲁维埃同居过。他来到塞维利亚写生，在这里搭上了一个姑娘，两人住在一起。有天晚上他请我去埃里丹尼亚歌剧院听一名吉普赛歌唱家演唱，带来了那名女伴以及她的一个姐妹。你以前肯定从来没有见过那样娇小玲珑的女孩子；年纪只有十八岁。她跟一个男孩子惹下麻烦，导致怀了孕，只得离开故乡。那个男孩去服兵役了，她生下孩子之后，把孩子送出去托人照管，自己在烟草工厂里找了一份工作。我带她回到我住的地方。她总是快快活活的，性格也温柔可爱。几天之后，我问她愿不愿意搬来和我住在一起。她说愿意，于是我们就租下了一套公寓的两个房间，一间作为卧室，一间作为起居室。我跟她说她可以不用再去做工了，可是她不肯，这对我倒也方便，因为这样的话我就可以自由支配整个白天的时间了。厨房是公用的，所以，她总是在上班之前替我把早饭烧好，中午还会赶回来替我烧一顿午饭，晚上我们到饭店里去吃晚饭，吃完饭之后顺道就去看个电影或者去舞厅跳跳舞。她把我看作是疯子，因为我洗过一次蒸汽浴，而且每天早上非要用海绵蘸冷水擦洗身体。她把孩子寄送在离塞维利亚不远处的一个村落里，我们通常在星期天去看他。她并不隐瞒我，她跟我同居就是为了多赚点钱，等她的男朋友服兵役期满之后，就有钱了，找个廉价公寓和男朋友一起住。她的性格是非常惹人疼爱的，我敢说她肯定会成为她的帕科的好妻子。她兴致好，性情温和，还很热情。她把人们讳言的性行为看作躯体的一种自然功能，和别的身体功能一个样。她从中获得快乐，也很高兴能让你快乐。她当然像只小兽，但却是只可爱、诱人、驯化了的小兽。

"后来有一天晚上，她告诉我，她收到了她的帕科从西属摩洛哥（他服兵役的地方）寄来的一封信，说他就要退伍了，几天内即可抵达加的斯。就在第二天早上，她收拾好了自己的东西，把钱统统装进了长筒袜里，让我把她送去火车站。我送她进车厢时，她很热情地吻了我，可是，她实在太兴奋了，满心只惦念着和恋人的重逢，早已经顾不上我了。我有十足的把握，在火车还没有完全开出车站之前，她已经把我忘记得一干二净了。

"我继续在塞维利亚住到了秋天，然后再次踏上旅途。就是这一次，我到了印度。"

五

　　夜已经很深了。客人渐渐稀少，只有几张桌子旁还坐着人。那些因为无所事事而坐在那里的人都回家了。那些看完了戏或者电影来这里喝杯酒或者吃点东西的人，也都已经走了。偶尔会有些晚到的客人，零零星星走进来。我看见一个高个子男人带着个粗鲁的年轻人走了进来，那个高个子一看就是英国人，长着一张典型的英国长脸，一副疲惫模样，鬈发稀疏；看来他有着和大多数人相同的幻觉，总以为只要人到了国外，原本那些国内的熟人就会认不出你。那个粗鲁的年轻人点了一大盘三明治，在那儿狼吞虎咽起来，他的同伴一脸的愉快和慈祥，在一旁看着他吃。真是好胃口！我看见一个脸熟的人，因为我们在尼斯时同在一家理发店理过发。这人身高体壮，年纪一大把了，头发花白，一张胖脸红通通的，眼睛下面挂着两个大眼袋。他出生于美国中西部，是个银行家，经济大崩溃之后，为逃避调查而远离了自己土生土长的故乡。我不知道他究竟犯了罪没有；如果他犯了罪，那大概也不是什么大事，因而法国当局不至于费劲去引渡他。他派头不小，平常总摆出一副兴高采烈的样子，但其实眼睛里流露出的全是担忧。他从来没有完全醉过，也从来没有完全清醒过。他总和妓女混在一起，而这些妓女当然会想方设法地榨取他的钱财。而现在他正带着两个庸脂俗粉的中年女人坐在那里；那两个女人明显正在不加掩饰地嘲笑他；而他呢，对她们讲的话半懂不懂，只知道傻笑。堕落的生活啊！依我看来，他还不如就留在家乡吃苦头。总有一天，女人们会把他的油水榨干，那时候，他就只有投河或者吞安眠药自杀一条路了。

  凌晨两三点的时候，店里生意慢慢好起来，大约是因为夜总会关门了。一群美国青年走了进来，个个喝得烂醉，还大叫大嚷的，好在很快就走了。离我们不远的地方有两个面色忧郁的胖女人，身穿紧绷绷的不男不女的衣服，并排坐着，板着脸一声不响地喝威士忌和汽水。后来又有一群身穿晚礼服的人——这正是法文里称作行踪不定的阔人①的人，他们显然是在夜间到处逛，现在要找个地方吃夜宵，然后好回家。他们吃完东西就走了。一个小个子男人激起了我的好奇心，他穿着朴素，坐在那里看报，有一个小时或者更长时间了，面前摆着一杯啤酒。他留了一撮整齐的黑胡子，戴一副夹鼻眼镜。终于进来了一个女人和他坐在一起。他板着面孔朝女人点了点头。我猜想，大约是因为那女人让他等得时间久了，因而他生了气。女人年纪轻，穿得很不正经，浓妆艳抹的，看上去很是疲倦。过不多久，我看见女人从手提包里拿出一样东西交给他。是钱！他看了看，面色沉得快能滴下水了。他跟女人讲的话我听不见，但是，从女人的反应来看，这些话大约是骂她的，她则连忙解释起来。突然间，他探身过去，给了女人一记响亮的耳光。她叫了一声，呜呜咽咽地哭起来。这场纷乱惊动了经理，他赶来看是怎么回事，好像是在开口警告他们，如果不守规矩，就马上滚出去。那女人反倒朝经理发起了火，以大家都能听见的声音尖着嗓子骂骂咧咧，叫他不要多管

---

  ① 原文为法文。

闲事。

"他打我的这一耳光是我自找的。"她叫道。

女人们，嗨！过去我一直认为要是有男人靠拉皮条吃饭，那他一定是身强体壮、面容姣好而且富有情趣的，同时还动不动就会掏出刀子或是手枪；万万没想到这样一个矮小猥琐的家伙，从外表看来，可能只是在律师事务所混饭吃的一个小职员，竟也能在这种人满为患的行当里有插足之地。

六

一直伺候着我们这桌的侍者就要下班了；为了拿到小费，他把账单送了过来。我们付了饭钱，并点了咖啡。

"后来怎么了？"我问。

我感觉这会儿拉里有心思讲下去，而我当然也有心思听下去。

"这些会不会让你听得烦？"

"怎么会？"

"那好。这一次我跟的船开到了孟买。船在孟买要停三天，好让那些游客可以乘机上岸观光游览一番，并来一场短途旅行。第三天，我下午不值班，就上岸去走走。我转了一圈，看着熙熙攘攘的人群：真是五方杂处！有中国人、印度人、肤色和你的帽子一样黑的泰米尔人；还有那些拖大车的、长着两只长角的驼背大公牛！后来我去石像山逛了那个石窟①。一个印度人在亚历山大城搭了我们的船去孟买，同船的旅客们都有些瞧不上他。这人又矮又胖，一张棕黄色的圆脸，穿一套黑绿两色格子的厚花呢衣服，围一条牧师服式的领子。有天晚上，我正在甲板透透气，他过来和我攀谈。刚巧那时候我不想跟任何人谈话，只想一个人待一阵子；他问了我许多问题，但我回答

---

① 石像山是孟买的名胜，此山上有一座石雕像，上面驮一只老虎，由此得名。这里最有名的是山洞，有130英尺长。

得都很敷衍。总之我告诉他我是一个学生,因为回国的路费不够,所以才在船上打工的。

"你最好能在印度停留一段时间,'他对我说,'东方有很多值得西方学习的东西,远比西方人所能想象的要多。'

"'是吗?'我说。

"'反正,'他继续说,'你一定得去看看石像山的石窟。你决不会后悔的。'"讲到这里时,拉里停下来问了我一句:"你去过印度没有?"

"从来没有去过。"

"我正暗自琢磨着那尊庞大的三头神像为什么要造得这么大时,听到身后有人说道:'看来你接受我的建议了。'我转过身去,这才发现正是那个又矮又胖的印度人,不过这时他身上不再穿着牧师服衣领的厚格子呢服,而是一件深黄色的长袍。事后我才知道,这种长袍是罗摩克里希纳教会长老[①]穿的。他已经不再是从前那个有点滑稽相的吱吱呱呱的矮墩子,现在换了衣服,显得格外神气。我们都在看那尊庞大的神像。

"'大梵天,司生之神,'他说,'毗湿奴,护持之神;湿婆,毁灭之神。这是神的三种精神体现。'

"'我不大懂你的意思。'我说。

[①] 罗摩克里希纳(1836—1886)出生于印度的一个贫苦婆罗门家庭,几乎没有受过什么教育,等于文盲;他始终只讲一种粗俗的孟加拉方言,既不懂英语,也不通梵文。他20来岁时成了苦行主义者,并被传授瑜伽师的修炼术和吠檀多教义及不二论哲学。他以身作则,证明一切宗教的本质都是一样的,而且都是真理。他的教导传到欧洲,受到世人的重视,人们争先恐后地来到加尔各答他的住处听他讲道。他从不写书,他的言论集是他的弟子收集出版的。罗摩克里希纳教会是经他的大弟子辨喜的宣传而成立的,现在仍遍及印度各地。

"'这并不奇怪,'他回答,嘴边带着微笑,眼睛闪着光,仿佛在含蓄地嘲笑我。'要是一个神能被凡人所了解,那就谈不上是真正的神了。无限的东西又怎么可能用有限的话语来形容?'

"他双手合掌,微微躬身,就漫步走去。留下我望着石像神秘的三个头。也许我正处在一种虚怀受教的状态之中,竟然感到心绪激动。你知道,有时候,人在回忆一个名字的情形;那名字就在嘴边,可你一时间就是想不起来:当时我的感受就是这样。我出了石窟以后,坐在石阶上很久很久,望着大海。我对于婆罗门教的所有了解,都只限于爱默生①的那首诗,但我现在竭力想要记起诗句,却记不起来。这令我很懊恼。回到孟买以后,我走进一家书店,想看看是否能找到收录有这首诗的选集,总算找到了,是收录在《牛津英诗集》里。你记得它吗?

　　　他们抛却我多么不智,
　　　若想翱翔我就是羽翼;
　　　我亦怀疑,我亦不信,
　　　我高声唱婆罗门赞歌。

"我在一个本地饭馆吃了晚饭。因为我可以直到十点钟才上船,我就去广场上散散步,眺望一下大海。我觉得从来没有见过天上有这么多的星星。一天酷热之后,夜间的凉爽使人很受用。我逛到一处公园,在一张长凳上坐下。那地方黑漆漆的,只看到

---
① 爱默生(1803—1882),美国哲学家兼诗人。

一些白色人影晃来晃去。多么奇妙的一天,朗照的日光、熙熙攘攘而又形形色色的人群、辛辣而芳香的东方气息,使我心醉了;还有那尊巨像,分别代表着大梵天、毗湿奴以及湿婆的三个头,就像画家用来使他的构图具有完整性的一个物体或者一片颜色似的,赋予这一切一种神秘色彩。我的心开始疯狂地跳起来,深深体会到:印度可以给我某种我迫切需要的东西。那就像有个机会摆在我面前,我要么立刻抓到手里,要么就永远失之交臂。我立刻拿定主意,决定不再回船上去了。船上我只留了一只旅行包,里边有几样东西,都没什么要紧的。我慢慢走回本地居民区,想找一家旅馆;不久就找到一家,订了一个房间。我眼下只有穿在身上的那身衣服,和随身携带的一点零钱、护照以及银行信用证明。我觉得自己了无牵挂,不由大声笑起来。

"那艘船是十一点钟开;为了防止碰见同船的人,我在房间里一直待到十一点,这才出门去了码头,亲眼看着船驶了出去。然后我就去了罗摩克里希纳教会,去寻找那位在石像山和我说过话的长老。我不知道他的名字,但我讲明要见那位刚从亚历山大城来的长老。见到他以后我告诉他,我已经决定在印度留下来,并问他我应当看些什么。我们谈了好半天,最后,他说,他当晚要去贝那勒斯,问我可否愿意和他一同去。我当然非常乐意。我们坐的是三等车厢。车厢里满是人,有的吃东西,有的喝酒,有的谈话,空气闷热得要命。我一夜没有闭眼;第二天早上,人相当疲倦,可是,那位长老就像一朵雏菊那样神采奕奕。我问他是怎么做到的,他说:'靠着对混沌的参研;我于绝对中获得休息。'我没弄懂这是怎么个意思,可是,我亲眼看见他确实就像在一张舒适的床上睡了一夜好觉那样神清气爽。

"贝那勒斯终于到了。一个和我年龄相仿的年轻人来迎接我的伙伴；长老命他给我找一间房子住。他的名字叫马亨德拉，是大学里的一个教师。为人和气而且聪敏，很喜欢我；我也很喜欢他。就在那天傍晚，他带我去游恒河，坐上了一艘船；可真是大开眼界！拥挤的城市一直将建筑建到了水边，看上去很美，但同时也很让人心惊胆战；但是，第二天早上，他又指给我看了更壮观的景象。早上天没有亮，他就来喊醒了我，把我再次带到河边。眼前所见，让我几乎无法相信自己的眼睛：成千上万的人都涌到水边，在河里洗驱邪浴并祈祷。我看见一个高高瘦瘦的家伙，满头乱发蓬松，只穿一条兜带遮着下体，站在那儿张着胳膊，仰着头，朝向初升的朝阳高声做着祈祷。我当时的感觉完全没法形容。后来我在贝那勒斯待了六个月，常常会在每天的破晓时分去恒河边参观这种奇景，每一次都让人难以忘怀。那些人并不是半信半疑地在做，而是完全不带丁点保留、全心全意地信仰着。

"人人都对我很好。当他们发觉我来这里并不是为了打老虎，或者做买卖，而是为了学习时，就想尽方法帮助我。他们听说我想学习兴都斯坦语，都很高兴，热心地替我推荐老师。他们把书借给我读；回答我的问题时从不厌倦。你对印度教可有了解吗？"

"了解得很有限。"我答。

"我想你应该会感兴趣。印度教认为宇宙是无限的，没有开始，也到不了尽头，而是从成长到均衡，从均衡到衰弱，从衰弱到瓦解，再重新从瓦解到成长，永远周而复始；能有什么比这样的见解还了不起？"

"印度教徒认为会有这样一种永无止境的周而复始，其目的是什么呢？"

"我觉得他们会说，天道原本就如此。你晓得，他们相信每一世都只是他们在人世的某个阶段，是根据他们上一世行为而有的恶报或是福报。"

"这就得相信轮回说。"

"有三分之二的人都相信这种学说。"

"有很多人相信这个也并不能代表它就是真理。"

"是不能代表，但至少值得我们认真对待。既然基督教吸取过许多新柏拉图的主张，那么说不定它当初也吸取了轮回说；实际上，早期基督教中就有一派相信轮回说，但后来被视为异端。如果不是因为这个缘故，基督教徒们肯定会像相信耶稣复活那样相信轮回学说。"

"这是不是说，灵魂是由于前世行善或作孽而由一个躯体投入另一个躯体，永无止境地继续下去？"

"想来是这样。"

"可是，你知道，'我'的概念不仅仅指我的灵魂，同时还包括我的躯体。谁能说得清我之所以是我，有多少是取决于我的躯体吗？拜伦如果不是碰巧因为他的脚残疾了，他还能成为拜伦吗？还有陀思妥耶夫斯基，如果不是碰巧因为他有羊痫风，他还能成为陀思妥耶夫斯基吗？"

"印度人是不讲碰巧的，他们会说这都是因为你前生的所作所为，才使你的灵魂附到了一个有残缺的躯体里。"拉里用手指轻轻敲着桌子，怔怔出了会儿神，然后他微笑起来，眼睛里显露出深思之色，继续说道："你可曾想到过，轮回既对这世间的苦难做出了解释，又证明了这些苦难是有存在的理由的。如果我们受的恶报是我们前生造孽的结果，我们就会服服帖帖地忍受，并在今生努力行善，使来生少受些苦难。其实，要忍受自身的苦难还算容易，只要你硬气一点就是了；使人难以忍受的是你看见别人受苦受难，而这些苦难往往看起来又是不应该的。如果你能够说服自己，他们这所有的不公平的遭遇都是由于他们上一世造了孽，那你可以去怜悯他们，同时尽力去减轻他们的痛苦，而且也应当这样去做，但是，那你就没有理由去抱怨或是愤愤不平。"

"可是，为什么上帝不在一开始就直接创造出一个没有苦难和不幸的世界，使人的行为不掺杂功与过呢？"

"印度教徒会说压根就没什么一开始。个人灵魂是与天地同存的，从宇宙起源之日起就存在了，后来的善恶全取决于之前的个人生存方式。"

"那么相信轮回说对人的生活会产生什么实际影响吗？说到底，这就是一种考验。"

"我认为是能产生影响的，这一点我可以拿我认识的一个人给你举个例子。他的生活就受到了非常实际的影响。我到印度的最初两三年中，大都住在当地的旅馆里，但是，有时候，也有人请我住到他们家里，曾经有一两次，我被邀到一位日子过得很是奢华的土邦主家去住，是通过我在贝那勒斯的一个朋友联系的。那个小邦位于北方，首府十分可爱，被称作'一座玫瑰色的古老城市'。朋友介绍我认识的是一位财政部长；他受过欧洲教育，上过牛津大学。跟他谈话时，你得到的印象是一个有学识的进步开明人士。人们都说他是一个极其称职的部长，一个精明练达的政治家。他穿一身西装，仪表整洁，相貌堂堂，只是稍微有一点儿中年发福，这一点和大多数印度人都一样。他还在唇上留了一撮修剪得很整齐的髭须。他时常请我到他家里，他家有一个很大的花园，我们常常在园子里的大树底下，坐在荫凉地里聊天。他有一位妻子，还有两个已经成年的孩子。你只会把他看作是一个相当平常普通、有点儿被英化了的印度人。我绝没有料到，一年后，当他五十岁的时候，竟然打算要抛去高官厚禄，把家财托付给妻儿，自己当托钵僧云游四海去。然而更让人大感意外的是，不论是他的那些朋友们，还是那位土邦主，都没有反对他这样做，并且把这看作是很寻常的事，没什么好大惊小怪的。

"有一天，我问他：'你这样一个开明的人，而且见过世面，读过万卷书，读过科学、哲学、文学。难道你内心深处还真的相信轮回吗？'

"他的整个表情变了，脸上显出高深莫测的神情。

"'我亲爱的朋友，'他说，'如果我不相信有轮回，生活对我也毫无意义了。'"

"那么你相信吗，拉里？"我问。

"这个问题很难回答。我认为，我们西方人不可能像东方人那样打心底里相信。这种信仰是他们生来就被灌输到了脑子里的；而对我们说来，就只是一种理念了。我既没有相信，也没有不信。"

他停顿了一会儿,手托着脸向下看着桌子,然后身子向后一仰。

"我想告诉你,我曾遇到过一件异常奇怪的事。那时,我在阿什拉玛。一天晚上,我在自己的小房间里按照印度朋友教给我的方式坐着参禅。我点燃一支蜡烛,然后集中注意力凝视火焰;过了一段时间,我从火焰里很清晰地见到一长串的人物。为首的是一个年事已长的妇女,头戴一顶花边帽,耳朵上坠着一对灰色耳环,穿一件黑色紧身上衣和一条荷叶边的黑绸裙子——我以为这大约是十九世纪七十年代的人身上穿的。她站在那里,正面向着我,态度娴雅谦和,两臂沿身体下垂,手掌心朝向我。一张布满皱纹的脸,神情和蔼可亲。紧跟在她后面的是一个瘦高个子的犹太人,他侧身站着,鹰钩鼻,厚嘴唇,穿一件黄色的粗呢衣,头上戴一顶黄色的便帽,一头厚密的黑发。他的神态像个好学深思的学者,表情严肃,似乎还带着点儿暴躁。犹太人后面是个年轻人,他面向着我,我看得非常清楚,就像我们中间不隔着任何人似的,他面色红润,神情愉快,一眼就看出是一个十六世纪的英国人。他站得稳稳的,两腿微微叉开,显得有点儿骄横、冒失;他全身的装束都是红色,就像朝服一样气派,脚上穿着宽头的黑丝绒鞋,头戴平顶的黑丝绒帽。在这三个人后面,还有一长串数不尽的人,就像电影院外面排起的长队,但是他们都模糊不清,看不出面貌。我只能朦朦胧胧看到他们,以及他们像夏风吹拂过麦田那样的起起伏伏。没有一会儿工夫,也许是一分钟,也许是五分钟,也许是十分钟,总之,他们慢慢地从夜色的昏暗之中消失了,只剩下烛火还在跳动。"

拉里说到这里微笑起来。

"当然,这也很可能是我睡迷糊了,或干脆是我做了个梦。可能是我把注意力集中在那微弱的火焰上,使我进入了一种催眠状态,而我看见的那三个像你一样清晰的人只是保留在潜意识里的过去所见到的图像。但也可能是前世的我;说不定我在许多年前是一位新英格兰老太婆,而在这以前是一个居住在地中海东部一带的犹太人,而在更早以前,在塞瓦斯蒂安·卡博特①从布里斯托尔启航之后不久,我可能是威尔士亨利亲王宫廷里的一个时髦人物。"

"你那座玫瑰色的古老城市里的朋友,后来怎么样了?"

"过了两年,我到南方去,住到了马都拉;一天晚上,我在庙里,突然有人碰了碰我的肩膀;我回头去看,发现是一个披散着长发、留着胡须的人,那人一手拿着手杖,一手托着一只化缘的饭钵。我一开始没能认出来,直到他开了口,我才发现这正是我那位当财政部长的朋友。我惊讶得不知说什么是好。他问我这两年做了些什么,我全告诉了他。他又问我打算去哪里,我说准备去特拉凡哥尔;他就让我去拜访一下西里·甘乃夏。'你所追寻的东西,他能给你。'我想让他给讲讲这人的情况,他只是笑笑,说一切见面自知。这时我的惊讶也已经平复下去了,就问他在马都拉做什么。他回答说,他正徒步到印度各地朝圣。我问他食宿的问题怎么办。他告诉我,如果有人肯容他借宿,他就睡在那家人的走廊上,如果没人肯借宿,他就睡在树下,或者在

---

① 塞巴斯蒂安·卡伯特(1476—1557),英国航海家、探险家。父亲约翰·卡伯特也是探险家,他发现了北美洲大陆。他自己的探险活动有一半是英国支持的,后来死在英国。

庙里安身；至于食物，有人施舍就吃，没人施舍他就饿着肚子。我看看他，说：'你瘦了'。他大笑，说他觉得瘦了反而更好。接着他就向我告别，听这个腰间只围一块布的人用英语对我说'Well, so long, old chap.'①，这真让人觉得滑稽——后来，他就走进了这座庙的内堂，那地方是我进不去的。

"我在马都拉待了一段时期。这座庙能容白人在里面随意走动，只除了最圣洁的地方不让进去，这在印度可以说是绝无仅有。天黑以后，庙里挤满了人，男男女女，老老少少。男人们都打着赤膊，只缠一块围腰布，在额上抹着牛粪烧成的灰，胸口以及胳膊上也常会抹上。你看见他们在这个或那个神龛面前膜拜，常常是整个人都匍匐在地上，面朝地行着五体投地大礼。他们祈祷并且朗诵连祷经文；他们高声辩论，甚至争得脸红脖子粗，一派吵嚷，有悖于神道。然而，却莫名地烘托出一种神秘气氛，就仿佛上帝是真实存在的，而且就在这附近。

"你穿过许多长长的厅堂，厅堂的屋顶都由雕花柱子撑住，每根柱子底下都会坐着一名托钵僧人；而每个托钵僧面前都会放着一只化缘的碗，或者一小块席子，好让善男信女们往上面不时扔一个铜板。他们有些穿着衣服，有些几乎是赤身裸体。有些人会在你经过时瞠目望着你；有些念着经，或是诵读出声，或是不出声地默诵，对川流不息的人群仿佛毫不觉察。我想在他们中间寻找我那位朋友，然而没找到，想来他应该已经开始朝着预定目标行进了。"

"他有什么目标呢？"

---

① 意思是："再见，老弟。"

"不再堕入轮回。根据吠陀经义,'真我',即他们称作阿特曼而我们称作灵魂的,是完全与肉体及感官、头脑及智慧不同的;它不属于宇宙之灵的一部分,因为宇宙之灵是无限的,没有部分;但它却可以说是宇宙之灵本身。灵魂不是被创造出来的;而是原本就存在的,而当它终于挣脱掉七重愚昧的束缚之后,它就能回归于无限。它就像一滴水,从海里蒸腾而升,在一场雨后坠进水潭,然后流入溪涧,进入江河,通过险峻的峡谷和广袤的平原,迂回曲折,经历重重阻碍,直到最后才终于得以抵达它原本的起源地——那无边无垠的大海。"

"但是,这一小滴可怜的水,当它重新融入大海时,肯定是失去它的个性了。"

拉里笑了。

"假如你想尝到糖的味道,并不需要你自己变成糖。所谓的个性不过是自我主义的体现罢了,除此之外还能有什么别的含义呢?假如灵魂不能彻底摆脱掉被自我主义所影响而产生的个性,那它就绝对无法与宇宙之灵融为一体。"

"拉里,你动不动就说宇宙之灵。这个字眼很大。你认为它的确切意义是什么?"

"是万物的本原。你没法具体地指出它是什么,你只能指出它不是什么。这完全无法用语言来表达。印度人称它为婆罗门。它是毫无行迹而又无所不在的。万事万物都蕴涵着它,也都仰藉于它。它不是具体的某个人,也不是具体的某件东西,甚至不是某种原因。它没有任何属性。它凌驾在不变与变化之上,既是整体,也是部分,既无限,也有限。它是永恒的,它的完善与时间毫无关联。它是真理，也是自由。"

"我的老天！"我暗自叫道，但是对拉里说，"不过，一个纯理性的观点怎么能成为受苦人类的慰藉呢？人们向来都想要一个人性化的上帝，以便在他们痛苦时可以向他祈求安慰和鼓励。"

"也许在遥远的将来，通过更大的洞察力，人类有一天将会看出只有在自己的灵魂里面寻找安慰和鼓励。我个人认为对于人性化的上帝的崇拜，其实是源于古时候对于那些残忍神祇的乞求。我以为其实上帝只在每个人的心里，除此以外再没有上帝。只是这样的话，我又该去崇拜谁呢？我自己吗？人的精神发展到现在明显水平不一，因此在印度人的想象中，宇宙之灵就有了三种形式，分别是大梵天、毗湿奴和湿婆，另外还有上百种不同名称。宇宙之灵存在于宇宙大神身上，它创造并统治着世界；也在干旱地区农民为之献花的那些粗制滥造的神像身上。印度的那些名目繁多的神只是些用以达到使自我与最高的我合为一体的手段。"

我望着拉里，心里思索着。

"我想知道是什么东西把你吸引到这一森严的信仰中去的。"我说。

"这一点我可以告诉你。我一直觉得那些宗教的创始人有种使人觉得可悲的地方，因为如果你想得救，就必须先相信他们，看上去好像他们要倚靠你们的信心才能对自己有信心似的。这就和古时候那些异教徒信仰的神祇没什么两样了，假如缺了信徒的敬拜，就会没了生存的土壤。吠檀多教派就从不要求你毫无根据地去相信什么，而只是要求你要去探求现实的本原；它说你只要能够感觉到快乐与痛苦，那你就能感觉到上帝的存在。现在印度就有不少人——以我所知总有成百上千的人——认为自己已经感觉到了上帝的存在。我对于人可以依据知识来通往本原的这种想法感到非常满意。印度近来已有圣徒们看清了人性的软弱，他们承认可以通过爱以及行善来获得解脱，但同时他们也从来没有否认过最崇高但也是最艰辛的途径——求知，通过知识来获得解脱，因为求知所要依靠的能力才是人类最为宝贵的：人的理智力。"

七

　　这里我要先向读者解释一下,我绝对不是想在这本书里向大家阐述清楚吠檀多的哲学体系。我懂得太少了,但是,即使懂得很多,在这里也并不适合谈论它。我和拉里谈了很长时间,拉里告诉我的比这里写的还要多得多,但是,这本书说到头毕竟是部小说,没必要把拉里讲的话全都记录下来。我关心的主要还是拉里。我觉得至少得稍微叙述一下他的思想状况以及这种思想状况所导致的古怪行为。不然的话,他以后的行为就不好理解,而我很快就要向读者介绍这些行为。如果不是因为这个,我压根就不会在本书中涉及如此复杂的问题。他说话时声音非常悦耳,哪怕是随口说出的一句话都很让人信服;他的面部表情经常随着他的思想在变化,从严肃到轻快,从沉吟到嬉戏,搭配上他的话声,就像钢琴的叮咚声伴随着小提琴的协奏曲,鸣奏着几个主旋律。而令我感到恼火的是,我无法用合适的语言来描述。尽管谈的是很严肃的事情,他谈时却很自然,口气就像平时谈话一样,也许会有些犹疑吧,但没见半点勉强,犹如在谈天气或者庄稼一样。如果留给读者的印象是好像他在说教,那绝对是我的失误。他的谦虚,和他的诚恳,都是显而易见的。

　　咖啡馆里已经稀稀落落、没有剩下几个人了。喝了酒就大叫大嚷的那些人早已走了,两个拿爱情当生意做的可怜虫也早已回去了。不时还会有满脸倦容的人走进来,喝一杯啤酒,吃一块三

383

明治；或者一个好像还没有完全睡醒的人进来点一杯咖啡。都是些白领。有的是值过了夜班正准备回家睡觉；有的则是被闹钟吵醒，带着满腹的不情不愿去上班。拉里似乎对时间和对周围情况都毫无觉察。我这一辈子碰到过不少离奇事件：我曾经多次死里逃生；曾经多次做过风流事，饱尝艳福；曾经骑一匹小马穿过中亚细亚，就沿着当年马可·波罗所走的那条通往神奇中国的路；曾经坐在彼得堡的某间整洁的会客室里，一面喝着俄国茶，一面听一个穿黑上衣条纹裤子的矮个子和声和气地讲他是怎么暗杀一位大公的；还曾经坐在威斯敏斯特宫的客厅里欣赏海顿[①]那恬静优雅的钢琴三重奏，而外面则传来飞机投弹的炸响。但是，所有这些遭遇我觉得都不及眼前的这一件离奇：在这么一家花里胡哨的咖啡馆里，我坐在铺着红丝绒的椅子上，听拉里一小时、一小时地讲着上帝和永恒，讲着宇宙之灵和没完没了得令人厌倦的轮回。

---

① 弗朗茨·约瑟夫·海顿（1732—1809），奥地利作曲家。

八

　　拉里已经沉默了好几分钟了,我不想催他,所以也沉默着等他。一会儿之后,他向我友善地一笑,仿佛突然又觉察到我。

　　"当我到达特拉凡哥尔以后,我发现根本不用到处去打听西里·甘乃夏的下落。这里就没有人不知道他的。他以前曾有好些年独自居住在深山的一个山洞里,还是后来很多人劝他,这才迁到了平原上住。有一位施主捐出一块土地,给他造了一间土坯房。那地方离首府特里凡得琅有很长一段路,我花了整整一天时间才到达,先是坐一趟火车,后面的路只能坐牛车。到了地方,在院子的进口处,我遇见一个小伙子,就向他咨询我能不能去见见这位修士。我带了一筐水果,这是通常的觐见礼。几分钟后,年轻人回来,领我到一处长轩,四周围全是窗子。在长轩的一角,西里·甘乃夏就坐在角落里铺着一张虎皮的台子上参禅。'我在等你呢。'他说。这使我感到诧异,但是,猜想大约是我在马都拉的那个朋友跟他谈到我的。可是,当我提起这个朋友的名字时,他却摇了摇头。我把水果呈上,他叫年轻人把水果拿走。这时只剩下我们两个人,他看看我,没有说话。我不记得这样的沉默有多久,可能有半小时。我对你提起过他的仪表;但没有告诉你他身上散发出的那种宁静平和、善良无私的气息。我经过一天的长途跋涉,人又热又疲倦,但是一见到他,我就神奇地感觉到自己逐渐平静下来。在他再次开口之前,我就已明白,他正是我一直想要求访的那种人。"

"他会说英语吗?"我打断他。

"不会。可是,你知道,我学语言相当快。我已经学了不少泰米尔语,在印度的南方能听懂别人讲话,也能使对方听懂我的意思。他终于说话了。

"'你为什么来这里?'他问道。

"我开始告诉他,我是怎样来印度,如何在这里度过了三年;又是如何一个一个地寻找到那些大家口耳相传的无比智慧、无比圣洁的圣人,但是找到之后我才发现,他们没有一个能提供我所追寻的东西。他打断我的话。

"'这我知道。你不用告诉我这些。你来我这里是要做什么?'

"'我想要拜你为师。'我回答。

"'只有婆罗门才能为师。'他说。

"他神情古怪地紧紧盯着我看,然后突然身体变得僵硬,眼睛像是转为内视状态,看得出他是进入了印度人称为入定的状态,在这种状态下,物我之分开始消失,人变为绝对知识。我盘膝坐在地上,面向着他,心怦怦直跳。经过了不知多久时间,他叹口气,我知道他已经恢复到正常状态了。他以慈祥的目光注视着我。

"'住下吧,'他对我说,'他们会领你去住宿的地方。'

"他们安排给我的住所,正是西里·甘乃夏初次来到平原时住的那间土坯房。他现在昼夜打坐参禅所待的长轩是在他的门徒聚集得越来越多,和有更多的人慕名而来之后兴建的。为了不至于引人注目,我改穿了舒适的印度服装,而且皮肤晒得黝黑,如果不是特别留心到我,你多半会把我当作是本地人。我在那里读了许多书;一个人静静地思索;在西里·甘乃夏高兴讲话时,我就去听。他并不多讲话,但是,你有问题问他时,他总是乐意回答。听他讲话,真令人振奋;听上去犹如仙乐绕耳。他自己虽则在年轻时持戒极严,但并不要求自己的门徒照做,只是劝导着让他们戒私心,戒情欲,戒声色,告诉他们若是想得到解脱,就需要恬淡寡欲,乐天知命,持正本心,以求无所牵挂。人们常从三四英里外的一个镇市赶来这里拜见他;那里有座著名的庙宇,每年都会举办一次盛会,人特别多;还有不少人从特里凡得琅甚至是更远的地方慕名而来,把自己的苦难告诉他,向他请教,听他的教导;到他们走时,个个都胸怀舒畅、心态平和了。他教导大家说,每个人都比他自己所认为的要伟大,而智慧是解脱之道。他对大家说,要脱离苦海并不一定要出家,只要你不再执着于自我。他对大家说,行事不怀私心就能净化心灵,牺牲小我,成就大我。但是感人最深的并不是他的那些教导而是他的为人本身,他的慈祥,他的气度,他的圣洁。只要能见到他的面,就是福气。同他在一起,我觉得很幸福。我感到终于寻找到自己一心追寻的目标。就这样,日子过得想象不到地快,一个星期接着一个星期,一个月接着一个月。我打算住到他逝去为止,因为他告诉我们,他不打算在这副躯壳里停留太长时间了;要不就是住到我顿悟为止,那时我将不再被人类的愚昧所束缚,而能确信自己与宇宙之灵融合为一了。"

"那这之后呢?"

"这之后，如果他们讲的话属实，那就没什么可做的了。灵魂的尘世旅程到此为止，再不堕轮回。"

"西里·甘乃夏逝去了没有？"我问。

"据我所知，还没逝世。"

他在回答我的问题时，看出了我问话的含意，轻快地一笑。经过片刻迟疑之后，方才又说下去，可是，他那说话的神态，一开始使我感到，他非常清楚我已到嘴边的第二个问题是什么，他想回避。第二个问题当然是：他是否已经得道。

"我并没有一直待在屋子里。我有幸认识当地一个森林管理员，他的住处就在山脚下一个村子边。这人对西里·甘乃夏信得很虔诚，在工作之暇，总要来我们这里待上两三天。他为人很好，我们通常一聊就能聊上半天。他喜欢找我练习英语。和我认识了一段时间之后，他告诉我森林管理所在山上有间小屋子，哪一天我想一个人到山上去坐坐，他可以把钥匙给我。我有时候会到那儿去。路上要走两天；先坐长途汽车到森林管理员的村落去，接下来就只能步行了，可是，到山上以后，满目的风光真是壮丽，而且幽静得很。我把所能携带的东西装在一只背包里，雇了个脚夫替我扛食物上山，一直待到粮食吃完为止。那只是一所用树桩钉成的小屋，后面有一间烧饭的地方；至于屋子里面，除了一张桌子、两把椅子以及一个可以铺席子的木架子，再没有别的家具了。山上十分凉爽，有时候，晚上生个火，倒也惬意。一想到周围二十英里之内渺无人烟，不免心惊。晚间常常会听见虎啸或者象群穿过丛莽的哗啦声。我常在森林里长距离散步。有一个地方是我格外喜欢的，因为当你坐在那里时，漫山景色都映入眼帘，还可以俯瞰山下的湖水。每到日落黄昏，就会有许多野兽，像鹿、野猪、水牛、大象、花豹啊等等来湖边饮水。

"我待在阿什拉玛刚满两年之后，又上山到我那森林的隐居处去了一次，这次去的原因，你听了也许会觉得好笑，是因为我要在那地方过我的生日。我赶在生日的头一天到达那里，然后第二天一大早，天没亮就醒来，因为我想去先前和你说过的那处地方坐着看日出。那地方我熟得闭着眼睛也能摸过去。我坐在那儿的一棵树下等着。一开始还是一片漆黑，但是，天上的星光逐渐在转淡，说明很快天就要亮了。我怀着一种奇特的期待心情。光线开始一点一点地，几乎使人觉察不到，缓缓穿透黑暗，简直像是个悄悄穿行在丛林间的神秘身影。我感到自己的心怦怦直跳，就像是有什么危险快要来临。终于太阳升起来了。"

拉里讲到这里停了一下，苦涩地笑了笑，这才接着说下去：

"我形容不出，那些相关的描述景色的字词，我都不会，我没法用语言来讲述，没法让你清楚了解到当时展现在我眼前的破晓时分山中的那片壮丽景象。那莽莽苍苍的群山、缭绕于树梢的薄雾，以及远在我脚下的深不可测的大湖。太阳从山峦的缝隙照射进来，晃得湖水闪烁起银光。世界的美使我陶醉了。我从来没有感到过这样的欣喜，这样超然物外的快意。有一种奇异的兴奋感由脚跟处升腾而起，直涌到头顶，仿佛感觉自己终于挣脱了这躯壳，像是纯粹的灵魂那样分享着眼前我从来未曾意想到的快乐。我感觉自己掌握到一种超脱于人类的知识，使得以往所有觉得混乱的事情都一一澄清，所有困扰我的问题都获得了解释。我快活极了，反而产生痛苦；我挣扎着想摆脱这种状态，因为我觉得再这样继续下去，人就会立刻死掉；然而，我是那样陶醉，又宁可死去而不愿放弃这种快乐。我怎么才能把我当时的感受讲清楚呢？任何语言都描绘不出我那醉心的喜悦。当我清醒过来时，人感到精疲力竭，身上发抖。我睡着了。

"我醒来时，已经是中午了。走回我的小屋时，人是那样的轻松愉快，感觉脚不沾地地在走。我给自己弄点吃的，我真的饿了，并且点上了烟斗。"

拉里这时也点起烟斗来。

"我并不敢以为这就是顿悟——别人经历了多少年的苦修都没能得到过的启示，而我，一个来自伊利诺伊州麻汾镇的小子，拉里·达雷尔，却能得到？"

"你为什么不认为这只是一种催眠状态，是你当时的心情、周围环境的幽寂、破晓时分那种神秘的氛围和你脚下闪烁着银光的那片湖水造成的呢？"

"我唯一的理由就是我感到那一切非常真实。反正，千百年来世界各地的神秘主义者都曾经历过类似的事。印度的婆罗门教徒，波斯的泛神论主义者，西班牙的天主教徒，新英格兰的新教徒；每当他们想要描述那种无法形容的境界时，使用的语言都差不多。这种境界的存在是无从否认的；唯一的难点在于如何去解释它。究竟我当时是和宇宙之灵融为一体了，还只是因为一种潜意识里的冲动与我们人类身上都潜伏着的宇宙之灵类似罢了，那就不清楚了。"

拉里说到这里顿了顿，以嘲弄的目光投向我。

"还有，你能用拇指碰到你的小拇指吗？"他问。

"当然能了。"我笑着说,并且还当场碰了下两个指头以作证明。

"你可知道这只有人和灵长目动物能够做到?由于拇指能够和别的指头相对,手才成为现在这样理想的工具。而这种拇指能与其他指头对上的功能,在最初的时候,会不会只出现在个别的远古人类以及大猩猩之中?会不会一开始只是个体存在,而直到经过了无数代的发展,才最终成为共同的特征?而这种和宇宙之灵相融的经验,是不是就意味着是人类正在发展之中的第六感?说不定,在遥远的未来,它也会发展成为所有人类共有的体验,人类将如我们现在所感觉得到的一切事物那样,直接感受到宇宙之灵。这至少是可能的。"

"要真是那样,那你认为这又能对人类造成什么样的影响呢?"我问。

"这我就不得而知了,就如同那第一个能将大拇指对上小拇指的人,恐怕当时也是无法预料这样一件小事会蕴含着多么重大的意义。我只能告诉你,在那一瞬间我深深体会到的宁静、欢愉和祥和,至今仍旧留在我心里,而那副壮丽的世界图景,在我心中还宛如初见般鲜明生动。"

"可是,拉里,你对于宇宙之灵的看法,必定会使得你将这整个世界以及世界的美当成是一种幻象——摩耶[①]所制造的幻象。"

"要是你以为印度人把世界看作一种幻象,那你就错了;他们并没有这样以为;他们只是坚持,世界的真实与宇宙之灵的

---

① 印度教中主宰虚幻境界的女神。

真实是截然不同的。摩耶只是那些热心的思想家编造出来的，借此解释为什么无限会产生有限。像沙姆卡拉，他是他们中最聪慧的一个，断言这是一个无法解答的谜团。你知道，困难在于解释为什么婆罗门会创造世界。婆罗门是神，是福祉，是智慧；它永世不可变，永世存在，而且永世都静止着；它什么都不缺，什么都不需要，因此他既不会知道什么叫变革，也不会知道什么叫奋斗；它是十全十美的；既然如此，它为什么要创造世界呢？你假如问这个问题，你得到的一般解答都是说：宇宙之灵之所以创世，完全是为了寻开心，并不带有任何目的。可是，当你想到洪水和饥馑、地震和飓风，想到折磨人体的一切疾病，当你想到这么多耸人听闻的东西之所以被创造出来居然都是为了寻开心，你会感到这是在践踏你的道德感。好心肠的西里·甘乃夏就因为这样，并不相信这样的学说；他认为世界正是宇宙之灵的体现，而且是它完美无缺的流露。他对我们说，神没有办法不去创造，因为世界正是神性的体现。我曾经问他，要是世界真是一个完美无缺的神祇的神性体现，为什么它是这样的可恶，使得众生的唯一合理出路竟然是要摆脱它的束缚？西里·甘乃夏是这么回答的，尘世的满足都是暂时的，只有不受束缚才能获得永恒。但是，永久不变的东西并不能把好变为更好，把白变为更白。就好像玫瑰即使在正午的骄阳下不复娇美，但在黎明时它也依然娇美过，那时的娇美是真实的。这世上就没有什么东西是永恒不变的，要是我们非得要求事物永恒不变，那就未免有些傻；而要是我们不趁着失去之前及时享乐，那就更加傻了。如果变易是事物的本性，我们会认为把这一条作为人生哲学的前提，是最合情合理了。我们谁也不能两次走进同一段河流,因为原先的河水一直在往前流,而后面流过的河水也还是一样的清凉沁人。

"往昔雅利安人初次来到印度时,把我们知道的世界看作只是不可知世界的表象;但尽管如此,他们仍然欢迎这个多姿多彩的世界。只是经过了若干世纪之后,当征伐的劳累和恼人的气候消耗了他们的精力,导致他们在异族入侵时成了案板上的肉,这时他们才会只盯着看人性中罪恶的一面,而渴望着能摆脱轮回。但是,为什么我们这些西方人,尤其是我们这些美国人,要被腐朽与死亡、饥与渴、疾病与衰老、愁恨与虚幻所慑呢?我们有着无比旺盛的精力。当时,我坐在自己的小木房子里抽着烟斗时,觉得自己比从前任何时候都更具活力。我觉得自己体内有种力量想要迸泻而出。我要做的不应该是远离尘世,在一家修道院中过着隐居生活,相反,我要做的应该是生活于尘世之中,并去热爱这世间的一切——而我之所以应该热爱它们,并不是说它们本身有什么可爱之处,而是因为无限就蕴含在它们身上。如果说我在那瞬间的心醉神迷中,真的与宇宙之灵融为了一体,而他们讲给我听的都是真话,那反倒使我心情沉重了,因为如果真是这样,那我将于今生修得正果,此后再也不会回到尘世中来。而我,是希望能轮回于尘世之中,一世又一世地活下去的——就算是人生充满苦痛与忧患,我也只想一趟趟地活下去,只有这样,我的渴求之心、我旺盛的精力,以及我强烈的好奇心,才能得到满足。

"第二天早上,我动身下山,经历了两天的行程后回到阿什拉摩。西里·甘乃夏看见我穿上西服,他感到诧异。那些衣服是我上山时在森林管理员那间小屋子里换上的,因为山上比较冷;

下山时也没有想起要换掉。

"'师傅,我是来向你告别的,'我说,'我打算回家乡了。'

"他没有马上开口。和平时一样,他盘膝坐在铺着虎皮的禅床上,前面香炉里燃着一支香,香味弥漫在空气之中。跟我第一天看见他时一样,他还是一个人在长轩里打着坐。他凝神盯着我看,好像一直看到我的内心深处。我知道一切事情他已全部明了。

"'这样很好,'他说,'你离家已经很久了。'

"我在他面前跪下,求他赐福于我。当我站起来时,眼睛都不由得湿润了。他是一位高尚圣洁的人。能结识他是我毕生的荣幸。我和院中那些修士一一告别;他们有些已经修道多年,有些是在我来这里之后才到的。我把自己仅有的一点衣物和图书留下,想着或许有人能用得上。然后我就背上背包,换上了我初到这里时的那身装束:一条旧宽腿裤,一件褐色上衣,还有一顶破遮阳帽。我步行回到镇上,于一周之后赶往孟买,搭上了一艘驶往马赛的船。"

我们各自回忆起自己的人生往事,一时都沉默了;可是尽管我已经十分疲倦,有一个问题我还是急切地要问个明白,最后还是我打破了沉默。

"拉里老弟,"我说,"这一次你天涯海角地探访寻求,原本是为了弄清关于罪恶的问题,但你谈了这么久,却连一个字也没有提到你是否找到了这个问题的答案。"

"或许压根就没有什么答案,也许是我不够聪明,因而找不到答案。罗摩克里希纳把世界看作是神的一场游戏。他说:'世

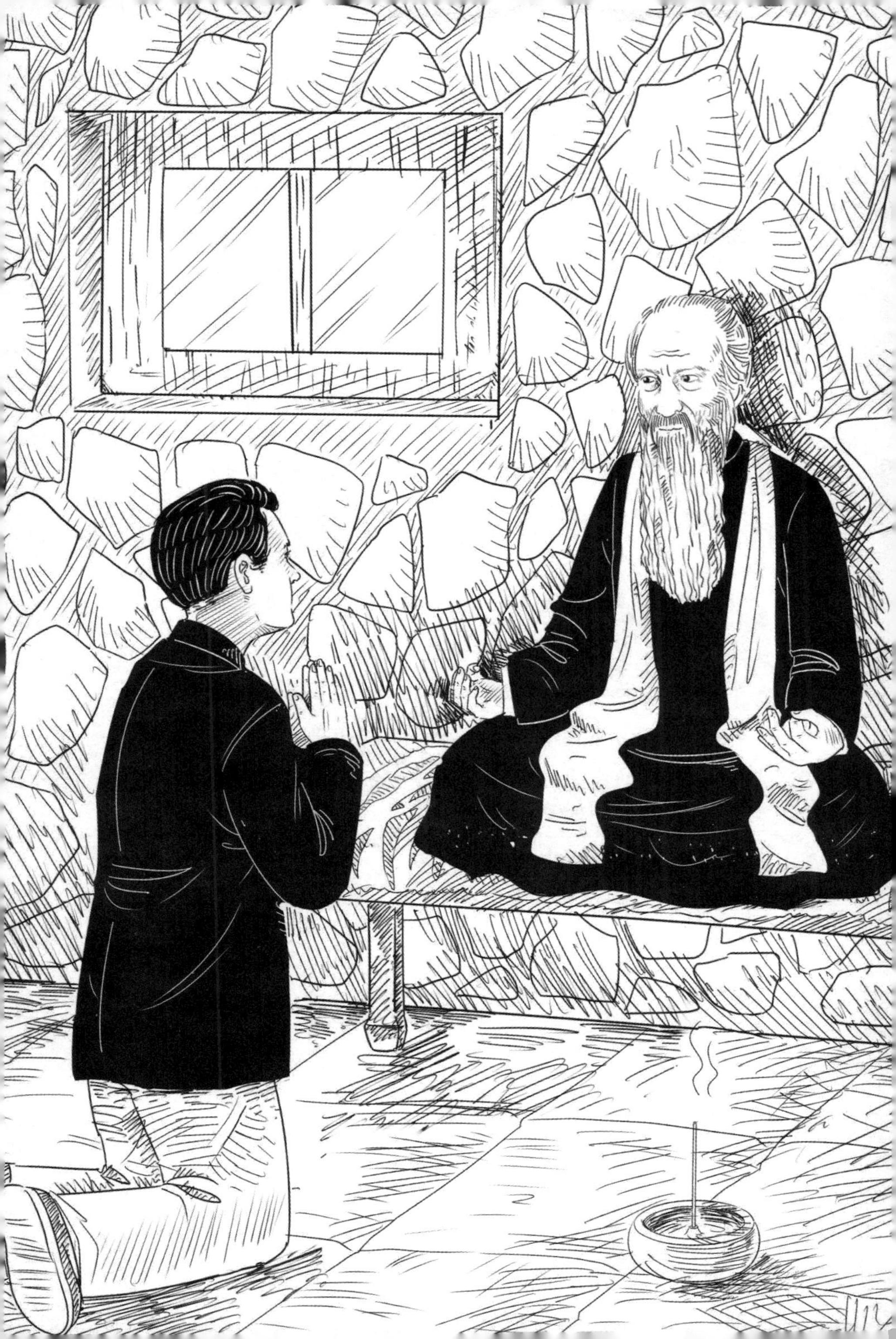

在长轩的一角，西里·甘乃夏和平时一样，盘膝坐在铺着虎皮的禅床上，身上散发出一种宁静平和、善良无私的气息，跟我第一天看见他时一样。他前面的香炉里燃着一支香，香味弥漫在空中。我向他告别，说自己打算回家乡。他没有马上开口，而是凝神盯着我看，好像一直看到我的内心深处。我知道一切事情他已全部明了。我在他面前跪下，求他赐福于我，当我站起来时，眼睛都不由得湿润了。他是一位高尚圣洁的人，能结识他是我毕生的荣幸。

界就是一场游戏,在游戏的过程中,有欢喜也有忧愁,有圣德也有沉沦,有知识也有愚昧,有善行也有恶行。如果罪恶和痛苦在创世时就被完全排除掉,那这场游戏还怎么能继续玩下去呢?'我对于这一说法是坚决反对的。我能提出的最好设想是,当宇宙之灵在这世界上表现为善时,恶也自然而然连带着出现。如果没有地壳的可怕变动,你就绝不会见到喜马拉雅山的雄伟壮丽。中国烧瓷的匠人能够把花瓶烧得像蛋壳一样薄,又赋予它优雅的造型,点缀上美丽的花饰,涂上斑斓的色彩,最后还要抹一层光华灿然的釉水,但是,由于它的本质是瓷,他就没法改变它的脆弱性。如果失手落在地上,它就会摔得粉碎。根据同样的道理,我们在这世界上所珍视的一切美好、有价值的事物,都是有与之同存的不好的一面的,你说是不是呢?"

"拉里,这是一个很别致的想法。不过我的看法是,这并不能令人信服。"

"我承认,确实很难令人信服,"他微笑着说,"顶多只能说,当你发现有些事无法避免时,那何不尽力去接受它?"

"你现在有什么打算?"

"等我完成了在这边的一项工作,就会回美国去。"

"回去做什么?"

"生活。"

"怎么生活?"

他的回答很冷静,但是,眼睛里闪出了一丝顽皮之色,因为他料准我会完全意想不到。

"平心静气,不急不躁,与人为善,不怀私心,不近女色。"

"标准真高!"我说,"那么,为什么要不近女色?你这么年轻;女色和吃饭一样是人这种动物最强的本能,你这样抑制它是否明智呢?"

"所幸的是对我来说,接近女色只是寻欢作乐,而不是什么必要的事。根据我个人的经验,印度的那些哲人主张不近女色可以大大增强人的精神力量,这话同样也是我自己的经验之谈。"

"我怎么觉得最明智的生活方式是在肉体需求和精神需求之间保持一种平衡呢?"

"印度人认为这恰恰是我们西方人做得不够的地方;他们觉得尽管我们有数不清的发明创造,数不清的工厂、机器以及靠着它们所制造出的一切,总想把幸福建筑在物质基础之上,但是,幸福的获取从来不依靠这些,而是依靠于精神的。他们觉得我们选错了路,而且这条路最终必然会通向毁灭。"

"你以为美国那种地方对实现你的理想适合吗?"

"我看不出为什么不适合。你们欧洲人一点不理解美国。因为我们积聚了大笔财富,你们以为我们只看重钱。我们对钱又怎么谈得上看重呢?我们一有钱就拿来花掉,有时候花得好,有时候花得不好,但我们总是花掉。钱对我们来说不算什么,它只是成功的象征。我们是世界上最大的理想主义者;我只是认为我们把理想放错了地方,我认为人类应该追求的最伟大的理想,就是完善自我。"

"这样的理想确实很伟大,拉里。"

"那么难道不应该去努力实现它吗?"

"但是，你有没有想过，以你这样一个人，对美国这样一个熙熙攘攘、匆匆忙忙、目无法纪、极端个人主义的地方会产生多大的影响呢？这无异于徒手就想挡住密西西比河里的水，要使它倒流。"

"我想试一试。有人发明了轮子；有人发现了万有引力。每一件发生过的事都必然会对这世间产生影响。你把一粒石子投入池中，宇宙就不完全是它先前那样子。你要是以为印度那些圣人们过的是完全无用的生活，那就大错特错了。他们是黑暗中的明灯。他们所代表的是一种理想，这对他们的同类来说就是精神力量的源泉；普通人也许永远达不到这样的程度，但是，他们也会对这种理想产生敬意，而且生活上始终受到它的影响。如果有一个人能将自己变得纯洁、完美，那么他的品格自然会带来广泛的影响，吸引许多追寻真理的人聚集到他身边。而只要我过上了自己规划中的生活，那么就很有可能对别人产生影响。这种影响也许并不比石子投入池中引起的涟漪影响更大，但是，一道涟漪引起第二道涟漪，而第二道又引起第三道涟漪；有人会看到我的生活方式能够提供幸福和宁静，他们又将从我这里学到的东西传授给别人，这是完全可能的。"

"我不知道你是否清楚自己将会面对什么样的困难，拉里。要知道，过去那些庸碌无能的人用绞刑架和火刑架来镇压令他们忌惮的见解，当然现在他们不这么做了；他们现在发明了一种更恶毒的毁灭武器：嘲笑。"

"我这个人顽强得很。"拉里微笑着说。

"好吧，那我得说，幸好你还有一笔资产可以傍身。"

"这对我确实帮助很大。如果不是有这笔资产作支撑,我是不可能跑那么多地方,去做自己想做的事的。可是,我的学徒生活如今已经结束了,往后这些资产只会拖累到我,我决心甩掉这个包袱。"

"这将是非常不明智的事。如果没有经济上的独立,你拿什么去过自己所规划的生活?"

"恰恰相反,要是经济上独立了,我所规划的一切都将毫无意义。"

我实在按捺不住了,摆出一副不耐烦的样子来。

"这对印度那些云游四方的托钵僧也许很合适;他可以在树下过夜,而那些虔诚的人,为了结缘,都很愿意把他的讨饭钵子装满吃的。可是,美国的气候对露宿是很不相宜的,而且就算我像你说的那样对美国缺乏了解,至少有一件事是美国人全都同意的,就是要吃饭就得工作。可怜的拉里,恐怕你还没有起步,就会被人当作流浪汉遣送到收容所去了。"

拉里大笑起来。

"这我明白。人总得适应自己所处的环境,我当然要工作的。我到达美国之后,将要设法在汽车修配厂找一份工作。我对于器械维修可是相当在行的,想来这份工作应该难不倒我。"

"可如果是这样,你岂不是会平白浪费掉许多精力?而这精力或许在别的地方能派上更大用场。"

"我喜欢干体力活。不论什么时候,只要看书看不下去了,我就会去干一段时期的体力活。我觉得这样能使人精神振作起来。记得有一次,我读《斯宾诺莎传》,读到这位哲学家为了糊口不得不打磨镜片,作者非常愚蠢地认为这对斯宾诺莎是非常大的折磨。要我说,这活计只会更有益于他的思考,因为这最少能令他的大脑暂时获得休息。当我冲洗车子或者修理汽车配件时,我的脑子是什么也不去想的,把手里的活做完之后,我会有一种乐滋滋的感觉,觉得自己完成了一件事情。当然,我不会在一家汽车修配厂永远待下去。我离开美国已经有好多年了,我得重新熟悉它。我将设法找一份卡车司机的工作。那样的话,日子长了,我就能慢慢地跑遍全美国。"

"我看你是忘了,钱还有一个最大的好处:它能节省时间。生命太短促了,而我们要做的事情是那样多,所以一分钟也不能浪费。比如说,你从一个地方徒步走到另外一个地方,而不坐公共汽车,又如搭公共汽车而不坐出租汽车,这将会浪费多少时间?"

拉里笑了。

"这倒是,这一点是我没有想到的,但是,我也可以自己去买一辆出租车以便解决这样的问题。"

"你这话是什么意思?"

"最后我将在纽约定居下来,不提别的理由,还因为纽约有着全美国最好的图书馆。我的日常开销很少,睡在哪儿我也毫不在乎,至于吃饭,一天一顿也就够了;等我把美国要逛的地方全逛到了,我将会省下一笔钱来买一部出租汽车,然后我就去当出租车司机。"

"你应当被关起来,拉里,你简直疯了。"

"一点没疯。我脑子清醒得很,也实际得很。我去开自己的出租车的话，每天赚的钱只要能供得上我的食宿和车子的折旧费用就行了。其余的时间可以用来做我自己想做的事。而且如果有什么急事需要赶往什么地方，就可以很方便地自己开出租车去。"

"可是，拉里，出租汽车和政府的公债一样都是私有财产，"我故意说这话逗他，"而你拥有一辆出租车，那你就算是资本家了。"

他大笑。

"并非如此。我的出租汽车只是我的劳动工具，无异于云游僧的手杖和化缘钵。"

这样打趣一番之后，我们的谈话中止了。我早就注意到，咖啡馆里的客人愈来愈多了。有个穿着晚礼服的人坐到了离我们不远的地方，叫了一份很丰盛的早餐；他那疲倦而带有满足的面容，说明他经过了一夜风流，现在回想起来还有余味。有几个年纪大了睡得少还起得很早的老人家，他们一面一本正经地喝着牛奶咖啡，一面戴着老花眼镜在读晨报。年纪轻一点的人，有的衣冠楚楚，有的衣着破旧，匆匆走进来，三口两口吞下一只面包或者喝掉一杯咖啡，再赶往办公楼或者商铺去上班。一个干瘪老太婆带了一大沓早报进来四处兜售，但是，看上去好像一份也没卖掉。我从落地玻璃窗望出去，看见天色已经大亮。一两分钟后，除了这座大饭店的后部，电灯都关掉了。我看了看表，已经七点多了。

"来份早餐怎么样？"我说。

我们点了新出炉的又热又脆的油炸面包，还喝了些牛奶咖啡。我这时觉得非常累，没精打采的，样子一定很难看，但是，拉里却像平时一样精神，眼睛奕奕有神；光滑的脸上连一丝皱纹也没有，谁能看得出他已经超过了二十五岁。喝下咖啡以后，我才恢复了点儿精神。

"请允许我给你一点忠告，拉里。通常我可不怎么愿意给人忠告的。"

"通常我也不大接受别人给我的忠告。"拉里一笑，回答说。

"在你处理掉你那一点点财产之前，希望你再慎重考虑一下。因为那笔钱一旦送出去，可就再也不会回来了。说不定有一天你为了自己或者为了别人迫切需要用到钱，那时你就会后悔莫及，觉得自己当初做了一件蠢事。"

他回答时，眼睛里带有嘲笑的神气，但是，丝毫不含恶意。

"与我相比，你把钱看得更重。"

"我当然看重，"我直截了当地说，"要知道，你一直过的都是有钱的日子，可我并非如此。钱能够带给我的是这世间最为宝贵的东西：自主。一想到现在只要我愿意，我就能够骂任何人滚他妈的蛋，真是开心之至，你能否明白这一点？"

"可是，我并不要骂任何人滚他妈的蛋；而如果我真想骂的话，也不会因为银行里没有存款就不骂。你瞧，钱对你来说意味着自由，然而对于我，它代表着束缚。"

"你真是顽固不化，拉里。"

"我知道。但我也没法子改变自己。反正时间还早呢，我要是哪天改变了主意也完全来得及。我会等到明年春天才回美国。

403

我那个画家朋友,叫奥古斯特·科泰的,他把在萨纳里的那幢屋子借给我了,我打算在那边过冬。"

萨纳里是在里维埃拉附近的一处普通的海滨疗养地,位于班多尔和土伦之间。那些不喜欢圣特罗佩那种铺张、愚昧而无必要仪式的艺术家以及作家们,通常会到那里去。

"那地方就像一潭死水那样了无生气,你如果不嫌乏味,就能喜欢上它。"

"我在那边有事情要做。我已经搜集了一大堆资料,预备写一本书。"

"你要写什么?"

"写出来后你就会知道。"他微笑着说。

"书写成之后,如果你愿意寄给我,也许我可以设法替你出版。"

"不用劳烦的。我有几个美国朋友在巴黎办了个小小的出版社。我已经和他们安排好,由他们替我印出来。"

"可是,这样出版一本书很难指望有什么销路的,甚至也不会有人评论你的书。"

"我不在乎有没有人评论,也不在乎能不能卖得出去。书的印数很少,只是想要寄去给我一些在印度的朋友,以及几个可能会感兴趣的在法国的朋友。这本书并没有什么特殊意义,我写它出来只是为了把搜集到的资料处理掉,而出版它是因为我觉得只有把它印成铅字了,才能掂量出它的分量。"

"这两点我倒是能理解。"

这时我们的早饭已经吃完,我叫侍者来结账。账单送来时,我把它递给拉里。

"你既然打算把你的钱当包袱扔掉,那我也不跟你客气了,这顿饭就你请吧。"

他大笑,替我付了饭钱。坐了这么一整夜,我整个身子都僵了;走出咖啡馆时,觉得自己两边的肋骨都在痛。秋天早晨的空气十分新鲜,走在室外人都舒畅了。天空蔚蓝一片,德·克利希大街尽管在夜间很是肮脏,但此时也显出些活泼气象,就像一脸脂粉的黄脸妇人迈着女孩子才有的轻快脚步,这倒也并不使人讨厌。我招手叫了一辆路过的出租车。

"要送你一程吗?"我问拉里。

"不用。我预备步行到塞纳河边,找个澡堂游个泳,然后还得上图书馆去,我有些东西要查。"

我和他握了握手。我目视着他迈动两条长腿大踏步走过马路。我这副身板可没有他结实,所以还是坐上出租车回到旅馆。走进起居室时看一看时间,已经八点过了。

"一个上了年纪的人在这个时候才回家,可真不错。"我瞧着玻璃罩里的那个裸体女人,嘲讽地说;一八一三年以来她就一直就躺在这座时钟上面,躺的姿势在我看来真是不舒服极了。

她还是端详着自己在镀金铜镜里的镀金铜脸,而那座钟的回答只是:嘀嗒、嘀嗒。我给自己放了一浴盆热水;一直泡到水不太热时,这才把身体擦干,吞下一片安眠药,床头柜上正好有一本瓦勒里①著的《海葬》,我拿上了床,一直看到入睡。

---

① 保罗·瓦勒里(1871—1945),法国当代著名诗人。

第七章

一

六个月过去了,四月份的一个早晨,我正在弗拉特角自己阁楼的书斋里忙着写稿子,突然有用人上来说,有两名圣让(我的邻村)的警察在楼下等着,希望见我。这样的打扰让我非常生气,而且想不出警察找我有什么事情。我没有做过亏心事,定期的慈善捐款也已经缴纳。他们收到钱后还给了我一张证明卡,我把它放在汽车里。要是有一天我不小心开车超速了或是违章停车了,便可以在出示驾照时顺便让警察看到这张身份证明,免得他们警告个没完。当时我想很可能是我的那些用人里面,有一个没有及时办妥身份证而受到了匿名检举(这是法国人生活中一个有趣之处);不过,平日里我和当地的警察关系处得还不错,应该不会有什么大事。每次他们离开之前,总要请他们(通常是两个人一起来)喝杯葡萄酒。可是,明显这次情况不同以往。

我们彼此握手寒暄之后,年长的一个——被称为班长的,嘴上留着我从未见过的浓密长须——从口袋里掏出个小本子,用脏兮兮的拇指一页一页翻着。

"索菲·麦唐纳这个名字你听说过吗?"他面无表情地问。

"我确实认识一个叫这个名字的人。"我小心谨慎地回答。

"我们刚接到土伦警察局的电话,那边的督察要求你即刻前往,请您去一趟①。"

"有什么事吗?"我问道,"我和麦唐纳女士并不熟。"

我立刻想到索菲一定出事了,而且极有可能和鸦片有关。可是,怎么会把我牵扯进来!

"这可不归我管。毫无疑问,你们之前有过往来。据说,她已经五天没有回家,后来,有人在海港捞到一具女尸,警察认为可能就是她。所以,警局要你去指认一下。"

我不禁打了一个寒噤。不过,这事并不怎样出乎我的意料。她过的那种生活很可能使她在抑郁不堪之际突然结束自己的生命。

"那么难道不可以从她穿的衣服以及随身携带的证件来确认吗?"

"她被发现时浑身赤裸,并且喉咙也被割破了。"

"老天啊!"我一面感到毛骨悚然,一面自己在动脑筋。很可能警察会强行把我带走,所以我还是遵命为上,避免难堪。"那行,我赶最近的一班火车过去。"

我看了下火车时刻表,查到五点到六点之间,就有一班火车可以直达土伦。班长说他会打电话通知土伦警局到车站接我,一下火车就可以把我带到警局。我用一只手提箱装了些生活必需品,吃完午饭,就坐汽车匆匆赶往火车站。

---

① 原文为法文。

二

我上土伦警局总部报到时,立刻被带到警长的房间。警长端坐在桌子后面,皮肤黝黑,身材又粗又胖,脸色阴沉沉的,看上去像是科西嘉岛人。可能是职业习惯,他怀疑地看了我一眼;可是当他注意到我衣领上的勋章[①](我专门带着,以备不时之需),才假模假式地笑了一下,请我坐下。警长满嘴客套话,说是打扰到我,实在是不好意思。若不是出于不得已,实在不敢惊动我这样有身份的人。我也随之附和,满嘴客套,说是只要能够替他效劳,实属荣幸。客套过后,我们进入正题。他又恢复到先前粗鲁而且相当傲慢的神情,瞟一眼桌上的文件,对我说:

"这是一件不光彩的事情。看来这个麦唐纳女士的名声很坏,酗酒,吸毒,是个糟污货。她不但经常和船上下来的水手们乱搞,还和当地的一些地痞流氓搅在一起。你这样年纪和身份的人,怎么会和这种人有交情?"

我本来想告诉他这不关他的事,可是,根据我最近钻研几百本侦探小说的经验,对待警察还是客气的好。

"我和她并不熟;当时,我们在芝加哥相遇的时候,她还只是个小姑娘。后来她在芝加哥和一个有身份的人结了婚。大概一年多以前,通过她和我共同认识的一些朋友,我们才又见面了。"

---

① 荣誉勋章,拿破仑一世所创制。

在这以前,我一直弄不懂他怎么会把我和索菲这个女人联系在一起。正当这时,警长把一本书推到我面前。

"这本书是在她房间里找到的。请你仔细看看上面写的话,这足以说明你们的交情不浅。"

就是那本索菲在书店橱窗里看见的我的小说法文译本,当时她非要我在书上题几个字。于是,我就在我的名字下面写了"亲爱的,我们去看看那玫瑰花……①"。虽然听起来是有些亲密,但当时就是随手一写。

"哦,你们不会以为她是我的情人吧?不是这样的。"

"这个不归我管,"他说着,眼睛瞪了一下,"而且我丝毫没有冒犯您的意思。根据我对她的了解,你们也不会是一路人。但是,您应该也不会随意称呼一个完全陌生的人亲爱的。"

"警长先生,像您这么有文化的人,肯定知道,这句诗来自龙沙先生一首非常脍炙人口的诗歌。我借用这一句,是认为她肯定也熟知这首诗,并且能够联想到后面的诗句。通过这句诗,也许会让她意识到她自己所过的生活,暂不说别的,起码是不光彩的。"

"当然,我在学校里是学过龙沙的。可是,我的工作非常繁忙,你提起的那些诗句早就忘了。"

我把那首诗的第一节背了出来。我知道,他压根就不知道我说的这个诗人的名字。所以,我一点儿都不担心,他能否察觉到,其实这首诗的最后一节压根没有劝人改邪归正的意味。

"她摆明是读过一点书的。我们在她的房间里发现不少侦探

---

① 原文为法文。

小说和两三本诗集。有一本波德莱尔[①]，一本兰波[②]，还有一本是一个叫埃利奥特还是谁写的英文诗集。你知道这个人吗？"

"嗯，非常出名。"

"我没有时间读诗。反正我不懂英语。可惜的是他如果是个好诗人，为什么不用法文写诗呢？这样有文化的人才都能读得懂嘛。"

想到这位警长在读埃利奥特的《荒原》，真把我逗乐了。突然间，他把一张照片递到我面前。

"你知不知道这是什么人？"

我一眼看出照片上的人是拉里。他穿着游泳裤，照片是新近拍的，据我猜想，大约就是前年夏天他和伊莎贝尔和格雷在迪纳尔避暑的时候照的。我本想矢口否认，说我不认识这个人，因为我从心里不愿意牵扯到这种无耻的事情中去。可是再一想，倘若警察局已经查出是拉里的话，我的否认就会使他们疑心到我认为这里面有什么不可告人之处。

"他是个美国公民，叫劳伦斯·达雷尔。"

"这是我们在这女人的物品里面找到的唯一一张照片。你知道他们之间是什么关系吗？"

"他们都是在芝加哥附近同一个村子里长大的，很小就认识了。"

"可是，这张照片是新拍的，看着像是在法国北部或者西部一个海滨避暑场所。当然啦，要想查出到底是哪儿，这并不难。

[①] 波德莱尔（1821—1867），法国象征派诗人，代表作有《恶之华》。
[②] 兰波（1854—1891），法国象征派诗人。

你知不知道他是个什么人？"

"他是一个作家。"我大胆地回答。警察稍稍挑了一下他那两撇浓密的眉毛，在我看来，他并没有觉得像我一样当作家的人有多么了不起。"但不完全靠写东西谋生。"我又补上一句，企图抬高他的身份。

"他现在在哪里？"

我本来又想说我不知道的，但是，仍旧认为这一来只会弄巧成拙，让警察对我起疑心。法国警察也许有很多不足之处，但是，他们庞大的组织体系却能使他们很快就查出任何想要找的人。

"他住在萨纳里。"

警长突然抬起头，明显对此很感兴趣。

"具体地址呢？"

我记得拉里告诉过我奥古斯特·科泰把自己乡下的小房子借给他住；而且我圣诞节回来时，曾经写信给他，邀他到我家来住一段时间，但是，不出我所料，他谢绝了。于是，我把他的具体地址告诉了警长。

"好，我这就打电话到萨纳里，叫人把他带到这儿来。没准能从他那儿找到些线索。"

我立刻猜到警长大概是把拉里认作了嫌犯，忍不住想笑。我断定，拉里会轻而易举证明他和这件事情无关。现在，我急于想知道的是关于索菲遇害的具体情况。但是，警长只是把我已经知道的事情又说了一遍，只不过更加详细一点罢了。是两个渔民把她的尸体捞上来的。当地的警察告诉我尸体捞上来时一丝不挂，

411

其实是耸人听闻。内衣和内裤都在。如果索菲的衣着和我看见她时一样,那说明凶手只是扒了她的上衣和裤子。尸体无法辨认,警察在当地报纸上登了一段启事描述死者的状况。于是,有一个女人来到了警察局。这个女人在一条背街有一所房子,法国人把它叫作临时房间,房客可以随意带女人或者男人进去睡觉。她原是警察局的耳目,警察常要她报告谁上她的客栈来,来干什么。我上次碰见索菲时,她刚被码头附近的那家旅馆赶了出来,因为她的行为实在太不像话,连一向大意的旅馆老板都不能忍耐了。在这以后,索菲便找到了那个线人,从她那里租了一间卧室和起居室。本来,一间房间一夜租出去两三次会赚不少钱。不过,由于索菲出的价钱很高,所以那女人就答应按月租给她。这个女人现在到警察局来,说她的房客有好几天没有回来住宿了;她原也不放在心上,以为她暂时去了马赛或者维尔弗朗什,因为最近这儿有英国军舰开过来,这件事对沿海岸一带老老少少的女子都具有吸引力;但是,当她看到报纸上关于死者的那段描述时,觉得很可能是她这位女房客。警察马上带她去指认了尸体,她只稍微迟疑了一下,就声称那正是索菲·麦唐纳。

"既然你们已经知道尸体是谁了,为什么还要叫我来呢?"

"贝莱太太是个很诚实的女人,人品也不错,"警长说,"但是,她认尸时说的那些根据,我们并不知道;反正我觉得应当找一个和死者关系比较密切的人来证实一下会更好。"①

"你认为有可能抓到凶手吗?"

---

① 警察局长故意含糊其辞,实际上他对那个出租房间的女人并不信任,怕她把一个无名女尸冒认为索菲,而真正的索菲则被她毁尸灭迹了。这些门面话当然瞒不过作者,所以接着作者就问到缉拿凶手的问题。

412

警长无可奈何地耸耸他那宽阔的肩膀。

"我们现在也只是在查访。我们到她常去的酒吧间问了一些人。她可能是被一个水手出于妒忌杀害的,而水手的船已经离开港口了。也可能是当地一个流氓想抢她身上的钱,所以杀了她。好像她身上有不少钱,这就难免被歹徒盯上。也许有的人知道某个人嫌疑很大,但是在她活动的那个阶层中,除非对自己有利,谁也不会说出来。根据她的恶劣品行,她落得这样的下场是完全可能的。"

对于他的话,我也没什么好说的。警长请我明天早上九点钟到这儿来,那时候,他就会和"照片上这位绅士"谈话,然后会有一个警察带我们去停尸所指认尸体。

"那关于她安葬的事情呢?"

"如果身份被证实,你们承认是死者的朋友并且愿意负担丧葬费的话,警局将会批准由你们将她安葬。"

"我敢说达雷尔先生和我都愿意很快得到批准。"

"我完全理解。这可怜的女人遭遇太惨了,越早安葬自然越好。你的话倒是提醒了我,我这有一张承办丧葬的名片,价钱优惠还省事儿。到时候我在上面留个言,让他们把后事做得周全些。"

我知道,他肯定是想拿回扣,不过我还是向他表示了感谢。在他竭力表现得毕恭毕敬、送我出门之后,我立刻就找到名片上的地址。丧葬承办人既活跃又不失严谨。我挑了一口棺材,既不是最便宜的,也不是最贵的。他主动提出可以替我跟他熟识的一

413

家花店订购两三只花圈——"这样既能表达对死者的尊敬，又免得您亲自办这样不吉利的事情。"他承诺，订好的灵柩车将于次日两点准时到达停尸所。他还保证，关于坟地我可以放心，一切他都会安排妥当。还问道："太太是新教徒吧？"意思是如果我同意，他将请一位牧师在下葬时为死者祈祷。他的一系列安排着实令我佩服，但是，由于我和他素不相识，又是个外国人，他认为我应该不会介意先预付一下款项的。他开出的价钱比我预计的要多，估计是预备好了要让我讲价的；但我二话没说就掏出支票本来，当场给他开出了支票。当时看得出他脸上显出诧异的样子，甚至于有点失望①。

我在旅馆开了一个房间住下，第二天早上，又到警察局去。先在候见室等了一段时间，然后有人请我到警长办公室去。在那里，我见到了拉里。他神情凝重，就坐在我昨天坐的椅子上。警长兴高采烈地和我打招呼，好像我俩是失散多年的兄弟。

"好极了，亲爱的先生。你的这位朋友已经极其坦率地回答了我本着我的职责向他提出的每一个问题。他说，他已经有十八个月之久没有见到过这个女人，我没有理由不相信他的话。他详细说明了自己在上星期的行踪，以及那个女人房间里那张照片的来历，讲得都非常令人满意。照片是在迪纳尔拍的，有一天，他和那女人吃午饭时，他碰巧把这张照片带在衣袋里。我从萨纳里收到的关于这位年轻人的情况报告非常好，此外，我可不是夸口，我自己就善于判断一个人的品格；我深信，他不可能犯这种性质的罪。我而且不揣冒昧向他表示同情，一个童年的朋友，而

---

① 暗指对方懊悔没有索价更高。

414

且在一个健康和有良好家教的家庭长大，竟会堕落到这种地步。可是，这就是人生。现在，亲爱的先生们，我的一个下属将陪二位到停尸所去，待你们指认完成后就没事了。好好去吃顿午饭。我这里有一张名片，是土伦最好吃的餐馆的。只要我在上面留个言，你们将会享受到老板最殷勤的招待。经历了这件令人伤心的事情，喝上一瓶好酒会对你们两人都有好处。"

他这时的的确确充满善意了。我们跟随一个警察走到停尸所。这儿人烟稀少，冷清得很。只有一张板子上放着一具尸体。我们走到跟前，太平间的看守人把尸体头上的布揭开。那形象很不好看。她那染成银色的卷发已被海水泡直，紧贴在头颅上。脸肿得厉害，看上去使人毛骨悚然，但是，毫无疑问，是索菲。看守人把布单又往下揭，给我们看了那道一直延伸到两边耳朵下面的骇人刀伤；对我们俩来说，还是不看为好。

我们又返回警察局。警长没有时间会客，我们只好把应当说的话告诉了一个助理，让他代为转达。他让我们等着，不久就拿着证件出来了；我们带了证件去交给丧葬承办人。

"现在让我们去喝一杯吧。"我说。

自从我们离开警察局去停尸所，拉里除了在回到警察局时声称他认出尸身是索菲·麦唐纳外，一句话也没有说过。我领他上码头那边，和他坐在从前和索菲去过的那家咖啡馆里。外面正刮着一股强劲的北风，平时波平如镜的海港，激起了点点白沫。渔船轻轻飘摇。阳光明媚，和每次刮北风时一样，眼中望去的任何物体都异常清晰耀眼，仿佛是在用望远镜对准了瞭望一样，让人感到一股心灵的震撼和生命的悸动。我喝了一杯白兰地和一杯苏

415

打水，但是拉里始终没有碰一下我给他要的东西。他一直郁郁寡欢地静坐着，我也没有打扰他。

过了一会儿，我看了一眼表。

"我们还是去吃点东西吧，"我对拉里说，"我们两点钟还要再去一趟停尸所。"

"我饿了，早饭我什么都没有吃。"

从警长的外表来看，他对于吃应该还是比较懂行的，所以我就带着拉里去了警长推荐的餐馆。我知道拉里很少吃肉，所以我给他点的是摊鸡蛋和煎龙虾，然后把酒单要来，又按着警长的推荐要了瓶葡萄酒。酒送来时，我给拉里倒了一杯。

"你还是喝下这劳什子，"我说，"一杯酒下肚，你就会有话可说。"

拉里照我说的，把酒喝了。

"西里·甘乃夏常常说，沉默着也是在说话。"他喃喃地说。

"这让我回忆起那些剑桥大学的教授们的一次愉快的聚会。"

"恐怕你得单独负担这笔丧葬费用了，"他说，"我现在没钱。"

"我完全愿意负担，"我回答。不过，他这话提醒了我，"你不会真那么做了吧？"

他没有立即回答。我注意到他的眼里闪着古怪的、逗乐似的光芒。

"你已经把钱处理掉了吗？"

"除了等船期间必需的生活费用外，每一文钱都处理掉了。"

"什么船?"

"我住在萨纳里时,有个邻居是马赛货轮办事处的负责人,货轮往返于近东和纽约之间。他们从亚历山大城打电报给我的邻居,说船在开往马赛去的途中有两个水手生了病,结果只能停靠在亚历山大城,得赶紧补充两名替工。他是我的好朋友,答应会招我上船。于是,我就把自己那辆旧的雪铁龙当作纪念品留给了他。等我上了船,除了身上穿的衣服和随身携带的手提包里的物件,就别无他物了。"

"嗯,反正是你自己的钱。你是白人,而且满了二十一岁[①],你现在自由了。"

"自由这个字眼用得非常确切。我一生从来没有像现在这样感到如此快活、了无牵挂过。我到纽约时就可以领到在船上干活的工资,这笔工资足以把我的生活维持到找到工作。"

"你的书进展如何?"

"噢,已经写完而且印好了。我列了一张赠书的名单,你在一两天内应当会收到。"

"多谢。"

这之后我俩就无话可说了。我们在友好的沉默中吃完午餐。我点了杯咖啡。拉里点起烟斗;我也拿出雪茄抽起来,若有所思地望着他。他意识到我一直在注视着他,瞟了我一眼;眼睛里闪着顽皮的光芒。

---

① 美国法律,白种人满21岁就是成年,可以自由处理财产。黑种人大约不同于白种人。

"你要是想骂我是个白痴傻瓜,你就只管骂吧。我毫不在意。"

"不,我没有想骂你。我只是在考虑,如果你像别人一样结婚生子,生活方式会不会变得更正常一些。"

他微微地笑了。之前,我不下二十次提到过,他的微笑真的很美。他笑得是那样随意、真挚和迷人,恰恰说明他有着真诚坦率的优良品质。可是我还要再提一次,因为现在他的笑容除了上述种种特征外,还含着一丝凄凉和温柔的味道。

"现在谈这个问题已经太迟了。所有我遇到的那些女子中,我愿意娶的只有索菲,可怜的索菲。"

我惊诧地望着他。

"即使是现在,你还这么觉得?"

"她有个可爱的灵魂,充满激情,超脱于俗世,而且慷慨。她的理想是高尚的。甚至到最后她寻找自我毁灭的方式,也带着一种崇高的悲剧味道。"

我无言以对;因为我也不知道该如何回应这奇怪的评论了。

"当时你为什么不和她结婚呢?"我问。

"那时她还是个孩子。说实话,当我常常到她祖父家里和她一起在那棵榆树下读诗的时候,我从没有想到,在这个骨瘦如柴的毛丫头身上孕育着这样美的精神种子。"

我不由得感到诧异,在料理索菲丧事的过程中,拉里只字没有提到伊莎贝尔。他不可能忘记曾经和她订过婚。我只能猜想,他是不是认为当年的订婚不过是两个幼稚的年轻人干出的糊涂事,没有任何意义。我坚信,此时此刻,他压根都不会想到伊莎贝尔还在深恋着他这件事。

现在是动身的时候了。我们走到拉里停车的广场，汽车已经很破旧了。我们驱车去了停尸所。丧葬承办人没有说谎，一切事情都打理得很周全。在那阳光耀眼的天空下，狂风把墓地的柏树都吹弯了，给殡葬添上最后一丝恐怖气息。各事完毕以后，承办人客客气气地和我们握了手。

"怎么样，办得还不错吧？希望两位先生能满意。"

"很不错。"我说。

"如果阁下需要，我随时准备为阁下效劳，望阁下不要忘记。距离远近都不成问题。"

我谢过他。当我们走到公墓门口时，拉里问我还有什么事情要他做的。

"没有了。"

"那么，我想尽快赶回萨纳里。"

"能先送我回旅店吗？"

拉里开着车，一路上我们一句话都没有说。我到旅馆时下车，两个人握了握手，他就开走了。我付了旅馆费用，拿了手提箱，雇一辆出租汽车去火车站。我也想远离这个地方。

三

几天之后，我就动身去英国。我原来的打算是沿路不停，但是，出了索菲这件事情之后，我特别想看看伊莎贝尔，所以决定中途在巴黎停留二十四小时。我打了个电报给她，问她我能否在傍晚时分到她家，并在她家吃晚饭。当我到了旅馆以后，就收到她留给我的一张便条，说她和格雷晚上有饭局，可是，欢迎我五点半以前来，因为五点半以后她就得出门去试衣服了。

天气很冷，大雨时断时续；我猜想格雷不会去毛特芳丹打高尔夫了。要是这样，对我来说就太不方便了，因为我想单独会见伊莎贝尔。但是，当我到达公寓时，她告诉我的第一句话就是，格雷上旅行者俱乐部打桥牌去了。

"我对他说，如果他想见你，不要回来得太迟。我们要赴的晚宴九点钟才开始，我们九点半赶到那里也不算晚，因此我们有充分的时间，可以好好谈一谈。我有许多事情要告诉你。"

他们已经把公寓转租出去。埃利奥特的藏画将在两星期内拍卖。拍卖时他们要到场，所以他们正准备搬到丽思饭店去住。等完事之后再坐船回国。除掉埃利奥特在昂第布房子里挂的那些近代绘画之外，伊莎贝尔打算什么都卖掉。这些近代绘画她虽则不大喜欢，但是，认为这些画挂在他们未来的家里将会抬高他们的身份地位；这一点她倒并没有想错。

"遗憾的是，可怜的埃利奥特舅舅并不太合时宜。你瞧，他的藏画尽是毕加索、马蒂斯、鲁奥①等人的作品,尽管都很有水平,不过恐怕过时了一点。"

"我倘若是你的话,就不去管它。几年之后,又会有新的画家出来,到时候,你眼中那些时髦的印象派画家,也未必就比毕加索或是马蒂斯更合时宜。"

格雷的工作也和人谈得差不多了。他有了伊莎贝尔给他提供的资金,他将进入一家生意兴隆的企业担任副经理。这家企业和石油有关,所以他们打算到达拉斯去住。

"我们的首要事情是找一幢合适的房子。我想要一个漂亮的园子,这样格雷工作回来可以在园子里散散步,我还想要一间宽敞的起居室,方便我招待客人。"

"我不懂你为什么不把埃利奥特那些成套的家具带走。"

"我觉得那些家具不合适。我想要定做全套的时尚家具,也许在有些地方加点墨西哥风情,添加点儿不同情调。等到了纽约,我就要去打听一下哪家室内装饰最受欢迎。"

男用人安托万端着托盘走了进来,托盘上面摆着许多酒瓶。伊莎贝尔还是那么精明,知道十个男人有九个都认为自己兑的鸡尾酒比女人兑的好(事实上也的确如此),于是就干脆让我自己兑。我先倒出来一些杜松子酒和努瓦里普拉②,然后搀上少量的苦艾酒;就靠这点苦艾酒就能把原来没有甜味的马地尼③从一种平凡的酒化成仙露,连奥林匹斯山上的诸神肯定都会愿意为了它而放弃自己家的仙酿。我个人一直把它当作一种可乐来喝。当我

---

① 乔治·鲁奥(1871—1958),法国野兽派画家。
② 一种白葡萄酒的商标名。
③ 鸡尾酒的一种。

把酒杯递给伊莎贝尔时,我注意到桌上有一本书。

"嗨,"我说,"这就是拉里写的书啊。"

"是的,今天上午寄来的,可是,我非常忙,午饭之前,就有做不完的事情;午饭是在外面吃的;下午又去了慕尼丽丝时装店。不知道什么时候才能抽出点功夫静下心来读读这本书。"

我听了感到寒心。一个作家写一本书要花成年累月的时间,也许呕心沥血才写成它,而写好印出后到了读者手里后却被撂在一边,直到他无事可做时才去读它。拉里的这部书共三百页,订成一卷,印得很好,装订得很漂亮。

"想来你知道拉里整个冬天都在萨纳里过的。你碰见过他没有?"

"碰见过。前几天还一起在土伦的。"

"是吗?你们去土伦干什么?"

"埋葬索菲。"

"她死了吗?"伊莎贝尔惊叫道。

"她如果不是死了,我们怎么安葬呢?"

"这并不好笑,"她停了一下,"我不想假装难过的样子。恐怕是酗酒加上吸毒致死的。"

"不是的,她是被人割破了喉咙,又被赤裸着抛尸大海的。"

正如当时圣让的警长那样,我认为有必要向她强调一下赤身裸体的情况。

"太可怕了!可怜的索菲。当然像她那样子生活,注定不会有好下场。"

"这也是土伦的警长说的话。"

"他们知道凶手是谁吗?"

"他们不知道,但是我知道。我认为是你杀了她。"

她惊诧地看着我。

"你说什么?!"接着,她似笑非笑地说,"往别人身上猜吧。我有铁证,我当时可不在犯罪现场。"

"去年夏天,我在土伦遇见过她,和她谈了很久。"

"她当时肯定喝得醉醺醺的吧?"

"不,她很清醒。她告诉我,在她将要和拉里结婚的前几天,她是怎样无缘无故失踪的。"

我注意到伊莎贝尔的脸色一沉。接着,我把索菲告诉我的话一五一十地和她说了。伊莎贝尔竖起了耳朵听着。

"从那次之后,我把她告诉我的话考虑了很久,越想越觉得这其中一定不简单。我在你这里吃过的午饭不下二十顿了,午饭的时候,你从来不备甜酒。那天只有你一个人在吃午饭。为什么放咖啡杯子的盘子里有一瓶苏布罗伏加酒呢?"

"埃利奥特舅舅刚派人把酒送来。我当时想尝尝,看是不是和我在丽思尝到时一样合口味。"

"对,我记得你当时盛赞这酒。我觉得诧异,因为你从来就不喝甜酒;你非常注意保持自己的身材,绝不喝甜酒。当时我感到你是在引逗索菲。我当时还以为,那只不过是一般的恶意。"

"谢谢你。"

"你一般和人约会都很守时间。你明知索菲来找你去试结婚的礼服,这件事对她来说很重要,而你又深感兴趣,在这种情况下你为什么要跑出去?"

423

"这是她跟你说的吧。我对琼的牙齿不大放心。我们的牙医一向很忙,只能在他指定的时间去。"

"但牙医每次都会在上一次看完时就和人约好下次的时间。"

"我知道。可是,他早上打电话给我,说有事不能看病,但是,可以改在当天下午三点钟;我当然要赶紧赶过去了。"

"难道不能叫保姆带琼去吗?"

"琼吓得要命,可怜的孩子,我觉得亲自带她去,她会好受一点儿。"

"你回来的时候,看见那瓶苏布罗伏加酒只剩下四分之一,索菲也不见了,你就没觉得不对劲吗?"

"我想她肯定是等得不耐烦,自己跑去慕尼丽丝时装店了。可是后来我去了慕尼丽丝,她并没有去,弄得我莫名其妙。"

"那么,那瓶苏布罗伏加酒呢?"

"哦,我的确看出酒喝掉许多,还以为是安托万偷喝的。我本来想说他一通,可是,他的工资是埃利奥特舅舅付的,他又是约瑟夫的朋友,所以我想想还是不理会的好。他平时是一个很好的用人,只是偶尔偷吃点东西,我想也犯不着责备他。"

"你可真能编,伊莎贝尔。"

"难道你不信我说的话吗?"

"半点都不相信。"

伊莎贝尔站起来,走到壁炉架那边。壁炉里烧着木柴,在这阴寒天使人很惬意。她的胳膊肘撑在壁炉板上,做出很优雅的姿势;这是她与生俱来的禀赋之一,能够一点也不显得做作。多数法国高贵女子白天都穿黑色衣服,她也不例外,衬着她那迷人的肤色,正好合适。今天她穿了一件样式简单但很贵的衣服,很能衬托出她苗条的体形。她抽烟抽了足有一分钟。

"我跟你还有什么不可以说的。那天我出去的那一趟确实很不巧,而且安托万实在不应当把甜酒和咖啡杯盘留在房间里,应当在我出去时就拿走。我回来时,看见瓶里酒差不多被喝光了,当然知道是怎么回事,后来听说她失踪了,我猜想,她大概是喝醉了酒在外面撒酒疯。这事我没有声张出去,因为说了只会使拉里更难堪,本身这个样子已经够让他难为情了。"

"你敢保证那瓶酒不是你故意叫人放在那里的?"

"我敢保证。"

"我不信。"

"爱信不信。"说着,她生气地把香烟扔到炉火里;眼睛里露出恶狠狠的神情,"好吧,既然你那么想知道这件事情,那我他妈的就告诉你!就是我干的,而且我还想再干一次。告诉你,我就是要不惜一切阻止她和拉里结婚。你是不会阻止的,你或者格雷,你们只会无所谓地耸耸肩膀,说这事做得太荒唐。你们一点都不在乎,但是我在乎!"

"但如果没有你的干预,她现在肯定还活着。"

"她跟拉里结婚,只会让他变得痛苦不堪。他以为他能改变她,让她变好。男人就是愚蠢!我早就看出来,她是不会安分的。很明显,当我们大家在丽思吃午饭时,你自己亲眼看见她多么坐立不安。我注意到她喝咖啡时,你一直盯着看;她的手抖得厉害,甚至都不敢一只手拿杯子,只能用两只手把杯子捧到嘴边。我看出侍者给我们倒酒时,她的眼睛盯着酒一动不动;一双没精打采的眼睛跟着瓶子转来转去,那样子就像一条毒蛇死死盯着一只刚出壳的毛茸茸的小鸡。我就知道她想喝酒,就算拼了命也一定要喝一口。"

伊莎贝尔现在面向着我,眼睛里满是愤恨,声音尖利,迫不及待地往下讲:

"当埃利奥特舅舅把那该死的波兰甜酒夸得上了天的时候,其实我认为那酒糟透了,但是,我偏要说我从来没有尝到过如此美味的酒。我有把握说,她一有机会,就肯定会难以自控的。所以我就故意带她去看时装展览,还要送她一套结婚礼服。就在那一天她试穿最后一件礼服的时候,我告诉安托万,午饭的时候备好苏布罗伏加,我想要喝一杯。后来,又吩咐他,我约好一位太太,她来时请她等一下,让她喝杯咖啡。苏布罗伏加留在那里就可以,说不定那位太太会喜欢。后来我确实是带琼去看牙医了,但是,由于没有预先约好,医生不能看病,我就带琼去看了一场新闻影片①。我打定主意,只要索菲能够控制住自己,不去碰那瓶酒,我就勉强自己和她做朋友。我发誓,我当时真的是这么想的。可是,我回家时,一看酒瓶,就知道果然不出我所料。她走了,而且我敢下任何赌注,她将永远不会回来。"

伊莎贝尔一口气说完这些,都有些气喘了。

"这和我想象的差不多,"我说。"你看,我猜对了;这无异于你亲手拿刀子割断了她的脖子。"

"她就是个贱人!贱人!我很高兴她死了。"她猛然跌坐在

---

① 当时有这种专门放映短纪录片或新闻片的电影院。

一张沙发上,"再倒一杯鸡尾酒给我吧,你这混蛋。"

我起身又兑了一杯酒给她。

"你这个无耻小人,"她接酒时对我喊道。后来勉强一笑;她的笑就和小孩的笑一样,她也深知自己笑起来像个顽皮的孩子,她总认为凭借自己这一点天真的样子,别人就不会对她生气。"你不会和拉里说的,对吧?"

"你怎么知道?"

"你能对天发誓吗?你们男的最靠不住了。"

"我答应你不告诉他。可是就算我想告诉他,我也没有机会了。因为我恐怕这辈子都见不到他了。"

她立刻坐起身来。

"你说的什么?"

"这时候,他已经搭上某艘开往纽约的货轮,做了水手或是司炉工了。"

"你这话是真的吗?他真是个怪人!几个星期前,他还到巴黎来,为他那本书去公共图书馆查资料的,可是,他绝口不提他要去美国的事情。太好了,这么说,我们很快就能见面了。"

"这我不敢保证。他所在的美国离你的美国就像戈壁沙漠一样遥远。"

接着,我就告诉伊莎贝尔,拉里怎样处理掉自己的财产,以及他今后的打算。她听得瞠目结舌,脸上显露出惊骇的神情;有时候,她会打断我的话,大喊"他简直是疯了,他是个疯子"。我说完之后,她垂着头,两行眼泪从面颊上流下来。

"看来我已经彻底失去他了。"

她转过身去,脑袋抵着沙发椅背痛哭起来。悲伤破坏了她的美丽容颜,她也毫不在乎。我束手无策;我不知道我的消息彻底毁灭的是她内心深处什么样的徒劳和纠结的愿望。我头脑中闪过一个模糊的想法,之前,她好像还能期待在不经意间遇见拉里,至少知道拉里是她生命中的一部分,就把她和拉里牵在一起。然而,拉里所做的一切却把这最后的一丝牵连也彻底斩断了,所以,她觉得她已经彻底失去了。我不解的是,她现在真正痛苦和悔恨的到底是什么。想想还是让她彻底哭一场好一些。我拿起拉里的书,看看目录。给我的那一本在我离开里维埃拉时还没有收到,所以好几天我也没指望能收到。书写得完全出乎我的意料,是一本论文集,篇幅和利顿·斯特雷奇[①]的《维多利亚名人传》差不多,里面论述了若干有名人物。但是,他讲述的这几个人让我很不解。有一篇论述罗马独裁者苏拉[②],说他在独揽大权之后又退位归隐;一篇论建立强大帝国的蒙古征服者阿克巴尔[③];一篇论鲁本斯[④],一篇论歌德,还有一篇讲搞文学研究的切斯特菲尔德勋爵[⑤]。显然每篇文章都需要翻阅大量图书,难怪拉里花了这么长的时间才能写完。可是,我不懂为什么他认为值得在这上面花这么多时间,也不懂他为什么选择这些人来研究。后来我意识到,书中这些人都各有一套取得成功的方法,这也正是拉里的兴趣所在。他想探讨一下究竟他们取得的是什么成就。

---

① 利顿·斯特雷奇(1880—1932),英国近代传记作家。
② 苏拉(前138—前78)。
③ 阿克巴尔(1542—1605)。
④ 彼得·保罗·鲁本斯(1577—1640),佛兰德画派大师。
⑤ 切斯特菲尔德勋爵(1694—1773),英国政治家、外交家,以他写给自己儿子的书信集闻名于后世。

我随意翻看一页,想看看他的文笔怎样。这是一篇纯学术性的文章,但是文笔流畅,一点也没有初学写作的人表现出来的卖弄和陈腐。从文章可以看出,就像埃利奥特·坦普尔顿经常会见达官名流一样,拉里也是饱读诗书的。我的思绪被伊莎贝尔突然的一声叹息打断了。她坐起来,皱着眉头,把变得微温的鸡尾酒一饮而尽。

"我再哭下去,眼睛要肿得不像样子了;今天晚上,我们还要出去吃晚饭呢。"她从皮包里取出一面镜子,不放心地照照自己。"还有,我得用冰袋在眼睛上敷半个小时,这就是我要做的。"她在脸上扑了粉,又涂好口红。后来若有所思地望着我,"你听了我做的这些,你会瞧不起我吗?"

"你会在意这点吗?"

"可能你会觉得奇怪,但我在意。我想让你认为我是个不错的人。"

我笑了。

"亲爱的,其实我也不是什么有道高人,"我说,"当我真正欢喜一个人的时候,尽管我不赞成她做的那些坏事,但是照样喜欢他。按说你不是个坏女人,而且还很迷人。我知道你的迷人全都源于两种因素,高超的审美眼光和不顾一切的冲劲。这些并不影响我对你的好感。你只是缺少一样使人完全对你着迷的东西。"

她带着笑意等我继续说下去。

"温柔。"

她唇边的笑意一僵,恶狠狠地看了我一眼。可是还没有来得及定下神来回答我,格雷已经踉跄着步子走了进来。在巴黎住了这三年,格雷越来越胖,脸色更红润了,头发秃得更快了。可是健康好到极点,而且兴致勃勃的。他看见我时,显得非常高兴,一点都没有假装。格雷讲起话来,不新鲜的俏皮话很多。尽管这些话都已经你说我道,老掉了牙,但他说的时候,却洋洋得意,以为这些话是他第一个想出来的。他要睡觉的时候不说"去睡觉",而说"去压草垫"。他说睡觉睡得好时,不说"好好睡了一觉",而说"真正睡了一觉"。只要他说到下雨,他总说"雨点又快又猛",而不说"下雨了";他自始至终不把巴黎叫作"巴黎",而把它叫作"快活的帕莉"。可是他为人十分厚道,毫不自私,正直可靠,不摆架子,因此,你不可能不喜欢他。我对他倒有真情实感。他现在对于即将动身回国感到很兴奋。

"天哪,能重新驾辕多好啊!"他说,"我已经闻到饲草的香味了。"

"是不是都谈妥了?"

"我还没有在虚线上签字呢,但是事情很有把握。我打算合伙的是我大学里同寝室的兄弟。他人品不错,我相信他是不会坑我的。可是,我们一到达纽约,我就会飞往得克萨斯把整个设备检查一下,在我把伊莎贝尔的钱吐出之前,任何蛛丝马迹都休想瞒过我。"

"你知道,格雷是一个很精明的生意人。"她说。

"这我可不是吹牛。"格雷微笑着说。

他继续给我讲他打算合伙做的生意,讲了很长世间,可惜我

对这类事情一窍不通。只听懂一点,就是他极有可能大赚一笔。他对自己讲的越来越有兴致。所以,又转身对伊莎贝尔说:

"我说,我们何不把今晚这顿无聊的晚饭回绝掉,然后我们三个人去银堡大吃一顿,岂不是更好?"

"哎,亲爱的,我们不能这样做。他们是为我们才举行这次宴会的。"

"反正我也来不了,"我插嘴说,"在我听到你们晚上有饭局之后,我打电话给苏姗娜·鲁维埃,约好带她出来吃晚饭了。"

"苏姗娜·鲁维埃是谁?"伊莎贝尔问。

"拉里认识的一个女人。"我有意逗弄她。

"我就说么,我总觉得拉里肯定藏着个娘们,就是不让人知道。"格雷边笑边说。

"胡说八道,"伊莎贝尔愤然说,"拉里的私生活我一清二楚。他不可能有女人。"

"好吧,分别之前让我们一起再干一杯吧。"格雷说。

我们喝了鸡尾酒,然后,我和他们道别。他们陪我到了穿堂里。当我穿上大衣时,伊莎贝尔挽起格雷的胳膊,挨近他身子,盯着他的眼睛看,脸上带着我指责她所缺乏的那种温柔表情。

"你说说,格雷——坦白地说——你觉得我不够温柔吗?"

"不,亲爱的,非常温柔。怎么,难道有人说你不温柔了吗?"

"没人说。"

431

她故意把脑袋转过去，使格雷看不见她，然后朝我吐吐舌头，那副模样要是被埃利奥特瞧见的话，一定会说她不像个上流社会的女子。

"这与我说的不是一回事。"我嘟哝着朝门外走去，随便把门给关上了。

四

我再一次路过巴黎时,马图林夫妇已经搬走了;埃利奥特的公寓已经住进别人。我挺想念伊莎贝尔的。她容颜姣好,谈吐大方,人很机灵,对人也友善。我后来一直没有见到过她。我不会写信而且拖拉,伊莎贝尔则从不和人通信。她如果不和你通电话或者打电报,谁也不会有她的消息。那一年圣诞节,我收到她一张圣诞贺卡,上面有张漂亮照片,照的是一幢有殖民地时期门廊的房子,四周围长着茂密的栎树,想来就是农场那边的房子;当年他们需要钱时想卖掉这座农场而没能卖掉,现在他们大概不想卖了。邮戳表明信是从达拉斯寄出的,可以肯定,合伙的买卖已经谈妥,他们已在达拉斯定居了。

我从来没有去过达拉斯,但可以想象它和我见到的美国其他城市没什么两样,有一大片住宅区,坐汽车去商业中心和郊外俱乐部都不需要多少时间;住宅区阔人家的房子都很漂亮,有大花园,透过客厅窗子可望见幽美的山陵或者溪谷。伊莎贝尔肯定住在这样一个地方和这样一幢房子里,房子从地窖到阁楼都是用全纽约最时尚的家具和样式装饰。我只希望她挂的那些画,勒努瓦,马奈的花卉,莫奈的风景和高更看上去不会显得太过时。餐厅无疑不大不小,正适合伊莎贝尔经常招待午宴,酒水和菜肴也一定是一流的。伊莎贝尔在巴黎学到不少东西。她一眼就可以看出客厅够大不够大,客厅不大的房子她是不会住的;因为她要等两个女儿长大了一点儿,在客厅里开未成年人的舞会,这是做母亲很乐于接受的任务。现在琼和普丽西拉应该已到适婚年龄。肯定她们都有很好的教养。她们进的是最好的学校,伊莎贝尔准会把她们培养得面面俱到,使她们在合格的青年人眼中成为可以追求的对象。格雷现在想来脸色更红润了,兴致更好了,不过头顶也可能更秃了,而且更胖了。但是,我相信伊莎贝尔肯定没什么变化。她仍旧会比两个女儿都漂亮。马图林这一家肯定是社区里不可缺少的一部分。而且我有十足把握他们在当地的人缘很好,这也是应该的。伊莎贝尔人风趣幽默,文雅大方,机智灵敏;格雷就更不用说了,他绝对是一个标准的美国精英。

五

我仍然不时去看望苏姗娜·鲁维埃。后来,她的境遇发生了意想不到的变化,她不得不离开巴黎,在我的生命中消失了。那是一天下午,大致在我叙述的事件两年之后,我先在奥台翁剧院的走廊上浏览图书,很惬意地消磨了一个小时,后来一时无所事事,就想起去看望一下苏姗娜。我已经有六个月没有见到她了。她开门时,拇指搭着调色板,嘴里咬一支画笔,身上随意套一件罩衫,上面满是油彩。

"啊,是您,亲爱的朋友。请进来。"①

她这样客气使我有点诧异,因为平时我们都是以你我相称的。我走进那间客厅兼画室的房间。画架上摆着一幅油画。

"我太忙了,不知道怎么办是好。我一分钟也不能浪费。说来你不会相信,我要在梅耶海姆画店举办个人画展,得准备三十幅画呢。"

"在梅耶海姆?太了不起了,你是怎样做到的?"

因为梅耶海姆并不是塞纳路上的那些靠不住的画商;那些人开一间小店,由于付不出房租,随时都有关门的可能。梅耶海姆在塞纳河繁华的这一边有一间漂亮的画店,在国内外享有盛誉。被他看中的画家就算是发财了。

"亚希尔先生曾带他来餐馆看我的作品,他觉得我是个

---

① 原文为法文。

人才。"

"A d'autres, ma vieille.①"我回答道。我想这句法文最好应该理解为:"鬼才相信你,你这狡猾的妇人"。

她看了我一眼,哧哧笑起来。

"我要结婚了。"

"和梅耶海姆吗?"

"别装傻了!"她把画笔和调色板放下来,"我工作了一整天,现在该休息一下了。陪我喝杯红酒,我就告诉你。"

在法国生活不太舒服的一点就是,你往往被逼得要在不适当的时候喝一杯酸溜溜的红葡萄酒。而且你还必须喝。苏姗娜取出一瓶酒和两只杯子,把杯子斟满,坐下来如释重负地叹了一口气。

"我已经站了好几个小时了,我的静脉曲张血管都痛了。是这样的。亚希尔先生的妻子今年年初去世了。她是个好女人,也是个好天主教徒,但是,亚希尔和她结婚并不是出于自愿;他娶她,因为这是一桩好买卖,因此虽则他器重她,尊敬她,但是对于她的去世,亚希尔先生并没有那么伤心。他儿子的婚姻很顺利,在公司里干得也不错;现在他女儿的婚事也谈妥了,男方是一位伯爵,听说是比利时人,名副其实的贵族,在那慕尔附近有一座非常漂亮的宫堡。亚希尔先生认为,他可怜的妻子不会为了自己的缘故耽误两个年轻人的幸福,所以尽管还在居丧期间,一等到财产过户手续②完成后,马上就举行婚礼。亚希尔先生独

---

① 意为"还有其他的,我的老太太。"——编者注
② 欧洲社会上流人士结婚前,要把一笔资财过在女方名下。

自住在里尔的那么大的房子里肯定会感到孤独；他需要有个女人照应他的生活起居，还要管理好那幢大房子，那可是关系到他的身份。长话短说，他要我代替他妻子的位置；他讲得入情入理：'我第一次结婚是为了消除两家对立的公司之间的竞争，我并不后悔。但是我的第二次婚姻，那就得我自己乐意了。'"

"恭喜恭喜。"我说。

"这样我就不自由了，而我是喜欢无拘无束的。可是，一个人应当考虑到自己的将来。不瞒你说，我已经是四十开外的人了，只有你一个人知道。亚希尔先生正处在比较危险的阶段；万一他哪天忽然想入非非去追求一个二十岁的女孩子，我怎么办呢？我还要替我的女儿着想，她现在十六岁，看上去会出落得和她父亲一样漂亮。我要让她受到良好的教育。但是，事实摆在你面前，不容你否认；她既没有才华当一个演员，也没有她可怜的妈妈这种当娼妓的气质，那么我问你，她能指望什么呢？当个女秘书，或者在邮局里找个差事。亚希尔先生很慷慨地同意她和我们住在一起，并且答应给她一笔丰厚的嫁妆，使她能嫁个好人家。说实在话，我亲爱的朋友，别人怎样说不去管它，但是我认为嫁人仍然是一个女人能够从事的最令人满意的职业。很明显，当我想到女儿的幸福时，我毫不迟疑地接受了亚希尔先生的求婚，即便是牺牲某些满足感也值得。况且随着时间的流逝，那种满足感也会越来越难得到。而且我一定要告诉你，我结婚之后，一定会恪守妇道（d'une vertu farouche[①]），因为根据我多年的经验，深信幸福婚姻的唯一基础就是彼此的绝对忠诚。"

---

① 法文：严守贞操。——编者注

"亲爱的，这种情感是非常高尚的，"我说，"亚希尔先生还预备每两个星期来巴黎谈生意吗？"

"哎呀呀，你把我当什么人了，我的小宝贝？亚希尔先生向我求婚时，我跟他讲的第一件事就是：'你听我说，亲爱的，你到巴黎来开董事会时，我也跟着来，这算讲定了。你一个人在这里我是不放心的。''难道我这个年纪了还会做什么蠢事吗？'他答。'亚希尔先生，'我跟他说，'你正当壮年，我比谁都清楚你是个多情人，而且风度翩翩，风流倜傥。你身上的任何地方都可能被别人看中。总之，我觉得最好你不要受到引诱。'最后，他答应把董事的位置让给儿子，由他代替父亲来巴黎开会。亚希尔先生假装不快，认为我不讲理，事实上他心里偷着乐。"苏姗娜满意地叹了一口气。"对我们这样可怜的女人来说，如果不是因为男人这种想象不到的虚荣心，生活就更加艰难了。"

"这一切都很好，但是，这和你在梅耶海姆开个人画展有什么关系？"

"我可怜的朋友，你今天还真有点不开窍。多少年来我不是告诉过你，亚希尔先生是一个极端聪明的人吗？他要考虑到自己的地位，而且里尔的人是很挑剔的。亚希尔先生要我在社会上有地位；作为他这样重要人物的妻子，我有权利享受这种地位。你知道那些外省人是怎样的，他们最欢喜管别人的闲事；他们要问的头一件事便是：苏姗娜·鲁维埃是什么人？好吧，他们会得到答复。她是一位名画家，最近在梅耶海姆画店开的画展获得了很了不起的当之无愧的成功，'苏姗娜·鲁维埃是殖民部队里一位军官的遗孀，好些年来都靠自己的艺术才能维持生活，并独自抚养一个早年丧父的女儿，表现了典型的法国妇女的坚毅品质。现在我们欣悉她的作品不久将在一贯慧眼识人的梅耶海姆先生的画室展出；广大公众将有机会观赏她的细致笔法和纯熟的技巧'。"

"你莫名其妙地说些什么啊？"我竖起耳朵问她。

"亲爱的，这就是亚希尔先生为我设计的宣传计划。法国重要一点的报纸都将登载这条新闻。他真是了不起。梅耶海姆先生提出的条件很苛刻，亚希尔先生毫不在乎地全接受了。预展时要开香槟酒庆祝；美术部长（他本来欠亚希尔先生一个人情）也会来参加开幕式，而且将来一场夸张的演讲；他将着重提到我的品德和绘画才能，最后他将宣布国家的责任和职权是奖励人们做出的贡献，因此已经买下了我的一张画并交由国家收藏。届时，巴黎各界名流都将出席，梅耶海姆先生将亲自接待那些评论家，确保他们的报道不但要讲好话，还要占相当篇幅。那些可怜的家伙，他们挣的钱实在太少了。给他们一个机会额外挣点钱也算是做善事。"

"这一切是你本来应当得到的，"我说，"你一向是个好人。"

"别说了。①"她用法语回答。这句法语很难翻译。"不过，还不只这些。亚希尔先生又用我的名义在圣拉斐尔海边买了一所别墅，所以我将不仅以一个艺术家，还要以一个有产业的妇女的身份在里尔的社交界露面。再过两三年他就要退休了，那

---

① 原文为法文"Et ta soeur."直译为："那你妹妹呢？"转意为："别往下说了。"这是一句带有讽刺意味的民间语言，所以作者在下文中说很难把它译成英语。——编者注

439

时，我们将像上流人士那样（像个高雅人士[①]）住到里维埃拉。他可以在海上划船，捞虾子，我则画我的画。现在我让你看看我的画吧。"

苏姗娜作画已有好几年，而且学会了她那些情人的作画方式，现在树立了她自己的风格。虽说素描依旧不是她的强项，但是她对色彩感的把握很不错。她给我展示的画作中，有的是和她母亲住在昂儒省时画的风景，有的是凡尔赛宫花园和枫丹白露森林的掠影，还有在巴黎近郊被她看中的街道风光。她的画像浮光掠影，不太踏实，但是蕴含着一股子花枝招展的优雅或者可以说是一种不经意间的美感。有一张画我很中意，而且我认为如果我提出要买，她也一定会非常高兴。这张画我记不起是叫《林中小径》还是《雪色丝巾》了，而且事后查阅，到现在也没有找到确切答案。我咨询了价格，她开的价也很合理，我就决定把它买走了。

"你真是个好人，"她叫道，"这是我的第一笔交易。当然要等展览完毕你才能拿走。不过，我要把你已经买下这张画的消息在报纸上登一登。反正一点点宣传对你是没有妨碍的。我很高兴你挑了这一张，我认为这是我的一张得意之作。"她拿起一面镜子，从镜子里端详这张画。"很有情调，"她眯缝着眼睛说，"没有人能否认这一点。这些绿颜色——多么浓郁，然而又多么娇嫩！还有中间这一抹白颜色，确是神来之笔；它让整个画面融为一体，变得更有特色。整个画面洋溢着画家的才华，没错，真正的才华。"

[①] 原文为法文Comme des gens bien，意为"像个高雅人士"。——编者注

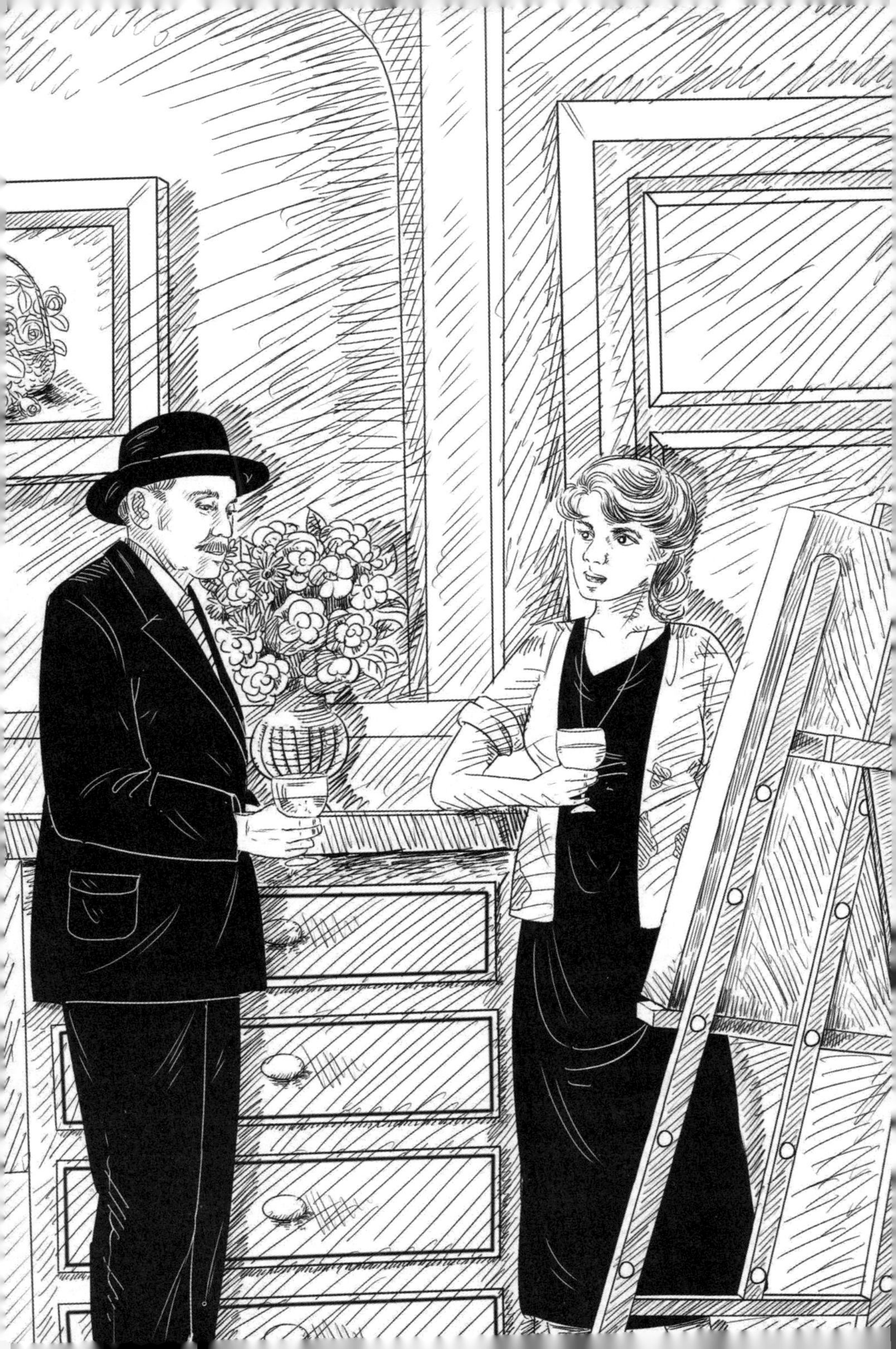

苏姗作画已有好几年,学会了她那些情人的作画方式,树立了她自己的风格。虽说素描依旧不是她的强项,但是她对色彩的把握很不错。她给我展示的画作中,有的是昂儒省的风景,有的是凡尔赛宫花园和枫丹白露森林的掠影,还有的是巴黎近郊的街道风光。她的画像浮光掠影,让人感觉不太踏实,但是蕴含着一股子花枝招展的优雅或者可以说是一种不经意间的美感。我对一张画很中意,咨询了价格,她开的价也很合理,就决定把它买走了。

我看出她在通往职业画家的路上已经向前走得很远了。

"亲爱的,我们已经聊得够久了,现在我要继续开始工作了。"

"我也该走了。"我说。

"顺带问一句,那个可怜的拉里还住在印第安人中间吗?"

每当她提到生活在美国的人时,总是带着一种轻视的口吻。

"据我所知,是的。"

"以他那样温和可爱的人,日子一定很不好过。要是电影里演的都是真的,有那许许多多的匪帮、牛仔和墨西哥人,那边的日子可怎么过!并不是说那些牛仔没有一种身体魅力,让你联想到什么。唉,但是,看起来,在纽约你要是出门口袋里不揣手枪,实在太危险。"

她送我到门口,并且吻了我的两颊。

"我们曾经在一起玩得很开心。记得要想我。"

六

　　我的故事写到这里就算是完结了。一直也没有再听到关于拉里的任何消息，我也从来没指望过能打听到。由于他一般都按照自己的计划行事，我想他回到美国以后，可能就在汽车修配行里找一份工作，然后当卡车司机，一直到他如愿地重看了一遍他阔别多年的这个国家。完成这个目标以后，他很可能把开出租汽车的怪想法付诸实施；诚然，这在当时不过是我们在咖啡馆里面对面坐时随便说的一句玩笑话，但是，如果他当真这样做起来，我也丝毫不感到奇怪。而且，后来我每次在纽约的大街上叫出租车时都会刻意地看一眼司机，盼望着某一天会碰上拉里那双凝重而且深陷的双眼。我从来没有碰到过。大战爆发了。他年纪不小，飞行当然谈不上，但可能重新去开卡车，在国内或在国外；也可能在一家工厂做工。想来他会在空余的时间写一本书，发表一下他的人生体验，同时也能对一些与他观念近似的同类予以指导。可是，如果再写的话，也要等很长的时间才会完成。他有的是时间；岁月在他身上没有留下痕迹；无论从哪方面来看，他都还处于青葱岁月。

　　他没有什么野心，也从不追名逐利；他最厌恶成为知名人士；所以很可能会随遇而安地过着自己想过的生活，自由自在，无欲无求。他为人太谦虚了，决不肯使自己成为别人的表率；但是，他也许会想到，一些说不上来的人会像飞蛾扑灯一样被吸引到他身边来，并且渐渐地被他影响着有了相同的热烈信仰，都开始觉得人生的最大价值是蕴藏于精神生活的满足之中的。至于他本人，则会一直抱着淡然的心态，走在追求自我完善的人生道路上，同时也会做出自己的贡献，就如同著书立说或者当众发表演说这样。

但这都是揣测之词。我是个俗人，是尘世中人；我只能对这类人中龙凤的光辉形象表示景慕，没法步他的后尘。我不能够像有时对待较为普通的人那样，设身处地地完全了解他的内心。拉里已经如他所愿的那样，藏身在那片喧嚣激荡的人海中了。这些人迷恋着如此纷繁的利害冲突，为人世的混乱弄得如此晕头转向，如此渴望着向善，表面上如此盲目自信，内心里如此缺乏信心，如此厚道，如此刻薄，如此对人信任，如此对人提防，如此吝啬，如此大方，这就是美国人民。我讲拉里只能到此为止，我知道这很不够，但是，我已无能为力。可是，当我写完这本书，由于不安地感到读者必定认为本书有头无尾，同时又想不出办法来避免，因此，我在内心里回顾了我这长篇叙述，看看有没有办法创造一个更令人满意的结局。使我非常吃惊的是，我发现，我在无意之中竟然写成了一部不折不扣的人人如愿以偿的小说。我所关心的每一个人都得到了他们所需要的东西：埃利奥特成为社交界名流；伊莎贝尔在一个活跃而有文化的社会里已取得巩固地位，并且有一笔财产做靠山；格雷谋到了一份稳定而赚钱的工作，有自己的事务所，每天从早上九点到下午六点上班；苏姗娜·鲁维埃得到了生活保障；索菲以死解脱；拉里找到了安身立命之道。所以，不管那些自命风雅的人多么吹毛求疵，一般公众从心眼里还是喜欢一部人人如愿以偿的小说；所以，也许我的故事结局并不是那么不尽如人意呢。

图书在版编目（CIP）数据

刀锋：插画版 /（英）威廉·萨默塞特·毛姆（William Somerset Maugham）著；汪兰译.—北京：中国书籍出版社，2018.6
ISBN 978-7-5068-6875-4

Ⅰ.①刀… Ⅱ.①威… ②汪… Ⅲ.①长篇小说—英国—现代 Ⅳ.①I561.45

中国版本图书馆CIP数据核字(2018)第108812号

刀锋（插画版）

[英] 威廉·萨默塞特·毛姆（William Somerset Maugham） 著
汪兰 译

策划编辑	李立云
责任编辑	朱 琳
责任印制	孙马飞 马 芝
封面设计	程 跃
出版发行	中国书籍出版社
地　　址	北京市丰台区三路居路97号（邮编：100073）
电　　话	（010）52257143（总编室） （010）52257140（发行部）
电子邮箱	yywhbjb@126.com
经　　销	全国新华书店
印　　刷	河北省三河市顺兴印务有限公司
开　　本	880毫米×1230毫米 1/32
字　　数	306千字
印　　张	14.5
版　　次	2019年6月第1版 2019年6月第1次印刷
书　　号	ISBN 978-7-5068-6875-4
定　　价	39.00元

版权所有 翻印必究

"中国书籍编译馆"
丛书书目

第 一 辑

《傲慢与偏见》［英国］简·奥斯汀著，孙丽冰译
《蝴蝶梦》［英国］达夫妮·杜穆里埃著，汪兰译
《瓦尔登湖》［美国］亨利·戴维·梭罗著，熊兵娇译
《飘》［美国］玛格丽特·米切尔著，张锦译
《纯真年代》［美国］伊迪丝·华顿著，刘一南译
《呼啸山庄》［英国］艾米莉·勃朗特著，杨纪平、吴泽庆译
《鲁滨逊漂流记》［英国］丹尼尔·笛福著，梁志坚、梁家威译
《了不起的盖茨比》［美国］F. S. 菲茨杰拉德著，陈润平译
《安徒生童话》［丹麦］安徒生著，梁志坚译
《简·爱》［英国］夏洛蒂·勃朗特著，杨慧、周茜琳译

第 二 辑

《格列佛游记》［英国］乔纳森·斯威夫特著，刘一南译
《爱丽丝梦游奇境＋爱丽丝镜中奇遇》［英国］路易斯·卡
　罗尔著，梁志坚、余峰译
《老人与海》［美国］欧内斯特·海明威著，熊兵娇译
《丛林之书＋丛林之书续篇》［英国］约瑟夫·吉卜林著，
　李彩林译

《德伯维尔家的苔丝》［英国］托马斯·哈代著，陈明瑶、
　郑静霞译

《小妇人》［美国］路易莎·梅·奥尔科特著，梁志坚译

《爱的教育》［意大利］艾德蒙多·德·亚米契斯著，夏丏尊译

《绿野仙踪》［美国］L. 弗兰克·鲍姆著，梁志坚、王瑞译

《远离尘嚣》［英国］托马斯·哈代著，曾胡、陈亦君译

《雅各布的房间》［英国］弗吉尼亚·伍尔夫著，李小艳、
　蒙苑宁译

第 三 辑

《汤姆·索亚历险记》［美国］马克·吐温著，李世标译

《到灯塔去》［英国］弗吉尼亚·伍尔夫著，李小艳、田泽中、
　蒙苑宁译

《刀锋（插画版）》［英国］威廉·萨默赛特·毛姆著，汪兰译

《夜色温柔（插画版）》［美国］F. S. 菲茨杰拉德著，李世标译

《金银岛（插画版）》［英国］罗伯特·路易斯·史蒂文森著，
　李宁、蒙苑宁译

《局外人·鼠疫（插画版）》［法国］阿尔贝·加缪著，赵玥译

《柳林风声（插画版）》［英国］肯尼斯·格雷厄姆著，梁志坚、
　余锋译

《野性的呼唤（插画版）》［美国］杰克·伦敦著，徐玉苏、
　黄璐译

《伊索寓言（插画版）》［古希腊］伊索著，梁志坚、陈菊译